雷声响彻平原
LEISHENG XIANGCHE PINGYUAN

时代出版传媒股份有限公司
安徽文艺出版社

许辉，安徽省作家协会主席，中国作家协会全国委员会委员，中国作家协会全国散文委员会委员，安徽大学兼职教授，曾任茅盾文学奖评委。著有中短篇小说集《夏天的公事》《人种》等，长篇小说《尘世》《王》等，散文随笔集《和地球上的小麦单独在一起》《和自己的淮河单独在一起》《又见炊烟》《涡河边的老子》等。短篇小说《碑》曾作为全国高考、高校考研大试题，中短篇小说《碑》《夏天的公事》等被翻译成英、日等多国文字，收入大学教材。作品多次获国内文学大奖。

许辉中短篇小说典藏

雷声响彻平原

LEISHENG XIANGCHE PINGYUAN

许 辉 ◎ 著

时代出版传媒股份有限公司
安徽文艺出版社

图书在版编目（ＣＩＰ）数据

雷声响彻平原/许辉著.—合肥：安徽文艺出版社，2018.10
（许辉中短篇小说典藏）
ISBN 978-7-5396-6305-0

Ⅰ．①雷… Ⅱ．①许… Ⅲ．①中篇小说－小说集－中国－当代②短篇小说－小说集－中国－当代 Ⅳ．①I247.7

中国版本图书馆CIP数据核字(2017)第 330572 号

出 版 人：朱寒冬	出版策划：朱寒冬
责任编辑：韩　露	装帧设计：徐　睿　张诚鑫

出版发行：时代出版传媒股份有限公司　www.press-mart.com
　　　　　安徽文艺出版社　　www.awpub.com
地　　址：合肥市翡翠路 1118 号　邮政编码：230071
营 销 部：(0551)63533889
印　　制：安徽新华印刷股份有限公司　　(0551)65859551

开本：880×1230　1/32　印张：12.75　字数：310 千字
版次：2018 年 10 月第 1 版　2018 年 10 月第 1 次印刷
定价：38.00 元(精装)

（如发现印装质量问题，影响阅读，请与出版社联系调换）

版权所有，侵权必究

目录

1994 年

夜行人与雾 / 001

指方向的人 / 003

难民 / 005

红木箱 / 007

癫狂的土岗 / 042

麦子地里的新媳妇 / 044

大年三十的故事 / 046

少女与狗（存目）

小趣的故事 / 050

走 / 064

惊蛰 / 128

1995 年

庄台 / 147

康庄 / 174

孤独的慢板 / 202

游览北京 / 213

秋天的远行 / 220

过重岗山 / 249

灭点 / 255

1996 年

我爱小芹／261

雷声响彻平原／376

卡萨布兰卡（存目）

碑／387

被遗弃的暗红色坤车／396

一位女士／400

1994 年

夜行人与雾

雾是何时起的？只有夜行的人才知道。

已经是深夜十二点多了，一个人，一个男人——大约是从朋友家打麻将才回来——骑着自行车走在街上。他的自行车是老货了，咣哩哗啷的，在安静的初春的夜里响得好远。骑自行车的男人大约在四十岁上下。大街上已经稀落无人了，但灯都亮着，刚打过春的初春的深夜显得恬静安详，天气也不太冷，到底是打过了春的日子，人的身上感觉好舒服。

大约就在这时起雾了。起初觉着空气有些潮湿，继而呼吸就有了些阻滞的感觉。这是起雾了。看，那些灯都罩上了一层朦胧，整个城市的上空弥漫着幻想的色彩。更远的地方，比如在郊区公园和环城绿化带的树丛旁边，也会有这些雾吗？这些雾是从哪里来的？是看不见的，一个法力无边的老爷爷放出来的吗？

雾渐渐地弥散开来。现在到了大桥转弯的地方。灯光仍然很多。骑自行车的四十岁左右的男人，看见在空荡无人的街边，站着一位少女（或者是一位姑娘）。在有些飘动的雾气里，目光一过，就感觉那少女有一种十分清纯的味道。她呢，像是有一种什么东西在吸引她，或者她在等什么人，又不像，她只是好安静地立在街边上。对骑车而过的自行车和自行车上的人，她也不表现出什么意向——或者有些不安，或者想要认出来者是谁，或者仅仅是看一眼——她不，她只是安静地立在街边，像是在品味雾的来历、来意、去向、动感，不，又不像，她怎么会半夜三更一个人没事在这儿看这些、体察这些?她也不能预先就知道半夜要起雾了。或者都是偶然,碰巧了?好像又都不像。

骑破自行车的男人很正常地咣咣当当地骑过去了。骑过去之后,他又觉着有点那个。哪个?他也不明确知道。只觉着有点那个。心里头好像老惦记着。骑出去老远了,他仍惦记着,有点为那姑娘着想。半夜三更的,碰上坏人,怎么办?——也许那姑娘就是"坏人",又不像。但坏人还有什么像不像?心里头就惦记着。惦记什么?不知道,就是惦记着……到了家,开了门,老婆孩子都睡着。他轻手轻脚上了床,还是惦记着……那要真是个"坏人",还有什么可"惦记着"的?但仍惦记着,翻来覆去地惦记着……总睡不着……

雾是何时起的?怕只有夜行的人才知道。

指方向的人

一列火车到站,许多人从出口处涌出来,车站广场上的大小车辆都忙着了,上人,喊人,关门,开车。忙了半个多小时,才又渐趋和缓。

在车站广场外头一条大街的隔离墩旁,站着一个可以称为老头的人。他一只手拎着一面小红旗,另一只手捏着个不锈钢哨子,左臂上戴着个红袖章。他是个管交通的。他很负责,表情慈祥认真。

因为离车站广场不远,他就额外忙一些。为什么呢?你看,来了一个人。

来了一个中年旅客,肩上背了两个大包,手里拎着一个很重的皮箱,左右看着,突然看见了老头,便艰难地走过来,问道:"老师傅,往×处去,怎样走呀?"

"坐一路车,三站下。"老头把手里的红旗一挥——习惯动作——就打发了他。

又过来一个,妇女,像农村小地方来的,抱着个孩子,提了个大包,焦急急地说:"俺请问大爷,俺是第一回来,摸不着路,又怕遇见坏人,俺请问大爷,俺往这块去该咋走?"说着摸出个信封来,给老头看。

老头却是个不识字的。他倒也能对付,说:"往前走五十米有个岗亭,民警知道。"手里的红旗一摆——习惯动作——又打发了一个。

一上午他打发了一二十个。这也不是轻松活,日积月累,他这也可观,再说又是分外事。到十二点半,老头下班了。下班就下班呗,他却并不回家,只把小红旗一卷,往街边巷口的一家小饭馆里,坐住了,要了三两卤猪耳朵,又打兜里变出一瓶白酒来,四两装的,眯着眼,吸溜了一口,尔后就呆望街上穿来行去的人。

  这小饭馆真不错,能把街上的情况看个一清二楚。老头眯着眼,看街上。也不是真看,只是做看的样子,——这都是习惯动作,他的真事情还在酒盅里,过一时吸溜一口,过一时吸溜一口,那态势很浓酣,无可比拟。

  一小时后,老头准点离开小饭馆。他的手里仍握着卷起来的小红旗,另一只手里捏着哨子,在人行道最靠边的地方,有点驼背地走。

难　　民

难民都拥挤吵嚷成一团。边防部队的一名军官说："我的国家不允许你们入境。我的国家没有接纳安置你们的义务。我们是由一道国界分开的。"

难民们叫道："难道你不知道美国飞机在轰炸吗？难道你没听见巴格达的爆炸声吗？你要我们到哪儿去呢？"

"到沙漠里去。"那位军官说，"那里不会有人去轰炸的，美国佬的军队还没有多得像蚂蚁。"

于是难民们往沙漠的方向去了。第一天他们看见了沙漠巨大的边缘，那边缘呈抛物线状，遥远而且壮观。第二天他们进入沙漠。燃料很快就耗尽了，他们抛弃了汽车和其他交通工具，悲壮而视死如归地往沙漠深处徒步走去。第三天他们就消失在沙漠的深处了，没有人再见到过他们。

若干百年，或若干千年后，一支装备充足的队伍来到沙漠深处。他们在茫茫大漠的两道沙谷里发现了几百具僵干的尸体。从衣服和体形、容貌上，他们认不出死去的是哪个民族哪个年代的人种。他们在离沙谷不远的平地上发现了巨大的宇航标志，他们知道外星人曾不断地来到过这里。他们沿着一些杂乱的脚印追踪到一片起伏更大的沙丘里，他们看见一些赤身裸体的沙漠人——他们看见他们就转身消失在沙丘的后面了。他们沿着另一些杂乱的脚印追踪到沙漠的另一端，这时呈现在他们眼前的是一片湛蓝纯洁的大海，他们被大海的浩瀚和清凉惊呆了，他们能想象若干百年或若干千年前有人从干渴灼人的沙漠里来到大海的边缘时所爆发出的极度惊喜的欢呼。他们面对湛蓝的大海热泪滚滚,但他们失去了那些杂乱的脚印,他们不知道那些杂乱的脚印是重返沙漠了呢,还是沿海岸而行并择绿地而居了,抑或是渡过大海,在大海的绿岛或大海对岸的陆地出现,成为现在的世界民族大家庭中的一员了。

这支装备充足的队伍,踯躅在大海和沙漠的边缘。他们焦虑而且犹疑,许多未知的路展现在他们的脑海里,他们面临着和若干千年前同类相同的各种选择,那结果会完全不同:要么成为僵尸,要么成为沙漠人,要么沿海岸择地而居,要么进入大海以寻求那遥远不可知的地平线……

两天后他们重返沙漠,因为他们是从沙漠的那一端来的,他们仍要回沙漠的那一端去。——事实就是如此简单!

红　木　箱

　　吃过早饭,陈军正要下地,队长良元过来告诉他:"小陈,刚才公社管秘书打咱庄过,叫捎个话给你,县知青办定下来叫你参加写作班子,明个上午去报到。"陈军说:"也没讲得多长时间?"队长良元说:"那倒没讲,少了也得十天半月。你去就是了。"陈军讲:"好,俺明个去。"良元讲:"你今个不用上东北湖看机子了,你在家拾掇拾掇,俺找人替你。"陈军说:"有啥拾掇,明个去就是了。"良元见他这样说了,也不好拦他。陈军赤着脚,上身裸着,下身穿一条挽着裤管的蓝布裤子,空着手往东北湖去了。

　　太阳这时才升起来不久,天已经开始热了。陈军赤着脚,叭叭地踩着干焦的土地出了庄。田里的庄稼:红芋、高粱、黄豆、大蜀黍,一夜里得了凉气、潮气的滋润,都是鲜青青的。东北湖稻地离庄子大约有两里地远,这是队里淮北变江南计划的一部分。陈军到的时候,学有正在水里洗脚,抽水机"嘭嘭嘭嘭"地响着。陈军说:"学有,你回家吧。"学有答应一声,拾掇拾掇,打塑料棚里捡了小褂,摇摇晃晃地回庄了。

　　剩下陈军,他先各处看一遍,都正常,他就在离机子老远的一棵小树底下坐下来,点了根烟抽,闲坐着。过了半个多时辰,打庄的方向来了几个娘们,都扛着锨,是上东南湖撒粪的,果然她们在半路上就往南折了去了。她们的身形才瞧不见,打庄里又出来一个娘们,大热的天,还穿着件素黄花的长袖小褂,穿一条蓝裤子,穿得一板一眼的,胳膊弯子里挎着个小篮子。愈走得近了,才望见那不是个娘们,是个姑娘。走到稻田边上了。陈军打招呼说:"春梅,上哪去？大热天穿得一板一眼的。"春梅笑得好看，笑着说："上东庄俺二姨家。"陈军说："上你二姨家，篮里挎了啥好吃的？"春梅说："俺娘腌的几个咸鸭蛋，打腊月里腌，俺到现在也没臭，还都腌出油来了。俺留两个你尝尝。"陈军说："俺不要，你那鸭蛋有数，到你二姨家少了，你讲不明了。"春梅说："俺就讲是俺路上吃了。"陈军讲："大热的天，你要真吃两个咸鸭蛋，不齁的慌？"春梅讲："俺就说俺搁路上喝了水了。"陈军讲："搁哪喝的水？"春梅讲："搁俺庄东北湖稻地机井边上喝的。"

  春梅留下两个咸鸭蛋走了。一路往东去，就出了县界，到泗州的地方了。稻地这里很清静，北面是树木葱郁的新汴河大堤，西面、东面、南面，都是青庄稼地。陈军吃了两个咸鸭蛋，趴在水口喝了一气凉水，就仰在小树的凉荫里望天了。望到小晌午，打东边一摇一摆地又过来一个娘们，走近了方看清那是春梅，脸晒得红扑扑。陈军坐起来说："春梅，咋这样快就回啦，没搁你二姨家吃饭？"春梅说："没吃，吃饭耽误事，俺娘叫俺早去早回，下午俺还得下地挣工分哪。"胳膊弯里还是那个小篮，沉沉的。陈军说："鸭蛋送去了呗？"春梅说："鸭蛋送去了，俺二姨叫俺带几个香瓜家来，留两个你解个渴呗。"陈军说："你那香瓜有数，家去你娘问起来，你讲不明白。"春梅说："俺就讲俺路上吃了。"春梅打篮里拿出两个香瓜，一人一个吃了，讲了一会话，春梅才起来往庄里去。

  春梅是庄里最好看的姑娘，人大方，又懂礼节。晚上陈军吃过饭洗过澡，就上庄东头串门去。天上的星出得齐整，明个准又是个晴热天。夏夜里却凉快，风，爽爽的，一阵阵打庄稼地里吹过来，穿庄而过，又回到庄稼地里。陈军拐到月亮河边上，月亮河边更凉快，水里的凉爽气层层地漫上来。春梅家就离月亮河不远，她家人缘好，人都愿意上她家串门。陈军到的时候，春梅家院里已经有了三四个串门的了，正闲谈前几天队里开社员会提的一些问题，春梅在纳鞋底,春梅娘捡小麦里的土粒,小产娘在捻线。胜元说:"叫咱们摆队里的资本主义表现,谈问题,摆事例,那些事哪个社员不知道。就讲不合理开支吧,队里经常拿集体的东西送人,社员看到一袋袋花生、一包包大米白白送了人,哪个不憋一肚子气,这都是咱们自个的劳动成果!再讲阶级斗争抓得松,以前对四类分子管得可严了,白天强迫他干活,晚上开会学习,散了学习命令他站岗,他敢说个不字?现在可好,四类分子活不干也没人问,咱们开会,他在家睡大觉。嗨,咱讲这也没用!"春梅娘说:"知道没用你还肯讲。"学东说:"叫你闲操心。你没听社员讲:茶壶、酒壶、马马虎虎。啥意思?有过不去的事了,把干部往家里头一拉,递烟、敬酒,好生招待,一吃二喝,啥事都能成。"春梅的弟弟学家,高中才下学,接上讲:"你这话讲得不对,一吃二喝,干部就放弃了原则,放弃了斗争?那样的干部是极少数,只占百分之零点五。俺问你,'三项指示为纲'的要害在哪里?就是不要阶级斗争,这句话的要害也是放弃阶级斗争,这可能是两种思想的斗争,也可能是两条路线的斗争。"胜元讲:"再拿咱公社的平坟运动来讲,要求所有耕地里的坟都平掉,有些队干部重视,就完成得好,有些队干部马马虎虎,就完成得不好。还有些队只把坟的上边给平了,往后这个事抓得松了,坟主马上又能把坟再添起来,这不叫阶级斗争叫啥?"春梅说:"小事情也能看出大问题来。"陈军说:"这就跟咱们点化肥一样,点化肥是为了使小麦长得更壮更旺盛,假如化肥撒到了窝窝外面,就起不到作用,就会白白浪费掉,所以化肥点得好坏,直接影响到小麦的成长,影响到下季的收获,这是重要的一环。咱们国家从半封建半殖民地社会进入共产主义社会,必须经过社会主义这个过渡阶段,社会主义能不能搞好,也直接影响到共产主义社会到来的早迟,影响到无产阶级艰苦奋斗得来的成果的好坏。"学东说:"那现在人的思想觉悟还有不少达不到的,就像前庄,干部才讲要收回自留地,社员就讲了:那咱往后就前院子开瓷店,后院子开棍厂。啥意思哩?瓷店就是要饭碗,棍厂就是要饭棍,就讲要出去要饭了。"小产娘讲:"人家不讲了:天天都有三高兴三不高兴,哪三高兴?吃饭高兴,睡觉高兴,打牌高兴。哪三不高兴?干活不高兴,捞不到上集不高兴,没钱老不高兴。这可是资本主义思想?"春梅说:"这是最狭隘的资本主义思想。"说着,就站起来把鞋底放在板凳上,出去了。陈军说:"社会主义建设、共产主义理想,在这种人身上哪还有半点地位。"学家说:"这是最典型的小资产阶级思想,私有制的残余在他们身上死灰复燃,农民的革命不彻底性就表现在这里。"小产娘讲:"哟,你不是农民?"学家说:"俺是学生。"小产娘讲:"你不是农民也是农民后代。"陈军觉着不早了,伸个懒腰,站起来往外走。其实他是想在外头撞见春梅,跟春梅讲讲话。他走到院子外头,院里的辩论还在进行着。

院子外面凉风习习,天上的星显得更亮了。陈军看见春梅家的地震庵子里有灯光,他想春梅肯定在里面,就走过去,拉开庵子门,说:"春梅。"春梅正坐在床边上干什么,看见陈军喊一声进来了,吓了一跳,连忙站起来把一件东西塞到床头的红木箱里面去。陈军说:"春梅,你在干啥?"春梅脸上红扑扑的,说:"俺啥也没干。"陈军看见床席上有些丝丝的血迹,心里一惊,忙问:"你哪里淌血了?不要紧吧?"春梅脸更红了,瞥了陈军一眼,说:"姑娘的事,小伙子不要乱问。"陈军被她说得不好意思,但又不明白是什么事,心里觉得很神秘。春梅讲:"听队长说你要上城里了。"陈军说:"县知青办抽俺去写材料,写完材料就回来。"春梅说:"那得多长时间?"陈军说:"十天半月吧。"春梅说:"俺上城里能去找你吗?"陈军说:"那当然能,你上知青办就能找到俺。"春梅说:"你别讲不认得俺。"陈军说:"俺哪能那样讲。"讲了这样一些话后,春梅说:"不早啦,歇去吧,人也快散啦。"说着往院门看了一眼,陈军说:"那俺就回啦。"

出了春梅家的地震庵子,顺来路回家去。虫都在地里"唧唧"地叫,田野的深处半黑半暗,夏夜好凉快。回到家,把凉床搬到院里,陈军依然兴奋不想睡,就点了煤油灯写日记,写道:

> 昨天下地干活,队长一路上给我讲队里每块地的名字,这些名字大部分是根据它的地理位置或特点而命名,如:"大滩",是说它较高,"河湾地"是说它在河的转弯处。有意思的是,有些老名字现在已经不适应了,如"老茔地",现在坟全扒掉了,在地里打了机井,那么就叫"机井地"吧。这是发人深思的,从旧社会转入新社会,从私有制到集体所有制,从半封建半殖民地国家跨入无产阶级专政的社会主义国家,我们经历了一个多么伟大的历史变革呀。旧的东西已经陈腐了,过时了,是革命前进的障碍;新的东西需要发扬光大,需要迅速地成长。这是十分令人深思的。
>
> 可是有些人对新的名字叫不惯,不感兴趣,为什么呢?一种是旧名的影响太深,一时难改;而另一种则是别有用心的,他们对新东西似乎感到害怕,总想阻止它的发展。这是确确实实的梦想!旧的东西已经被打碎,被铲除了,新东西是不可战胜的!是不可阻挡的!
>
> 老茔地被铲除了,它不可能再恢复,除非后一种人掌权、得势,把现在的社会翻个个儿,否则是不可能的!

陈军第二天早上一醒来,就想起春梅往红木箱里塞东西的慌张劲。她往那里头塞的啥呢?早上吃过饭,陈军挎了黄书包,带上粮票、钱物和几本薄薄的小书,跟队长良元打了招呼,就进城了。

到知青办报了到，有一位丁秘书安排他住宿，住到了凤山饭店里。凤山饭店是整个县城最大的旅社，有四层高。抽来的知青都到了，总共六个人，大部分陈军都认识，其中有一个是城东公社的，叫李孟一，有一个是尤集公社的，叫郑小江，有一个是渔沟公社的，叫袁志强。丁秘书说："你们几个都来齐了，也都认识了，今天你们先准备准备，办办自己的事；明天咱们学习文件，布置任务。吃饭你们就在食堂吃，咱们知青办统一跟饭店结账。"丁秘书详细安排完，就走了。

丁秘书一走，大家都互相说起话来。虽然同在一个县，但平常也难得见面。郑小江说："陈军，可能要分你到黄湾写材料。"陈军说："你咋知道的？"李孟一说："俺们几个来得早些，听丁秘书讲的。"陈军说："那你们几个上哪去？"郑小江说："志强上韦集，孟一上尹集，俺上浍沟，家生上界沟，新华上王集，景荣上高楼。"张新华说："哎，陈军，你认识泗州的刘新民唄？"陈军说："认得，俺们俩是高中同学，他前两天还上俺那吃过饭。"张新华讲："他对象出事啦。"陈军一惊："出啥事啦？"李孟一说："也是丁秘书讲的，讲他对象在自个的屋里叫人害了。"陈军更不相信："啥时候的事？前几天他上俺那，还讲他对象这个对象那个。"袁志强说："丁秘书讲，这个事公安局正在查，公安局还上泗州找刘新民问了情况，就是前两天的事。"陈军说："问得咋样？"张新华说："没有刘新民的事，他生产队给他出了证明，讲那几天他天天都在队里干活，早出晚归，天天都有证明。"陈军说："咱县女知青就好出事。"郑小江说："就是，不是叫人搞大肚子了，就是叫人害了，要不就农药中毒了，尽是事。"马景荣说："以后建了五·七农场，多少就好点了。"陈军说："五·七农场是咋回事，俺还没弄明白。上回俺公社的管秘书讲了一半，就有事走了，后来也没讲。"李孟一说："咋回事，上海出版的《上山下乡》第九十三期，你看了吗？"陈军说："还没看。"郑小江说:"这是方向。"袁志强说:"九十三期的书名是《来自灵城的经验》,赞扬了五·七农场的优越性,咱们县哪个公社都要建立五·七农场,农场办好后,全部知青都要进去。"陈军说:"全部都进去?"郑小江说:"五·七农场是半工半农的,上海帮助俺们建厂,小五金厂的原料来源是上海,产品销路也是上海负责。"李孟一说:"为了打消顾虑,以后知青招工招生,全部从农场招,下面大、小队没有名额。"陈军说:"要真是那样,跟贫下中农不就远了,不在生产队,还咋样接受再教育?"张新华说:"俺也觉得不一定是方向,不在生产队,对缩小三大差别不利,另外知识青年也不能普遍地把知识传授给贫下中农,对于普遍改变农村的落后面貌也起不到多少作用了。"袁志强说:"这件事俺还没去想。"

吃过午饭,大家又吹了一会牛,一点都不想睡觉,天气又热。袁志强说:"咱们打篮球去,哎,陈军,听说你在学校时还是年级队的主力哩。"陈军说:"就是的。咱们上哪打去?"袁志强说:"上体委篮球场。"李孟一说:"球呢?没球打个屁。"袁志强说:"上体委借,俺有个亲戚就在体委。"大家一致说好,爬起来就走。陈军说:"俺有一年多没摸过球了,上回还是在公社中学玩了一会。"

盛夏的中午,太阳火辣辣地晒着。他们六七个小伙子,都晒得发黑,在毒太阳底下走得十分带劲。到了篮球场,袁志强去借了个八瓣篮球,大家脱了背心,只穿一件裤头、一双凉鞋,就冲上球场干了起来。

县城的球场比公社中学的是好些,水泥的,但正晌午打球,就觉得连鞋底都发烫。但他们不怕,他们七个人分成两边,一边三个,一边四个,三个的强些,四个的弱些。他们打得挥汗如雨、热火朝天。这时候正是午休的时间,也没有人来打扰他们,整座县城都晒得蔫了,很安静,街上行人也极少,就他们几个在水泥球场上,一丝不苟地呼喊、防守、传球、盘球、带球上篮。

打到最后,陈军他们三个人胜了袁志强他们四个人。李孟一说:"不打了,太热了,咱们下河洗澡去。"陈军说:"上新汴河?走哇!"大家都叫好,说:"走！洗澡去！"袁志强说:"陈军游泳也行,还在地区拿过名次。"郑小江说:"可是的?"陈军说:"就是的。"李孟一说:"走,咱们上水里学一手去。"

还了篮球,他们七个人把背心撂在肩膀上,兴冲冲地奔汴河灵西闸去。汴河灵西闸离县城还有三四里路,他们沿着公路走,公路上的柏油都晒化了,响午汽车很少。出城不远,就看见城西北角的凤山了。凤山是传说以前有凤凰落过,所以叫凤山的。凤山上有个防震庵子,抗震最紧张的时候,有两个男女青年在庵子里谈恋爱,叫人发现了,受到了很严重的处分,当时全县人民都知道这件事。

经过半个多小时的疾走,他们来到灵西闸。闸上游的水又深又清,他们看见了,不禁都欢呼起来:"乌啦！"——这是看《列宁在1918》等苏联电影看多了学会的。水里有一些孩子和小伙子在游,看见他们这些人来了,都往边上避开。他们甩掉手上拎着的衣服,一个饿虎扑食,扑通扑通都跃进水里。水面有些温,但水里很凉爽。他们把水搅得乱翻,一个个往河中心游去,桥上的人都看他们。游了一会,陆陆续续都回去了,只剩下陈军、李孟一和袁志强。河面很宽很宽,陈军率先游到对岸。李孟一和袁志强也游过来了。三个人站在水里,李孟一说:"晚上看戏去。"袁志强说:"啥戏?"李孟一说:"泗州戏,《送粮路上》,地区泗州剧团来演的。"陈军说:"俺看不成了,俺晚上还得上一个亲戚家去,原先就讲好的。"袁志强说:"马景荣跟郑小江是戏迷,拉他俩去。"歇了一会,三个人又哗啦哗啦游回北岸。

晚上食堂吃饭早,吃过饭太阳才刚落山。一吃过饭,陈军就独自个上他的邮电局的远房亲戚家去了。

到了邮电局,进门喊一声:"大哥。"大哥一家正在吃饭,大嫂说:"陈军来啦,赶忙坐下一块吃。"陈军说:"俺吃过了。"坐下讲了一会话,陈军说:"大哥,俺想骑你车子出去一会,明早就送来。"大哥说:"你骑就是了。"陈军推了车子出门往灵西闸骑,骑到闸桥南边花池边停下车子,点上一根烟吸。桥头凉风习习,河里头有凉气往上升,风从河上吹过,也凉了不少。陈军吸着烟,眼见着天往黑里去了,路边的几个小店都把电灯拉亮。公路也影影绰绰看不大分明了。

陈军还觉着时候早了些。他又掏出根烟来吸着。公路上人车渐稀。路边商店里的一户人家,正拿凉水把店门前空地浇湿了,搬出方桌方凳,稀饭馒头来,两男两女围坐在桌边,就着店里的光亮吃晚饭。

那原来是夫妻两个带两个十一二岁的小孩。陈军坐的地方,离那家人不远,听见他们香喷喷地吃,一边吃一边听,那个男的讲:"小官,俺出个题考考你,看你搁学校里学得咋样。"那个男孩子讲:"你考你考。"男的讲:"俺讲的是个破案的事。有一家大仓库,大仓库里啥都有,吃的,穿的,用的,都有,想要啥有啥。仓库前头有个值班室,值班室里挂着个大钟,一个老头天天晚上值班看仓库。"

陈军悠悠地吸着烟,心正往一个寂寂的地方沉了去。那家男人接着讲:"这一天是大年初二,可仓库叫小偷偷了,啥都偷了,吃的,穿的,用的,都偷了。公安局来调查,问老头:夜里你可看见有啥人,有啥动静?老头说:夜里俺听见仓库里有响动,俺爬起来从窗户往外一看,只见月光底下,有十几个小偷正从仓库里往外扛东西,俺回头看看墙上挂的钟,正是十二点整。公安局的说:抓起来,小偷就是你!俺问你,小官,公安局凭啥讲老头就是小偷?"男孩被大人问了,闭着嘴想了想,突然叫道:"那老头态度不好。"男的讲:

"不对。那老头态度好,出身也好,根正苗红,新中国成立前受过地主资本家的压迫,是个苦出身。"男孩想了想,又叫起来:"他没锁好门。"男的斥道:"不准瞎猜!"男孩"咩"地做个怪动作,想了想,又叫道:"他变修了。"男的说:"他是变修了,可公安局咋样知道他变修了的?"男孩叫道:"公安局有照妖镜。"男的没作声。男孩又叫道:"拿照妖镜一照,啥都照出来了。"男的勃然大怒,啪地拍了一下桌子,把桌子碗都拍得一震:"照你妈拉个×!"男孩吓得爬起来就跑,男的手执筷子在后头撵,女人在桌子旁哈哈大笑。

那男的到底也没追上男孩,悻悻地回到桌边继续吃饭。陈军吸完两根烟,看天完全黑了,就起身往小店去,唤那女的拿了一包烟,顺嘴问:"现时几点了?"那女的往商品架后头望了一眼,道:"八点二十。"陈军谢了她,装好烟,出门骑了车子就上路了。车头往下一拐,上了一条土大路,开始骑得还有些慢,待适应了,就骑得快了,"哗哗"地使劲往前蹬。

夜色浓郁。但毕竟是夏夜,天晴得好,有些星在天上,天地之间就有些微弱的光亮,路也朦朦胧胧能看见发白的路面。陈军使劲往前骑,乡间的路上已没什么人了,一路骑过去,过小桥,过洼地,打村庄边擦过去,忽然前头望见千湖庄了,过了一两块红芋地,就望见千湖庄庄头的一排房子了。陈军下了车,把车停在路边上,在路旁的沟沿坐下,估摸了时间,打口袋里摸出一根烟来吸。这段路不近,又是拼命骑的,现时还有些发喘。陈军抽着烟,眼望着黑影里的村庄。村庄里的灯火已经稀落了,现在这个时候,大多数人家都吃过晚饭,都睡了,歇了。陈军吸完一支烟,又打口袋里掏出来一支,接在烟屁股上,接着吸,烟火在田野里一红一红。田野渐起了些凉快的风,风吹在庄稼地里,发出些"沙沙"的声音。陈军抽完两支烟,坐了一会,觉着这时间差不多了,就起来上了车子往来路上回。他仍是拼命地蹬,夜色浓郁,自行车经常拐到坑洼的地方,蹦跳起来。

终于车头一拐,上了大公路,灵西闸就在前面了。其实陈军在学校里就听同学传过那个破案的故事,是在分成政文班、卫生班和农机班,在单家大队宣传"农业学大寨"时听到的。故事的答案很简单:因为是大年初二,哪里来的月亮光。分明是看仓库的老头监守自盗。上了灵西闸,陈军没下车,也没歇气,继续使劲往前蹬。过了桥,他没减速,一直冲过灵城,往泗州的方向飞骑而去。大公路上平坦多了,路有些弯。过了虞姬墓就快到泗州的县界了。陈军拼命骑,过了县界,到了上马铺,上马铺有零星的几家商店。过了上马铺,车头一拐,下了大公路,上了一条土路,土路这一段也就三两里地,望见前头有个庄子,就是旗杆庄。陈军在庄外停下,喘了几口气,又上了车往回骑,骑到上马铺,下了车去一个大些的商店买吃的,店里的人搬了张凉床堵在店门口,正睡得香。陈军喊醒他,那人起来去点了灯。陈军讲:"买一盒饼干。"那人讲:"二两粮票,九分钱。"陈军拿了粮票和钱给他,顺口问:"请问现在几点?"那人把灯端在货架上,眯眼瞅瞅,讲:"十二点半。"陈军谢了他,骑上车,一边吃饼干,一边往回骑,现在骑得就慢了,也不急着赶了。骑到灵城,已是夜里一两点钟了,到了凤山饭店,先把车扛到楼上,又到洗脸间去喝了一肚子自来水,喝饱轻手轻脚进了房间睡觉。这一天太累了,陈军上床就睡熟了。

第二天早上郑小江问:"陈军,昨晚上你啥时候回来的?"陈军说:"一两点吧,俺没有表,具体也不知道是几点。"郑小江说:"昨晚上你一走,丁秘书和乔主任就来了,说会议要提前开,时间紧,叫大伙今天就下去,昨晚又组织俺们学了个把小时文件。"陈军说:"你们今天上午都走?"李孟一说:"叫你今天上午到知青办去,咱们一块去,还得拿介绍信,还得借钱。"

吃过饭,陈军早走一步去还了车子,又回来跟大伙一道去知青办。知青办在县委大院旁边的一幢小旧楼里办公。早上天气还不太热,知青办的人都已经上班了,丁秘书见到陈军,对他招招手说:"陈军,你来。"陈军跟着丁秘书上了二楼,进了主任室。主任室里坐着一个发胖的中年人。丁秘书说:"陈军来了。"又对陈军说:"这是乔主任。"陈军打个招呼说:"乔主任。"乔主任说:"坐,坐。"坐下了,乔主任说:"小陈,昨晚你出去了,不在,昨晚大家学习了文件、材料,又布置了任务,决定派你到黄湾公社去,写黄湾公社青苗石大队的知青小组,当地叫青年队。你从丁秘书那里领几份学习材料,你自己看看,学学,再从会计那领三十块钱,再开一张介绍信,你到黄湾以后,找公社分管知青工作的郭秘书。"交代完了,丁秘书又领陈军到一楼,开了介绍信,借了三十块钱,领了学习材料:两本上海出版的《上山下乡》,一本地区知青领导小组编的《知识青年先进事迹材料汇编》。手续一办完,大家发扬连续作战的精神,马不停蹄都去了汽车站。已经九点了,还不知道上午能不能走掉。

盛夏时节,坐车的人少了许多,但因为长途汽车班次太少,大部分又都是过路车,所以人还是拥挤。陈军算是幸运儿,排到跟前买到了票,售票的小窗啪一声关了,后面的人都得等下一班车。郑小江、李孟一他们跟陈军都不是一个方向,他们的车都没来。陈军说:"那俺先走了。"袁志强说:"你先走吧,俺们继续排队,要是现在不排,下午还不一定能买上。"陈军拿了票奔了检票口,检票口又排起一个队,又脏又旧又小的候车室里闷热难挨,空气中的味道也不对头。陈军身上的衣服都汗湿得淌水,但他心里兴奋得很,因为他这是第一次花公家的钱,为公家办事,又是独立去办一件事的。他年轻,身体又好,什么样的苦都能吃,也愿意去吃。

车终于来了,是从泗州发来的车。检了票,大家一窝蜂地去抢座位。可是车上早已有很多人了,有些人还站着。陈军找了个离窗户近的地方站定。车慢慢开出车站,开出城,开到闸桥上,又一直往西南开,开到田野里。

车上人挤人,人挨人,一点闲空都没有。陈军两眼看着车窗外,车窗外的田地和庄稼,他都非常熟悉,下乡两年来,他对庄稼和庄稼活,完全熟悉了。但是现在从车上往下看,又是一种味道。黄湾他还从没去过,不知那是什么样的一个地方。

陈军和刘新民是高中时的同学。刘新民的父亲是地区保卫组的一个头头,有的同学说,他父亲爬得非常快,前两年还是一个办事员,眨眼之间就升上去了。陈军到刘新民家玩时,见过刘新民的父亲,他父亲看上去很年轻,只有四十多岁,他不太跟刘新民的同学说话,只顾皱着眉头吃饭,总是一副不高兴的样子。

刘新民在高一和高二第一学期很活跃。高一第二学期考试时,发生了一件事。物理老师戈广大拿着考卷走上了讲台。戈老师是个矮个子,肉嘟嘟的,显得很粗很严厉。他抓学习也抓得最紧,许多同学对他都有点反感,因为他给同学的自由太少了。他腆着肚子站在讲台上,说话时拿卷子的手一扬一扬的。

"今天考试,有个规定,不准讨论,不准研究,不准交头接耳,独立完成。"他的话音刚落,同学们就嗡嗡起来,平常考试都是开卷,有时候还是提前发给大家,拿回家做好,第二天再交来的。戈广大老师又想出什么馊主意了?坐在陈军身后的刘新民大声说:"说清楚,为什么不准讨论?"

戈广大老师仍然腆着个肚子,居高临下看着下面乱哄哄的场面,不耐烦地说:"吵吵什么,唵?有什么意见,站起来说。"

这一招有效,大部分同学都静下去了。刘新民从陈军后面站起来,大声说:"为什么不准讨论,不准研究,谁规定的,说清楚。"

戈广大老师说："教研组决定的,不准讨论,不准研究,独立完成,你们还有什么意见,都讲出来。"

刘新民说："我们不会做,就是要研究,讨论。"

戈广大老师大约没料到会出这个岔子,也气了,啪地一拍桌子："我说不准,就是不准,如果有偏题,怪题,你们可以到学校去提。"

刘新民大声说："你说的不算！对,你说的不算！"

戈广大老师没有什么办法,只好说："好,你们哪几个要研究,你们研究,我说过了,不准讨论。"

课堂下的同学都骚动起来："研究,大家都研究。"

刘新民坐下去了。戈广大老师说："你们哪几个要研究。你们研究,我说过了,不准讨论,不准研究。"

讲过之后,发卷子。卷子发下来大家一看,容易得很。刘新民说："容易得很。不过,要对他说清楚,不会就要研究,不能让资产阶级教育路线回潮。"

高二第一学期末,以前的班主任生病住院,新调来一个班主任,是刘新民的亲姑。当时同学们已经在议论毕业下放的事了,听说上面和学校也都抓得很紧。在课堂上,刘老师说："下放时,要首先动员刘新民下去,让刘新民带个头。"但是下学期开学时,刘新民却没来上课,谁也不知道他上哪去了。后来有一次学校秋忙假到城郊劳动,突然在一个农机修理厂碰到了刘新民,刘新民正在搬轮胎,短短的四个月,刘新民全变了,他晒得又黑又壮,讲话也粗粗拉拉的,同学们都说他变了,完全变了,变得一点也不像个学生的样子了。大家私下里议论纷纷,说知人知面不知心,刘老师原先当着全体同学的面说的话,现在被事实否定了,刘新民肯定是想躲避下放。可过了一个多月,刘新民突然又到校上课了,大家都不知道是因为什么。接着就毕业下放了,陈军下放在灵城县月亮滩庄,刘新民下放在泗州旗杆庄,虽然是两个县,但相距并不远,二三十里地,骑车子个把小时就到了。

黄湾离县城也不远,汽车开开停停,停停开开,上人下人,没多长时间就到了。

陈军跳下车,先找到公社,公社院子不小,也比较深,安静。天气酷热,公社人都走得差不多了,陈军找到办公室,办公室里总共只有一个人,五十多岁,农民模样,正忙着往一个黑提包里拾掇东西。陈军说:"请问公社的郭秘书可在?"那人抬头望望他,停了手里的活,说:"俺就是,你打哪来的?"陈军说:"俺打县知青办来的,俺这有介绍信。"说着打黄书包里掏出介绍信给郭秘书看。郭秘书接过介绍信,坐下来,看了一遍,说:"噢,陈军同志,你刚到吧?"陈军说:"刚到,刚下车。"郭秘书想了想说:"俺刚才跟书记请了假,正要回家去。这样吧,俺给你写个条子,明天你自个就上青苗石去,青苗石离这不远,四五里地,打公社这出去,一个劲往西走,见着庄子,那就是青苗石,你找青年队的小王、小张,他俩负责。他们原先有个典型材料,你找他们要来看看。"说着,打开已经锁了的抽屉,从里面拿出钢笔和纸,写了一个便条:

王红军、张才同志:

你们好!

县里的知青先代会很快就要召开了,县里派陈军同志来帮助你们写典型事迹材料,希望你们积极配合。

敬祝毛主席万寿无疆!

此致

敬礼

郭秘书

即日

郭秘书把条子递给陈军,又从抽屉里拿出几个红绿纸牌牌,站起来说:"吃饭你就在公社食堂吃,吃一顿,给他一个纸牌;住,就住在供销社招待所,咱公社没有招待所,你回去能报吗?"陈军说:"能报,知青办给报。"说话时郭秘书就往外走,陈军也跟着往外走,走到门外,郭秘书转身锁了门,锁过门又说:"住一晚五毛钱,啥都有,也有蚊帐,俺带你去先住下。"陈军说:"你啥时候回来?"郭秘书说:"俺家里头有事,两三天时间就回来了。你要是碰见啥事,去办公室找通信员小宋,叫他替你办,等会俺找他打个招呼。"两人拐弯抹角,回到陈军刚才下车的地方,那路边有一排房子,其中一个门上写着:黄湾供销社招待所。郭秘书带了陈军进去,原来是个三间通的大房子,里头摆放了十几张床。房子靠南还有个门,过去就是小院,一个中年妇女在小院的丝瓜棚底下洗衣裳。郭秘书讲:"来客人啦,这是县里来的陈军同志,你安排他住下吧。"中年妇女站起来说:"行,住下呗。"

安排好了,郭秘书就走了。

陈军先擦洗一遍,又上食堂吃了饭,回到招待所,坐不住,急着想去办事情,去工作。他走到门口,门外是通县城的公路,虽然太阳已经偏西了,但仍酷热难挡,把公路照得白花花的,直闪眼。这时公路上也没有什么车走动,黄湾这地方已是一片沉寂了,只有知了高声嘶鸣。公路对面,是老长老长的杨树苗林子,有几里路长,长得像望不见边。陈军原本就喜欢大自然,现在见到这样一大片从来没碰见过的杨树苗林子,顿时觉得很激动,脚不由自主就往公路上走,也顾不得太阳的毒辣了。

陈军是个黑红脸膛的小伙子,个头高高的,身体结实。他走上公路,在公路中间站住,往两头远远地望着,心里充满了遥远的想法。他感到浑身都是力量,这种力量能打败一切侵略者,能改天换地,能肩起一切革命的重担。看了一会,陈军过了公路,往杨树苗林子里走。杨树苗长着很大的肥嫩的叶片。林子里有些小路,曲曲弯弯地伸进林子的深处。陈军走进林子里,林子里静极了,虽然有点闷热,但树叶的清气还不少。陈军喜欢极了,他情不自禁地"啊啊"地叫了几声,因为离人家不太远,他没敢放声大叫。他在林子里一点一点地走着,东钻西看。苗林像没有边际的一样,浩浩瀚瀚,林子里偶尔有小片的野草地,野草暴露在太阳光下,被太阳晒得温软了,陈军从草地上蹚过去的时候,有几只红蜻蜓飞出来,还有一些发绿的和发灰的蚂蚱,乱蹦乱跳。

　　离开草地,陈军又走进杨树苗林子里。地很干,陈军在树苗底下坐下,汗从脸上吧嗒吧嗒地掉下来,但陈军觉得心里头舒服极了,他觉得生活的色彩正在他面前眼花缭乱地铺展开,前景无比辉煌,他有力量去干一切事情,别人都干不了的,他也能干。来了一阵小风,肥嫩的叶片微微地晃动起来。陈军突然想起,那天晚上他一推开庵子门,春梅惊慌失措地往红木箱里塞东西的情景;他觉得很神秘,他想去探讨个究竟,那是什么东西呢?陈军心里舒服极了,他站起来又在林子里走动了。走了一会,陈军看见前面有一棵稍微大些的树,走过去一看,原来是一棵泡桐树,长得比较大些,树底下的树荫也大些,泡桐树的树根在地底下发胀,把地面都隆起了一道一道的土包。树林里安静极了,陈军猛然想到,这里是学习的好地方呀。他急急忙忙地往回走,穿过公路,回到招待所,从黄书包里拿了一本薄薄的书和一支圆珠笔,又跑出来。

　　公社的几排房子和公路上,仍然是静悄悄的,太阳又斜了一些,但还是酷热晒人。陈军急急忙忙回到泡桐树下,靠着树坐了,摊开书来读。这是一本列宁写的书,书名叫《国家与革命》,是年初陈军制定学习计划时,专门写信叫家里从宿县买了寄来的,他已经看了一二十面了,还用红圆珠笔在他认为重要的地方画了线。陈军翻开折角的那一页,接着上一次读断的地方往下读。

国家是特殊的强力组织,是用来镇压某一个阶级的暴力组织。无产阶级要镇压的究竟是哪一个阶级呢?当然只是剥削阶级,即资产阶级。劳动者需要国家只是为了镇压剥削者的反抗,而能够领导和实行这种镇压的只有无产阶级,因为无产阶级是唯一彻底革命的阶级,是唯一能够团结一切被剥削劳动群众对资产阶级进行斗争,把资产阶级完全铲除的阶级。

陈军觉得对极了,列宁的每一句话都说到他的心坎里去了。他握紧拳头,在地上捶了一下,拿起红圆珠笔,在有关的句子下画了红线,并在"强力组织""暴力组织""镇压""反抗"等词下划了双横线。他接着读下去。

剥削阶级需要政治统治是为了维持剥削,也就是为了极少数人的私利去反对绝大多数人民。被剥削阶级需要政治统治,是为了彻底消灭一切剥削,也就是为了绝大多数人民的利益去反对极少数的现代奴隶主——地主和资本家。

陈军又用拳头在地上捶了一下。他看一会,抬起头来想一会,在书上画一些道道,有时还把一些精彩的段落或者句子重复地念上几遍,仔细揣摸其中的含义。偶尔他也站起来在树底下来回走一会。读了两个来钟头,树凉荫逐渐拉得很远了,陈军也已经跟着树凉荫挪了好几个地方了,他觉得有点疲劳,就合了书站起来,在林子里随便走走,活动活动,他觉得这里真是个读书的好地方,一定要多住几天,他真喜欢这个地方。他走到刚才没有走到的地方,这里的风略微大些,他继续往前走,突然走出了杨树苗林子,眼前陡然一阔,一亮,啊,陈军差点喊出声来,在他的面前,是一个偌大无比的荒原,荒原望不见边际,也望不见村庄,望不见人烟。啊!他激动极了,他以前读过的一些小说里,有荒原的描写,荒原广大无边,令人激动万分,但那都是在边远地区,陈军从来没见过,想不到在这里碰到了。他激动不已,离开树苗林,一下子跑到荒原上了。

荒原上到处都长着野草,荒原上风也大些,无遮无拦,连一棵树都没有,野草在风里抖动,这是真正的荒原!陈军在荒原上一边走,一边四处看,什么都看不够。荒原上有一些小小的起伏,有的地方高一些,有的地方低一些。荒原上被人踩出来的毛毛道,通向好几个地方,但大部分都是通向荒原的深处里的,显得既吸引人,又神秘。太阳已经偏到很西的地方去了,荒原上傍晚的风开始刮起来,刮得很远很远。荒原上有一些水洼子,水洼有的大,有的小,有的略深些,有的浅一些,水洼里的水大部分像是下暴雨时留下的,比较混浊。陈军选了一条较大的毛毛路,顺着毛毛路向荒原的深处走。走了几十步以后,路边出现一条小沙河,河水清清的,水量不大,因为地形高低不平,小沙河也时高时低,一会儿水流平缓了,一会儿水流湍急地直泻下去;有时候水流能把地面切割成一个很深陡的土沟,水就在沟底"哗哗"地急速地流泻。

陈军一步一步地走着,他有时蹲下去摸摸荒草,有时到沙河边去看水流,有时站在高处往荒原的最深里看。夕阳的余光还在水洼里闪动,远近连一个人都没有,很远处的一些荒草丛中,有些鸟的影子在飞起落下。陈军的心里充满了激情。他在荒原上大步地走着,他的两只胳膊不时在空中挥动,他的胸中塞满了东西。他决定朗诵毛主席的词:《水调歌头·重上井冈山》。陈军记得很清楚,毛主席这首词的发表,是在一个元旦的晚上,当时他还在城里,元旦那天晚上他和几个同学回家,天很冷,下着大雪,地上已经积了好厚一层雪了,街上的广播喇叭在冬夜里很响,正是中央人民广播电台的联播节目时间。同行的一个同学突然说:"听。"大家一听,广播里是一个男播音员的声音,正在朗诵新发表的毛主席的两首词。他们都激动不已,站在大雪里一直听到结束,街上的行人也都站在原地认真地听着。听了以后,他们激情澎湃,议论了很久,那时候经常有一些激动人心的事情发生。第二天陈军就到邮局的读报栏把两首词抄下来,背熟了。到农村后,他一个人走路时,不是唱革命歌曲,就是背诵毛主席诗词,而这首词他背诵的遍数最多,他学习那个男播音员的声音,每次背诵,他都很激动。现在,又是陈军大声背诵毛主席诗词的好时候了,他觉得,在这种环境下,天高地阔,只有大声地背诵毛主席的诗词,才能最大限度地表达胸中的激情。陈军四面环顾,荒原上野草萋迷,苍茫一片,一个人也没有。他敞开喉咙,用最大的声音,背诵起来。

久有凌云志,
重上井冈山,
千里来寻故地,
旧貌变新颜。
到处莺歌燕舞,
更有潺潺流水,
高路入云端。
过了黄洋界,
险处不须看。

风雷动,

旌旗奋,
是人寰。
三十八年过去,
弹指一挥间。
可上九天揽月,
可下五洋捉鳖,
谈笑凯歌还。
世上无难事,
只要肯登攀。

背诵完毕,陈军心潮起伏,毛主席诗词的光辉横贯他的胸中,那种磅礴气势和眼前的苍茫景象混合在一起,使他热泪盈眶,激动万分,充满了必胜的信念。陈军觉得这个地方真是太好了,他真想扑在大地上去拥抱它。陈军决定,在黄湾的每一天,都要到荒原来。

晚饭后,黄湾慢慢在夜幕的笼罩下睡去。夜晚很清凉,可能跟这里的大量的树、空旷的荒原和广大的田野有关。陈军点灯熬油,在灯下写了日记,又读了一会列宁著作,才睡去。夜更深静了,偏远荒僻的黄湾,四处都是虫鸣声,此一处彼一处汇成一片,响得深远、和谐。凉气上来了,这时需要盖上被单或者小薄被,黄湾愈加沉入厚实完整的自然界里去,一点人工的声音都不存在。陈军睡得又深又沉,第二天早上天才刚亮,陈军顿然醒来。他起床洗了脸,时候很早,吃早饭还得好长一段时间,陈军在公路边活动一下身子,乡村清晨的空气干净清爽,公路上已经有一些农民在走动了,还有几个拉板车的农民,车上拉着西瓜,往县城的方向走,他们有男有女,有中年人,有青年人,陈军看着他们走过去,他觉得他们队里的革命和生产肯定都搞得很好,从他们不怕困难、勇往直前的坚定步伐上就能看出来。公路上一辆汽车也没有,也许太早了,汽车还没开动。陈军穿过公路走进杨树苗林子里,他想看看清晨的树苗林和荒原是什么样子的。

杨树苗林子里凝重而清凉,夜里大概有露水,肥嫩的树叶上湿漉漉的,风也都被夜的潮气沾湿了,刮不动了,因此一点风都没有。陈军走在林间的小路上,小路被树苗挤得太窄、太矮,陈军不得不时时低头弓腰,即使这样,肥嫩的树叶也不时扫在他的身上和脸上,每扫一次,他的身上和脸上都增加一道道湿湿的水痕,都使他觉得更有凉意。林子深处传来"咕咕"的鸟叫。陈军向鸟叫的方向找去,走了几步,"咕咕"的鸟叫声又改变了方向,陈军站住听了听,就向新的方向去找,找了几步之后,"咕咕"的鸟叫声又改变了方向。陈军知道找不到叫着的鸟了,他径直向荒原的方向走去。树林很快被走完了,面前顿然一亮、一阔,荒原又一次出现在陈军的面前。荒原真大,真宽阔,陈军心里舒坦极了,他伸开双臂,做了几下深呼吸,荒原上的空气也是湿漉漉的,有一些很薄的小雾,在这里那里聚成一片。荒原上还是一个人也没有。陈军决定在荒原上跑步,一方面是锻炼身体,另一方面也是抒发自己的革命激情。

陈军开始跑起来。他先跑得较慢,等活动开了,他跑得就快了。拐过水洼,穿过草地,他跑到昨天走过的小毛路上,就顺着路一直往荒原的深处跑。"咕咕"的鸟叫声,在荒原的一些地方也早响起来了,鸟大都在地上、草里"咕咕"地叫,唱着晨曲,很少飞起来,偶尔有飞起来的,也扑噜噜显得很沉重。东边的天上青白一片,朝霞可能很快就要升起来了,荒原上的薄雾在悄悄地流动着,细微细微的风慢慢滑动起来。陈军跑出了汗,他来到小沙河边,停住脚步,抄起小沙河里的水在脸上洗了洗。朝霞快要出来了,陈军在荒原上走动,他不时"啊啊"地对着荒原、天空大叫几声;他不住地伸直双臂在空中挥动,像是要拥抱天空的样子。

朝霞终于升起来了,五彩纷呈,气势非凡。荒原上的薄雾很快就散掉了。陈军又观看、活动了一会,觉得快到吃饭的时间了,他才恋恋不舍地往回走,穿过杨树苗林子,走上公路。公路上有汽车的声音了,一辆长途汽车和一辆"解放牌"卡车开过去了。陈军又给自己增加了一条决定:每天早晨都要早起,到荒原上去跑步,锻炼,不准睡懒觉!

吃过早饭,陈军准备好本子和笔,正准备打听路线,到青苗石去,公社的通信员小宋来找他,把他的一切决定都破坏了。

小宋告诉他,刚才县知青办挂了电话来,说情况有变化,叫他立刻回县城去。陈军听了大吃一惊,他问是什么事情。小宋说:可能会议推迟了,详细情况电话里没说,只是叫他上午就回去。陈军把黄书包收拾好,结了账,在公路边等车,一直等到快中午,才挤车到县城。

陈军下了车,又吃一惊,和昨天上午离开时比较,县城的气氛完全不一样了。虽然中午很热,但街上的人明显比以往多,大街上贴了很多大字报、小字报和标语,还有些标语是在一些整张的纸上写的,一张纸写一个字,然后组合起来,十分醒目。标语上写着:千万不要忘记阶级斗争!阶级斗争是纲,其余都是目!思想上政治上的路线正确与否是决定一切的!把批林批孔运动进行到底!人人口诛笔伐,个个挥戈上阵!街道两边不间断地有一些人在围着看大字报、小字报,人们在行走时也三三两两地议论着。有两个工人模样的行人,边走边说:"就是要发动群众,发动群众才能彻底揭开阶级斗争的盖子!"陈军很兴奋地看着、听着、走着,他还不知道是怎么回事,但他已经感觉到扑面而来的硝烟炮火。到了县委大门外,人更多,都三五成群地聚在一起。县委大门口的一段街是老街,五六十年代植的两排梧桐树,现在已经长得枝繁叶茂了,树两边的墙壁上,贴满了大字报、小字报,梧桐树上也贴满了红、白标语。陈军挤到人堆里看了一眼,大字报的标题十分醒目,题目叫:彻底揭开我县阶级斗争的盖子,不获全胜,决不收兵!围观抄写的人都全神贯注,也都很认真,很严肃。

因为已经是中午了,陈军怕知青办下班了没有人,他恋恋不舍地走出人群,进了知青办的小楼。没想到知青办还有不少人,知青办的会议室里,有几个人正铺开纸用毛笔写字。陈军到了办公室,丁秘书一看他来了,忙招呼他坐下,直截了当地说:"小陈,咱们县,咱们省,以至全国的形势发展都很快。县委通知,知青先代会推迟召开,你们先住下,还是住在凤山饭店。他们几个大部分都回来了,下一步咋办,等研究以后再决定。"陈军说:"那俺先到凤山饭店去。"丁秘书说:"你去吧,好好休息休息。"

陈军回到凤山饭店,他们几个人除了马景荣以外,都回来了,正在屋里谈得热火。见陈军到了,郑小江说:"啊哈,陈军回来了,没吃饭吧,赶紧去吃饭。"陈军放下包去吃了饭,回来后大家都还聊得眼亮耳热。李孟一说:"这一次真是轰轰烈烈了,这次一定能把批林批孔运动推向一个新的高潮。"郑小江说:"以前都是'所谓'的发动群众,这次是真正地发动了群众,咱们县的阶级斗争盖子一直捂得铁紧,这次一定要轰开!"袁志强说:"对,一定要轰开!"陈军说:"咱们先上街看大字报去,外面形势发展这么快,咱们得跟上形势!"郑小江说:"对,看大字报去,咱们不能窝在旅社里当中间派、老好人。"大家群情振奋,说走就走,"噔噔噔"到了街上,一鼓作气到了县委门口。这时已是下午了,县委门口的人正在增多,有工人,有农民,有干部,有学生,有商店营业员,各行各业,一齐参战,不时有人从街外奔来,把标语和大字报、小字报刷贴在墙上,刚一贴上,立刻就会围上一圈人,大家边看边议论,还有匆匆摘抄的。

陈军他们挤在人群里看,他们每人都拿了个小本子和笔,一边看、一边抄录标题和要点,一会就分散了。陈军兴奋地边看、边抄录,天气很热,革命群众的情绪更热。到下午四五点钟的时候,街头的广播喇叭突然都响了,照理说现在不是第三次播音的时间,广播喇叭不正常地响了,一定有特殊的事情。街上的人都严肃认真极了,各自立在自己的位置上,侧耳聆听广播喇叭里的话。

原来这是县广播站转播省广播电台的节目,省里召开大会,省委要在会上作深刻检查,检查在这次批林批孔运动中犯下的方向性、路线性错误。陈军和不认识的人站在一起,静静地听着。会议还没开始,播音员反复播送毛主席语录:伟大领袖毛主席教导我们:这次无产阶级文化大革命,对于巩固无产阶级专政,防止资本主义复辟,建设社会主义,是完全必要的,是非常及时的。思想上政治上的路线正确与否是决定一切的。路线是个纲,纲举目张。千万不要忘记阶级斗争。形势大好的重要标志,是人民群众充分发动起来了;从来的群众运动都没有像这次发动得这么广泛,这么深入。播送毛主席语录的时间不短,这时在陈军旁边站着的几个工宣队模样的人在小声议论,有一个说:"省城的运动发展比俺们这里快,铺天盖地都是大字报,大标语。揭省委的阶级斗争盖子,也揭得大胆、彻底,省里没有哪个工厂、单位不上街的,现在的规模,就跟'文化大革命'初期一样。""听说都是点名道姓的。""都点名道姓,某某某,犯了什么什么错误;某某某,迷失了政治方向;某某某,是林彪死党。激烈得很。阶级斗争嘛,就是不能温良恭俭让。""对,不能手软!"

下午五点半左右,省里的大会开始,省委在会上作了深刻检查,并且接受了各单位代表对省委所犯方向性、路线性错误的批判。其中有一位代表,发言干脆利落,直指要害,火药味也特别浓,让人听了心情舒畅,倍受鼓舞。大会还没结束,李孟一、袁志强和郑小江就找过来了。"陈军,到处找你,群众运动轰轰烈烈,咱们不能袖手旁观呀!"陈军说:"对,咱们一定得参加!"袁志强说:"咋样参加?"陈军说:"写标语、写大字报。刚才俺听几个人讲,省城运动发展得很快,都是指名道姓。"郑小江说:"咱们县的阶级斗争盖子还是捂得铁紧,不行,一定得砸开!"李孟一说:"向汪余农开炮!"陈军说:"对,向县委,向汪余农开炮!"郑小江说:"轰击汪余农的修正主义路线!"袁志强说:"干!"四个人情绪激昂,他们找到张新华和阚家生,一谈,一鼓劲,大家的意见完全一样:决不能袖手旁观,向县委开火!向汪余农开炮!阚家生说:"说干就干,上哪找纸笔去?"郑小江说:"咱们现在是知青办的人员,就上知青办去要。"陈军说:"对,知青办应该支持咱们参加群众运动。"袁志强说:"走,咱们上知青办去!"

六个人一窝蜂进了知青办的小旧楼,丁秘书、乔主任和不少人都在。郑小江说:"乔主任、丁秘书,刚才省里的大会都听了吧?"乔主任说:"都听了。"丁秘书说:"还做了笔记。"陈军说:"运动发展很快,群众都发动起来了,俺们不能袖手旁观。"袁志强说:"知青办支持不支持?"乔主任说:"支持,支持。"丁秘书说:"我们知青办也参加了群众运动,大家的革命积极性都很高。"李孟一说:"俺们需要毛笔、排笔和纸。"乔主任说:"都有,都有。要是不够用,再去买。"丁秘书说:"我现在就去买一些来,今天中午文具店就没有纸了,我到别的店去看看。"乔主任说:"会议室的钥匙也留一把给你们。"丁秘书从裤腰上把钥匙解下来。袁志强说:"哪个拿着?"陈军说:"你拿着呗,咱们晚上就在这干了。"郑小江说:"对,晚上就在这干了。"

一切安排妥当,陈军、郑小江他们六个人去了会议室。会议室里有纸,有笔,有墨,有糨糊,有大会议桌,还有不少藤椅。他们占据了这个地方,都兴奋极了,准备彻夜长干。李孟一说:"咱们还得派个人去打点饭来,夜里争分夺秒,就没有时间出去了。"张新华说:"我去吧,包大家满意!"袁志强高呼:"乌拉!"张新华出去了,不到二十秒又回来了,后头跟着一个人,张新华大声宣布:"我们又增加了一个生力军。"大家一看,原来是马景荣到了,大家都高兴得不得了。陈军说:"景荣,城里大变样了吧?"马景荣说:"旧貌换新颜,简直不敢相信自己的眼睛。"郑小江说:"形势发展得很快,慢一步就落后于时代了。"袁志强说:"来,一块干吧!"

他们很快做了分工,阚家生和马景荣毛笔字好,他俩抄,剩下的人拟标语口号和大字报的内容。正在这时,丁秘书和知青办的一位工作人员,送来了两大卷红纸。丁秘书说:"你们干吧,需要什么,就跟我说。"陈军他们都很欢迎他的这种积极态度。送走丁秘书以后,整个小旧楼上,就他们几个人了。袁志强说:"写啥?"李孟一说:"写一般的标语口号和大字报,也没啥意思了。"陈军说:"指名道姓,向县委开炮。"郑小江说:"向汪余农的修正主义路线宣战!"袁志强说:"好,俺记下来,这就算一个:向汪余农的修正主义路线宣战!"陈军说:"汪余农向革命群众检查交代!"袁志强记下来:"汪余农向革命群众检查交代!"李孟一说:"坚决撬开县委的阶级斗争盖子!"袁志强说:"撬字用得好!"又记下来。郑小江说:"打倒修正主义路线在我县的黑代表汪余农!"袁志强记下了。这边议着、记着,那边阚家生和马景荣就铺开纸,蘸上墨写起来。

正议着写着,张新华进来了。他端着两个大脸盆,一个脸盆里是馍和筷子,一个脸盆里是菜。张新华一进门就嚷:"外面更热火啦,人多得很,省里的会议对革命形势有推动作用。"郑小江急急地问:"有多少新发展?"张新华说:"一日千里。"陈军说:"咱们赶快看看去,不然就跟不上形势了。"李孟一说:"干脆咱们把写好的带出去贴上,给斗争的火焰添柴加草。"大家都说好。郑小江拿了标语就走,大家提了糨糊桶,拿了刷子,呼呼隆隆都跑出去了。

县委附近是中心。天正微微地往黑里去,街上到处都是人,热火朝天。人们大部分都挤在一起看大字报,看标语,连热都忘了。有几个工人模样的年轻人,大概是怕路灯不够亮,正在树枝上挂大电灯泡。袁志强说:"咱们贴吧。""贴。"他们找到一处地方,看好尺寸大小,袁志强和马景荣刷糨糊,余下的人贴。他们这边才一动作,身后立刻围了一圈人,贴上一个字,大家自发地念一声,全部贴完了,大家也念完了,人群里有人鼓掌。他们抽身出来,心里还激动得怦怦直跳。出来后他们沿街浏览一遍,形势的发展果然很快,街上新贴的标语上写着:彻底揭发、批判×××(副主席)、×××(省委书记)在我省推行的修正主义路线!打倒林彪的黑干将×××(副主席)!林彪死党×××仓皇出逃苏修,被我人民解放军逮捕并押送北京处理。还有不少漫画像。他们看了一圈,发现他们在汪余农的问题上是走在前面的,心里很感自豪。

掌握了形势发展的新趋向后,他们回到小旧楼里,继续加紧干起来。

天快亮的时候,他们靠在藤椅上稍稍迷糊了一会,但很快就被窗外的喧嚷声吵醒了。天已经亮了,天晴得发白,蝉已经开始叫了。袁志强说:"外面在干啥?这样早。"陈军说:"咱们看看去。大字报和标语正好带下去贴。"他们跳起来在走廊上的水龙头底下洗把脸,张新华说:"肚子饿得咕咕叫,早饭咋吃?"李孟一说:"早饭不好带,稀饭、咸菜,一碰就洒,不如咱们贴过大字报,回凤山饭店吃。"陈军说:"就是不知道时间可能来得及。"袁志强说:"咱们贴过了就去吃,吃过了再回来干,不吃饭真受不住,俺这肚子也直发瘪。"他们前后相跟着出了楼,真没想到,楼外的大街上,墙边、树下,已经人头攒动,熙熙攘攘了,大字报和标语从墙角一直贴到两人高的墙上,有的标语和大字报,把临街的窗户都糊住了,地上也贴了不少。陈军、郑小江、李孟一他们出来的时候,有不少人正往墙上贴,还有许多人蹲在地上,挥笔书写。标语和大字报的内容也与昨天晚上不一样了,比昨天具体,主要是揭县里的阶级斗争盖子的。

他们在街上走了几步以后,郑小江说:"坏了,咱们的标语和大字报,有些保守了。"马景荣说:"真没想到运动发展得这么快,人民群众一发动起来,啥势力也阻挡不住。"县委大院旁边的墙上,齐刷刷贴了一溜新的大字报,这将近五张连续性的大字报,标题是:揭开修正主义路线黑干将汪余农的丑恶嘴脸!他们没及细看,但觉得这是一颗重型炸弹,心里不禁暗暗叫好。大字报的旁边贴了一条标语,上书:县委的老爷们滚蛋吧!看到的人都觉得很过瘾。在县委对面的街墙上,除了一些大字报外,不知是谁辟出了一块专栏,上面贴着一些退工申请书和上山下乡申请书,退工申请书上,都详细地写着自己用不正当的关系当上了工人,或参加了工作的情况,对自己进行了批判,并且坚决要求退掉工作;上山下乡申请书都写得慷慨激昂,决心要做反修防修的尖兵,响应毛主席的号召,立刻到农村去,打起背包就出发,决不讲半个条件。围观的人都看得心潮澎湃,不能自已。专栏外面新贴了一张很大的红纸,上面写着一个通知,通知说:上午九点,县工会在县委大院门口召开群众大会,县委、县革委会的头头汪余农等人,将在大会上做检查。李孟一说:"咱们赶快贴了大字报去吃饭,吃过饭来参加群众大会。"

上午八点来钟,陈军他们赶到县委门前大街上的时候,那里人流汹涌,川流不息,大、小字报和标语沿街一直往四外辐射出去。一顿饭的工夫,街上又新贴出很多标语和大、小字报,现在斗争的矛头大部分都直指汪余农等人。天热、人热、心热,人人心里都像揣着一团旺烧的火。他们这里看看,那里看看,渐渐就分散开了。

陈军从身上掏出小本子和笔,一边看一边抄录。正抄着,突然有一行大字标题进入他的眼帘:彻底砸烂灵城县公安局!彻底揭开灵城县公安局的阶级斗争盖子!字体很熟,陈军猛地有了一种预感,那个写大字报的人贴好了转身正要离去,陈军定睛一看,果然是刘新民。他大叫一声:"刘新民!"刘新民吃了一惊,陈军扑上去抓住他:"新民,你咋来了?"刘新民兴奋得很:"来贴大字报。"他用手指指刚贴好的大字报。陈军使劲拍他一下:"太好了,你也来参加俺们县的运动了。"

两人在街边点了烟吸。刘新民说:"钱丽的事你知道了吧?"陈军说:"才听说,咋搞的?"刘新民说:"叫人害了。也不怪,谁叫她勾引野男人,活该!"陈军说:"你咋知道她勾引野男人?别胡扯!"刘新民有些发急:"骗你不是人,俺亲眼看见的,有一天晚上俺上她那去,敲了半天门都敲不开,俺趴窗户上一看,床边上有两双鞋。她大队的人也跟俺讲过。"陈军听了也很生气:"她咋能这样!"刘新民说:"可是灵城县公安局一直怀疑是俺干的,又上俺县调查,又上俺大队开座谈会,又上旗杆村取证,俺不是吹牛皮,俺在旗杆生产队,第一年评劳模,第二年入党,没有人说个不字,俺那几天哪天都跟社员在一块干活,半天假都没请,出事那天晚上,你还记得呗,俺在你家吹牛,你们队长也在场,一直吹到夜里十二点多才回去。再讲了,俺就是有天大的本事,也不能打你那走了,去做了案,再连夜赶回去。四点多天就亮了,三四个钟头,一百多里地,半夜三更的,俺又不是坐的飞机。"陈军忽然有些恼,他觉得刘新民在欺骗他,他脸红脖子粗地大声说:"胡扯,你咋来不及!"刘新民看陈军叫,他也叫起来:"俺就来不及!你咋知道俺能来得及!""俺听了消息,俺试过一回!""俺那是半夜!""俺也是半夜!"

要是讲打架,刘新民虽然也比较结实,但绝对不是陈军的对手。有一回他们几个人聚在宿县小隅口的一家饭店喝酒,刘新民喝得不多,就想耍酒疯,摔盘子砸碗的,被陈军提起来扔出去几丈远,叭地摔醒了,老实了,半句废话也不敢多说了。陈军现在的念头,就是要封住刘新民的衣领,把他往死里揍一顿,先给他来个双凤灌耳,再把他提起来狠摔,或者来俩封眼拳,叫他两个眼变成两个大红桃。

两人叫过了,都各自呼哧呼哧地喘气,吸烟。吸了几口,刘新民说:"俺走了。"转身推了自行车走了。

陈军心里一片空白。他找个墙拐角蹲下,连着吸了两根烟,才慢慢平静下来。

九点钟的检查会,陈军一点也没听好。他站在老远的地方,半听不听地听广播喇叭里的声音,看着天上的云彩,心里乱七八糟的。

检查会时间不长,九点半才开,十点半就散了。人都往四面八方走,陈军却不知往哪走,对街上的大字报、标语,也失去了兴趣。正漫无目的地晃,刘新民在人群里找到了他。刘新民说:"陈军,咱俩吵啥。"陈军心里仍是乱。刘新民说:"陈军,你别不高兴啦,咱俩上饭馆喝一盅去。"刘新民硬把陈军拉走,两人到饭馆坐下,刘新民要了一盘花生米,一盘炒肉丝,一盘凉拌豆腐,半斤白酒。陈军说:"今个的酒菜钱俺出。"刘新民说:"别胡屌扯,俺请你。"酒就是白干酒,喝在嘴里,苦尾子重。在乡下也都喝的这种酒,四毛五一斤,乡下红白喜事的时候,找个脸盆打一盆半盆的回家,再拿碗舀在酒壶里。两人闷闷地喝,外头乌云重了许多,人都亢亢奋奋地走过来,走过去。刘新民说:"你在城里做啥?"陈军说:"来给知青办写材料。"刘新民说:"啥时候回去?"陈军说:"过几日就回去。"

喝过酒,天上的云彩也散了,还是原先那个晴热的天。两人分了手,刘新民回泗州旗杆庄去,陈军回知青办去。

热火了一个上午,中午天热,人也少了许多。陈军到了知青办,小旧楼里一个人也没有。他又到凤山饭店,上了楼一进房间,那六个人都在房间坐着,见陈军来了,袁志强说:"陈军,你上哪了?"陈军说:"叫刘新民拽去喝酒了。"袁志强说:"知青办叫咱们回去了,说会暂时不开,等定下来啥时候开,再通知咱们,大伙正商量这事。"马景荣讲:"俺觉着老在这也没意思,俺今个下午就回去。"张新华说:"回去就回去,俺想回蚌埠家里一趟,夏天在庄里受罪,热死人,回蚌埠还能在淮河里泡泡。"郑小江说:"要回去你们回去,俺要在这里坚持斗争,现在的运动正发展到关键时刻,俺不能在关键时刻离开。陈军你说呢?"陈军闷着头吸烟没说话。袁志强说:"那住哪里,知青办叫咱们回去,就不会再给咱们包房间。"李孟一说:"吃住是个问题。"郑小江说:"是啥问题,是思想里有问题,咱们是参加群众运动的,知青办反对群众运动,就坚决把它砸烂!"

都争论不休。陈军闷着头吸烟,吸完一支烟,把烟头扔了,站起来挎了黄书包,说:"俺先走了。"说完出了房间,走出饭店,走到大街上。

太阳很毒。陈军一直走出城,走到回村的路上。路都晒得发烫,田野里也没啥风,但视线瞧得阔些,心里头轻快。陈军使劲吐出几口气,一直往新汴河堤走去。

陈军回到庄里的时候,还早,大概就在两三点钟。夏日酷热,乡下出工也晚,庄里的男人都在有穿堂风的堂屋或树荫底下睡觉。女人有睡的,也有仍忙活着的。陈军进庄时,队长良元睡觉才醒,正坐在地上点下午的第一根烟。他看见陈军从村里发白焦干的路上走过,就把刚点着的烟从嘴上拿下来,招呼道:"小陈,回来啦。"陈军在发白焦干的路上站住,烈日倾洒在他的头顶上,使他的头皮和头发都干燥万分。陈军说:"回来啦。"

庄里又静又热,鸡不鸣狗不叫风箱不响。队长良元站起来,一歪一晃地走出屋门,一边走一边说:"咋,会开过啦?没听广播里说过。"陈军站在路上等他,路都发烟发火,烫得脚底板发木,其实陈军还穿着解放牌球鞋,脚跟路还隔着一层鞋底呢。陈军说:"没开,推迟啦。""咋推迟啦?""县里搞运动,推迟啦。""搞啥运动?可还是批林批孔?咱这五六天也不来报了。""就是批林批孔,又深入了一大步。"两人一前一后相跟着往陈军的房里去。开门进屋,屋里倒还荫凉,就是有了些潮霉味了。"听讲县里头热闹得很,把汪余农都揪出来啦,可是真的?""是真的,中央揪出了×××,省委揪出了×××,县委揪出了汪余农,今个上午汪余农才在群众大会上做过检查。"

庄里出了点小小的骚动,一只狗不很坚决地咬起来,另一只狗跟着咬,第三只狗咬了半声就把余下的咽回去了。狗都不咬了,天热。一个货郎鼓梆梆地响着,响了一阵就响出了庄了。陈军讲:"下午干啥活?东北湖稻地的水还抽着吧?"良元说:"你歇歇。"陈军说:"歇啥,又不是七老八十。"良元说:"那你还上东北湖稻地,俺叫学有上大田干活去,他正不想看机子哩。"

陈军洗把脸,喝了一缸子凉水,脱了鞋,打了赤膊,就出门往东北湖稻地去了。田野里的风燥热,日头晒得头皮发烫。陈军赤身裸体样地走在乡间的大太阳底下,叫日头暴晒着,倒觉着舒坦。田地里的庄稼,虽呈了晕象,长得也还不很差。陈军到了东北湖稻地,学有正在水里擦锹,见陈军来了,学有有些意料之外:"小陈,你咋来啦?你不是上县里写材料去啦?"陈军说:"会不开了,等啥时候开,俺再去写。"学有说:"县里头热闹吗?"陈军说:"热闹。"学有说:"城里演啥片子?"陈军说:"朝鲜的片子,《卖花姑娘》。"学有说:"咱都看过两遍了。"

闲聊了一会,学有就回庄了。陈军看看机子,看看水沟,看看稻地,一切正常,他就到离机子老远的那棵小树底下躺了,仰面看天上的云彩。有几个放牛的孩子,骑着牛打稻地边上过去,见着躺在地上的陈军,男孩女孩就都喊道:"小陈,小陈啦。"陈军看见他们都晒成了小黑蛋,都泥鳅一般。陈军不理他们,又把脸仰着向上看天。那些孩子更歪了头喊:"小陈,小陈啦,小陈。"如歌唱的一般,喊着就走远了。太阳完全落下去了。看庄稼的大癞,抱着一床被单,从庄里过来,离稻地老远就喊:"小陈,小陈,去家吧。"陈军坐起来,大癞已走到身边了,大癞说:"天气预报讲,明后天咱这有雨,队长说夜里不浇了,你家去吧,机子俺在这看着。"

两人吸了一根烟,陈军就赤脚回庄了。

晚饭后庄里静了。陈军正要出去串门,队长良元来了,来跟陈军聊运动的事。陈军三言两语地说,好不容易熬到良元走,他才装成闲散的样子,往春梅家去。陈军拐在月亮河边上,黑暗里有些东西在动,原来是卧在地上的牛。牛看见有人过来了,都默默地看着,嘴里不停地磨动。陈军一直走到春梅家,春梅家却早已经熄灯睡觉了。现时庄里人家也都睡得差不多了,时候是不早了。陈军站在黑暗里,听着村庄和春梅家防震庵子里的均匀呼吸声,他好像闻到了春梅的小棉袄的味道。春天,社员都在一望无边的麦地里点化肥,点化肥是三个人一组,一个刨坑,一个点化肥,一个盖土。初春的大平原无际无涯,草都刚刚拱土冒芽。到傍晚的时候,天寒冷起来,陈军冻得直打抖,春梅娘说:"小陈,看你冻着。叫春梅给你个棉袄穿。"春梅的粪箕子里多带了个棉袄,春梅忙去拿了来,陈军披在身上,暖在心里,春梅的小棉袄上那股香香的气味,叫陈军再也忘不掉了。

陈军在庵子外面的黑影里站了一会,就转身往回走了。陈军又走到月亮河边上,从那些不断磨嘴的牛的身边走过去。夜气清凉,整个平原都睡了。陈军回到屋里,搬了个小凉床在外面睡。开始他还睁着眼看被夜风吹动的树枝,后来他一下就睡着了。他梦见他和春梅睡在床上,春梅的红木箱就放在床头……他突然醒了,身上又黏又潮,心里还是梦中那种痒抓抓的无比的舒服。他一动不动地睁着眼体味着刚才的滋味,春梅的小棉袄好像就盖在他的身上。

癫狂的土岗

孤零零卧着一座黄泥岗,四面都是平原。大平原。

一条道蜿蜒而上,上到最顶,就断了。因为在岗子这边瞧不见岗子那边的路,不知仍旧是蜿蜒而下呢还是直线而下;但知道岗子那边就是山头镇,有许多人买来卖去的,还有条公路跑着汽车,跟岗子这边的穷乡僻壤是断断不同的。

也就是一岗之隔。

昨日下了一场雨,今天晴了,岗子上的路也立时就干了。阳历七月末的日子,太阳一升起来,立刻要人命的毒热。又没有风,连放屁带来的那点风也没有,于是岗子上的潮气都蒸腾。从岗脚的一棵臭椿树下望上去,岗子上的道历历在目,太阳毒热难熬,岗子上的水汽又热又闷,在岗子上成蛇状地往空中摇,初始还文明,太阳愈毒烈,蛇状物愈往上摇得扭曲,摇得癫狂,继而整个岗子都痉挛而扭曲癫狂起来,整个岗子都蛇状地往天空上摇,上岗子的路自然也狂躁地扭摇。真是不得了!有一个肉体在大脑里说。

小晌午了,上集的人还有几个。两个老娘,胳膊上挎着笆斗,头上顶着白毛巾,打臭椿树下过去,一直往岗子上去。走着走着,身子跟腿都扭起来,在岗脚的臭椿树下看得好清亮。扭急了,就像有种看不见的手,要从好几个地方把她们撕裂,把她们的头和脚拧到这边,却把她们的身子拧到那边,又死劲撕拧,好像要把脑子拧下来,一直折磨到岗子顶,那两个老肉身子才飞逃下去,眼睛就望不见人影了。

又上去一个姑娘。姑娘好年轻,怕也只有十七八岁,扎着朴素的独把辫子,胳膊上挎着个小竹篮子,穿着红裰子、蓝裤子、淡青塑料凉鞋。她一步步地走上岗子,渐渐地就扭起腰臀来,那小腰小屁股扭得招人欢喜,瞧见了心里头真说不出来的滋味。她一直扭到岗子的最顶上,就下去了。

又过来两个四十岁左右的壮汉,赶着两条极其健壮的大黄牛,一步一步走得好结实,那蛇状的癫狂扭弄不动他们,就把他们淡化了,模模糊糊地瞧不清他们,他们也就过去了。

又过来一个背书包的学生,男孩,十四五岁。走到岗子下,他就抬起他那因为读书而弄得有点苍白的脸,往岗子上瞧着。他弄不懂黄泥土岗怎么癫狂了,扭得好曲。他弄不懂,也就不去了。

第二日早晨,背书包的学生醒来一睁眼,就讲:"娘,这好些地方都是俺的哩。"

娘讲:"瞎讲。"

学生掉过脸去又睡了。

以后,这学生当了一个大官。好些地方都是他的了。

麦子地里的新媳妇

麦原像秋后在干锅上烙成的玉米饼一样,嘎嘣脆黄,香气袭人。打早上起来,麦原里就有人在割麦了,星星点点的,有红有白——那是穿的衣服不一样。

新媳妇巧珍年前才嫁过来,到这会儿也不过半年五个月的,庄里的人也还不很熟。巧珍这会儿正往四块地那里去,胳膊里夹着把镰刀,手里还捧着一块饼吃。

麦原在她的面前展开来,望不到边地广阔。天上一丝儿别样的东西也没有。一支挂在这七里八庄妇女们嘴上的土曲唱道:

杏子青发黄,地头那哥哥,坏了俺衣裳。俺娘!

这十里八庄妇女嘴里面饼拌大蒜的小曲,到了五六月,就跟满地的麦子那样,熟透了,在望不见边的麦原上滚呀滚的,把妇女心底里的那种东西搅起来,酸酸的,熬人。巧珍还是走。她走到自家的地块里,把红毛巾顶到头上去,弯下腰,从地头的一边开了趟子,割起来。

鸟们都叫了。忽而聚在这块叫,忽而聚在那块叫,忽而升到林子里去,忽而碎扑到麦子地里去,像发着癫痫。风也发着癫痫,一忽儿溜人的腰裆,一忽儿钻了桥洞,一忽儿去亲妇女汗津津的热奶子,老洒。

天好热好热了。到晌午时光,一个大男人——满脸的麦糠,穿个蓝背心、蓝裤头,体格也健壮,年轻又结实;他脚好大,走起路来

"扑嗒扑嗒"的;他光着头,叫大太阳晒,也不觉着有啥了不起的。他浑身上下都是劲——拉着个架子车,车上放着杈、绳,打庄里出来,急火火地奔四块地的大麦原来了。

走近了,大男人就嬉皮笑脸地喊:"巧珍,巧珍哎。"

巧珍嗔他道:"咋这会儿才来哎!"

太阳已经升到当顶了,雀们的叫声也都有些午睡的味道了。巧珍两口子赶忙着往车上装麦,渐渐就把架子车装高了。

装高了,他们就拿毛巾抹脸上的汗。他们讲着一些谁也听不见的话。忽然他们又你一下我一下地打闹起来……而后他们就踮起脚尖往四下里望……啥也望不见,晌午了,这块地的麦就他们一家熟得早……大麦原里老远都望不见一个人影子。

他们忽地就扑倒在干爽爽的麦垄子里了。才好短的时间,大男人就爬起来,走回到架子车边,在背阳的地方坐下来,点了一根烟猛吸。那新媳妇就地蹲起来,往麦垄子里的干地上,解了一泡小手……而后拍打整齐了,才走到架子车背阳的地方,也坐下来。两个人又讲着话了。

巧珍家的这块地不大,到傍晚的时候,也就割完了。

大年三十的故事

连续五年,我都是到了大年三十,才能匆匆忙忙地上火车往家赶。这倒不完全是因为工作太忙,而是我想多挣点钱,好实现我对孩子早就许下的买钢琴的诺言。

五年前我有生以来第一次在大年三十往家赶。其时,大部分快车都已经停止运行,所以我上了一趟慢车。车上的乘客极少,我所在的那节车厢总共不到五个人。我挑了个靠窗的座位坐下后,就开始看上车前在一个即将关门的书报亭买的一份报纸。车开动了,因为是慢车,所以几乎站站都停。我看一会儿报纸,这时车到了一站,从车门上来了一对夫妻。他们俩一前一后地进到这个车厢,一进来就抬头往车门上的地方看。原来那里是车厢号——3。男的说:"就是这里,就是这里。"女的跟在后面又看了一眼,应和着说:"不错,不错。"他们就进来了。进来之后他们又忙着找座位。其实座位根本就用不着找的,到处都是座位,一个人想占十个都行。据此我推断出他们是不常出门的小地方人(我不是在贬低,这只是我一瞬间的一个判断)。找到之后,他们互相热切地说:"就这个,就这个!"然后就紧挨着坐下了。

坐下后他们看了我一眼,然后就把视线移到窗外去。我也看了他们一眼。那个男的靠窗坐着,他有四十岁左右,但额头前已经败顶了,他说话时有点咬舌头,说一句话就不自觉地笑笑,看上去是个挺善良的人;女的把下巴颏抵在男的胳膊上,她的年岁和男的差不多,但她对男的似乎很依偎。他们俩给我的印象就是一对糟糠夫妻。

车走了大约两个小时,车外开始起雾了。雾起得很凶,铺天盖地的。列车在大雾里停靠在一个小站上。这时我正趴在车窗边看外面的雾。突然有两个人走进了我的视野之中——正是刚才还在车上的那一对夫妻,他们下车了。他们俩像少夫少妻一样,女的还是扯着男的胳膊,偎得很近。他们从车窗下走过去的时候,还很友好地抬头对我笑笑。这时站台上的雾气里响起了哨子声,那夫妻俩往外一拐就离开了我的视线,被大雾吞掉了。我看不见吹哨人,也看不见小站站台外面的情景,但这样的地方,我跑过许多许多处,我知道小站极简单的水泥栏杆后面,就是乡下的泥地;现在的季节,那里有成片成片的胡萝卜(胡萝卜缨已经被霜打蔫了),有被牛踏烂的村边的枯草坡,有放机动三轮的破草棚(放三轮的草棚不需要太好),还有村头新开的一家烟酒小店,专卖针头线脑、散酒零烟、草纸扑克,自然,偶尔也弄些假货来销销,但不多,本乡本土的,做事不能太过了。

第二年的大年三十,我又坐这趟车回家。在老车厢、老座位,我又遇见了那对夫妻。一搭眼,我们双方都认出了对方。我们双方都同时表现得很惊奇。那个女的说:"去年年三十,你也坐这趟车的。"我说:"就是的。"男的说:"单位忙。"我说:"忙是忙点,但也不是太忙,自己想多挣点钱。"男的说:"对,对,现在都忙着挣钱,不然不够花,物价上涨得太快。"我说:"就是的。"我又说,"你们俩这是上哪去?年年这时候坐车?"他们俩,男的看看女的,女的看看男的,然后都像小孩子那样咧开嘴笑了。女的说:"我们这是好玩的。"我不懂,说:"怎么是好玩……?"他们俩对看一眼,又笑了。女的说:"我们俩以前在那里(她用手指指列车的前方)插队,又在那里结的婚,所以到现在,每年年三十,都回去看一趟。"

男的说:"你没讲清楚。"女的搡搡男的:"你讲,你讲。"他们俩真像一对小孩子。男的说:"我们俩巧得很,我们俩原先不认得,办下乡手续,都是年三十办成的,在乡下过了一个革命化的春节;下乡三年结婚,结婚又是年三十结的,在乡下过的第一天;下乡三年我们俩同时进小学当的民办教师,三年后我们俩的第二个孩子出生,又是在年三十生的他;再过三年,我们俩又先后调到镇里,她进镇中学,我先在镇工业办,后来到机械厂当厂长。我们俩的事,跟三、三十这两个数扯不断,后来我俩讲,不忘过去吧,每年大年三十,我们俩就上乡下过一天,长长精神,初一再回来。"

女的说:"现在啥都有了,就是日子过得累。也是出去散散心。那里的人(她又用手往列车的前方指指)对我们好,他们厂(她指指男的)卖东西给他们,都是优惠,从来都不收高价。"男的说:"互相帮助。"我是第一回听到这样的事,很惊奇,我问:"你们俩这样跑,也有几年了吧?"男的"嗯"了一声,在想;女的看看他,说:"有三四年了吧?从咱家大毛上班那年。"男的说:"大前年,四年了。"

正说着话,列车"滋滋"地刹着车,慢了下来。女的推推男的,说:"到站了。"他们两个站起来,我也站起来,打了个招呼,他们俩就下去了。

我把脸掉到车窗的方向去。外面白茫茫一片,原来又起雾了,大雾,车站上几乎啥也看不见。那一对夫妻的衣服一闪,就再也找不见他们了。我努力地看着。这时车站上的哨声响了。像上一年一样,我既看不见吹哨子的人,也看不见小站上和小站外面的情景,但我仍然能想象出小站外乡下泥地上被走亲串户的人踩成的白毛道。在我的设想中,那一对夫妻走在上面的情状,跟二十几年前相比,既一样,又不一样,但是到底一样在哪里,不一样又在哪里,我却说不清楚。

在以后的三年里,每年的大年三十,我都能在那趟慢车的3号车厢里,碰到那对随和、善良的中年夫妻。我们成了熟人了,但我们每年也只有这一次交谈的机会,而且很短暂。

到第六年的春节前夕,我们家的钢琴钱终于凑够了,钢琴买回家了。在这五年里,我第一次能提前回家,和家里人一起轻轻松松地多过几天。所以我不知道那一对夫妻在年三十是怎样过的。钢琴买回家的那天,大家都非常高兴,说话也非常随便。我老婆说:"行了,咱们家又有一项固定资产了,下一个目标,"她宣布道,"分体式冷暖两用空调。"

"好噢!"我们全家人都欢呼起来,但只有我知道:这绝对又够我忙活一阵子的了。

小趣的故事

农村青年

小趣是个农村青年,他小的时候是个农村小孩。冬天拖着两挂鼻涕虫,夏天光着腚在泥塘里打滚。小趣就是这样长大的。

倔眼子

小趣是个倔眼子。有一年夏天,庄东的大沟浅了。庄里的人都上大沟里垒堰逮鱼去,逮完了,又都把堰扒开,叫水能流淌。其时小趣在五里外的初中念书,不在家,放学回家后,看见人家大盆小盆里的鱼,自己家没有,觉得受了欺负,扛了锹、锨,执意要去东大沟里逮鱼。家里人劝他说:大沟里的鱼早已经叫旁人逮尽了,泥都翻过一遍了。小趣不听,大喊大叫,执意要去,谁也拦不住,谁拦他就咬谁。家里人没办法,只好放他去。

小趣一个人在东大沟垒堰擂水,闷头死干,一直干到下半夜(那天晚上正巧有月亮),连个鱼影子也没见上。小趣又累又气,回到庄里,大呼小叫地骂人,祖宗八代都骂出来了。他没有提名骂,因此谁也不出来拦骂,谁出来拦骂,那就是骂着谁了。骂到天快亮,骂累了,小趣才回家睡觉。

看瓜

小趣在学校里是一员干将。

学校里有一大块地,有一年春天,校长为了改善教师生活,决定在地里种西瓜。西瓜长大了,得有人看着;不看,嘴馋的货多,早就偷完了。学校选了一些认真的同学来看,其中也有小趣。

小趣绝对把这当成一件大事来办了,人家别的同学都还得想着回家帮家里干活,小趣不,小趣没早没夜地泡在西瓜地里。他还主动要求晚上看瓜。在他的强烈要求下,学校同意了。小趣还用钢锉自制了一把小刀,每天晚上疯了样地围着瓜地转圈。他还放出口风来说:他谁都不认得的,他只认得校长和瓜。

这一年,学校的西瓜大丰收。校长还口头表扬了小趣。

炮弹

小趣的勇敢,在地方上和学校里,是出了名的。

有一年冬天学校清塘,从塘边的地底下清出一发大炮弹(这一带当年是淮海大战的主战场,这种玩意多得是)。女同学都吓得尖叫着跑多远。校长下令全体撤离,通知派出所来处理。

清塘的工作自然也就停了下来。为此,小趣心里很着急。

趁中午没人的时候,小趣来了,他把炮弹远远地抱到一条荒沟里,又拾了些干柴,把炮弹架起来猛烧。烧到一定时候,炮弹"咣"的一声……

校长诸位正为炮弹的"失踪"发急,听到"咣"一声巨响,脸都吓白了。大家蜂拥去看,只见小趣血头血脸,正站在一个大炸弹坑边发呆。

小趣命大。

但他爹他娘把学校吵了个底朝天!

校长从此对小趣敬而远之。

文学

上初三时,小趣突然对文学创作产生了浓厚的兴趣。在同班同学的影响下,小趣花五十块钱,报名参加了国内的一家文学函授。

小趣对文学产生了疯狂的爱,他一声不吭地搞创作,发誓要超过学校里的其他一切所谓文学爱好者,要独占鳌头。他一天创作三首诗,三天创作一篇小说,整天愁眉苦脸,在学校的小树林里做苦苦思索状,对女同学一概不予理睬,到头来一篇没发表。

同学们背地里呼他为:二炮炮手。意思是打得准,一炮未中。

他完全不为所动。

函授学校

为了充分发挥学费的作用,小趣节衣缩食,自费上函授学校跑了一趟。

函授学校对他很客气,专门派了一名辅导教师接待他。教师苦口婆心,讲得口冒白沫,小趣很感激。

小趣第二天又去了。他坐在那里也没有什么话说,就是干坐着。函授学校的人还得招呼着他,都觉得有点累,也觉着他有点碍事,但又都不好讲他。这一天到底就算熬过去了。

第三天一上班,小趣准点又到。函授学校的人觉着惨极了,想赶他走,但又担心学员在外头糟蹋学校,就派一名代表跟他谈判。

说:你还有什么要求?

小趣因为自己的作品没能发表,就想提提意见帮学校改进改进。他口气尽量委婉地说:你们这学校纯粹是骗人的!学校的人一听,赶忙把学费全额退给了他,弄得小趣莫名其妙。

大札

小趣还拜了一位文学老师为师。他从报纸上看到了一位文学家的大名,就写信向文学家请教。本来他是没什么指望的,没想到文学家十分热情,给他写来一封长信,面面俱到地辅导他,向他传授秘不传人的文学绝技,勉励他向文学的绝顶攀登。

接到文学家的大札后,小趣简直激动得活不下去了,半夜三更还跑到学校的池塘冬泳了一回。

他只把大札拿给少数几个人看。他认为,有幸看到大札的人,都享受到了一种莫大的殊荣。

他甚至连他不太开胃的老师都不给看。小趣说:他(指某老师)那个文化底子……!鼻子一"哼",那阵势!

马鞭

小趣激动了好长时间。

小趣也不是那种知恩不报的人。小趣办什么事都喜欢先发表宣言,他写了一封信给文学家,宣布说,他将要邮寄一件礼物去,邮去的礼物,十分珍罕!一般人很难搞到!文学家一定会非常非常喜欢!——小趣在每一句话后面都加了五六个惊叹号!

过了一阵子,小趣寄了一个不太大的包裹去。文学家打开一看,是几根马鞭,气得当场就闭过气去了。

原来,文学家患有不育症,他老婆最近又想跟他闹离婚,他十分忌讳这个话题。

回乡

小趣没考上高中。小趣回乡了。

小趣收拾家伙回家的路上,叫坷垃头子绊了一跤,把膝盖骨跌肿了。小趣坐在地上骂:坷垃头子都咬人!

小趣要告村主任。

小趣心高,谁都不放在眼里。有一回他在庄西帮人盖屋,吃饭的时候,有人在饭桌上说酒话,说:村主任贪污公款。小趣一听,火冒三丈,当场破口大骂:鸟官,竟干出这等事,告他去!

其实小趣跟村主任平时一点疙瘩也没有。

桌上人觉得不妙,都不讲这事了。小趣却不罢手,喝过酒以后,就上乡里告村主任去了。

小趣要告乡长

小趣上乡里告村主任,乡长并不认得小趣,因此没能特别尊重他。乡长说:你讲村主任贪污公款,你有没有证据?小趣说:你不相信俺是怎么着?乡长嫌他歪缠,跟秘书使眼色,推说有事,站起来就走了。

秘书说:你有啥事跟俺说。

不想乡长做事不利索,使眼色的事叫小趣看去了。乡长一出去,小趣站起来就骂:狗乡长,狗眼看人歪,你等着!

小趣要把村主任、乡长告得流脓拉血。

小趣上县、上市,告村主任贪污,告乡长包庇贪污犯。他还分别给省委、省政府、省纪委、省公安厅、省人大、省政协、省武警总队、省高等法院、省检察院写举报信,全力以赴告村长、乡长。

写信给省委、省政府等,是检举村主任、乡长;写信给公安、武警,是叫公安、武警来人,把村主任、乡长逮走。

小趣告状不避人,他见谁跟谁讲:俺把村主任、乡长都告下了,叫他们咬俺个鸟去。

小趣扬言:不告得村主任、乡长流脓拉血,俺就不是人!

"两长"问答

乡长有把握能治治小趣。

乡长见了村主任,问村主任:那是个什么东西?

村主任说:二愣子!炸弹都不怕的货!

乡长说:他家里有什么人在外头干?

村主任说:屁人没有。

乡长说:他家里可有人在乡里、村里干?

村主任说:哪有,都是挖坷垃头的。

乡长说:他家可要村里乡里扶助过?

村主任说:他家一窝缩头龟。

乡长说:他家可有计划生育问题?

村主任说:他家老闺女都快能叫人日捣了。

乡长心里一咯噔。胆小的怕胆大的,胆大的怕不要命的。从此怕了小趣,避他,不跟他沾,惹不起躲得起。跟他斗,划不来。

小趣赢了

过了一年不到,乡长、村主任,都被人弄下去了。小趣到处讲:那是俺告倒的。

小趣扬扬得意。小趣赢了。

贩韭菜黄

小趣家里穷,小趣被钱逼得没法,就去做生意。

小趣说:要做就做大的。他得到一条信息,说省城韭菜黄走俏。他四处联系合伙人,到处扬言要贩韭菜黄去省城卖,方圆十里八村,没有人不知道这回事的。不过人家知道他的底细,都不愿意跟他合伙。小趣也有本事,他在县城里认识了一个福建来开门面的年轻人,人家经不住他软磨硬蹭,答应出一半资金,赚了钱,也对半分成。

小趣得了钱,马上就干了起来,把周围两县四镇的韭菜黄都收进来,又租了一辆大卡车,连夜赶去了省城。

小趣栽了

一进省城的批发市场,小趣就气得差点晕过去了。原来他一个熟人的两辆大卡车正往外开。人家抢在他头里,把钱赚走了。小趣气得蹲在地上骂,引来一圈人围观。他请来帮忙的一个远亲说:咱赔了血本也得赶紧卖,这东西烂得多快!

小趣赔了血本卖了。

两清

回到家,小趣拎了一把小刀去找福建人。他先暴跳如雷大骂他那个熟人一顿,然后他又捶胸顿足、涕泪俱下地叫别人不要拉他,他一定要自尽,他再也没脸活下去了,他对不起福建人,他叫福建人在他周年祭日那一天,行个好,上他的坟头烧几张纸,告慰他的冤魂。他大哭大叫,叫别人谁都不要拉他,也不要拦他(其实也没有人拦他),他一定得去了,那头(地狱)给他留好了位子,都在等他了。

福建那小子心狠,硬是没拦他,并且说:公安局来验尸,他最多最多落个嫌疑。小趣没法,只好说:钱我是还不上了,有种你扒我的皮,你要是没种,咱俩就两清了。

吃大户

小趣背后对人说:俺这叫吃大户,俺看见商人就不顺眼,总得有人出头治治那些赚黑心钱的。

越穷越抽

小趣似乎更没有钱了。小趣又染上了吸烟的毛病。小趣的爹拿他没办法,只好嘟囔他:越穷越抽!越抽越穷!

小趣说:越穷越愁,越愁越抽,一点不错,人间就这一点真理,叫俺摸索出来了;不过,越抽倒不一定越穷。他用有学问的口气说:抽烟那会儿,俺是在思考国家大事哪。

变天账

小趣抽的烟比当地老农抽的烟还次,毛把两毛钱一包,都是工厂的下脚料制成的。小趣说:俺这是不忘阶级苦,牢记血泪仇哪;俺每时每刻都在提醒自个儿,要保持无产阶级本性;等下一回再闹革命,俺就是中坚力量啦!

当地的贫下中农,都说小趣有一本变天账在。不过谁也没看见过。

烟抠

小趣还是个烟抠。几个人在一块说话,小趣看见别人拿烟出来吸,他好意思,马上就凑过去说:这烟恁香,给俺一根吸。

人家不好拒他面子,就给他一根。

吸完了,说一会儿话,他又想吸,就旁若无人地打兜里摸出一根来,自顾自地吸起来,让都不让一声,把刚才给他烟吸的那个人气得半死。

那人背后发牢骚,说:小趣这东西,烟抠……

听的人掐断他的话道:活该!谁叫你给他烟吸的!活该!

从此,就再也没人给小趣烟吸了。

跟魔鬼打交道的人

小趣斗不过钱,没办法的时候,就乱闯。

公路边的小饭店里,有几个人玩扑克牌,骗过往旅客的钱财。小趣在旁边看了几次,觉得怪得味,钱来得快,跟抢钱差不多,就往那几个人里凑,想入伙分钱。

他天天凑在公路边上喝灰。家里人知道一点风声,都怪他道:咋跟那几个人弄在一块了!在咱乡里,谁还理他几个!

小趣他还有理得很。小趣扬扬得意地说:世界上最勇敢的人,就是跟魔鬼打交道的人。俺(他还有意停顿了一下),就是那个最勇敢的人!

媒子

"魔鬼"们却还看不上小趣。"魔鬼"讲:小趣,你先做一回媒子试试,行了,就收你,不行,该哪玩哪玩去你。

小趣说:行!

来了一辆大客车,客车上的人都下来吃饭。不吃饭的就在院里闲站。"魔鬼"头打个场子,就玩了起来。

别的媒子都押钱的押钱,撺掇的撺掇。小趣这时突地兴奋了,腾地跳上一个土台子,手一挥道:哎,哎,不想赚钱的都来喽,这不是骗人的,不是骗人的!

小趣这用的是激将法。另外他还竭力想说明这种活动的性质,是合法的而不是非法的。他的意思是要请乘客同志们放心。

广大乘客立时都被他吸引过去了。他解释得口干舌燥,十分辛劳。

欠揍

车开走了。"魔鬼"们叫他到屋后去。他还以为是分钱了(因为以前分钱都是在屋后分的),就兴致勃勃地去了。到了屋后,"魔鬼"们二话没说,也没发出任何警告,上来就是一阵拳打脚踢,把小趣打得鼻血直流。打过了,"魔鬼"们恶狠狠地点着他的头说:你欠揍,再来,打断你的腿!

小趣很委屈,回到家只好编词说,是在路上见到一个女青年被人欺负,见义勇为负的伤。

知音妇女

养好伤,小趣又活跃起来。

他听人说县城里现今大搞社会主义建设,花木树苗好卖,就东拼西凑,借了九百块钱,进城摸行情去。

下了车,他东张西望地高昂着自以为智慧的头,骄傲得像个小燕子。正走着,迎面过来一个三十来岁的妇女。妇女说:这位大哥,你是来做大生意的呗?

小趣一惊,心想:俺一出门,就碰上知音了,她还知道俺是来做"大"生意的,这个人不简单。就跟她搭腔道:俺,就是来做大生意的,你有啥大生意给俺做?妇女说:俺想问问大哥,有没有蛇胆素卖给俺?俺求求你了,要是有就卖给俺吧,俺出高价买你的,俺家那个厂子,要是再买不到这种原料,就得垮了。

小趣又是一惊:那是啥东西,恁金贵?妇女说:是一种化工原料,紧缺得很!小趣最容不得那种见钱不赚、跟钱过不去的人了。小趣问:那东西多少钱一斤?妇女说:还多少钱一斤唻?一两就是五百块钱。大哥,行行好,你手里要是有了,一定要卖给俺,救救俺家那个厂子,俺一辈子都忘不了大哥你的恩情,你叫俺咋报答你俺都愿意。小趣说:那俺要真有了,俺咋找到你?妇女用手一指:俺常年住在这家旅社,俺住在414房间,俺哪天都在。

"试一试"房间

跟妇女分了手,小趣低头走着,心里念叨着:414,试一试。迎头撞见一个中年人,急匆匆地对小趣说:这位兄弟,要不要蛇胆素?俺娘正在医院抢救,俺家里急等用钱,不然你打死俺,俺也不拿出来便宜卖。

小趣内行地问:多少钱一两?中年人说:便宜卖了,五百块钱一两。小趣说:现在没有活雷锋了,三百块钱,俺买你三两,救救你的急。中年人愁眉苦脸地说:你这跟抢也差不多哇,算了,为了救俺娘,俺卖给你。

小趣买了三两蛇胆素,心想:俺心也不能太黑,俺卖给那妇女,四百五就行了,这钱来得快。

小趣来到那家旅店,上楼一看,那旅店只有三层,第四层的414,是一家单位的保卫科。

大境界

小趣心里很凉。

小趣回到家,见人就摇头,说:这个世道坏完了,坏完了,不可救了。

别人问他怎么坏完了,他又不说。

大伙以为他出了故障,都不跟他计较。心肠软的女人,背地里对他家里人讲:这孩子得拉到县城治啦,再晚就耽误啦。

这话叫小趣知道了,家里人以为小趣要到村里骂半夜的,但小趣却不屑一顾地说:他们懂什么?俺说的话,他们没有一个懂的,俺这是大境界。

建议信

小趣的倔脾气又上来了。

他分别给中央领导人写了建议信。他说：给地方上的小官写信，屁用也没有了，地方上的小官都"已经"坏透了（他说他有亲身体会），要搞就搞大的。

小趣在信里建议中央加强集权制，要树立中央的绝对权威，对坏人坏事绝不能容情、姑息，该杀的就坚决杀他一批，该关的坚决关起来，中央在这方面，两手都一定要硬。

小趣在把信寄出去以前，先在村里的有关人士跟前宣读了一遍，并且征求了大家的意见。有关人士逗他说：这都是俺们的心里话，不如你亲自送去吧。

小趣煞有其事地说：俺暂时先不去，俺先探探深浅，待上头的人带车来接俺了，俺再去也不迟。

不知道他说的是真还是假。

人生是体验生活

这一日，小趣原班同学要开一个离校五周年纪念会。原来以为小趣一贯争强好胜，脸比腚光，在校时也算半个知名人士，这一次不一定会来的，没想到小趣第一个到了，还忙这忙那，忙得热火朝天的。

有些同学闲聊，聊到毕业后的发展，都还混得不赖。同学里十之有八，承认小趣是个失败者。

不想，这话又叫小趣听去了。开会发言的时候，小趣上去说：人生就是来世上体验生活的，哪有啥好啦坏啦之分？你有钱，你有不过香港的李嘉诚;你老婆好,你好不过美国的肉弹麦当娜;你力气大,你大不过原子飞弹;你孩子聪明,你聪明不过莫扎特;你官做得大,你大不过联合国秘书长,连中央总书记都得让他三分。你们那都是假的,自个儿骗自个儿的!

没想到小趣还有这等口才!

小趣要走了

在家里过了冬天,小趣宣布,他要外出挣钱了。他拍着胸脯,大包大揽地说:小趣就是小趣,小趣不可能是狗蛋、二柱、荒花、裂瓜、歪枣、烂梨、马粪那些东西!小趣不在外头混个人样出来,小趣就歪在城里哪位大姐的胎衣里死了,不回家来了!小趣就是这样一条汉子!

小趣发表过宣言,收拾了个小包,一气不回头地就走了。

小趣走了

小趣上哪去了? 暂时还没有人知道。

小趣走了个把月以后,有人讲在江南的一个旅游胜地,见到过他,说小趣正给外国佬画画哪;又有人讲,在省城街头见过他,说小趣正搁人行天桥上,端着个碗要饭哪;还有人讲,在中国和老挝的边界看见过他,说小趣贩毒贩上了瘾了,都拿钱擦腚、擦……

但到底是咋样一回事,却没有人能说得清楚。

闲话

庄里的人讲闲话,讲到小趣,讲:这个小趣,见不上他,还怪想他咪!

走

我的朋友崔

首先我得感谢我的朋友崔,是他送给我的一本书启发我开始写这部小说。我记得当时他坐在一把藤椅上,他的脸红扑扑的,大楼里有很暖的暖气,我坐在他的对面,他的气色从来没有这么好过。那是冬天,仲冬,但冬天的一切都被隔离在外面很远的地方了,屋里除了打开的电脑的轻轻的"滋拉"声以外,没有别的声响。

崔穿得略显臃肿,他"瘫"在椅子里,似乎非常舒服。他胖胖的,除了面相斯文些以外,整个就是个港商形象。我当时最难忘的就是他的突如其来的安详和富足的神态。他以前可不是这样的。

崔以前稍微有点猥琐。我记得他每次在宴席上总是处于次要地位。这倒不是说别的,我是说,他总是没有多少底气地待在那里。他的回答十分乏味。他不像那种人,那种缩在拐角不说话但明显地让人感觉到他的存在的那种人。他不是,他不是那种人。在许多情况下,他会处于十分狼狈的境地,大家都聊得分外热闹,唯独是他没有自信心,他不能做(或故作)思考状,他会一厢情愿地认真倾听某两个人或某几个人的倾谈,一边听一边非常投入地首肯着,直至宴谈结束或者形势发生变化。

当他的耐力不太理想的时候,他会勉强凑到某一堆人的外围去,他"嗯嗯"地赞同着,但这时他的脸色就更不好看了,煞白。

但崔绝对不是一个只能给人留下单一印象的那种人。我记得有一次我们一块去火车站送人时崔突然激动起来了,确实,车轮已经转动,崔仿佛猛地发现自己的命根子丢了似的,他不顾一切地号啕大哭起来,手抓着朋友所在的那个车窗,追着火车疯跑起来。车站上的一切人,包括在老远的车皮后头遛的民警,都立刻被惊动了,一大群穿制服的公家人,边大喊边扬手追击。而车上我们送的那位朋友,则把整个上半身都探出窗外,拼命想要拽开他的手。事后在民警跟前,为崔开脱大家可都说尽了好话,但是据我们所知,崔与火车上的那位朋友,关系绝对一般。

宴席

到崔这儿来完全是一个偶然:有一位经年不见的熟人(女士)在街拐角对我说,崔最近有了个情人。我大吃一惊,我说不可能的,崔完全不是这样的人。这是一种很正常的反应,而且作为成年人来说,这种反应还有可能是自我保护。女士笑笑,没有多说什么,当一辆面的在我们的后面抗议我们碍事的时候,我们就适时地分手了。

但是我坐在了崔的面前,我却什么都问不出来,我刚才说了,崔完全不是那种人,就是那种像是能干那种事的人。我记得好几年以前的一个夏天,我在公园里碰见崔的一家子。崔那时是多么好的一个丈夫呀,他左手牵着自己的孩子,右手拿着老大的一个游泳圈,右臂上搭着老婆和孩子脱下来的许多衣服,右手的小拇指还钩着一塑料袋食品,那时他是个多么好的模范丈夫呀。他的家庭看起来也是那么幸福,他老婆用两个细软的手指捏果脯吃,虽然她并不很漂亮,但她看上去优雅、高尚(虽然也可能有点专制),但我觉着这就够了,这就已经很不错了,现在不就那么回事嘛,这确实就很不错了。而当时看他那种负重的样子,又完全是任劳任怨的。

有一年春节,我们一些杂七杂八的朋友(我是说朋友来得很杂,有些互不相识),被崔邀请到他家吃饭。当时他家对面有一套大房子,是一个第一批出了国的邻居交给他代管的(房间里陈设不赖,在当时甚至可以说是豪华,真不明白已经这样了为什么还要忙着出国)。

崔做主人时表现得有点过度热情(也许他太兴奋了点。不过我这并不是批评他,相反我这是在赞美他。我觉着他是真诚的。这也是他的美德之一),他给每一位客人的碗里夹入大量菜肴,不管你是否吃得下,或是否喜欢吃。比如排骨,排骨是一种模棱两可的食物,当你在自己的家里慢慢品尝时,它充满了诗意;但是当你在大庭广众之中下撕啃时,它绝对会把你背叛得一塌糊涂,把你的形象彻底搞坏。再比如羊肉,羊肉绝不是那么容易通融的,羊肉总是明显地走向两个极端,爱它的人会爱死它,恨它的人一辈子都会避之唯恐不及。这就是食品的妙处。

而崔的妙处呢,则完全是一种稀里糊涂的对食品的相反理解。他绝对要把羊肉夹给完全不吃羊肉的人,而坚持把排骨都夹给女士。他的这种把戏,把宴席弄得十分紧张,大家都在为保全自己而拼命战斗。不过从表面上看,气氛倒是挺热烈的。

在那次难忘的宴席上,崔的话多得使人惊讶。那天他特别喜欢说:我们家雪芬(他夫人名),怎么怎么样;我们家雪芬,如何如何。其实按理说,在主人家吃饭,听主人吹捧妻子几句,是再正常不过的了,这一方面是主人哄妻子干活的策略,一方面是主人付出了代价的一种补偿,再一方面他妻子确实也不错,挺好的。但关键是崔重复得实在太多了点,他反复嚼舌,使情节变得很腻。可是不管怎么说,崔绝对是好意。他们俩(崔和他的妻子)的关系,看起来也是牢不可破的。

我的朋友二娃

我有个朋友二娃以前在纺织厅下属的一家事业单位上班,他能说会道还有点文采,又不太想做官(因此负担较轻),所以过得很是洒脱、自在。

二娃这名字来得有些古怪,这其实是个外号。我记得有一段时间我们总是在市体育场或者附近见面,那都有二十多年的历史了,那时候我们都还二十岁不到。二娃的长相够叫人为难的,我说的不仅仅是现在,他是一贯如此的。他有个妹妹那时候很高,现在依然不矮,有点傻乎乎的,不过工作以后我就不太见她了。

在体育场聚会的那一阵子,二娃肯定是看希特勒的某本传记看多了,嘴上老是"艾娃艾娃"(希氏的情人)的,于是大家都跟着喊他艾娃,喊来喊去喊成了中国式的了,喊成了"二娃"。

二娃在单位里是个自命不凡的家伙,在他们主任办公室里他照样仰在沙发里,旁若无人地高谈阔论,而他们的主任碰巧性格又并不开朗,拿他没办法,只好在心里恨他,这就注定了他的"悲剧"命运。八十年代初的一个很阴晦的下午,那时火锅的吃法才刚刚兴起,那真是一个鬼使神差的下午,二娃不知是怎么了,他从三点半就到处找我去吃晚饭,而那天我又正好不在办公室。他先是在办公室等了我一个多小时,然后又根据我的一个不太负责任的同事的模棱两可的指点到一家印刷厂去找我。我根本就不在那里,他就在印刷厂里给我的办公室打电话,我的同事又告诉他说我刚刚来过电话,我正在民政局一间办公室里跟人家谈事。那确实是一个稀奇古怪的下午,二娃决心要找到我。他放下电话后努力地骑着破自行车来到民政局,他进门的时候我正好离开了一分钟,他马不停蹄地追到办公室,我又放下包上五金店买灯泡去了,我一逛就是五十多分钟,他就一直在办公室坐等。那时候他的心境我不知道,但后来他自己也承认,人有时候会被一种不可知的力量所驱赶,毫无来由地去做一件在平常情况下会思虑再三而后行的事,他对这一类事的评语是:大爷叫干的事。他的意思是说,他家大爷五十年代"四清"时一时糊涂偷跑到南方,想从深圳附近下海游到香港去,结果被无情的大潮淹死了。这句话就变成了他的口头语,专指那些说不清楚、无法理喻的事。

火锅

我们终于见了面(我这是接着上面的话说的)。二娃坚持要请我去吃饭。这倒不是说我就多么受人尊重,或多么有能耐,或多么……值得人千方百计地来请,不是的,完全不是那样,我们俩是那种见了一次面以后三年不见面,再见面仍会非常熟络的人。我们走到街上,街上非常热闹,看起来有一种商品初潮的味道,大刀领的夹克衫都差不多开始流行了,卤牛肉都已经提了一次价了。我说,咱们吃什么?二娃说,吃火锅去,上辣椒山吃火锅去。我前面说了,那时候火锅才刚刚开始流行,时髦货,至于辣椒山,那只不过是一家火锅店的名字。

到火锅店我们要了一个火锅,一瓶酒,准确地说是二娃要了一个火锅,一瓶酒。也许是跑累了,常言说饥渴难耐,二娃一上来就干得很猛,而且很快就开始贫嘴,开始胡说八道了。我坐在他的对面,忧郁地看着他(像后来有一次我喝着酒看着崔一样),起初我还在和他对话,渐渐地我失去了抵抗能力,变成了他的内心独白。火锅的凶辣掺和着酒精的浓烈,使他全身心放松。从某种角度说,他发挥得漂亮极了,以致我时时感觉到我的肤浅和无知。他说,魔鬼就是魔鬼,不可能是别的;他说,吃大棚菜吃多了,十个有九个得灰指甲;他说,他的一个祖亲在库叶岛上住过若干个十年,后来就死了(当然,人总是要死的,不管你是在哪里死)。他还说,中央里还有很多秘密没有透露出来,他断言,迟早要透露出来的,捂都捂不住。

我真服了他了。我忧郁地看着他,我突然觉得他的档次很高,我发现他的一些话我根本就听不懂。而且我还打不断他,我开口说话的时候他的声音一定比我大。我不愿意别人认为我们在吵架,只好被迫沉默下去。这时还很早,因为我们来得确实太早了一点。外面梧桐树上聚了一群"喳喳"叫的麻雀,它们的调子热情而理智。

进店一个半小时后,二娃终于发作了。我还没能反应过来(其实是他没提出任何警告,也没向我提供任何可供反应的迹象),他突然从饭桌边站起来向票台上的电话机扑去。我还以为是怎么回事,我拉他一把没拉住,他挣脱我以后,挺严肃地向我摆摆手,然后义无反顾地直向电话机撞去。

那真是一个多灾多难(当时看起来)的下午。我还以为他给谁打的呢。他拿起电话口头语就出来了,他大喊大叫地说,大爷的(这是他的口头语,并不是他真喊谁大爷,我前面说了),老子不给你小子干了,老子明天就给你小子辞职,明天,今天明天的明天(他还怕谁不懂? 谁会连这点信息量也没有?),他说,对,明天,就明天,今天明天的明天,你等着吧,你等着,你只管等着。我无可奈何地坐在桌边。我听得直想笑。即使你叫人家等着,人家也已经等着了,你凭什么还非要人家"只管"等着?

说好话回到桌边,他猛然就沉默下去了。我给他一根烟抽,他点上烟讲,今天这酒喝得差不离了,你怎么样? 我笼统地说,还好。我们站起来就走了。

后来过了十几天我再见到他,他已经辞去了单位的公职,下海凫水了。他在一家政府办的大公司里干了个中层领导。这次我们是许多人坐在一起喝酒,我们俩之间隔着一位大商人(据说)。我们撇开那位大商人说话。我说,那天你咋回事。二娃笑笑说:"大爷叫你干的事,你不干也不行。我承认这是实话。不过,二娃又说,那天要不是你陪我灌了几口酒,我还下不了……什么?决心,是吧?是的,我只能说我操了(被人利用总不是一件特别愉快的事情)。借酒装疯哪你!"我说:"二、二娃,你绝对、绝对是个商人,你绝对、绝对是个经商的料,你绝对、绝对是个大商人。"二娃恬不知耻地说:"你绝对绝对,没喝醉,你绝对绝对,没说错!"

我记得二娃并没有像我预言的那样,迅速发起来,或者成为大商人(大企业家?)。二娃的大公司(更准确地说是二娃所在的大公司),几乎是在一夜之间就倒闭了(其实说倒闭并不准确。那是个官办的公司,是由于政策而被解散的)。

我记得在那一段时间里二娃似乎成了无家可归者(不是家庭的家,而是中国人赖以为家的"家"——单位)。他经常垂头丧气地在街上瞎逛(当然,我请他吃过好几顿饭,碰到有白吃白占的好事,我也尽可能不忘掉他。不管怎么说,我还算够意思)。

那段时间假如我碰巧在街上遇见他,如果我正好没事,我们就能聊上一大会儿;但如果我正好有事,那就成了我的灾难。他一定会把我拉到街边(这是一个痛苦的信号),用一种较为神秘的态度,把一部长篇大论用一连串滴水不漏的关联词串联起来,并且向我和盘托出。他会说:完了,中国完了(他的忧患意识十分浓烈,任何人开始都会立刻被他感染的),因为中国的经济已经停了。但是过了一段时间,他又会用一种领袖式的、开导别人的口气,断言道:我现在对中国重新充满了信心,不管怎么说,我们需要邓公的存在并且发挥他独到的影响,这是我们稳定的一个前提。

不知怎么的,我总觉得他的话有抄袭的嫌疑,但他并不是那种

讨人厌的人。他讲得津津有味,我不能扫他的兴,我只能应和着说:

不错,这是世界革命人民公认的(反对派例外)。

多年以后

下过雨之后我打了个的上二娃家去。这已经是许多年以后的事了。

二娃家还在老地方,二娃的老婆还是经常不在家,我们俩只好还是下面条。我说,你最近上哪去了。二娃说,上广州海口窜了一趟。我立刻厚颜无耻地说,太好了,我正想上广州去瞧一趟,你应该能"赞助赞助"我的。二娃说,能,你去就是了,你去了就住到越秀公园招待所里去,不要花你一分钱,我跟他们都熟,你去了只要说,开308－2号房就行。我咧着嘴,重复一遍说,308－2号房,我说,你真有这么大能耐?我们俩说话真的都油了。二娃说,小菜,你去好了,你去,你去我也去,我月底前还得到广州、海口去一趟,正好咱俩在那逛逛,路费没问题没问题,拿给我报去,你只管出人,你出人我出钱,你是想干什么去?你不会要留职停薪吧,你干得好好的。我说,难讲。他说,你去吧你去吧,只要你不坐飞机去。我说,坐飞机你就报不了了!他说,不是不是,坐飞机危险,中国的飞机又危险加危险,你自个儿出事事小,你一家老小找谁要吃要喝去,这个责任大,就不是我能承担得起的了。我不能不承认这小子变能了,变潮流了,如果不是说变油了的话。我继续厚颜无耻,我说,那好,那咱们说定了,我替你省几个,我不坐飞机,你放心,我不坐飞机,坐什么飞机,那有什么意思!无聊!坐飞机的人都绝对无聊!我又说,我去还得瞒着单位,我还说不准哪天去,不过你放心,我一定得去的,我一定得替你花掉这一批钱,你放心,我这人说到做到(我也油了?),你放心,我保证替你花掉这笔无聊的闲钱,你放心!二娃说,放心放心,随便你什么时候去,你也不用等我,你去就是了,一切都是我的,你去吧,你去就是了,你去吧,去吧。

要是别人冷不丁听见了,还以为他是要把我推出门呢,但我们俩好歹是习惯了。我们俩喝着酒,吃着朝鲜菜(刚刚二娃上街拐角买的),扯着闲淡。门外收破烂的直叫唤。他家的电话铃倒是响了好几回,他腰里别的 BB 机也凑了好几回热闹。我说,败胃败胃。二娃说,那就摘下来扔了。

他真就把 BB 机摘下来扔到了床上。我们俩说着些不三不四的话。天上下起了小雨,雨点滴在窗玻璃上,摔得七零八碎。一刹那间我的心头闪过了老早以前记住的一首诗里的一些句子:我真想迈动双脚,用它来走遍世界。我真想迈动双脚,用它来走遍世界。我站起来说,喝饱了,不想喝了。我的心里充盈了一种东西。二娃说,别扫兴好不好,说点别的说点别的。我说,说什么。二娃一个劲地说,说点别的说点别的,这天,又下雨了。我重新坐下喝酒。我说,我有个朋友变了……我们这就突然说到了崔的身上。我说,我都闹不清他是怎么一回事了。

二娃看看我,我看看窗户。我们就这样无所谓地又唠了起来。

出走

我记得我在十年前不太是这样的。我不是接着上面的话讲的。我是说我现在特别渴望走出去。而且我还特别渴望一个人走出去。我记得有一年的初冬我的心情突然变得十分悲凉。完全是没有理由的。我向单位谎请了几天假,就出走了。

也许我用"出走"这个词并不恰当,但它确实能反映出我当时的心境和决心。那时天气已经开始冷了。天上下着冷雨,地上淌着泥浆。我突然发现我也有点怪了,因为在那一段时间里,假如我不"出走"的话,还有好几件好事在等着我。一件是上级主管单位要组织我们到一家大企业去,吃好喝好玩好不说,人家准还会送东西;另一件是另一个主管部门组织到天津附近的一个开发区参观,那也是一个好差使,要吃有吃要玩有玩,但我却不知犯了哪门子傻,愣是不上天堂下地狱,费尽心机请掉假,自己掏钱出去了。

　　说真的,现在回想起来,我真不知道当时我在想些什么,在干些什么,或者要达到什么目的(我似乎是越来越不理智了,正好跟时代潮流背道而驰)。用二娃的话说,成了"大爷叫干的事"了。我莫名其妙地回到了我的出生地。那是个非常偏僻的地方,先得挤火车,再挤火车,然后挤长途汽车(和各类贩夫走卒杂在一块。不过我这里绝无贬义,我喜欢他们,我从心眼里喜欢他们,说到竞争,他们似乎还没到我现在的档次——如果真有档次的话。况且我们又离得那么远,八竿子都打不沾边。我确实是打心眼儿里喜欢他们的),然后再坐机动三轮,然后再步行两华里,然后就到了。

　　那是个什么样的地方呀!说句不好听的话,我当时站在那里我直想哭。这真叫没出息了。哭个啥呢。真的,有啥好哭的嘛,但我当时就是无可奈何有一种想哭的感觉。其实说到底了,我的这个出生地,除了生我的时候我在这地方待过很短的一段时间以外,这三十多年里我只在上中学的时候回来过一次。那是夏天(放暑假的时候),我记得当时田野非常伟大(我只能用这种词不达意的方法来表达了),我记得当时田野非常非常伟大了不起,一些野鸟(孩子都非常喜欢野鸟,或者任何野的东西,我那时候正好还是个孩子)在田野上边的无边无际的天空里乱跑乱飞,是一种谁也管不住或者说谁也不管的样子。天上有很多鸟在飞,地上有一些马驹在跑——这就是我当时的一种非常强烈的印象。也许就是唯一的印象。不,不,绝不是唯一的印象,不能这么说,绝不能这么说!但这是其中的一个很强烈的印象,很难抹去的一个印象!也许它就是诱导我想哭的那种印象,或者那种印象之一。我还记得那时红芋快要成熟了,那是春红芋,春红芋的无限长的垄沟通向尽可能远的远方,通向甚至我们到处跑都没跑到过的地方,那远方的地方可能有一棵或者两棵树(孤零零的吧,可能是),它们长在发白的土路边,甚至就长在干得发裂的田地里,它们长得那种架势,真叫人说不出来,它们就是那种架势,就是那样长成的,不可能是别的架势,完全不可能;它们长在红芋垄沟尽可能远的尽头,红芋的垄沟你再怎么跑都跑不到那一头的。不说了,再说下去也就这么回事了,如果深究下去,你对你只回来过一趟的地方到底会有多么深的感情,这是一件叫人怀疑的事吧,至少你有某种做作的嫌疑。不说了,不能再说了,不说了,走吧走吧。

现在我又回到了来时的火车站。我刚才已经介绍过了,我在路途上的程序很是复杂。下着冷雨的夜晚我来到一个陌生的大火车站。本来我的想象是,在大的火车站乘车会很方便,但我却只买到了午夜的慢车票。天气在这时候就显得很冷了(在一个人心境不太那个的时候),我表达不出来——但我绝不是指的绝望、灰心、悲观、看破、颓废、无聊等等这样一些字眼,绝不是的。如果要让我讲出理由来,我是否可以这样讲:绝望?我一点都不绝望,我挺自信的;灰心?没想过;悲观?我对那种人历来在心里不太恭敬;看破?我还完全没过够呢,我一直暗下决心要活过一百岁的;颓废?没这个资格;无聊?确实,我有时候有点无聊,那也是人之常情,但我也是一直在努力地杜绝它的——我说的是我的一种似乎是悲壮的情怀。对,就是一种悲壮的情怀,是一种我自己努力要把自己推向某种高度过程中的情怀,这样的表达的确太困难了一些,但我感觉就是这样一种东西,情怀,悲壮的情怀。我的心里很充实。

我仍然待在候车室里。天气在这时很冷了,而候车室又是临时的(正式的正在建设之中,据说),四处透风。我凑到一片一片出来打工的农民弟妹(我的年岁无疑比他们大)附近。我看他们打扑克,偷听他们说的家长里短(乡土乡音),窥视他们呆坐或摆弄东西的憨样。趁他们不注意的时候,我凑到他们的背包旁,进而若无其事地倚到他们的背包上,成了他们中的一分子。我打起了瞌睡。

在冷飕飕的候车室里我很像是进入了梦乡。我一直走一直走一直走,一直走到我们常说的海边的一个地方。我放下我的简洁的小包(这时我的那些农民弟妹们都各找门路去了),我看见一个尚未完婚的女孩子(这样的女孩子在海边的这个地方肯定是不出众的。即使在中国的其他地方也不能说出众。但她温柔、能干。咱们中国老乡的择偶标准不都是这样的吗?)。我随她走向一处酒楼。我开始了打工仔的生活,但这只是一种积累的开端。我做了老板,然后是大的,大老板,吃喝都不用自个儿掏钱(由秘书代劳)的那种老板。我盖起了好几栋摩天大楼(在离天更近的地方,我能换一种心态看天上的野鸟乱飞乱跑。探索我童年的梦?我要在天空飞行?)。钱太多的时候我会有选择地捐赠。我仍然会固守良好的情操。情操?是的,良好的情操,中国人传统的美德。我会始终如一地维护我本已美好幸福的家庭。我只能成为社会的楷模和表率,没有别的选择。

但是说实话,当我从梦中醒过来时,我得承认我长这么大了,我混得很不理想。我在祖宗们面前不太能抬得起头来。——这也许是我的潜意识在作怪。犯不着跟它计较,也犯不着太认真的。犯不着的。真的,犯不着的。我真得走了,得走了。得一走了之地走了。我走了吧走了吧,我真走了吧。我站起来就走吧,站起来走吧。一走了之吧。走吧走吧——吧。别说了,别说了,站起来就走吧。走吧走吧!

另外一次出走

我还记得我另外几次"出走"的部分情形。

我还记得从八十年代中期以后，我们赖以生存、赖以发展，或者说相依为命的单位，就每况愈下、愈来愈不景气了。按照政策规定可以发给职工的钱（如果你单位自己有这种财力的话），我们单位没钱发，每个月的奖金、补助之类不用提了，就是过年过节我们也只能赖在老婆身上干靠，弄得不太像户主（其实早已就不是户主了，名存实亡，名存实亡）。医药费报不掉，都装在自个儿的身上……

有好几次我在领导们面前，半真半假地发牢骚（谁都会这样干的，再老实的人，也有被逼得有点急的时候。我不是说被本单位领导所逼，我是说被周围的形势所迫）。我说，咱们说着玩的噢，说着玩的，不当真（有点像领导讲话，是不是有点像？我的意思是说，我的话只代表我个人，而不代表我个人的身份）不当真，不当真（其实越是这样说，越是要被别人当真，或者越是要当真，或者自己越是当真，或者不能不当真）。我说，我这都是瞎说的，瞎说的。我说，咱们的情况看起来不太那个，怎么说呢，我的意思是说，不太那个，就是说，不太理想，或者说，不太妙吧，不，我这个辞没怎么措好，没措好，瞎说，瞎说的噢（我这是怎么的啦？怪！），不当真，不当真。我说，对了，我说白了吧，我是说，咱们还指望个啥呢，你们看咱们这熬的，我说白了吧，你们看我这减肥减的，咱们这样吧，我说白了，我觉着你们几位，我是说我从心底里觉着你们几位，都是好人，好人，大好人，你们几位真是大好人，是我有生以来能见到的最好的大好人，你看，咱们的……（我指的是咱们的一把手。另外我觉得，"咱们"这个词发明得真好，多亲切哪，多能大事化小、小事化了哪,在碰到原则问题时感觉尤其需要它),我接着往下说吧,我说,你看咱们的……他哪一回不是早上早到,晚上晚回的,这一点我完全能够担保,用我的中等偏上的人格担保,我这人绝不说谎的,你们相信我好了,不会错的,绝不会错的;我说,你们看咱们的……(我说出了咱们的二把手。以下类推),咱们的……他对咱们哪一位同志不是像爱护眼珠一样地爱护,嗯?(他们没法不点头同意我的话,当着大家的面,特别是当着当事人的面。他们只能不时地配合我:是的,是的,一点不假,这个大家都知道的,都知道的);我说,你们再看咱们的……他啥时候生过病,请过假?啥时候?你们再看咱们的……他跑俄罗斯都跑得流鼻血(俄罗斯那有些地方也太不近人情,也太干燥了),人家可在公众场合发过牢骚没有?我理直气壮地用质问的口吻说,然后我就开始自问自答,我肯定地说,没有,从来没有,至少我没有听到过(我认为我是谁了?),我巡视了我的听众们一眼。我接着说,你们再看咱们的……他不但能按时认真地完成本职工作,他还利用业余时间学会了画大老虎,他的大老虎现在怎么也已经值两个了;你们再看咱们的……我打住我自己。我说,事实胜于雄辩。我说,说白了吧,我苦口婆心地说,咱们不能再这样了,我说,咱们不能再这样下去了。你们说,咱们,我是说咱们这些职工,咱们跟在你们几个的屁股后头,咱们心甘情愿地闻你们的屁味,热脸贴冷腚,咱们图个啥?对不对?你们说对不对?(他们都只能点头)咱们还不就图能过上个舒心日子,图比别人早几天装上电话、装上冷气机?你说咱还图个啥?共产主义?那是咱的远大理想,是给咱儿子享受的,咱享受不到。我这是说着玩的噢,不能当真,千万可不能当真,千万可不能当成真的了噢,我这是瞎说的,我开头就说过我这都是瞎说的,我这人说话没什么准谱,二叶子,但我这人,你们几位也一定是知道的,我这人是最不说假话的,我说的都是实话(鬼知道)。我说,好了,我直说了吧,我真直说了,真说了(好像有人挡着我似的。我这人有时候就这么神神道道的,连我自己都搞不清楚这是咋样一回事。拿二娃那一类人的话说,这又是大爷叫干的事了。真没办法!),我说,我真说了,我说,咱们好歹得想个点子了,咱们好歹……我说,大伙知道的,我这人,好歹离不了家,我是说我这人你别看嘴硬(其实嘴也并不硬,大伙都知道的),其实我这人好歹都离不开家的。我说不上来这是为什么,别问了你们,别问了,我是说,总会有人好歹离不开家的,也就是说,总会有人能离开家,那么也就总会有人离不开家的,但我也并不是说我就是离不开家的,我还不完全就是这个意思,我也说不太清楚,反正,就是这么回事。就是这么回事了。

我这真扯得太远了。我记得我刚才说的是"出走"的事。我现在就回到刚才的位置。我记得我后来还"出走"过好几回。我记得有一回我在另一个凄风凉雨的火车站等车,那也是半夜了。我没来由地望着公寓大楼里那些温暖的人家想哭(你看我这真叫没出息了吧,这才写了没几千字差不多就快哭过两回了,这算咋样回事呢)。再说,我这又是自个儿掏钱自个儿要出来的,我那家不也是挺那个,挺暖和的吗?我离开车站,穿过空荡荡冷飕飕的大马路来到那幢公寓下。我的行为要是叫一个有心人看去了,可能会有些嫌疑。半夜三更的,一个人(一个外地人),瞎遛闲逛,总是不那么对头,但我就想不了那么多了。我来到那幢公寓下,昂着我的既不高贵,也不低贱的头,看那幢黑洞洞的大楼。那时候我真有点感慨万端了。在暗夜冷雨里,我绕着大楼转了一圈。我隐隐约约听见里头有搓麻将的声音,但又不完全像。我还透过那些隐隐约约的声音,听到那些隐隐约约的声音背后,有小孩在热被窝里说梦话的声音,有睡得熟透了的少妇起来上厕所的声音,有冰箱自动起动的声音,有风吹动阳台上的野睡莲(哪还有野的睡莲)的声音,有一小片枯干了的垂盆草草叶落下来（在寂静无人知晓的暗夜）落在一本初级中学课本上的声音，有梦魇中的丈夫骚扰妻子的声音……我靠在门洞边的墙上。这时候我的心情大家一定都能理解。我在那靠了好一会儿才离开。

再一次出走

我还记得另一次我在长江边上的一个大火车站等车的情形。那也是很冷的天气。也是夜半时分。我无路可走，无处可去，就花两元钱（说实话这不能算太贵），买了一张录像票，进录像厅看录像。

录像厅里人真不少，他们大部分都是出来找活干的农民（你看，我又说到农民了。不是他们，谁又会半夜三更寒风刺骨地来火车站这儿看录像？谁要么就是疯了）。像他们一样，我是说像大部分在录像厅里看录像的农民一样，我也希望这两块钱能花得值，既不用花全价去住半夜旅馆，又不至于在车站广场上无家可归冻个半死，也还能囫囵儿地看几个动作片。

进录像厅先要经过一个停止营业的饭店，然后再上好高好高的三或四层楼。我的印象是那些楼梯加起来非常高。我是说那些楼层每一层都非常高，高得你感觉非常意外，高得令你吃惊。在我的记忆里，我还从未碰到过这样高的楼层，从未碰到过。

我经过空旷的饭店，向寂静冷清但是有电灯照明的楼梯走去。楼梯进口处的墙壁上贴着一行斜着向上的美术字：您明天就有发财的机会！说实话，我对这种场合的这种话并不寄予厚望。我走进放映大厅，我看见的是一种我以前没见过的现象：满满的（几乎是满满的）一屋人，但他们绝大部分都在睡觉，而且绝大部分都是一男一女的乡村青年，而且绝大部分都是女的趴在男的身上睡，男的则趴在女的头上睡。录像照样开着。我想他们是累极了(或冻极了)。我不愿意把他们搞醒。我摸到一个座位坐下来。这么多人,屋里(比外头)真是暖和多了。暖和极了。我抱着我的包瘫在座位里。不知怎么的,这时我明显地感觉到,我是生活在一个大家庭里。也就是说,我感觉我有了相同境况的伙伴。说句不好听的话,他们不比我(至少在心情方面)好到哪里去。他们甚至不比我好,但我不能不承认,他们有比我优越的地方,比如说,他们是两张嘴一块出来了,但他们的退路又在哪里呢?不过说到底了,你想想,好生地想想,人哪就一定需要什么退路。往前头走就是了,走到哪说哪的话。咱们前头的不少人,不都是这样"蹚"出来的吗?——我这又在说梦话了,算了算了,真糟糕透了,我是说,我这人真糟糕透了。

那一个夜晚我过得非常非常温暖(可以这么说,完全可以这么说),我是说我感觉非常温暖。我完全有那种回家的错觉,有那种回到了亲人身边的错觉。也许我的周围都是一些较穷的亲戚,让我感到亲切。也许因为我跟他们差不多,我才这样感觉的吧。况且他们是不可限量的一群。他们在可以看得见的将来都会(像我一样)发大财的。这是一定的!没话说。一定的!颠扑不破的!

坏毛病

在许多场合我都有乱想的坏毛病。后来我发现崔也有这种表现,但我们的表现方式并不一样。

比如在那些阴冷的夜晚,我凑在农民兄弟的行李上,我喜欢想起老早的一些往事。

我想起我还很小的时候,那时候闹起了红卫兵和红小兵。我记得那是一栋老楼,老楼里有一个大房间,大房间里生着一大堆篝火。那也是冬天,但那时的冬天比现在冷多了。雪也下得厚多了。风也刺骨得多了。真奇怪,房间里生着篝火,给人一种野营的强大的吸引力。(那都是跟苏联学会的吧)青烟袅袅升起,红小兵们的歌声也嘹亮地升起,在寒冷的夜空里回荡:

红岩上红梅开,
千里冰雪脚下踩。

那是一个好小的小孩的印象。或者说,那就是我吧。我那时也就十岁不到吧。我是在家里缠够了妈妈,才把背包背到大房间里来的。我记得(清楚地记得),那是打的通铺。通铺沿墙打了一圈,中间围着篝火。稍大些的孩子和稍小些的孩子睡在一个大房间里,大家坐在被窝里唱着歌,撩开嗓门唱。青烟(我刚才说了),袅袅地上升,屋里有一种混合的说不出来的比家里有意思多了的味道。

我还记得我们是刚刚结束了一次行动,才回到大房间里的。那时天刚擦黑。我不知道我是怎样来到市委大院的。市委大院已经很是凋零了。我跟着我认识的一些大点儿的孩子跑。我们把文件撒在地下,撒得满地都是。说老实话,我那时候根本不知道自己在干什么。当然我也没有必要知道。我只知道我跟在一个穿雪青棉袄的稍大些的男孩后面干。我们扯断电话线。那时候我的印象非常非常深,虽然我并不知道我是在干什么(我刚才说了。我这并不是在为自己开脱,因为实在没这个必要)。那时的电话机旁都挂着一捆大电池,(这我没说谎吧)我清楚地记得电池落在地上时我在短时间内被吓住了。这可能是家庭的长期教育在我身上的短暂回潮,但这种回潮对我(对别人我可不敢说)实在是太乏力了,实在是太没劲了。现在想起来我都很惊奇,我没想到我小时候的行为是那样的不端。我记得我们把写字台上的所有东西都扫落在地,再踏上一只脚(是真的再踏上一只脚)。然后我们又扫荡了所有的房间。(当然不只是我们这几个人,其实我们只是其中的一小部分)那的确有一种快意。是一种连小孩都一定能体会出来的快意。然后我们回到了大房间里。我们全体唱着《红梅赞》。我记得那是我最动情的一次。那也许是我有生以来第一次最动情的一次。我是动了真情了。我清楚地记得那时我们那个大房间里还有个宣传队。穿雪青棉袄的稍大些的孩子就是个小头目。那时的每一个晚上我都站在窗边(那里比屋里的其他地方冷多了),或者就在被窝里,动情地(极其动情地),唱着《红梅赞》。

　　红岩上红梅开,
　　千里冰雪脚下踩。

　　歌声在我幼小的心灵里激荡。我不知道那是不是我对社会的最初理解。我不知道,一点都不知道。同时,我也不知道崔知道不知道(那位穿雪青色棉袄的小头目)。我尽力用我的幼稚的(?)歌声吸引崔,因为我太想加入宣传队了。太想了!太想了!我尽力用我的歌声去吸引崔。当然,最终我是成功了。我加入了宣传队,实现了我的第一个梦想。篝火旁的梦想。

崔和高大的女人

　　我是在"银梦婚纱屋"再见到崔的。我这里说的再见,是指上一次和崔见面以后的再一次相见。
　　那是一个高大的女人。我见过她。肯定见过她。跟崔握过手以后,我说,我看你面熟,我见过你的,肯定见过你的。她歪歪头,用一种比较粗犷的风格说,真的吗?(我成街头小痞子了!)我说,真的。我用一种不容置疑的口气说,我说,我对你有印象。我说,你该认识一个人,你应该认识的一个人。她用警惕的腔调说:谁?我说出了二娃的名字。高大的她歪着头向着崔略带难为情地笑了。她说:我知道你是谁了。

我的妻子实际上对这种男女间的小玩意儿早已经不乐意了。我赶紧介绍她们认识。然后我和崔退到某一个角落去。我们在那里看着女人们的表演。我们存在着,女人们就有安全感。我们说着话。现在我已经完全相信那些"据说"了。我说:明天,上我家坐坐去。我老婆明天出差,不在家。崔没考虑就答应了下来。这倒弄得我一时有点后悔,但这点后悔很快也就过去了。

这是一次很盲目的行动。我说的是我陪老婆来照相这件事。那是国内某一家有怪想法的化妆品企业,他们在化妆品里放了一些卡片,每一位买这种化妆品的女人,都可以持卡到指定的影屋照相,并参加一种名目叫"白雪公主"的选拔活动。对女人们来说,这应该是一次天赐良机。她们的自尊心,她们的自信心,她们的良知,都告诉她们该如何行动。

她们如约而来。在"银梦婚纱屋"那里制造出了一种气氛,一种喜洋洋、含有脂粉味的节日气氛。如果我们未曾亲眼看见,我们也至少在电影里,或者电视里见过这类场景。连附近的发屋生意也空前兴隆起来:那些耗电的玩意儿"滋滋"地响个不停,钞票们你出我进地流动个不停。(流水不腐?)我夹生饭地对崔说:真的,我在这里看到市场规律了。

崔说:以前那些大鼻子们,不知是不是这样子的?

就是那些从卵子里害怕中国人的那些美国佬?当然我这纯粹是开玩笑,纯粹是开玩笑。说实在话,我并不想得罪美国人。我还可以这样告诉你,美国人民是世界上最伟大的人民之一。我甚至还可以这样对你说:美国人和中国人还有着某种血缘关系哪。不过这都是后话了。但是我想要重申一句的是:有时候我们认为很遥远的事情,其实并不遥远,也许我们在历史发展的某一阶段会突然面临到美国去挣钱这样一个事实,那时候如果我们曾经有过辱骂对方的历史,那么它的报复就是必来无疑的了。当然,我这又是一种玩笑。大家都有自个儿的活法。

现在我们仍然待在"银梦婚纱屋"里。我们要了一杯热茶——这也是影屋老板的生意经之一。我们喝着热茶,看着我们自个儿的或者别人的女人。看她们化妆、打扮、一张又一张地照相。她们摆出了各种各样自认为最拿手的姿势。她们肥硕而且硬朗,她们着实讨人欢喜。我又想起了崔刚才说的关于大鼻子的话了。我想起了我那一次在越南的一些小小的见闻。我看见两道生了锈的钢轨,非常不起眼地在脚下延伸着。乡镇样的城市半老地蹲在河边。印象最深的是我看见一个头戴凉帽,面容发黑的越南青年,他驾驶一辆很旧的摩托想要超越一群妇女的时候,水沟边的松土跟他开了个小小的玩笑。我眼看着他在越南北方(略显)蒸人的空气中像一发火箭弹一样地发射出去。我注视着他的被战争训练出来的习惯性的飞行动作。他厚实地摔在泥土里,但他马上又爬了起来,推起车子拐着走了。现在我想起了他。我觉着这也许就是我对崔似问非问的一种没说出口的回答,如果这也能称之为回答的话。

咖啡厅

在紫罗兰(一咖啡厅的名字)和二娃一起喝咖啡的时候,我说:哎,你妹妹真跟崔好上啦!真是她?

二娃说:不是她是谁？你以为是谁？

我以为？我并不以为。我是说我没什么好以为的。人家的事,人家两个的事。我以为什么以为,我凭什么以为。我说:有些日子没见了,你在玩什么？

二娃说:钢材。

我沉痛地说:这世道……

二娃惊诧道:什么？

我说:你压根儿就别想正式地认识一个人。

二娃心不在焉地说:那你就非正式地……

我说:好了好了你二娃,你别跟我来那个哩个啷。

二娃说:我还有事。

我说:谁不躁？看人家往回抬大件,就想犯抢。想抢又不敢抢,怕抓住杀头,你说这事！

二娃说:送你个字:烦！

我说:彼此彼此。

我们各自抽起了自己的烟。咖啡屋里暗暗的。有一些并不出众的音乐传来。在一些阴暗的(能不能这么说？或者说比较阴暗的……)角落,有一些更年轻因而也就更让人妒忌的年轻人存在着。他们带着自己的女伴。他们的女伴鲜美得让人……发疯——我是说如果一个人已经失去了理智的话,他就会这样看陌生女人。

说实在的,我看见他们(我指的是那些年轻人。比我更年轻的人),我总有一种气呼呼的感觉。是的,有时我确实很尖刻。我往往会因此而产生短暂的内疚感。我想这也是人之常情吧。世界上没有不是人的人,我想。

二娃低着头抽烟。外面进来的一个人头发上都是水珠。外面又下雨了？

我说:二娃。(咱们回家吧。——这是某出老戏里的一句台词。)

我说:外面又下雨了。我是自言自语说这番话的。我把烟圈喷向空中(如果在另一个地方,比方说,香港吧,我不知道我还能不能如此任意潇洒地把烟圈喷向优雅的空中。或者我还愿不愿意把烟圈喷向优雅的空中)。我想,不管怎么说,二娃仍然是勇敢的。虽然我并不觉得他能有很大的成功。

我突然冒冒失失地想,我应该把马克思的一句话送给二娃和我所能碰见的每一个人。马克思是这样说的,他说,榜样的力量是无穷的。对,他就是这么说的!他说,对于后来者来说,榜样的力量是无穷的!

伏笔

有一段时间我没见到二娃了,我不是没做过努力,我曾经很认真地找过他,但是没能找到。

说实话,我都有点想他了(当然,我可能并不是想他这个人,而是想起了他身上附加的一些东西)。我有些烦躁。这是我的一个老毛病了。说实在的,我这个人的缺点,就是犹犹豫豫、优柔寡断。我还不能像二娃那样,果决地采取一种断然的行动。在单位里,我已经放出了风声,我谎称我家里有一个亲人(我父亲抗战时期战场上的救命恩人),生了大病,我不能不代表我父亲、母亲,最后去看望看望他(我几乎声泪俱下,几乎动了真感情)。我说,我随时可能要走。我甚至装腔作势地说:哎,这真是没办法的事。

我想,不管怎么说,我的伏笔已经埋好了。我一定会替二娃花掉那笔钱的。我绝不会食言的。

完蛋

在我家里,崔很快很快就进入了角色。

我以前说过的,我说我有时有乱想的坏毛病。我还说过,崔有时也这样。两杯酒下去,崔的话就稍微多了一点儿。他说他那里的一位,他说,怎么说呢?他说那个人,有点儿像上初中时他们学校里的一个人。那个人后来死了(他指的是他们初中学校时的那个人)。

我说,初中时啊。(轰轰烈烈的"文化大革命",我想起来了。篝火。)

崔看着酒说,他妈的我一直放不开。一直。他说,我这一辈子算完蛋了。他妈的我这一辈子算完蛋了!我说:可不能这么说。他说:他妈的现在单位里特复杂,老的拿老资格卡你,小的拿青春气你。你没办法。你真的没办法。你一点办法都没有。你如果不大度点你不可能活到明天早晨。不过你死了你就活该死了,现在世界上的动物也太多了一点儿,多一个少一个,不太能看得出来,拿我们那来说吧,人不少,确实不少,但干活的不多,大家在一块混呗。钱也够吃的,虽然不能大吃大喝。

崔接着又说,我完蛋了,我真完蛋了。真的,我马上就完蛋了。彻底完蛋。你信不信?

我说:不可能的。我觉着不可能。人就这样容易完蛋?那也太简单了。

我说:你没事的,我包你没事。有事我负责!

他说,他妈的你想想……

他解释说:对不起我不是骂你的。他说,他妈的你想想一个人整天猫在窝里,他能有什么好结果?他说,你相信我的话吧:天天猫在窝里不搞改革开放的人,都不得好死!

我觉着他真绝对。当然我知道他的骂不是特指。他是泛指。没错。他一定是泛指。

他说,我有个老乡,不是我现在的老乡,是我老家的老乡,他年岁比我大多了,他今年恐怕五十多岁都有了,你看看人家,人家到现在都已经娶到第五房了,你别不相信,我说的句句属实。你看人家,人家是平均十年一房,人家那过的是什么日子。当然,我并不是羡慕别人这一件具体的事,那就太没出息了,我是说人跟人就是不一样。他下海得早,不过他现在也混得一般,只相当于处级,还是副的,整五十那年他下公司搞经营去了,他真叫英雄,现在他手里多了不敢说,五七万还是有的。他发啦!

他说:他第一房娶的是一个老农民的闺女,因为他自个儿那时候就是个农民,他就是打乡里头过来的。进城后他就不要人家了,后来那个女人改嫁到了东北,在东北生了八个孩子,那时候早,也允许生这么多,他们两家,其实也就是我那位老乡,他们还有来往,不是那种事情的来往。(谁也没那么认为!)你别往那种事情上想(谁也没往那种事情上想!只有说这种话的人才有可能往那种事情上想!)老刘,对了,他姓刘。老刘搞公司以后,还跟她们东北大山里联过营哪。这是他的头房。

崔(他妈的!不过我声明,我这不是骂他的,绝不是骂他。老熟人了,我怎么会骂他呢!)还真健谈。崔说,他的二房是他的师妹。他们两人是在车间的成品堆后面野合叫别人发现了才结婚成家的。六〇年她从娘家弄了一小包板栗,回家时在街上叫人抢了,她到家就气死了。她给老刘生了个丫头。

他的三房是个学生,学生中学毕业后分到他手下当徒弟,他也真花,一个月没过去,人家就跟他了。跟他生了四个,两男两女,现在都大了。这不挺好的吗?到"文革"时他进了工宣队,在上层建筑认识了一个娘儿们,二锅头了,他就搬过去跟人家过了。这是他的第四房。他娶五房是前几个月的事,他那五房是公司里一个跑推销的,小巧玲珑,口蜜腹剑,我见过一回,风流!那真叫风流!不过我担心她跟不长他,肯定跟不长他(你操的哪门子心!)。你等着吧!(我有什么必要等着!)你等着!看上去,他们不像父女也像叔侄。他们俩确实不大般配,不大般配。不过这是人家个人的事,谁也无权干涉。你说是不是。

我说:当然。

我累了。这一点除了崔以外,我想谁都应该能看得出来。我捧着酒杯,勉为其难地看着崔。我发现崔真的变了,在改革开放的大好形势下,他彻底地适应形势彻底地变了。他的口才正在史无前例地发挥出来。其实我们虽然生活在同一个城市里,但我得承认,我不了解崔了。这是无可奈何的事实。不过这的确也很正常。

我承认,崔厉害了。他不是那种温吞水的角色了。绝对不是了。他又回到我的印象中去了。我觉着他有前途了。他确实能玩几手了。

天冷的日子

现在每到天冷的日子,我就记起了那个冬日的下午我从崔的办公室出来的情景。我走出有暖气的办公大楼,走到冰冷的大街上。我听见一些胆气不豪(因为听众太少)的警车声在一条偏冷的小巷里叫着。女士、小姐们的倩影在街角匆匆一闪就失去了踪迹。书摊的迎风口挡着大块塑料布,而风依然能撩起花绿的封面向寥寥行人送上一段肉腿。我骑上自行车走了一段路之后,我想起了我怀里揣着的崔送我的那一本书。我突然有强烈的阅读欲望

(真有点神经不是?),我就近下了车,掏出书站在路边就读起来。我读得津津有味(别人肯定会认为我是个勤奋好学的好青年!)。我并不指望别人的表扬!这就是我生活方式的一部分。没什么可惊讶的(也许没有人惊讶)。雪又飘起来了(真巧!)。我像一尊雕塑凝固在城市的冬景里。城市没有风景?但城市里有风,有时候风还不小。当城市没有风的时候城市里的一切就都消失了。这时候书似乎不太重要了。我是说书的存在似乎不太重要了,但它在人的心里起着一种支撑的作用。它会像城市户口那样使我们安定下来。我们也会因此无往而不胜!

儿子

崔接着早先的话头讲,是的,我是在想孩子的事。对,是关于孩子的事。你没见过我儿子吧?没有,你没见过。没什么,我儿子挺聪明的,有机会你见见他,你见见他(我去见见他?有这个必要吗?)。但是我替他担心,他太犟了,他的个性太强了!她妈妈简直管不住他。我真替他担心,不知道他以后会变成什么样的人,说老实话,他的前途难以预料。

崔说,我可能说得有点严重了。我不是那个意思,我不是想让你觉得那是个调皮捣蛋、不可救药的孩子。他不是这样的,不是的。他就是犟。他别的什么地方都好,就是犟。他们班主任说,他的犟也是一阵一阵的。有一次老师刚宣布早自习结束,他就跳出来大喊:好喽,这正是我们打架的好时机!其实他哪里喜欢打架,他不过是说说而已。

崔说,我怎么说他妈妈管不了他呢。有一次,他上课干了点什么,老师点了他的名,他马上就受不了了。他把头往课桌上碰,碰得头破血流。他就趴在课桌上,也不吭气。老师还不知道,只管上他的课。下课了,他还是不起来。老师说,你们看看他是怎么了?同学们怎么拉他他都不起来,后来有一个同学钻到桌子底下才发现地上淌了一摊血。老师吓坏了,赶紧把他抱到办公室,他脸色苍白,东摇西晃,站都站不稳了。学校叫同学通知我们家,正好他妈在家,骑上车就去了,一点心理准备都没有。他妈心脏不好。到学校一见儿子那样,"啪"的一声昏倒在地上,可把学校给忙坏了。

崔说,我别的不担心,就是担心儿子。你说这事!

我趴在酒杯边睡了一觉之后,崔才提出要走。我送他到门外,我说:没事吧,你骑自行车?他含含糊糊地说,没事没事。他若有所思地跨上自行车走了。我在背后看着他离去。真是,喝了这么多,他一点儿醉意都看不出来。他真变了!

星星真少。我是说天上的星星真少。

站了一会儿,我就回楼了。风直打旋。

在特快列车上

现在,我已经在开往广州的特快列车上了。

我感觉我以前的讲述的确是太琐碎了。我现在上了车,这是一段漫长的旅行,我想它一定会是完整的。

幻觉

我似乎觉得我已经远离了过去的一切。

三个男人和一个女孩

我是在半道上的车(这没什么!)。我上车的时候是夜里九点半。车上人真多,虽然这是一班特快,但这并不妨碍在每一个车站都拥上大批的人来(我就是这样上来的)。

我站在走道里。座位里的三个男人和一个女孩在我的俯瞰之下。那是三个非常普通的男人,如果在另外一个地方我肯定不会注意他们的,但我现在注意了他们。他们看起来像是很凶的样子(这也许是"陌生"的缘故),他们的骨节粗大,他们把腿蹬在座位上,他们的腿骨也粗大扭歪(透过袜子我能看见),如果我没猜错(或想错)的话:他们是劳动人民。他们是动体力(包括打手、枪手、职业杀手、作案者、黄牛、皮条客、看门人、帮闲、媒子等等。——不知怎么的,车一往南方开,我的思想就变了,我就仿佛开始亲历舶来片的情节了,这时我也感觉那一切都不是虚构的了)的人,他们能喝酒,能大块吃肉,毫无顾忌。另外,毫无疑问,是他们(我说的是类似的人)在创造未来的大部分历史。对我们这些他们的同时代人来说,我不知道这是走运呢还是倒运。我不太能想清楚。

很快我就更想不清楚了,因为这时夜已经深了,我的腿早已站木了。我身边的人都在打瞌睡,我也开始睡了。我伏在(别人的)椅背上困乏不堪地睡着。大家知道,我这时将要产生幻觉了。的确如此,人都会这样的,这并不丑,这是人的一种非常正常、正当的生理现象,确实不足为奇。我发现我正在飘起来,我的飘是无与伦比的。我正在飘起来,飘向一片广袤的我所不了解的空间。我听见一阵竹笛的声音飘来。竹笛声开始(替换了另一种力量)托起我。它似乎是抱起了我,把我抛向(轻柔地抛向)天空。天空洁净而且很有点儿透明。在陆地上就不会有这样的感觉。在天空中我可以俯瞰大地。大地起伏不平,大地上长满了青竹,青竹悠扬。我感觉那就是我一定要去的地方。没错,那是我一定要去的地方,没错!

我醒了

我醒了。车厢里的大部分人还在睡觉。我换了一条腿站立。我看见茶几的两个玻璃杯底下压着一张报纸,一行大字露出来——今夜:房事有新闻!我想得到这张报纸,我是说我想完整地看完这张报纸,但是不行,靠窗的那两个人睡得正死。我想我也睡吧。这时一个人睁开眼看了看我。我看见他的眼神里布满了善良,这与我刚上车时看见他的印象不同。他穿一件似乎廉价的灰西服。他看上去绝对是善良甚至是柔弱的。他的鼻梁上架着一道细细的伤疤。那可能是小的时候被强壮的孩子打的。每个人都有童年的不幸(我的意思是每个人在童年时都会有小倒霉的时候),对这个人来说,他的童年也许是不堪回首的,因为他确实太善良太实诚了。

我的目光又回到了报纸上。我倒真的很想看那份已经设置了包袱的南方的报纸,但是那两个人纹丝儿不动,男人的头发和女人的头发纠缠在一起。善良的男人也歪头睡去。车厢里的空气混浊却有点暖和。我重新站立着睡去(如果这也能叫睡的话!)。我真的感觉很累了。

粗暴的吆喝声

一整个车厢里的人都是被一种粗暴的吆喝声吵醒的!

小白脸

其实那时才只在凌晨两三点钟。整个车厢都睁开了眼睛。我们看见一个小白脸(千真万确的小白脸),双手高举一蓝一白两根小细棍,从车厢的一头奋力地挤过来。他一边挤一边大声用带方言的口音嚷嚷道:哎哎!时候不早了!人也不少了!出门在外,大家都想发财。睡觉发不了财!睡觉能发财就不用干社会主义了!哎哎!随着他的吆喝声,大家都不约而同地看他举在半空中乱晃的两根小棍,还有三四个"闲杂人员"从车厢的两头挤过来,用劲附和着道:老兄,你算说到咱心里去了!不想发财,出来受这个死罪!老兄,你告诉咱你怎样发财!你说吧!你指个发财的路子,咱们要是不跟你干,咱们就不是他娘养的!老兄……

说实话,这都是老一套了,骗不了人。他们,我说的是小白脸和那三四个"闲杂人员",他们绝对是一伙的,他们一呼一应,专宰那些不长眼的。不过,在乏味漫长的旅途中,能置身事外,免费看一场闹剧,也还是值得的。

小白脸得了话头,立刻往上攀。他现在已经站在车厢的中部了。他把一蓝一白两根小棍高高地举在头上。他嘴尖舌利,反应敏捷。这是常跑江湖的油子,我想。他把小棍在头上舞动着,嘴里嚷道:哎哎,想发财的往这里看啦!看好啦!看好啦!这两根小棍,一根蓝一根白,我这有一根红布条……他做着手势,把小棍和红布条四面八方地亮给众人看。他嚷着,看好啦看好啦!想发财的往这里看啦!红布条套中哪根小棍,你就押哪根,不要押错啦!千万不要押错啦!押错了那是你运气不好。押啦押啦!押一次最少五块钱,最少五块钱,多了不限,多了不限!那位说了,你这五块钱太少。我说,你要押多少?他说,我要押十块。我说,押五块的我不嫌少,押十块的我也不嫌多。怎么这样说哩?这就叫萝卜白菜,各有所爱,现在是自由民主的社会,你有你的自由,我有我的自由,你不要干涉我的自由,我也不干涉你的自由。咱们不学美国,不能学,那是个坏孩子(众笑)。那位又说了,你这十块钱还少,我能不能押多点？我说,你押多少？他说,我押一万(做要走状),我说,对不起,兄弟,把你的钱收好,咱们不玩,不玩！那位说了,你这人倒怪,你刚才说了多押不限……我说啦？我是说了,可咱不能干那事,咱这纯粹就是个玩意儿,你押一万,好,你赢了我,操,你叫我喝西北风去;我赢了你,你打长江大桥上跳下去,你一跳了之,我叫公安局逮起来了！咱们不干那事。你有钱,拿去投资去,我给你指条道,咱们湖北有条高速公路,前两年就讲要开工,没钱,你投资去,为国家办件好事。那位又说啦,你这人嘴大,你是嘴大钱小,出来混没底钱……这你可就是糟蹋我了,各位,当着大伙的面,咱得给自个儿洗干净(说着掏出一小沓百元钞),咱不干那种事,皮包公司,咱不干。哎哎！各位各位！看好啦看好啦！想发财的,你往这里看(动小棍,但动作缓慢),押啦！最少五元！最少五元！

还真有几个人围上前去(三四个人。显然是他们一伙的),嘴里乱嚷嚷道:这是发财的机会！这容易！都押！都押！把他赢干。押！押！押！但是说实话他们的鼓动没有获得预期(如果真有预期的话)的效果。确实,广大人民群众经过生活的磨炼,思想觉悟和革命警惕性都有了极大的提高,这就叫人放心了！我站在他们的附近。他们确实显得太冷清了一点,冷清得叫人有点同情他们。他们是剃头担子一头热。他们出来混也的确不是我们想象的那样容易。都是过日子,都难哪！

列车到哪儿了

这时列车不知到哪儿了。也许快到武汉了。小白脸的勾当已经做不下去了,他收拾了家伙准备离去(另外那几位媒子,已经先期离去)。他的脸色很是难看,煞白煞白的,白得令人担心。我不知道他是不是第一次遭遇这种无情的打击(我想不至于吧),但他今晚财运不佳,这是确定的了。我把脸转向窗口。窗外黑洞洞的,不知是到了哪儿了。闹剧演完了,热闹也看完了,我想我该想点办法打发打发时间了。但是正在这时,我是说,正当小白脸从我的身边走向车门的时候,我的邻人——我说的是那位鼻梁上架着小伤疤的那位——杀猪般地尖叫起来。这一切都发生得太突然了,而且就是在我的鼻子底下(真正的鼻子底下!),在我的鼻子底下亲自发生的。确实是亲自发生的。我看得那么真切、那么货真价实!并且我是从事件的一开始就目睹的。这件事发生得太突然了。我听到声响别过脸来的时候,"伤疤鼻子"已经叫骂起来了:

他妈的你踩了老子的脚!他妈的你长眼睛没长!

东北腔

一口的东北腔!绝对是一口的东北腔!现在我再看那张脸(我离得那么近!),我立刻发现"伤疤鼻子"是一副典型的东北人的面孔(难道东北人还有什么特别的面孔?)。是的,一副典型的东北老乡的面孔:诚实、憨厚、一是一二是二,绝不花哨。

正灰溜溜败走的小白脸,真是越渴越给他盐吃——听到东北老乡的叫骂声,不得已地站住了。我只能用脸色煞白,或脸色更加煞白来形容他了。他脸色煞白地站住了。他不想恋战。在广大的乘客面前他毕竟是孤立的,但他不能不站住,为了面子。他站住了,脸色煞白地看着东北老乡,用一种故意放轻的语气说:老乡,你怎么骂人……

骂人

骂人?!东北老乡得理不饶人。继续吼叫道:他妈的你踩我脚了你知道不知道！你他妈的你踩我两回了！进来的时候你他妈的踩我一回我没吭气。出去的时候你他妈的又踩我一回！你他妈的把人当人不当人！

显然,"他妈的"或"你他妈的",都是咱们这位东北老乡的口头语。没办法,这就叫没办法。他的话叫人想笑。他绝对是朴素的,骨头里是朴素的。他是那种认死理的主儿。没错,他正是那种人！他脸都气红了(跟另一位正相反)。隔了好几个座位的一位看热闹的汉子,粗门大嗓地用东北话(怎么今儿个都是东北人?)劝道:大家伙出门在外,这位兄弟赔个不是,过去了。我也能跟着凑合。我说,算了算了,说声对不起,也矮不了谁,这事就完了。我知道我这是瞎凑合,但没办法,闲劝几句这也是人的天性。

东北老乡依然不屈不挠地嚷叫道:他妈的他把人不当人！半夜三更他妈的他有事无事把大伙闹醒,拿这个破玩意儿来骗钱。他妈的他安了什么心！

小白脸的脸色只能更加煞白。他歪着头看东北老乡,勉强道:你这人怎么这样。踩你脚了给你赔礼道歉。大家都出门混,你这人怎么嘴不像嘴！

东北老乡气得站了起来,手指点着小白脸:你他妈的你敢骂人！(又坐下)你出门混?!他妈的老子出门混的时候你还不知道在哪里哪！你这套把戏,老子还看不上眼哪！天上九头鸟,地下湖北佬,我们东北人就看不上你们这号刁钻货！

一车人都看。这事确实弄得有点复杂了。小白脸冷笑一声说:你看不上眼,老子还看不起你哪！(他上下打量打量东北老乡)你这个东北乡下来的土老帽儿！(他说得确实别有风味！)你出过门没出过？

钱

　　东北老乡再一次(!)奋力地往起一站。他气得浑身发抖!他手指哆嗦嗦地指点着小白脸:他妈的!你他妈的骂我们东北人!他妈的,老子告诉你,你他妈的听好了,咱们东北人屁眼里挖挖也够你吃一辈子了!(对车厢里的大部分人来说,这话多少有些大快人心)他妈的你说的噢!你他妈的不要后悔!(小白脸及时插一句道:老子从来不后悔!)你他妈的不是没见过钱吗?老子这就让你开眼!你他妈的你敢骂我土!老子掏出钱来能把你吓死!你他妈的你等着!(小白脸的脸色缓和了一点。他颠着脚气那位东北人。他不冷不热地说:老子等着哪!我谅你也掏不出几张来!他的别有用心的话使车上的一切好心人都为那位东北老乡担心。)不少人(包括我)七嘴八舌地说,算了算了,说着玩玩,说过不就算了,哪能当真!隔几个座位的那另一位东北老乡过来拉住老乡(他们俩看样子一点都不认识),大声地劝道:算了!老哥!你听我一句,算了!咱有钱,咱把钱收好咱不赌这个气!出门在外,咱不能这样!周围的人都七嘴八舌地说:出门哪能这样!想找死哪你!

　　东北老乡可真够倔的!够倔的!使劲掰开劝他的手,硬要把钱掏出来。哥儿们,哥儿们,你别拉我,我叫他开开眼,也给咱东北人争口气!我掏出钱来吓死他!(小白脸说:掏到现在你也没掏出来!)我掏不出来?我掏出来你他妈的给我从这个窗户蹦出去!(小白脸笑了起来:老子看你掏不出来!你掏出来了老子从这个窗户出去,从那个窗户进来!他用手画了个弧线。)好!有种你小子!这是你说的!你说了就得够种!老子掏出来你立马给老子蹦下去!

大信封

他真不想学好了！没有人再劝他,大家都知趣地摆了手。他还真掏出来了！一个大信封,鼓鼓囊囊的。他从里边拉出十几张百元大钞,扬给周围的人看。然后又戳到小白脸的鼻子底下。看看,看好啦！(他用钱把小白脸揉得头直往后躲。)这叫什么？这叫不叫钱？(他扬眉吐气地大叫！)你认识不认识？你见没见过！你没见过吧！你在老子跟前放肆！你还嫩了点！妈的老子这次教训教训你！你差早啦！你学着点！

说什么这也有点看得开心,看得痛快。小白脸支吾着小棍避开那些眼花缭乱的大钞,用一种不三不四的态度模仿着说,你这才几个钱！你还有脸拿出来！东北人立刻就气坏了！坐下去又站起来,站起来又坐下去,气急败坏地叫道:他妈的你敢侮辱老子！他妈的你敢侮辱老子！老子在家里开了两家工厂,老子过手的钱比你吃过的米还多！(小白脸笑道:那你是托共产党的福。)老子叫你开开眼！他妈的你是不见棺材不掉泪！

皮包

真叫说时迟那时快。话音才落,东北人已经"唰"的一声从胳肢窝里抽出了一个小皮包,并且"唰"的一声从里面抽出一沓大钞,大喊大叫地道:他妈的你睁大眼看看！你他妈的看清楚了！(他猛地往下一坐！)小白脸现在已经恢复到了一种我们未曾目睹的状态。小白脸轻松地说:钱不少,但不是你的。东北人气得说不出话来:他妈的！哥儿们！你说话要负责任！他妈的老子上法院告你去！(他歪着头死盯住对手！)你说这钱不是老子的,那他妈的你说这钱是谁的？你的？小白脸说：也不是我的。东北人向着大伙说：那就怪了，这钱不是我的，也不是你的，那是谁的。小白脸说：是你老婆的。众人哄堂大笑。东北人气昏了：他妈的哥儿们，说话注意点！我跟我老婆，通窝打铺几十年，他妈的，我老婆的还不就是我的！你他妈的会不会说话！小白脸说：他妈的你老婆的钱你一个子也不敢花！东北人气得一蹦多高，哎！我说哥儿们，你他妈的侮辱人！你他妈的这一套老子看多啦！甭废话！他妈的咱俩玩一回！就咱俩！今天老子非得当着大伙的面叫你出一回丑！老子非得叫你脱了裤子爬下去不可！

笑话

可以想象，这时候周围又有不少人出来劝阻他了，但这次的劝阻，都差不多是象征性的了。从心底里讲，没有人不想看看笑话——不管是谁的笑话！

玩

东北老乡的确火气十足。他甩开了所有的人，嘴里叫道：我感谢大伙的好意，感谢！大伙别拦我，今天我非得叫他出一回大丑！我他妈的非得叫他光着腚回家！小白脸（看上去似乎有点底气不足但）冷冷地说：咱俩还不知道谁光腚回家哪！来来，废话少说！你讲怎么玩吧！东北老乡说，就咱俩玩！我今天非得教训教训你！小白脸说：就咱俩玩？就咱俩玩！玩多少？他妈的随你！老子陪你！那就先玩一百，老子先教训教训你！

两人就顶真玩起来了。这时广大群众一点也不甘落后，都挤上前来观看，立刻我就成了最圈里的人了。只见小白脸把两根小棍在东北老乡的眼前绕得飞转,有时几乎就要戳到他的眼睛(这不是没有可能。完全可能!)东北老乡一边用手抵挡,一边嘴里骂道:你他妈的想干什么!你他妈的想戳瞎我!那情形看起来突然就令人不寒而栗。终于绕完了。在小白脸把小棍和红布条用手捂起来之前,大家都看得很清楚:红布条套在小白棍上。几十双眼睛都看着小白脸的手。几十张嘴都在说:小白棍!小白棍!(大伙都希望东北人赢)东北人终于气势汹汹地嚷道:小白棍!说着一把抓住小白脸的手,另一只手打信封里扯出一张百元大钞,叫道:开!开!开!

小白脸的脸现在是彻底地苍白了。他这次是玩栽啦!但是众目睽睽之下,他又不能不开。众人一连声地喝道:开!开!不准变的!不准变!小白脸把手拿开:小白棍果然被红布条套住。眨眼间东北老乡就赢了一百块钱。车厢里响起一片众志成城的掌声。这也是一种对社会上的坏势力的抗议!大快人心!

再来!再来!

这时我觉着(我离得太近了!)小白脸几乎都要支撑不住了(这就是一个人走出家门的某种结果吗?)。确实,他的煞白的额头上渗出了一小层不容易看出来的细汗珠。他的嘴唇毫无血色。他的嘴唇发干,早已失去了初来时的潇洒和自如。但他坚持着说:再来!再来!

我发现他的眼都有些红了。东北老乡对这一切都熟视无睹。他完全陶醉在胜利的喜庆之中了。他用一种不屑的口气,对广大观众说:你他妈的还嫩!老子这次教训教训你就算了!老子这次放你一马!小白脸声嘶力竭地叫道:你他妈的不敢再玩了吧!东北老乡"呼"的一声站了起来:不敢?他妈的老子还没有不敢的事!来!再来!这次玩多少?你说!你他妈的你说!你说,老子奉陪！他妈的老子让你说,你他妈的说多少老子就跟你玩多少！五百！他妈的五百就五百,老子非得扒光你不可！

这确实更刺激了！时间在飞速地闪过。时代的列车在飞奔。也许快到武汉了吧。小白脸的小棍又舞动起来。他这次舞动得更加卖力。他似乎在把所有的赌注押到这一把上。他舞动了许久许久。最后终于停了下来。毫无疑问,在他最终停下来的一瞬间,几乎每一个人都可以看得很清楚：他的红布条是套在小棍上的。于是几乎所有的人都喊道：小蓝棍！小棍！东北老乡也毫不犹豫地说：小棍！他妈的不许动噢！但是当他低头掏钱的时候,小白脸"唰"地把红布条换到了小白棍上。众人大喊：不要换！不要换！可是东北老乡并没有听见,他掏出五百块钱来,"啪"的一声摔在小白脸的手上,叫道：小棍！他妈的,开！开！

再来！再来！

这种结果实在是太"惨"了。我觉着除了东北人以外,没有第二个人会认为他能赢。这是一次大转折。围观的人有的埋怨,有的指点,有的呈现出一种不可言喻的表情。而那位东北老乡却透出了一种非常失望的迷惘的神色。他妈的,这是怎么回事？他看着周围的人说,他妈的明明……他突然神经质地跳将起来,抓住小白脸,大声地叫道：你他妈的作！再来！再来！小白脸这时十分得意、神气：他妈的你说来多少吧老子陪你玩到底！东北人说：他妈的来一千！一千！你他妈的敢不敢玩！这的确是一种残酷的赤裸裸的肉搏！我是说在这么多人面前,只蒙蔽了一个人并且把他给宰杀掉,是多么残酷而快意的事！对东北老乡的同情和支持,已经差不多没有了,这多少归结于他的自取灭亡。"开"的结果自然如前。东北人的一千块钱眨眼就落入了小白脸的腰包。

现在我觉着东北人差不多有点要垮了。他脸色发青。是的,完全是那种冻青菜的颜色。他像瘫了一样坐在座位上喃喃自语：

他妈的这不可能！他妈的这是怎么一回事！旁边一位农村老大娘模样的人,语重心长地对他说:人家换啦！但是他完全不明白！他依然喃喃自语着(像祥林嫂,阿毛阿毛的):这他妈的是怎么回事！怎么回事！我觉着他像是要崩溃了。他突然猛跳起来,一把揪住小白脸,吼道:他妈的再来一把！他像赌徒那样红着眼,吼着:他妈的不准走！再耍赖老子白刀子进去红刀子出来！小白脸冷冷地(学着他的话)说:哎,我说哥儿们,常出来混的,要能赢得起也输得起。哎,我说哥儿们,你前头路还远,我可怜你,给你留几个路费。东北老乡暴跳如雷:他妈的你可怜老子！老子要你的好看！老子一把赢干你！来！哥儿们！

小白脸得了便宜卖乖。他玩得的确是异常冷静、异常风光了。他演讲般地向周围群众说:大家都看见了,我这是给他脸他不要,那我就不能再客气了！我现在一把赢干他,叫他口服心服！各位兄弟姐妹,大家给我做证！东北人说:你他妈的做什么证！老子这一把就叫你回老家去！小白脸拉好姿势,说:他妈的你押吧！他妈的你押多少？东北老乡背水一战地吼道:一万！小子,你敢不敢！小白脸面不改色心不跳地说:老子没有什么不敢的！这真有点千钧一发的味道了。大多数人,我敢说,绝大多数人,都被这笔巨款的巨大数目吓住了,或者说被这种不容易目睹的即兴赌博吸引了。车厢里鸦雀无声(货真价实的鸦雀无声)。两根不甘寂寞的小棍又飞舞了起来。它们被舞得风快。整个车厢里是眼花缭乱。人们的心情(我事后想起来)是中性的。事件本身产生了巨大的吸引力。当某一根小棍被套住并且它们最终停住的时候,我敢说,群众的眼睛都直了(或者大部分都直了)。还是像前几次一样,东北人一把抓住小白脸的手,大吼着说:白的！不准换噢！他妈的谁换老子跟谁玩命！同时,也还是像上次一样,当他低头拿钱的时候,小白脸动作极敏捷地把红布条换到了蓝棍上。并且嘴里不断地催促着:押！押！你他妈的敢不敢押啦！

观众

在这种紧要的历史的关头,最最奇怪的莫过于观众了(这当然也包括我在内)。他们缄默不言,不知用意何如。也许他们天生就有一种观望的习惯？或者说天生就有削弱别人以便保护自己的心性？

开！开！

现在东北人已经把款筹齐,然后大吼大叫着押在错误的地方:白棍！他妈的白棍！开！开！他妈的你开呀！小白脸说:我开了,哥儿们,开了,各位父老兄弟做证,你他妈的不准反悔！东北人抓住他的胳膊,大叫着说:他妈的反悔？老子生下来,还不知道反悔是什么东西！

问题

突然他像是醒过来了:哎,哥儿们,哥儿们,你怎么知道你一定赢？他妈的你输了你拿什么给我？哎,哥儿们,你他妈的你这太不公平了！他妈的你就这样蒙人,你他妈的这简直缺德！

这确实是个很实在的问题。虽然几乎可以肯定东北人必输无疑,但一点不错,这是一个公平不公平的问题。可以这么说吧,这个问题把小白脸问得一愣,但他马上就恢复过来了。他立刻往外头掏钱。他先掏出原先已经掏出来过的那一沓钱。那显然是不够的。他又从西服(他穿着西服)里面的口袋里掏出另一沓钱,但显然两者加起来仍然不够。东北老乡大叫着道:他妈的你还想蒙人！你他妈的能不能玩起！他妈的你这是多少？多少？小白脸支撑着说:老子少不了你一根卵毛!东北老乡说:他妈的你少一分老子都饶不了你!他妈的你这是多少?七千!七千!他妈的你哄老鬼!他妈的你集钱去!你他妈的集不齐钱,老子要你好看!

报纸翻过来了

报纸翻过来了,我看见了我刚才想要看的那个内容:在"今晚,房事有新闻"这个悬念的后头,印着一行极小的字:一次付清,九折优惠。

她

这是一次硬碰硬的决斗。没有半点含糊。从面子上来说,小白脸已经输了。他输在相对贫困上。现在,他确实已经显露出了输相。而且对于大众来说,这场开始看起来似乎是势均力敌的搏杀,没有一个完整(不说完美了)的结局,也是一桩挺遗憾的事。也就在这个时候,一直坐在靠窗那个位置观战的那个女孩子(也许还能称她为女孩子。她有二十五六岁的样子,虽然长得不算太漂亮,但线条流畅),用一种试探的(不成熟的普通话)口吻说:哎,我说,咱们是看客啦,咱们也不偏着谁,向着谁,咱们这样行吧:咱们也加一股。输赢都是咱们自己的。咱们给你凑齐了。你俩看行不行?

另一位东北人

她的话立刻得到了回应。一直围观的那另一位东北人马上跟进了说:对,对,咱们也加一股。这年头,不干白不干,不赚白不赚,世界上没有傻蛋！咱们这样说吧:咱们这好几十群众,没有偏向吧,你们二位,哪个耍赖咱们都轻饶不了你,你们这两份钱都交给咱们群众拿着,你(他说的是小白脸)这不是还差三千吗？咱们大伙给他凑齐喽！凑多少,分多少！(他的意思是说,你凑了二百块钱,假如赢了的话,你就可以分到二百。)我凑二百！不捞白不捞！

这是富于戏剧性的。他的话音才落,那两位斗士的钱已经被他抢到手里去了。他把那些哗哗响的票子高高扬起来,让每一个人都能看到。他一边高扬着一边洪亮地大叫:几百块钱算蛋嘛！大伙凑起来！我这就给你分钱！他谁也赖不掉！他哪个敢赖！

投资与分红

群众的士气这时真是高昂极了(我是说甚至？包括我在内)。大家(至少有十几个吧)在那种马上就要分红的情况下,唯恐落后,纷纷出资(投资？),在极短的时间里就凑齐(也可能已经超过了)缺资。这时候的两位当事人是怎样的呢？他们之间的区别已经非常明显了:小白脸趾高气扬,红光满面,把套着红布条的蓝棍拿给周围的群众看。而东北老乡则已经预感到灭顶之灾的来临,凄惶地坐在座位上。这一切叙述都只能显得太慢。那只是在很短的时候里,钱已经凑齐了,小白脸叫道:钱齐了吧？收银人道:全齐啦！(这多少有点像对暗号)小白脸叫道:我开啦！众人齐声回道:开吧！那真是一种历史性的时刻！小白脸弓下腰去,但只在一瞬间他就全面开放并且把小棍和布条高高地举起来了:红布条套在小白棍上！东北老乡一跃而起,抓住小白脸就把他向车门搡去:你他妈的……

东北老乡口音纯粹的怒骂声,被车厢里三四个面露不轨的青年的粗暴喝声所淹没:坐下坐下！都他妈的坐下！谁他妈的不老实,白刀子进去!红刀子出来!

投资者们和我

　　这又是一个难以言传的时刻。车厢里站着的人(包括我)在完全没有反应过来的时候,就已经大部分被推倒在座位上,或被推倒在别人的身上。该走的都走了:小白脸、东北老乡、另一位东北老乡、说不成熟普通话但线条流畅的女孩以及另外三四条汉子。而且这时恰好车到一站,也许恰好正是武昌站。留在车上的"投资"者们开始议论并且互相埋怨起来。等车重新启动的时候(没有嫌疑了),我提着我的包,离开了那节车厢。

平静

　　我找了个地方重新安顿下来。我的心情此刻相当平静。在不到四十分钟里,我的口袋瘪下去了不少,但作为学费,它们还不算昂贵。确实,这都是大爷叫干的!在这以后的几十个小时里,我随时都在想这件事。每当我回想起这件事的时候,我都惊叹那种令人过目不忘、天衣无缝的安排。这是我所看过的最精彩的表演!演员演技精湛!令人叹为观止!它的结束,也几乎给我的这部小说画上了一个灰色的句号。我想,所有的人,包括捉摸不定的崔,包括在商海里蹚水的二娃,等等,在他们(我说的是东北老乡他们)面前,都只能黯然失色了。

　　大爷的!

　　在任何时候,我都没有想到我会输得这样惨过(我并不是说我真输了,我并不是针对我那几百块钱而言的)。我是说我在心理上碰到了一定的问题。我想起我在"家"里时的悠然的生活。我想起那位在街拐角告诉我别人许多事的女士。她曾经出钱在报纸上登出了儿子的一幅书法作品,并且把它装在镜框里高悬室内。我想我这都是怎么了?(我是说我都拿不准自个儿了。这一定又是大爷叫干的事)我干吗偏是买了无座的车票,我干吗偏要先坐长途汽车,再坐长途火车,我偏要一路站、坐、等了四十八个小时。真是,我这是怎么啦? 拧拧自个儿的皮,还有知觉。真的,我这是怎么啦? 大爷的!

广州

时间过去得真快。在交过一笔学费之后,现在我来到了广州。

我站在嘈杂纷乱的广州火车站广场上,奇怪得很,我第一眼看到的(也就是说我最深的第一印象),竟是一架硕大的从空中飞过的飞机。那是一架客机,波音或者麦道。它从西北方向飞来,径直向东南方向飞去,也就是说向南海或者南海诸岛的方向飞去了。

确实,像我前面说的,我有胡思乱想的坏毛病。我这时一下子联想到了在那个阴冷的日子里,崔送给我的那本书。

那是一本"劫机纪实"。劫机者在大陆时总是有前科的。他们要么是有杀人嫌疑,要么是负债者,要么就是大贪污犯(不然谁去劫机去。那玩意儿多危险)。我想(我这是瞎想),如果我能指挥(不是劫持!)一架客机到曾母暗沙去逛一趟,那么我在二娃,或者崔,或者任何人面前,就都有了吹牛皮的资本了。一点儿不错,那我就一定有了吹牛的资本了。那时候我的心情一定会比现在好上十几倍! 那时候我很可能就不会来广州乱钻了,那时候我可能会萌发去太平洋岛屿打工的念头,那时候我的心胸肯定要比现在开阔,肯定要比现在开阔多了!

招待所

我在南国的土地上激动地站了一会儿。然后我就去找越秀公园招待所。越秀公园离火车站一点儿都不远。在十五分钟之后,我已经站在招待所的接待室里了。

小姐

我的面前坐着一位微黑的姑娘。整个接待室里只有她一个人。我把包从肩膀上拉下来。我定了定神,然后沉着地说:请开一下308-2号房。

她看了看我。她的眼光是那样轻松、那样随便,一点儿都不"严重"。她什么都没说,就站起来带我出去了。我们从走廊上穿过去。这是这栋楼的第三层。走道下面是一个室外游泳池。我跟着微黑的小姐一直走到走道的最顶端。大楼里几乎(我觉着)一个人都没有。小姐穿着拖鞋。门开了,原来是两个人的房间。我们共同走进去。小姐站在我的面前,她的个子小小的,她几乎(我感觉)就和我贴身站着。她微昂起头来,看着我,并且笑笑对我说:我看看你的身份证。

这是再正常不过的事情了。如果她觉着不太合适的话(对二娃的朋友采用这种办法),那我倒觉得没什么,真的,真没什么,这已经不错了,已经很不错了,在广州,在这个物欲(?)横流(从新闻媒介那儿得来的印象)的地方,这确实已经很不错了。我说:行,行,没问题。我把身份证掏出来递给她。她接过去,又(很暧昧——我觉着)笑了笑。然后就在我身边,低下头打开来品味了一下。我俯视她的南方人的头发(我对此似乎有新奇感)。她的脑袋小小的,头发轻飘并且略微发黄。(我的心灵这时一点也不清洁!)突然她看好了。我慌乱地离开她,把包袱扯下来放到床上去。

她说:有事喊我。

她穿着拖鞋走了。

第一晚

这个晚上我就一个人睡在房间里。

我先是在那位微黑的小姐的导引下,去冲凉间冲了个澡(免费的住处你就不能要求太高)。然后我回到房间躺下。我吸着香烟,喝着我从北方(!)带过来的清茶(文化!)。灯光雪亮。我的心情真是愉快极了。这是我第一次到南方,现在我可以这么说了:南方给我的印象好极了!虽然物价略贵了一点儿,但总的说,南方给我的印象好极了。南方的气候也好极了,温爽宜人,绝对的温爽宜人。我确实应该到这里来,但我也并不后悔我来得太晚。没有什么"太晚"之说。我这人从不后悔,从不。那有什么意思。男人嘛,后什么悔。这里一定是我的福地,一定是的,我能感觉到。是的,我甚至都能感觉到! 我在这里一定会有极大的发展的。一定的。跑都跑不掉!

绝早

第二天,我起了个绝早。

广州的天气真好! 穿个毛线衣足够了! 我下了楼,来到公园里。公园里和和气气的。我觉得我的精神真振奋起来了。我觉得我自从工作稳定下来之后到现在(基本上就是结婚以后),精神还从未如此振奋过呢。我呼吸着南国微熏的空气,到快餐店(就在公园内)花四块五毛钱吃了一盒盒仔饭,然后我离开公园,走入广州的大街上。广州的大街你别说,还真高楼林立的。我坐在公共汽车里,看着道路上无尽的车流,平时不太容易激动的我,现在竟然又一次激动起来了。说老实话,广州不是挺干净的一座城市,但如果你渴望一个地方,那你还会去挑三拣四吗?

显然不会。

南国晚报

南国晚报在城北一条大路的边上。他们有一幢不算太小的楼(我是说在广州也不算太小)。楼的式样还蛮别致的,奶油色,像个大蛋糕。

我轻易就进去了,虽然值班室里有不止一个门卫。

我逛遍了几乎整幢大楼。我当时的感觉,就像这是我将要接手的地方一样。到这时我才发现我的自信心和能力都还存在。以前有许多时候,我还以为它们不存在了呢(它们是喂狗了?)。我还以为它们远远地离我而去了呢。原来不完全是那么回事。

最后我找到了我要找的地方。恰巧我要找的人他在。他留着老长的头发。他的夹克衫的领口上别着一枚毛主席纪念章,红彤彤地放光芒。

毛主席纪念章

我说:是二娃叫我来找你的。一边说着,一边我就掏出了我自己的名片,并且递了过去。这是一个微妙的时刻。他连忙站起来,同时接过了名片(这是最起码的礼貌了),但我想,他肯定连介绍我来的那人的名字都没能听清。谁?他似乎这样在问。我说(我先说出了二娃的正式名字),我说,就是他叫我来找你的。说话的时候,我已经在离我最近的椅子上坐下来了。我看见他有点迷惘。我的心里立刻有点不祥的念头升了起来。我想二娃跟这个人到底是什么样的交情?我心里一点儿把握都没有,但我没有停下来,我接着说,我说:哇,你也喜欢玩像章,你什么时候开始的?他疑惑地坐下去。他说:两年不到。我说:你的品种怎么样?(我说的是他所收藏的像章的品种,而不是另外的什么品种)他说:还行。他说:你怎么样?我说(我昧着良心说),我说,我从"文化大革命"那时候起就开始收集了。我说,有一次我们战斗队去砸烂一个大机关,我说,那时候我还有点小,不过,也不算太小了,都十岁了。我们去砸烂那个地方。我说:大家都走了,我落在后头,一个老头,当时就算是走资本主义道路的当权派了,其实跟咱们的父亲都差不多,就那么回事。我说,那个老头站在背阳的墙拐角(当时天也够冷的),他老人家站得毕恭毕敬的。我说,按理说,当时人都走了,你也就该自己解放自己了,但是人家不(其实他真跟咱们的父亲都差不多),人家就那么毕恭毕敬地站着,一动都不动,那情景真叫我激动了。我转身就往外跑,到底那还是孩子,有点怕了。我说:我转身就跑,其实也不是真怕,那时候,谁怕谁?真理在谁一边?还不就在咱们一边?我说,我转身就跑,快跑出院子了,我又回过头去看,到底是小孩,好奇嘛。我又回过头去看,我一看,那老头还站着哪。我甩一支烟给他。我说,咱们这就算认识了。我说,打那以后,我就开始收集毛主席纪念章了。

我说:赶明儿个我再来,给你带一包来。他不失时机地说,不好意思。我没接他的话茬。我接着自个儿的话说,反正我要也没用,我现在对它花不进去心思,与其让它浪费了,倒不如送给朋友玩。他说,那可得送给懂经的朋友。我说,没话说,你放心等着呗!

沙面

我们谈到了广州。他说,你上沙面转转去。我说,什么沙面?

我们互相甩烟。他说:沙面就是珠江里的一个岛,新中国成立前那是外国人占住的地方,领馆都在那里,去看看没错。他说,要么你再上清平路市场看看去,外国人来了都往那跑,再说那里跟沙面挨着,你去看看也方便,还能买买东西,你去看看中国商贩怎么敲外国佬的。

我说,我去,我一定得去。

哪里人?

我说,你上班怎么上班的?我说,我是说你上班是怎么来的?你家离这上班的地方是不是很远?广州是不是很大?

我说:你普通话说得挺那个的。我说:你跟咱们(我这纯粹是在干什么?我这纯粹就是想要拉拢人不是?)北方人有点像。我说,你老家是哪里的?

他又给我甩烟。他说,我上班呀,我上班骑摩托上班,习惯了,自由,说走就走了。他说,我们家呀,你看我这像哪里人?我说:东北人?(我这又受火车上的影响了不是)他说:没说对,但也不太远了。我们家是苏北过来的,南下来的。我说:打过来的。他说:差不多。他说:我就是在军区大院长大的。他说:就我来说,我是个地道的(他用广东话撇腔)广东人啦。我说:看你就像。(像什么?我没说明。像苏北人,还是像广东人?谁知道。连我自己都不知道!)

气氛

　　我们俩,奇怪,很快就成哥儿们了。正说着话,碰巧又到了开饭的时间。我就在他们那食堂跟他混了一顿。饭菜的好坏,说实在的,我都不怎么讲究,我讲究的是那个气氛,一见如故的气氛。

　　饭后,我就开始找他办事了(其实也不能完全这么说)。我说,你们这里找件事做,能难成什么样子? 报纸上都是瞎说。他说:那得看你自个儿选地方的条件了。你条件高了,你就难选,你像我们这里,上个月才要了十个人,北京来了仨研究生,陕西俩,天津一个,都是打北方过来的。他说,要么这样,我替你问我们老头,看满了没有,过两天你给我打个电话过来,咱俩再联系联系。他说,另外,这几天你没事,再多跑几个地方,广州新报多啦,什么"晨报"啦,"夜报"啦,多啦,都能问问。我(近乎油腔滑调地)说:那我就全指望你啦!

分手

　　我们终于分了手(我终于告辞了)。我的心情简直就是无可奉告。对一个一面之交的人,你能指望得太多吗? 但不管怎样说,我的心情依然是愉快的。

　　我重又来到大街上。我站在街边的树底下,听着南方的市声,瞄着路上乱跑的汽车,看晴朗的天空中的几片云向太平洋的方向散去,我的心情简直纷乱如麻(不是坏得纷乱如麻,而是感情丰富得纷乱如麻)。我迈动双脚走了一会儿,我没想到我的双脚这样有力。我雄赳赳、气昂昂地走了老大一会儿,才跳上一辆我以前从未坐过的双层客车,往一个未知的方向驶去。

我看见路边有一个高大的猩红色建筑。有几个字是这样的：西汉南越王墓博物馆。站在车上我想，当年南越王不知是怎样在这里扎根落叶的。我想，我一定得找个时间来好好看看。我真实的意思是说，当我在广州的一切都稳定下来之后，我一定得跑遍整个广州！一定！

第二天

第二天是我的灾难日。

五洲文化娱乐公司

这天一大早（像昨天一样），我就起来赶路了。按照预定计划（我自己的预定计划），我来到了设在五羊路的五洲文化娱乐公司。这绝对是一家大公司。在家里时我就看到过有关它的介绍。它的主要生意都在国外（我还没出过国，如果与它有染，那我以后飞来飞去的就再也不愁了）。据说，它也是高工资的，一般员工月薪两千是很正常的事。如果我真干得好（凭我这能力！我相信自己！）我很可能接管中层以上的某个岗位，那我的收入不可能不达到四万（我指的是年薪）。当然，我也不会永远这样干下去的。我有我自己的套路。当我的资本积累允许的时候，我一定会立刻自己开办一家公司来玩的。那时我的才能就会全面得到发挥。我知道我不可能老像现在这样，不死不活地耗下去的。

寻找费了我不少时间！我总是搭错车。而且我总是向相反的方向搭。我找到那幢楼的时候，人家都快开饭了。这不是个好时候，因为这时候大家都有点坐立不安了。我一个牌子一个牌子地看过去。我找到了！我松了一口气。办公室里有两个人面对面地坐着吃饭。不管怎么说,这时的我有点不怎么自然(赶着人家的饭点来,总不是太光明磊落的吧。这绝对是犯忌讳的一件事!)。

好评如潮

我报出了那人的姓名。

迎面对着我的,那位头发油得挺亮的端着碗站了起来。他上下(几乎就是上下)打量着我。(我真不自在。我是说我从一开头就不自在。这真有点叫人接受不了。在我的思想里,广州人都绝对是很那个的……都绝对是挺文明、挺与世界潮流接轨的。按理说,这种现象是不应该出现的。)他疑心重重地问道:你是……

我鼓足干劲(我只能如此了),我(套近乎地——我刚才说了,我只能如此了)说:我从(我现在工作的那地方)来。我热乎乎地大步迎上前去,一厢情愿地一把握住他空着的那只手,使劲(近乎猛烈地)摇晃起来。我绝对热情地说:咱们是真正的老乡!真正的老乡!你是乍清(地名)人吧?乍清,对,乍清。乍清我去过的,去过。那一年下乡检查工作,我们那车还路过那里,还在那下车吃过一顿饭哪!没错!下车吃过一顿饭。乍清的饭真好吃!真好吃!要咸有咸,要甜有甜,那真叫百味齐全。那真是一块宝地!绝对是一块宝地!绝对!绝对是出人物的地方,绝对是出大人物的地方!是崔叫我来看你的(就是那一次在我家喝酒时崔提起过这个人。他说他们俩在一个进修班待过半年的工夫。我当时记了一下地址。我说,说不定我去广州时还去找找他呢。我这真就来了。我这人也真够没办法的了是吧!真贴!),我们在那里经常提到你,经常念叨你的大气势。你在咱们家乡绝对绝对是个人物,绝对绝对是家乡人的骄傲!绝对绝对……

我极其猛烈地把他颂扬了一番。我可以说,我这绝对都是没有办法的事情。我只能这么着了。我的预感告诉我,如果我不采取这种办法,而是像平常一样,那我只能立刻完蛋,立刻吃闭门羹。这是我唯一的抉择了。

老乡

他依然不相信我。这我从他的眼神里就能看出来。一个人的任何东西都能立刻从眼神里看出来。说实在的,我这时有点悲哀。我放开他的手(我还一直握着!)。他(至少有点)冷冰冰地问:谁叫你来的?我立刻知道我在另一位(坐着的那位)先生跟前丢尽了脸面。他一定以为我是什么人了!我说:是崔(我说出了崔的全称。其实我刚才已经供认过一次了!)。他听后,站在那里回忆了老长时间。这时他妈的我真想甩手就走!(我敢说,该谁谁都只能这样打算!)我难堪极了!但是突然他说:噢噢噢噢噢,你坐你坐。

不管他是真想起来了,还是他的灵魂大发现,还是他的良心没有彻底泯灭,他这样做都是救了我。我弄了一身冷汗。我找了个椅子坐下来。这时我觉得再说一句话都绝对是多余,但我还是应酬了几句。然后我就脱身走了。

该骂时猛骂!

可想而知,出了门,我会(在心里)把这位可耻的所谓老乡骂成什么样子!我的情绪坏透了!我在广州的大街上乱钻。我甚至想钻到正在正常行驶的小汽车底下去(当然那是不可能的)。这时我觉得(我只能这样觉得了)我(自己那个)省的人民坏透了,他们连外省人都不如。他们简直连……都不如!

我窜到广州市某大楼门前,我真想放一把火(如果我失去了理智的话),以发泄我的……(当然这也是不可能的)。

  我在街上乱转了半天。这之间我曾鼓起勇气,去一家晨报试探了一次。说老实话,人家挺客气的,但就是没有实质性的东西。我离开那家报社向回转。这时天已经不早了。我感觉非常疲劳。我坐在车上晦气极了。我坐在车上真想要报复谁!车走了老长时间。我想如果它永远这样走下去多好。我愿意永远这样坐下去。直到世界的末日来临。走了好一阵子,我的心情才随着天色的将晚平静下来。

308-2号房

  我前面说了,这一天对我来说是灾难性的。

  当我拖(像通常人们形容的一样)着疲乏的脚步回到我的栖息地时,我突然发现我所在的308-2号房的门洞开着。起初我还以为是二娃来了呢,心里一阵惊喜。我一脚踏进门去,这才发现那不是二娃,是一个完全不认识的陌生人,他躺在另一张床上。

  刹那间!我心里真烦!同时我也觉着非常奇怪。我没好气地走进门去(原先属于我独用的门!)。我瞟了他一眼。他很像一个南方的农民。但我还拿不太准。在走向我自己的床铺跟前去的时候,我想,我一定得把他赶出去。不为别的,就为这是二娃给我住的房间。不管怎么说,我总得捍卫我的利益不受侵犯吧。特别又是我在南方这地方受了一肚子气的时候。

  他完全不是我先入为主的那种南方人的气势。他完全不是那种财大气粗的某种架势。我一进去,他就从床上坐起来,跟我打招呼(用广式普通话),说:回来了。我说:回来了。

  显然他还有话要跟我说,但我背过脸去,放下手里的杂物,抄起脸盆就出去了。

睡觉

我没去洗脸间。我直接就去了接待室。接待室今儿个换了个年岁大些的男人值班。他竟然正坐在值班室里打毛线。我进去了说,我说:我那个房间……他打断我的话说:你是哪个房间?我说:我是308-2号房。他往墙上(那里画了一些表格之类)看了一会儿。他说:噢噢噢,对不起你啦,你是包房啦,对不起你啦,今天人满啦,人满啦。说着他就站起来了。我一看这架势。真的,我不能太过分,绝不能太过分了!我说:那好那好,我没事了,我走了,走了。我就走了。回到房里我就睡了。

我觉着我糟糕透了。我也累了。我很快就睡着了。啥也不知道了。等我醒过来时,天已经放亮了。

第三天

广州的这一天又是个绝好的天气。棕榈树在风中摇动,它们像一些绿色的扫帚在拂扫着南方微蓝的天空。草地网球场绿茵茵的,一些我叫不出名字的花在大树上开放着。

二十一世纪的婴儿

但我的心情并没有完全放开。吃完一盒盒仔饭后我就开始给南国晚报的他打电话。我觉着突然之间,这竟变成我唯一的寄托了。

电话的铃声毫无希望地在不可知的另一端响着。

大爷的!我听见线路里传来一个婴儿的遥远但却清晰的啼哭

声。显然,那不是我的孩子(我的孩子已经比较大了)。那一定是下一个世纪谁家的某一个孩子。没错,一定是这样的。只能是这样。错不了的。因为那声音太像了(太像下一个世纪的孩子的声音了?)。或者说线路里的那种氛围……(氛围?不严的氛围?)下一个世纪的孩子一定比这一个世纪的孩子好。是的,一定是这样的。一定比我好。没错,一定是这样的。错不了!

一百个三分钟

我失望地瘫坐在招待室的椅子上。微黑的那位小姐(今天她当班)说:电话没打通?没人接。这儿上班都是这么晚?

南方的报纸来了。有没有香港的?没有。三分钟之后我再打。我已经打了一百个三分钟了。我丢下电话上外头吃盒仔饭去。我挑了一盒六元的。这一盒里有排骨,有肉片,有青菜,但数量都极少。我吃着饭看着美元、港元和人民币从我面前的大街(解放北路?)上滚滚流过。自然,也有许多人在其中翻卷、打滚。我想,我确实应该从里面抓一把放进自己的口袋里了。那时候,我想,就会有人来找我(求职?)了。

休闲乐园(即未经雕饰的)

《休闲乐园》(某报副刊?)今天粉墨登场。

《休闲乐园》今日拜过各位先生女士小姐。

如好行酒令者请吼《老虎棒子鸡》;如好点歌者请进《浓情KTV》;如常吃风味小吃者请撮《京东肉饼》;玩出绝技者可列进《京艳一绝》;酷爱收藏者被封为《收藏博士》;专读武侠者可发给《七种武器》;善饮者我问你《今朝酒醒何处》;强身者请学习毛泽

东《增强人民体质》;三年自然灾害出生的要《忆苦思甜不忘本》;人凭衣服马凭鞍者要切记《人没鞋穷半截》;三千粉黛宠一人,所以要让《女士优先》;麻坛高手做高牌,一定你要《门前不撮》;手里有车的那你就是《玩车族》;出门踹车的那你也是《骑乐无穷》;花鸟鱼虫,狗猫兔鼠,你必能来篇《宠物志》;琴棋书画,诗词歌赋,你也能写出《乐游园》;吃得好,你是《美食主义》;穿得靓,因为《系出名门》;人面桃花相映红,所以你是《本周佳丽》;小楼一夜听风雨,随你布置《室内风景》;《休闲乐园》主打栏目,压轴绝活,乃《桃园三结义》;《休闲乐园》,无所不乐!

车站广告

我的倒运就是这么延续着的。整个下午我时而守着电话机,打那些无用的电话;时而上街去走一圈,企望能有一到两个意外的收获。在大街上的时候,我绝对是东张西望的。我光顾一切电线杆子、墙拐角、栏杆和车站。那些地方有无数的私家广告(非法广告?)、招聘启事之类的乱七八糟的玩意儿,但却没有一个合我的心意。到了晚上,我的心情好了一点儿,因为我的同室走了,房间里又只剩下我一个人了。我早早就上床睡了。睡之前我对自己说:明天我绝不能再这样干了!我得自个儿找去。

第四天

第二天我都不知我是怎么过来的。我仍然打电话、吃盒饭、找广告(我只能这么过)。到傍晚的时候,我几乎已经绝望了。我拖着麻木(我不夸张!)的脚步随意走去(像欧美的失业者?我这哪儿是失业,我这是想混得更那个一点,性质完全不同),我一直走到了火车站。我站在火车站广场上(这时没有飞机从我的头顶飞过)。我像个不想学好的人那样,在火车站盲目闲逛了老长时间。我觉着,这时的我,是什么事都能干出来的(不管好事坏事)。我当时就是强烈地觉着:现在世界上究竟谁怕谁!谁也不怕谁!我觉着命一点儿都不值钱。

花五块钱吃完一盒盒仔饭回到我的寄宿地,我的运气倒到了顶点。我走近308-2号房时,我绝望地发现房门又大开着了。我真恼火!我一步跨了进去。那另一张床上歪着个年轻人,见我进来了,他只是点点头而已。我没(我是说我几乎没)理他。我把手里的报纸往床上(我自己的床上)一掷,我转身就出去了。我一步没停地到了接待室。值班的正是那位穿拖鞋、面孔微黑的小姐。我压制住我的恶气,我说:哎,小姐,怎么……我那个房间……(这一类话再理直气壮,也不太好说出口)……又安排人了?(如果说我的话里不带有某种责备,那也是不现实的,但是我有这个权利,这是二娃交给我的权利,我想,我至少还有适当使用这种权利的权利吧?我这不算过分吧?)

小姐站起来,向外面看了一看。(我不知道她为什么要向外面看一看。也许她是想……我也向外面看了看。外面没人,是的,没人。)她说:对不起,今天人多。

二娃

如果适可而止,这件事可能就完了,但是我当时真是心血来潮,我忽然想跟她再多说几句话(这应该能被理解的)。我说(我是想重申我和二娃的关系,以便进一步引起所方的重视),我说,二娃(我说的是二娃的大名)就要来了(有点像说:狼,或者萨达姆,就要来了)。小姐看着我,对我笑笑,但她没有什么强烈的反应

(我指望的是什么样的强烈反应呢？要她肃然起敬吗？)。我想她可能没听清。我又说:二娃(我说的仍然是二娃的大名)很快就要来了。她说:什么二娃(她说的也是二娃的大名)？我说:二娃？(二娃？这的确有点不妙。不怎么妙)二娃？(是一种什么东西吗?)就是那个小名叫二娃的二娃,他……她摇摇头。我说,这(他妈的)是怎么回事！她说:没有事啦。我说,没有事。我说,二娃,你们(我又接二连三说出了有关二娃的一切姓名、外号、特点等等。我似乎急于要证明世界上有,或曾经有这样一个——物种？——存在,或存在过),她打断我的话说:先生,你还要住几天呀？

包房

说老实话,我这时猛然醒了过来。我用手在脸上抹了一把。现在我似乎回到南方的现实中来了。我下意识地摸摸自己(装钱的)口袋。我说:我还讲不准。事情办完,我差不多就该走了。我转身离开接待室(我想用这种办法来缓和一下我们之间的关系。我不想让她意识到我对钱那么注意)。我走了几步,我又回来了。我轻描淡写地:小姐,房费,一晚上,多少钱？

她已经又坐下了。听到我问,她放下手里的活计,从抽屉里拿出个本子来翻了翻。你住了四天,她说(我突然觉着她那么冷),包括今天……我说:对,加上今天。她说:四天,你有两天包房……(我的老天！我为什么……我什么时候……包房？)二百八十元；两天单铺,一百四十元；她抬起头对我略笑笑,总共,四百二十元。

我也对她笑笑。我说:四百二,好的,谢谢你噢。

我转身离去。然后我又回来。我说:广州还有个秀越公园吗？她盯着我看,并且严肃地摇摇头。我再一次转身离去。这次我是真的离去了。现在人什么玩笑都(我发现东北人的风格有传染性)敢开!跟什么人都敢开!(我以为我是什么人了?)(这时候骂人也是没办法的事情)。

第五天

可想而知,回到房间我只能倒头就睡了。第二天早晨我起了个绝早(天几乎还没——用咱家乡的话说——放白)。我赶到火车站,在广场上,我二话没说,就花高价(高出百分之五十)买了一张当天中午到郑州的车票。(我想这样也值。再说,这绝不仅仅是几个钱的事。心情!)这样我反倒平静下来了。

我把车票在口袋里装好。我甚至都有点悠闲了(虽然我的腰包已经不是太厚实了)。我想,确实,人到底应该把人当人来做,不管怎样,我得享受一番了。我不能自己跟自己过不去!

这是十二月中下旬。湛蓝的天空中,又有一架飞机飞过去了。(飞机真多!我是说南方的飞机真多!它们显得繁忙而啰唆。不过它们都跟我无关。彻底地跟我无关了。我觉得。)时候还早。我现在对那种高大而笨拙的双层客车产生了浓厚的兴趣。我爬上一辆双层客车的上层。我坐在最前排的位子上。我买了一张可以坐的车票。车子庞然大物地开了出去。我什么也没说。我也不知道它是往哪里开的。我什么都不知道,同时也不想知道。

现在我在一个高处看南方城市——广州。

一个北方(与南方相比)人,慢慢地看着广州。

一个心情不怎么一般的人,在别人不怎么知道的时候,默默地看着广州。

在天河体育场,(那是终点站)我下车给南国晚报打最后一个电话(人总是不死心的)。二十一世纪的婴儿!保佑我!对方说:

名额未满,但老总不在家,过十天再来!

我说:谢谢!

真的,我只能讲谢谢了,别的我觉着都无法表达我的感激之情。都无法表达我的感激之情于万一。我挂断了电话。我激动得来回走。我甚至不知道该做什么好。我向一位站在路边的广州人借火点烟(其实我自己有火)。烟点着了,我由衷地(同时也是近乎点头哈腰地)说:谢谢!谢谢!真诚地感谢你!感谢你!

我想我的(看起来不太正常的)态度使他吃惊了。他注意地看着我,但我已经离开了。我回到载我来的那辆车上。我使劲吸着烟。过了一小会儿,车上上来了几位男士和女士。除了一位看上去像导游的小姐外,其他人说话我都不怎么懂。我无事生非地把口袋里的香烟拿出来请他们抽。我说:抽烟,抽烟,抽,抽,没毒,没毒。他们好奇而热情地看着我和我的香烟。他们摆着手,用没发酵好的中国话说:谢谢!谢谢!不抽,不抽。我坚持说:没事,没事,抽吧,抽吧。他们互相看看,嘀咕着我不太懂(也不太想去懂)的外国话。然后他们之中的男士(有三四位吧)就小心翼翼地伸出手指,各捏了一根烟去。

我说:抽吧,抽吧,没毒,没毒。我说着,就把脸别过去看车窗外的世面了。

这时我的心境平稳了许多。

我想,不管别人怎么对不住我,我都得感谢所有的人!

我到家的第二天,就奉上级的命令,去参加一个座谈会。跟我坐在一起的是个熟人,见面我就跟他聊,我说,怎么样?(我这是什么人的口气!)咱们这还平静吧?他说:平静,不可能不平静。(他这是发谁的牢骚?他这人真危险!)我说:我去去就来。

我到外面找了个电话。我得给二娃挂个电话。我得好好审审他。

电话通了。那头的一个人,挺蛮横的,说:你再讲一遍,你找谁? 我说:我找二娃(我报的是二娃的大名)。他说:你是哪一个? 我真有点气坏了。我压住火气说:我是他的朋友,麻烦你喊他一声。那头那个浑蛋仍然盘问我,他说:你叫什么名字? 你现在在哪里打的电话? 我气坏了。我"啪"的一声把电话挂断,然后气呼呼地回到了会议室。

在这天的这个会上,第一个发言的那个人,就把我的情绪搞得更坏。他是一个虚设小单位的小头目。他一上来就哭哭啼啼地向组织上要钱。我简直不敢相信,他是真哭了,鼻子一把泪一把的。他还哭诉说,单位里的许多人都不支持他,跟他捣蛋。他说他简直就干不下去了。要不是为了党的事业,他早就不坚持,早就不干了。

我觉得奇怪极了。我想难道真的我上南方去浮光掠影逛了一趟,回来就瞧不起自个儿的乡党了? 不会吧,我算什么呢? 绝不会的,但我坐在那里实在觉得别扭。我就又站起来,走出去打电话。

这次我打给崔了。接电话的是崔一个办公室里我认识的一位。他一听出我的声音,一听我说要找崔,他就无可挽回地拖长了腔说:啊哈,你还找他啊? 他飞啦!

我说:怎么,他也坐飞机遛去啦? 他是上哪遛去啦? 那头说:他、她、他(他报出了三个名字),他们仨,"卷款而逃"啦。我还不明白! 我说:卷什么款? 开什么玩笑。他说:你慢慢想去吧。

第二天,我又去参加了一个座谈会。这时候,我知道的事情又多了一点儿。座谈会还是那一类的,不过这一次是换了一拨人。一位同志站起来发誓,说这样干下去,我们肯定能赶上……(他举了国内、国外一些国家和地区的名字)。他讲得慷慨激昂,长篇宏论,不由得你不信。我坐在那里,脑袋里却一个劲地在筹划我自个儿的事情。我是在想我到底该怎么办,到底该在十天以后干什么。

我差不多真得下个决心了。

会后大家在一块灌了一顿。散席后我摆脱了所有那些人。我一个人骑车往家里去。

走着走着,我忽然来到了火炬广场。我赶忙下了车。我真有点惊奇了,我以前还从未发现这个地方这样广阔过呢。我赶忙下了车。我站在广场的中央,抬头瞅了瞅天空。天空跟南方差不多,都怪蓝的,只不过这一片天空冷了一些。正好在这时(真巧?),一架大型客机呼啸着从广场上空走过。

我毫无怨言地目送着客机走远。我想,我不知道什么时候才能再见到二娃他们。现在我这是第一次把二娃、二娃的妹妹和崔,把他们仨具体地联系在一块。

我甚至觉得,我都已经不再可能见到他们仨了。其实那也没什么,这地球上离了谁,地球都照转。而且转得一点都不会慢——这是崔那回在我家吃饭时说的。竟然他还有能让人记住的话!

惊　　蛰

　　在沱湖外边靠沱河入湖处,有一个庄子,叫泗河。泗河即泗水,泗水为古水,那会儿还有一段故事,讲:搁老早的时候,古泗州城因筑于低洼处,泗水涨大水,便将古泗州城淹了,洼处形成一湖,叫洪泽湖,取洪洋大泽的意思。延至现今,古泗州城仍在湖底,古泗水也早已隐没了,倒留下这个庄名,叫人起迁延跌宕的种种想法。泗河在甚偏僻处,要是不知道的人,寻不到这块来;就是来了,也只当是个极一般的庄名,极一般的庄子,起不来什么想法。

　　却说在这庄子里,北头有个叫金印的,二十郎当岁,下学才没两年,搁家里干农活;东头有个叫金峰的,与金印平辈,又是一块上学、下学的,也搁家里干庄稼活;西头有个叫大怪的,是旁一个姓——这庄里姓有点杂——与金印、金峰也是一块上学、下学的,现今也搁家里干庄稼活。有一日,恰恰就是惊蛰日,年才过了没多些时候。人还都散懒着,天也还阴凉着,没大见春天的气候,金峰跟大怪两个,结伴往庄北头来,来在金印的家间。

　　来也无事。天又阴寒,人都缩头憋脑的。这几个年轻猴子,闲了无聊,便讲:俺们掷点子,来几个输赢的。都讲:管。金印找了两个骰子,取一只碗来,押上钱,赌几个输赢。起始赌得倒也专心,你来我往,眼神都盯在碗里的骰子上,看能不能掷两个六猴出来;却因着都是庄人朋友,赌数又小,玩了一时,便失了精神。正勉强时,外头一个闺女进来,也在二十岁上下,多也多不到哪块去,少也少不到哪块去,青青春春地进来了——原来是个叫小多的,与他们都是前后同学——进来了便讲:"你几个又赌哩,就能赌个啥子花样出来?"

几个人看见小多进来,都打心里头高兴,大怪接上道:"你也来掷,输了叫金印垫钱。"几个人都笑。小多讲:"俺罕哩?俺倒是觉着你几个是无味透啦,不如出去找些事情做做,也挣了钱了,也打发了时光了,倒不是好事?俺就跟你几个明讲了吧,俺昨儿个上泗州城去,见着不少年轻猴子,带着家伙,说是往哪里哪里干活挣钱去哩,你几个就不去瞧瞧?"

几个人住了手,都瞧住小多的脸。金印讲:"两眼一抹黑,上哪去哩?瞎闯荡哩。"金峰讲:"本钱哩?"大怪讲:"介绍人哩?"小多讲:"这个俺一时也讲不准啦。俺再讲吧,俺前两日往浍湾乡嫂子的妹子,就是俺那个般大的叫小拽的那块走过一趟,俺们闲啦时,便听她讲,讲她哥四阳有个同学叫永川的,独本一个,闯荡在大城市里,现今也混出来啦,跟省里头什么人都认识,你几个倒不如找着他去,叫他去托几个熟人,那样大的地方,倒不能留你几个吃碗饭?"几个人都听呆了眼。金印讲:"要叫俺讲啦,俺们几个也是念过几天书的,俺们打报上、广播里也知道这个也能挣钱,那个也能挣钱,俺们搁家里憋死也憋不出个钱来,要叫俺讲,现时啥样都涨价,就粮食不涨价,俺们还真不如往外去闯荡二回。"

大怪讲:"本钱哩?"金印讲:"要啥本钱,也就是个车票钱呗。一人四十撑破天啦。俺们住不花钱,吃也就简单便宜,挨两天找上工了,也就接上啦。"

金峰讲:"还真管哩。有啥?为就出门晃一圈呗?"

大怪讲:"管。俺应着啦。"

小多讲:"俺哩?"

金印讲:"俺们四个一块,管哩!"

几个人又讲,也就搁这两天里,再四下寻寻访访,也能多知情况,再走不迟。

暂就议到这块。这日晚上,庄里打泗州城里,请了两个说大鼓的,一师一徒。男的,年岁大的,是师傅;女的,年岁小的,是徒弟,来说两晚黑大鼓。这一日的晚黑,庄里的人便都去听大鼓。

到吃过晚饭,天却落起雨来,也不算小,也不算大,时大时小,时小时大。说大鼓原先讲好搁小多家门前平场子说的,落了雨了,便挪到老现新盖成的三间大瓦房里说。老现那三间瓦房,盖着也不易,要死要活背了一屁股债,才把房子盖起来,是要给儿子结婚用的,也算是完了一件大事啦。搁农村里头也就这两样大事,一样是盖房子,一样是说对象结婚。两样事情都办完了,心就定了。老现这三间新瓦房,初盖成,里头都还连通,还没隔上隔墙,做个鼓场,倒是个好去处。便先扯了盏电灯来,灯泡不大,是六十支光的。打晚饭后,人便顺序地来了,来的人自个儿带坐的家伙,有带高的,有带矮的,有啥也不带靠墙根蹲的,也有站着的。

至八九点钟,房里的大鼓已经说起来了。那师傅倒真是个好嗓子,说唱起来便如铜钟般响亮,铿铿锵锵地在雨夜的乡间传出去老远,又显出了旷野的家情来。却是个什么说念?是最普通的乡间的说念。说念道:

什么过河响叮当?什么过河一杆枪?
蚂蟥过河响叮当,黑鱼过河一杆枪。

也真是的,都到了惊蛰了,气候眨眼也要变暖了,虽讲树还没吐苞,草还没生芽,雨却是没多少凉意了,淋打在身上脸上手上,也只是一种清凉。金印打家间跑出来,正遇上小多也往鼓场里跑,遇见了,两人便停住了,打了个一般的招呼道:"听大鼓去?""听大鼓去。""你哩?""俺也去听哩,搁屋里闲闷着,真就急死人哩。"

又讲:"沱河怕要涨水啦,这雨不小。""去望望呗,鼓场里头人多。"两人"吧嗒吧嗒"往沱河边跑。地上已是积了水了。三步两脚便到了河边,雨却是紧了,两人忙忙往机面的机房的门檐下避雨。沱河河岸老陡。老现的渡船现时也不知横泊在哪块。堤岸上的树林子都黑乎乎的。风吹雨动,树枝沙沙响。

第二日,雨息住了,天却还阴。金印跟金峰大怪几个,往沱湖集上去了一回,去找本庄的鞋匠、瘸子大洪,向他打听那些事。大洪在沱河集上,人见得多,信息广,平常就是很有路子的模样。

大洪说:"出去试试呗。俺倒落成个残废。俺要是好生的,俺早走啦。"

小多又往浍湾乡去了一回,回来时,踹得一鞋泥。他讲:"俺们打听到啦,那黄永川便是搁省城一家叫企业文化的单位里工作。俺把地址、电话都记着啦。"几个人都甚是高兴,说讲时便定了日子,后天往省城里去。为什么后天往省城里去?便因着天气预报里讲,后天是个大晴的日子,那一天便是吉祥的了。

到这一日——已是惊蛰之后的第六日了,又是个双日子——四个人真走了。却是怎样打扮?都穿了球鞋,下身各是两三条单衬裤,上身各是单毛衣,外罩褂子。这一身打扮,便是打算干活走路的装束。再熬熬,便到了春分、清明的节气,天象更暖,衣服带多了,自然便成了累赘。

他们的手里又有些什么家伙?都是一只尼龙化肥袋,里头各装了一床小棉被,又各装了一只搪瓷缸子,是吃饭喝水的家伙,又各带了一柄铁锹。尼龙袋扎了口系在锹把上,他们便上了路了。

上了路时,起先便是步走。出了庄,往南走。刚才还是好端端的天,眨眼间倒起了一层雾。他几个人也不在意,都叽叽呱呱正地讲话,讲道:"俺们这块也穷很啦,偏俺们庄北的桥也不起来,叫俺们这块出不去进不来。"又一个讲:"听讲俺们庄北桥,县里头已是批啦,倒是桥钱出不齐。为啥出不齐?为着俺们这是三县交界地,一个地方要干,也干不起来,得三个县合伙干,才能起来。"另一个接上了讲:"那倒是。这就叫俺们挣不上好日子啦。俺们这命比别处的命,就少值两千块?"再一个讲:"俺们这地方人怕也是笨些。俺听广播上讲,这里也办了工厂,那里也办了工厂,到俺们这乡里,却就见不上几个办厂开矿的。俺们这地方人也就是半个穷命。"另一个讲:"俺倒不信啦。俺们几个出去。挣一把钱家来,俺们也办个厂,办个机米厂,听讲机米厂能赚大钱,大米都往东北去,有多少就要多少。"讲话时,雾却大起来,路边的庄子也瞧不甚清了,都只裹在雾里。他们现时走的是小道,这地方出去就没什么大路,怕是快到刘套了。几个人攒足劲走。走了一时,果然就到刘套了。这会雾反倒更大。又走一时,旷野荒寂,前头的路低凹下去,原来是到了沱湖西头的一个小岔湖了,岔湖当间有个土坝,比水面也高不到哪块去,顶多也就高个半尺,低的地方,怕连半尺也没有。坝上泥泥汤汤的,是前两天下雨给烂的。到了坝中间,水却把土坝的一些地方给溢了,人倒都能去,但是得跳着走。坝中间有一道小石桥,石桥下淌水的地方小,不顶什么事。几个人过了湖,再走二三里,便到了申集。打申集坐上车,每人花两块钱,便到了县城里头。

到了县城,那人、那物又不一样。他们几个不敢怠慢,忙又买了车票,往明光去。去了明光,又买了火车票,往省城去,车上也有不少他们那样的。打扮举止,都差不到哪块去。坐搁一起,也就半熟了。那其中的一伙,也有四五个人,问他们道:"你几个怕是头一回出来。"金印道:"俺们是头一回出来。你几个哩?"那里头的一个讲:"俺们这是一回半啦。"大怪讲:"一回就一回,半回就半回,咋样是一回半哩?"那一个讲:"俺们上回出来,找见俺们那一个庄的,接上头,才干了两天,人家那工地就下马啦。"金峰问:"咋样叫下马?"那一个讲:"下马就是不盖啦。俺们这趟出来,才走在半路,还没到地方。也便叫半趟。俺们听俺那本庄的讲,现今活路不甚多,得找见出力的,有本事的,又肯替你联系的,或许能有些头绪。俺们这回倒不甚想去搭着人家干,俺们这几个都会木匠漆匠手艺,城里头做家具、修家具、布置房间的多。俺们找人扯上线,自个儿承包去,又不是啥大工程,俺们几个也就干啦。城里人有钱,又好哄,干熟了就有饭吃啦。"

金印几个听了,都受到不小的鼓舞。又私下里盘算了:自个儿接头的,是个啥样干部都认得的人,不怕找不上好事干。这般聊着、讲着,又打了一路扑克牌,天黑了才到站。下了车,出了站,那人跟那物,又都不一样。却跟火车上的另一伙走散了,他们几个便有些木呆,便往售票处去,售票处人多些。到了售票处,他们往水泥地上扔了尼龙袋子,坐下商议几句,看咋样办。

商议了几句,便由金印往合适的地方去找人问个路。小多把那黄永川的单位地址和电话号码都给了他,他也背得住了,便来回地去寻个人问问。他先寻到一个当兵的,因觉着当兵的牢靠些,那当兵的倒也热心,只他也是外地来的,讲不出个所以然来。金印谢了,又找了一个开小车的问。那辆小车,不大,鳖头鳖脑的,车玻璃上贴着一行字道:不干,半点马列主义也没有。开小车的那人,半睡在车里,嘴里吸着烟,上下翻了他一眼,不冷不硬地讲:"这路我认得,我送你们去。"金印心头一热,才要谢他,心眼里一转,想着:"怕是要钱的。"忙又问:"上那去得几块钱?"开车的道:"你们几个人?"金印道:"俺们四个人,一个女的。"开车的道:"不管你是男是女,一人十块钱。"金印听了,吓得半天吭不出声来。回来跟几个人讲了,几个人都讲不出话来。末了金峰讲:"死要钱哩。打俺们那沱河集坐车,往泗州地里去几十里路,也才两三块钱,俺倒不信这城里就有几百里地宽。"金印讲:"人家那是小车,单拉俺们几个的。"

几个人不知咋样才好。坐了一时,小多讲:"俺们那条子上,倒有个电话号码,俺听讲城里打电话就跟屋连屋样的,不如俺们就找个电话打。"几个人没有别的法子,便站起来背了口袋,扛了铁锹,往街上走。往街上走也没个目标,走了一时,连电话的影子也没见上,又转回来了。这会儿天也晚了,他们的肚里也饿了。说,先吃碗饭再讲。各人花了一块钱吃了一碗面条。吃过了,仍是手足无措,便上候车室坐一时,再做决定。

候车室里有一半人,似是在候一班什么车。几个人往牌子上看了眼,见上头写是往北京去的快车。金峰说:"俺们倒真不如往北京去闯荡一回,要开眼也就开个彻底的。"小多讲:"那倒是不错。你车票钱哩?俺们这几个钱,上北京半趟都不够。"大怪讲:"俺们还是先议这头,也议个法子出来。"几个人蹲在候车室一个光线散暗的拐角议了一时,却就是议不出个所以然来。金印讲:"俺们不议了。明儿个天亮,俺们一路问了去,俺就不信问不到。"小多讲:"那倒是,俺们先歇一晚黑,赶明儿个天亮了再讲。"大怪讲:"俺们搁哪块歇?"金峰讲:"俺们就搁候车室里歇呗,省两个。"金印讲:"管。俺们候那些人放进去了,车站上人不甚多了,俺们再松铺盖。"

讲了一时,候车的那些人起了骚动,动了一时,都放进去了,放进去了之后,候车室里便不剩着几个人了。金印几个正犹豫,心想,这候车室也是大了点,就他们冷冷清清几个人,倒有点不咋样的。正想着时,过来一个车站的人,女的,穿制服的,过来对他们吆喝道:"出去出去,锁门了。"也不容他们讲其他什么话,便硬把他们给轰出去了。原来这候车室晚上不留人,是锁了门的。他们拎着尼龙袋,扛着铁锹,昏头昏脑地出了候车室,才往广场上一站,附近就有个城里模样的闺女,二十来岁,脸上浓妆艳抹的,过来跟小多讲:"小妹妹,晚上没处住吧?你跟我去,包你几个住得舒服,又便宜。"金印问:"可是旅社?"那闺女道:"是旅社,又干净又便宜,先带你们去看看,不合适你不住。"小多问:"几个钱一晚上?"那闺女讲:"全市最低价。我先领你们去看看,不远,前头一拐弯就到,看不合适,你们走路,我也不拦你们。"几个人略一合计,跟她去看看,不合适就走路,她还能强迫?议完了,便拎了行李跟她走。

也真不甚远,往南走几百步,再往左手一个窄巷里一拐。那闺女说:"前头就到了。"窄巷里灯亮人响,都是小饭铺、小旅社。几个人东张西望,跟着那闺女走,直走到尽里头,见着一块牌子,上写:春花旅社。这就到了。

原来是个私人开的小旅店,上下两层,下层三间,一进门就见了个彩色电视机搁在台子上,里头出着人像。几个都觉得新鲜,一进门就呆了眼地看。那闺女叫了一声道:"来了几个住店!"应着声便有个粗壮的男人,约莫三十岁,打后头院里出来。上下打量他几个,半冷不热地说:"交钱开票,上楼睡去。"金印问道:"啥样铺?"那男的翻他一眼道:"啥样铺还对不起你?一人八块,四个人三十二块。"几个人闻听吓了一跳。金峰讲:"也没瞧见啥样铺,价钱也贵了。"那闺女讲:"贵?全市最低价,你出去瞅瞅,哪家不九块、十块地收你。"几个人心里觉着那男人相凶,怕拗不过他,又不愿就掏钱住了,钱也收得过狠了些。金印几个人没有好法子,想:先瞧瞧去,便跟了她上楼。

楼上也是三大间,分开的。上了楼,第一间里已经有两个男人住了,正冲着门相对吃烟,望见外头来人了,就一直望到他们走过去。那闺女领了他们看第二间。这间里铺了四张小钢丝床,有个小桌子、小脸盆。别的就没啥子。那闺女叫他们看了,便讲:"你三个男的睡这屋,我领这妹子住隔壁。"也不容分说,把小多领隔壁去了。

金印几个在床上坐了,觉着走不掉,又觉着这条件也真还可以,虽说贵些,明个找到工了,也就都挣回了,不如先享受一回。过一时小多打隔壁过来,几个人凑在一块商议道:"瞧这家子,面相凶,出语狠。怕是住也得住,不住也得住?不如俺们先住一晚上,明儿个早上起来走路。"议定了,便由金印筹了钱,咬咬牙,一人八块,往下头去交了钱,回来都困了,便早早上床关灯睡觉。小多也往隔壁间里睡去了。

一夜睡死。到第二天天才放亮,小多就来敲门,敲得嘭嘭响,又大着声叫:"都睡死啦,快起来走路。"金印去开了门,小多进来道:"你几个都睡死啦!倒把俺吓得半夜没睡。"几个人听她讲得严重,"扑噜"都坐起来道:"为啥?"小多讲:"俺才睡到半夜,昨晚领俺们来的那个女人,便开了俺的门,来跟俺讲,讲又来了客,没处睡了,要搁俺屋里睡。来睡就来睡呗,这屋又不是俺一个包的,俺也阻不住人家。那女人又讲:'你出来是干啥的?'俺讲:'俺出来是挣钱的。'那女人讲:'俺就让一半给你,一家一半',她店里一半,给俺一半。俺一听吓了一跳,忙问来的是个啥客?她讲:'是个男客。'俺一听就把俺吓死啦。俺又不敢喊。怕她家坐地窝子出手黑。俺就死活不愿意,俺又要拿锹铲她,又要喊你几个起来,她才讲算了算了,起身走了。她那边一走,俺这边就拉桌子顶了门。俺可是气糊涂啦,抹了小半夜眼泪。俺本想喊你几个起来,俺又怕你几个火头上,跟她吵打起来。俺们不是这地方的,俺们哪能占上她的便宜。"

金印几个一听,都气疯了。金印讲:"俺们拿锹铲了他!"金峰跟大怪也发怒道:"妈拉个×,俺们铲了他几个!"小多讲:"别惹事了,俺们就当他是条耷杆子狗,不如俺们早些走了好。"几个胡骂几句,心里还真有点怯场。压了气收拾了东西,脸也没洗,便下楼去了。到了楼下,那三十左右的粗壮男人正靠在门边吃烟,见他几个下来了,也不打个招呼,只看着他们往外走。金印几个也是昂首挺胸地往外走,心里却都没有底,都有几分心虚。快走到门口了,那男人才讲:"你几个下回再来。"金印几个在心里骂道:再来日你妈的×!嘴上却没讲出来,出了门,往大街上去了。

这一日却就是个艳阳天,天气暖和。金印几个走到街上,街上人来车往,很是热闹,人比沱河集、泗州城不知多多少。几个人东张西望,直往人多的地方走。走到一处十字路口,见十字路口的路边立着个戴红袖章拿小红旗的老年人,是个指挥交通的,便上去问路,问道:"请问有年纪人,往这个地方走,咋走?"说着把手里的地址拿给他看。那有年纪人也是个热心的,却不识字,便问他们道:"他单位有没有电话?"小多讲:"有。"那个有年纪人用手一指说:"这前头商店里有个公用电话,花一毛钱打个电话,叫他来接你几个。"几个人谢过有年纪人,往他指的地方找了去。才走了没百十步,真看见一家商店的柜台上,搁着一架通红的电话机。几个人围上去,把那机围住,却就是没有一个打过电话的,又不知人家给不给打。憋了半天,商议道:"好歹俺们得找到黄永川,俺们才能有个去处。"便鼓了勇气,问里头的一个售货员,问道:"俺麻烦一声大姐,俺们想打个电话,倒不知你给不给打。"那女售货员轻描淡写地讲:"打吧。"

听她讲过了,这几个人心间松了一口气,把电话机团团围住了,却不知该咋样打。金印讲:"俺搁乡里头,倒见过人家打电话,电话机子却不是这样子的,是拿手摇的,摇过了,才有声音。"金峰讲:"俺看这上头有不少数目字,兴许就是按数目字拨拉,不如就试试。"几个人都说好,便照地址上的数目字拨拉了,才拨拉完,那头还真就有人讲话了。金印开口就讲:"俺找黄永川。"那头问:"哪里的?"金印讲:"俺们是打泗河来的。"那头有点烦,又问:"你找哪里?"金印讲:"俺找黄永川。"那头讲:"没有这个人。""啪"就把电话挂了。几个人都有些发愣,不知该咋样好,都愣在那里。店里头的售货员一直盯住了他们看,也看出了点名堂;知道他们百发百中是第一回打乡下进城,便过来讲:"电话费一毛。"金峰讲:"俺们没找见人。"售货员讲:"讲话就是一毛。"这几个人也知道了一点城里的门道,搁城里就是放个屁也有人收钱,忙就掏出一毛钱给她。那售货员又讲:"你们上哪去的?"金印说:"俺们来找同乡的。"说着忙拿出地址给她看。那售货员说:"打火车站坐 10 路车,坐七站下来,就到了。"

金印几个感激不尽,忙谢过了,又往火车站走。到了火车站,寻了 10 路车,见人都往上去,他几个也就跟着上去,车门却"滋"的一声关上了,讲:"满了,满了,跟下趟。"原来是个女售票员,嘴里又讲一句,是嫌他们扛锹弄锹的,金印他们只好退在一边,想想自个儿都拿锹,实在也是不甚方便,时刻都要防着别碰了人了。再又一想,自个儿也就是来弄锹玩锹的。不带家伙吃啥子,喝西北风去?只好等下班车。下一班车来了,这回人不多,几个人抢先上去了,也没人管,没人问。小多讲:"城里这人跟那人也不一样。"待坐住了,陆续又上来一些人,车仍是不开,几个人就对窗户看外面的景致。外头是些什么样的景致?外头也不外乎人多、车多,那些骑车子的,女的都骑各样的彩车,人也好看,能叫人看出口水来,这样看时,便觉出肚里饿了,这才想起早上起来,还没有半粒粮食下肚去。金印讲:"得吃粮食哩。"小多讲:"俺饿得都讲不出话来啦。"金峰讲:"人一闲就饿。"大怪讲:"车一时半会儿怕还开不了,不如俺下去一人买个面包先啃着,垫垫。"金印讲:"这倒不赖,俺们先凑合着,等俺们找上工了,俺们再死吃去。"说时大怪便下了车,往街上小店去了。

大怪才下车,还没到小店,却从外头上来几个人,"嗤"的一声把车门给关了。车上他几个都急晕了,忙喊:"还有人,还有人。"原想这车跟乡下的私人车一样,喊停就停,喊开就开的。这车却是个没人理的,由他几个拼命喊去,车"哗啷"一声发动起来了。车一发动,金印几个急毛了,都拿了家伙,挤在门口,使劲撬门道:"下车下车!"那售票员已看出他几个的来路了,也不言声,"嗤"的一声开了门,放他几个下去了。

四人重又聚合起来,也不急了,也有点经验了,各人啃个面包,又去茶水摊子灌了一杯水,才上车往那里去。

坐七站下了车,下车的这地方,却又是个新鲜的地方,咋样新鲜?原来这里街面甚宽,人比火车站那附近少,却显出路两边的高楼大厦来。那都是些什么样的高楼大厦?便有一座,有四十来层高,上头还砌了一面大钟。他们下车时,那钟正"当当"地敲响,直敲了十下,才停住。金印几个都望得呆了也不够使。望了一时,便寻了路边一个卖杂志报纸的摊子,也是个老年人,有五十多岁,上前问他个好,问道:"请问这位上年纪人,往这个地方,咋走?"说着便把地址拿出来给他看。那个有年纪人,也热心,接过纸去看了,偏偏头,拿手一指道:"就是那个大楼。往前走一百米就到。"几个人谢过他,按他指的去处,一路往前去。走了一二百米,到了大楼底下,还是小多眼尖,一眼便望见那座大楼底下,挂着个牌子,叫什么大厦,正与地址上写的一样。几个人甚是高兴,可算是找见了。却又见那大楼底下的门厅里,有一个站岗的,年轻,也有几分清秀,倒背着两手,穿一身土红西服。几个人一时半时倒不敢往里走,商议道:"俺们也没有什么敢不敢的,他这里人是人,俺那里人就不是人啦!"这么讲着,几个人便起身往里头走,走近大门,土红西服那人问道:"你们找谁?"金印道:"俺们找黄永川。"讲着,便把手里的地址拿给他看。那人接了地址,往上瞥了一眼,道:"你这是个单位。"几个人心里一阵惊喜,忙讲:"就是个单位。"那站岗的讲:"现在六楼上没单位了,都安排了客房。"金印几个人一听,又都急了猴,道:"俺们来时才抄的地址,你让俺们上去看看,俺们就是投着他来的。"那站岗的没说话,翻来覆去又看了一遍,才开口道:"你

139

们去一个人,上服务台去问问,其余的都在外边等着。"几个人都推金印去。金印留下家伙,拿了地址,轻手轻脚地往里头去了,余下的都在外头候着。

金印进了大厅。大厅里地老滑,差点就把他摔成个筋斗。他踩水样地往服务台去了,服务台里都是俊闺女。他也不甚敢张望,到了跟前,憋足了一口气问:"俺麻烦几位大姐。俺想找这个人。"讲着,便把地址姓名递过去。那里头有个服务员,接了地址,看了一眼,道:"这是个临时单位,撤销了。现在不在这里了。"金印忙又问:"那这个人哪去了?"服务员讲:"不知道。"金印忙又问:"他搁哪块住?"服务员讲:"我们哪知道?"金印忙又讲:"麻烦你给想个法子,俺们专来投他的,俺们搁省城也没有个亲戚熟人。"服务员讲:"我们真不知道,要是知道,会告诉你的。"金印看她不像诓人的样子,又没有别的法子,只得出去了。

出到大厅外头,几个人都围上来问他。金印跟他们走到街边,把那服务员的话讲了,都闷住了,都不知再咋样办好。大怪气得骂:"妈的个×,这地方人洋蛋。在搁俺那乡里,咋也得帮人家出个点子。"小多讲:"俺们咋找他哩?"金印讲:"又不知道他的住处。"小多讲:"那倒不知道。俺听小拽讲,她哥讲的,讲黄永川是租的房子,今儿个换了,明儿个换了,找单位最保险,却不想这个单位撤了。"金峰讲:"好端端一个单位,咋说撤就撤了哩?莫不是广播里讲的冒牌单位?"金印讲:"人家叫临时单位,俺们也不懂。俺也不管它是临时的还是冒牌的,眼下俺们咋办哩?"几个人都闷住了。闷了一时,金峰道:"让俺讲吧,俺们来也是来啦,不如俺们就先转转,俺们也没见过大城市,俺们转转再想法子。"金印讲:"那倒是,俺们不如先就转转。"

这几个人,搁春天这阴阳未定、寒暖交错的日子里,连碰了几个钉子,一时又想不出什么法子来时,便先做了一次游看,也是因为没来过,也是因为无奈,也是想要游看出个转机来。他几个也不是有意要这么做的,是因着事情到了这一步,顺水推舟,自然也就这般做了。要是搁乡下,如这般日子,也还未能耕,也还未能种,也还未能收获,也还未能指望,也还不暖,也不甚寒。只是已过了惊蛰了,地气都该动了,却又在初动未动之间,因与果都还未见晓,阴气大降,阳气渐长,消长增减,无有定局,无有定性,无有定格,无有定论,无有定形,无有定规,无有定见,无有定理,无有定势。土地气候,当在第一位;人在第二位,动物虫鸟,在第三位;植物庄稼,在第四位;思想感觉,在第五位;要是换了另一种讲法,便是天一地二,天三地四,天五地六,天七地八,天九地十,一天一地,一阴一阳,万物都在此间,断不可更改、更动、更变、更张、更换,这便是乡间的人,离土地气候近了些,便自然愚讷些;城里的人,离土地气候远了些,便聪慧些。这两者虽不甚相等,却出于同一根系,要是季节到了,便都有相当的做法,跑都跑不掉。

却说乡下来的金印这几个人,连碰了几处钉子,碰得有些懵了,也是碰得有些疼了,便往街上转悠去了。虽讲是没来过,想看看省城的外表,那也是出于无奈,心里却时时悬着,不知往下该咋样办。他几个在街上转玩了一时,也转不出个主意来,便见着天又晚了,四人商议着:"俺们再不能住私人旅社,又费钱,又不安全,俺们不如就往家间去。"金印道:"俺们便这样走了,也真讲不过去。"小多讲:"这倒怪俺出了这个点子,却不想黄永川那单位撤了。"大怪讲:"这个没啥子,俺们也算开了一回眼界啦,俺们下回来,多找几个头绪,包稳点,俺就不信人家能木挣口饭吃,俺就一准饿死。"金峰讲:"这话倒在理上,俺看俺们倒不如先往车站那块去瞧瞧,俺们边走边商议,看能出个新点子不。"几个人都讲好,便往火车站那附近去。这会儿也逛得有点累了,新鲜劲也过去了不少,金印讲:"俺怀里也不剩几个啦,俺们出来时,也带了四十块钱,你几个咋样?"另几个讲:"俺们也都差不多。"几个人忙在路边无人处凑了,各人还只剩下二十来块钱。晌午那一顿饭也省了。各人又买一个面包啃,这一天就算凑合过去了。

来在火车站,看了车次,这一日已是没有去明光的火车了。几个人又商议道:"死活不能去住那私人的店了。"那又能去哪里住?议了一时,金印讲:"不如上汽车站看看。"几个人忙不迭就往汽车站去。到了汽车站,一看那售票厅,也是老大,里头除去买票的外,还有不少如他们一样,带尼龙口袋的,都各找了地方,在墙边或坐或蹲或看。金印几个很是欢喜,觉着这是有头绪了,便也蹲下来候着。候到九十点钟;那些买票的都走尽了,这边剩下的,便把尼龙袋解开了在地上打成地铺。金印跟边上的一个叙谈道:"这晚上给不给睡?"那人道:"给睡,一人一晚上收五毛钱。"五毛钱倒不算狠。也有个遮风挡雨的地方了,四个人忙学了别人的样子。拿尼龙口袋打成地铺。却因为地下凉,不能一人一个被窝,便两人一个被窝,一床铺了,一床盖了,把小多挤在当间。大怪上外头去了一回,回来讲:"外头大门都给锁了,这倒是个安全地方。"旁边那几个人讲:"你几个也是头一回来呗?"金印讲:"就是的。"那人讲:"你几个有头绪呗?"金印讲:"原本俺们倒有个头绪,现今却是断了。"那人讲:"俺们也没有什么头绪,俺便自个儿找去。前两年俺们也来过两回,也找过活干,现今去就不容易。俺听人家老板讲,国家基建都下马了,建筑的活不容易找。"

正讲着,有两个戴红袖章的过来了,挨个铺前收钱。都交了钱,交过钱,厅里的灯便灭了,只留一盏亮着。大厅里三三两两都在讲话,讲了一时,金印他们几个便缩头睡了,也睡不甚安稳,也不暖和,只凑合着一夜。睡到天还不亮,怕只有四五点钟,便有人来吆喊他们,赶他们起来,他们就赶忙爬了起来。原来汽车站里开始进人了。

他们几个起来,也无处去洗个脸,便坐在尼龙袋上议论,议道:"不如俺们再晚些走,俺们把回家的车票钱留住,先自个儿找试试,讲不定便能找见活干。"大家都觉着行,又议道:"俺们带着家伙,走路上车都不便当,不如俺们就留一个在车站里,看着俺们的被套家伙,俺们也利索些,反正也不是值钱的东西。"议定叫金峰留下看家伙,议定了,都上小吃摊上去吃了碗面条,他们三个便出站往南找去了。

往南找也无个什么目的地,只顾一路走去。走了一时,见了一处工地,正盖大楼,大楼已是盖成一半了。三个人见了,便往近处凑,凑近了,却见那工地外有个小砖房,看工地的有个男人,三四十岁,一只胳膊残了,半吊着,人看上去也是个老实相,便上去问,问道:"这位老叔,俺们想打听一些,这工地还收不收人?干啥活俺们都能干。"那人看清了他几个,反问道:"你几个是打哪块来的?"一听他口音,跟泗河那地方都不是一个口音,便回道:"俺几个是打泗河那块来的,俺们联系的那个干部,俺们一时还没有找见,便先自个儿出来打听打听。"那人道:"哪有你几个的活干。俺便跟你几个讲,这几日来问的都成千上万,俺也是底下的,不管事。"金印几个又讲:"俺几个来一趟也是万难,俺们央求你去跟管事的讲一声,兴许他就能收俺几个。"那人道:"门都没有,俺们这人都足足的啦,俺诓你几个有啥用。"

话讲尽了,也无个结果,他们几个便离了去,讲:"碰上个瞎的,俺们再去问一个。"便又往前走,又碰见一处工地,却是个正在挖地基的,几个人心里有点欢喜,像是望见了自家盖房子。大怪讲:"那些人讲的怕都不确,都讲基建停,这不还在挖。"忙就上去了,又遇见一个小工棚,里头也有个看工地的,年岁大些,几个人上前问了,那人半听不听,听完了道:"俺倒不是讲你几个啦,你几个也没个联系的,也没个介绍的,如这样瞎碰,便是一辈子也找不见活干。要么你几个便结成队,做个木工活,做个装修的技术活,上城里挨家揽活去,找见了,就干几天,找不见,也比这般瞎闯强。"他这几个人听了,都哑住了。那年岁大的又讲:"俺又讲啦。你几个也没摸住行情,就出来啦,你就在你那个市里,你那个县里,先能找个活干着,等有些头绪了,再出来挣大钱,也免了遭罪。"

金印几个人都讲不出话来,谢了老者,走到街上,说:"那年纪大的,讲得也有理,俺们暂时也没个好法子,不如先就家去再讲。"说讲了一会儿,也说讲不出个更好的法子来,便往回去了。回到汽车站,找见金峰,把事情都说了,几个人便都定了回去,便拎了口袋拎了铁锹,上火车站买火车票去。买到火车票时,却是正晌午的车。几个人已是彻底轻快了,都讲:"来逛了一回省城,下回再来,也摸住门啦。"小多讲:"只怕俺家去家里人得怪俺,怪俺光花钱不办事。"金印讲:"你家里舍得怪你,你大你娘疼你还疼不过来哩。"大怪讲:"哪个也怪不到俺们,现时乡下有几个不出来看看的,俺们下回来,讲不定就住下不走啦,金峰你讲哩?"金峰讲:"那是,俺们下回找足了头绪再来!俺们也就包稳啦。金印,你下回还来不来?"金印讲:"俺咋不来?下回俺头一个来。"金峰讲:"小多,你下回还来不来?"小多讲:"俺咋不来?俺现时倒觉着省城也就这样回事啦,不像俺刚下车那会儿。"金印讲:"乡下人讲啦,头回生的二回熟。"

晌午上的车,又是慢车,上车就有座位。四个人坐在一块,金印讲:"俺们甩老 K。"金峰说:"小多又不来,就俺们三个,不如打争上游。"小多讲:"俺也来一回。"四个人在茶几上"噼噼啪啪"甩了起来,甩得用心,也不管车到哪一站了。甩到了傍晚,到了明光,他四个才收了家伙,下车往县里的汽车站去了。也是他几个命好,赶到汽车站时,赶上了最末一班往北去的汽车。四个人跳上去,坐稳当了,心间别提有多踏实,耳朵根子边上尽是乡间土语,怪熟,都觉着热乎,人面也都跟见过的样。几个人买过票,各人兜里也只剩下块把两块的了。车"呜噜"一声开出去。开出去时,天便渐渐淡了。这也不慌,这都是自个儿的地方了,有啥慌的。路上行人也少,车开得飞快,就这样子开,开到县城,天也黑透了。几个人下了车,又奔到私人停车场,停车场早空了,连半辆车影子都没有。金印几个立在那块,都讲:"眼见着到家了,却去不了家,不如俺们就步走了回家,也不值搁县城里蜷一夜。"又讲:"俺们也都不剩几个钱啦,上哪住?给人脸打?给人脸打人家都不打,嫌脏。不如步走,走斜道,也就四五十里地,半夜就到了。"

讲好了,又寻了一家小吃摊,各人吃一碗面条。吃过了,把家伙在身上弄利索了,抬腿便走。

走时便不走大路,走大路费时、路远,便斜插花走。这会儿天早黑透了,却也能看见白路,走在路上,只听见鞋响。边走边讲些闲话,讲道:"俺们这回也算是开了眼界啦,俺们回家真觉着俺们这地方太僻啦。"到了申集,那街上连半个人影都没有,黑黢黢的,只见着路的大模样。打这再往泗河走,也只剩五七里地的样子了。几个人就依着白路走,走到热火时,便真觉着节气是到了时候了,惊蛰都过去好些天了,节气也该着暖和了。夜间走道,也不觉着咋样凉了。金印讲:"春忙眼见着便到了,俺们还讲不准出来出不来哩。"金峰讲:"那倒真讲不准了,俺大俺娘还讲不准给不给俺出来哩。"小多讲:"那真讲不准啦,俺大俺娘要是再给俺讲个对象,那俺就更难讲啦。"大怪讲:"你大还给讲哪家子对象,你大对金印老早不就讲不出半个不字来啦?"金印讲:"怕是你自个儿想另找一个。"小多讲:"俺没那闲工夫。"金峰讲:"那倒是,你两个一块出来,你娘心才稳实哩。"小多讲:"那倒真是。"

不一会儿便走到沱河的坝子上了,坝子上的水已是退去了,路好走,一直到过去了,才知道过来了。天上现着几点星,转眼就叫云彩给吃了,再现、再吃,再吃、再现;再现再吃的时候,金印几个已是走到家了,金峰跟大怪都去敲着自家的门了,金印便多送小多几步。深更半夜的,连半个人影也见不上,现时乡下狗也少,也不咋样咬。金印送小多往家间去,快走到小多家门口了,小多立住了讲:"你家去呗,俺到家啦。"金印讲:"俺再送两步。"两人便"当"地站住了。金印讲:"搁路上你那是随口讲的呗?"小多讲:"俺那是瞎讲的。"

都立在半夜三更里,只闻见沱河里水淌得哗哗的。立至后来,两人拉拉手,小多便回身敲着自家的门了,金印也便扛着锹往自家里去了。这日已是惊蛰后的第九日了,这一日也才是个开头,天还没亮哩,还早哩。

1995 年

庄　　台

那是好些年以前的事了。

报社记者刘康,这一日接到任务,到湖梢县采访。到了湖梢县,他先找到县委和县委宣传部。县委书记卫年起说:"刘记者,情况我大致介绍完了,你还有什么打算？你提出来,我们一定设法使你满意。"刘康说:"我打算到下面跑跑。"县委书记卫年起说:"我明天上午到市里开县委书记会,不能陪你去了,请宣传部洪部长陪你去吧。洪部长是县南人,又在县里工作了一二十年,情况很熟。"洪部长说:"刘记者放心。"当日已经晚了,刘康便在县招住下。第二天上午早饭后,洪部长、刘康、宣传部小凌三个人就坐着旧式吉普车出发了。

县城为一老县城,叫湖心镇。洪部长说:"刘记者,湖心镇你以前来过没有？"刘康说:"没来过。一直想来,一直没有机会来。我原先跑南片,现在又机动到北片了。从地图上看,湖梢县有三多:一是古镇多,二是古水多,三是名河多。不知我讲得对不对。"洪部长说:"刘记者不愧为记者名家,脑子灵,眼光准。刘记者,既然你没到湖梢县来过,不如我们就先在城内转转,你也好有个整体了解。"刘康说:"那就太好了。"洪部长向驾驶员嘱咐了几句,吉普车就转个弯,向城外环城路驶去。

车上环城路后刘康发现原来这环城路却与别处不一样,是在城墙上的环城路。城墙高踞,宽可容两车并行。到了一处门楼,洪部长说是西门楼,几个人停车下马,都出来走动观看。原来城墙围了县城一圈,方圆遥遥有五七里。城内新楼旧舍,鳞次栉比,参差凸凹,甚有秋阳暖晒、小康安详之古文古画之遗风,望去叫人心悸。洪部长说:"城内共有两万一千余户,五万九千多口人,是小县城,比不了那些大镇。"城墙的墙都是古方砖垒成的,又巨大又结实,直上直下,有万夫莫开之势;墙上有城堞,粗壮敦实,安全可靠。洪部长说:"湖梢古时曾是楚、蔡的都城,所以这城墙都垒得高,城外壕也挖得深。"大家一齐到城堞边,依堞往外看。嚯,城外壕地果然深远,从城墙根底开始,深绿之水便漫漾而去:有此去三二百米而止的,有此去五七百米而止的,依地势高低而短长,甚是随意大度;水中都有水草,水草有生得浅的,有生得深的,有生得疏的,有生得稠的,水的颜色便不一样,淡蓝深绿,不一而足。水上岸边有一两只渔盆,几个撒网捕鱼的人,他们都沉默寡言,心照不宣:有静观水势鱼情的,有弓腰抖网的,有旋身一掷的,有引纲收网的,也有拾鱼入篓的,各形各状,绝无雷同。看了片刻,刘康说:"这城墙外都有水吗?"洪部长说:"城外三面环水,仅北门留了一处通道,想必你来时已经看到了。那里路面宽坦,能同时走五辆大客车。"刘康说:"有意思,像这样的古城,我还没看见过。要是市民想出城办事走亲戚,难道都得走北门?"洪部长说:"要是到南门、东门、西门外办事,都有小渡船,把人、自行车、行李渡过去。再讲这城里也就方圆一二十平方公里,从北门出去,不管往哪个方向走,也都不太远。"刘康说:"那当然,这古城保存下来,也有文化的意义在里面了,不容易。"

说完了,几个人上车之后继续走。车离开西门,往南门去,城墙更宽,两边植了许多大树,有柳,有杨,有桐,有槐,都是当地常见的树种。但因为它们植在高处,得天时地利之便,因此长势甚盛,都粗壮结实、健美有力,而绝无纤小弱静的娴雅。这自然又是另一种野美,使人顿起雄健的欲望。城墙外壕塘以外的地方,渐成了大片大片的井然有序的田亩,田里晚稻正在黄熟——早些的已割去了,田地里留下小半截稻茬,有些鸭鹅在其间踱步,做着雍容的形体动作,一举颈,一投足,都散了一些肥厚的态势出来。迟些的正在收割。那地里人们的衣着与小城市中的民众并无两样,尤其是女孩、姑娘,有穿夹克衫的,有穿紧身裤的,有穿红蓝毛线背心的,不紧不慢地割、收、运、打,皆为一样富足的态度,对这季节、这收获、这气候,表现着有它也可、无它也行的观点;又表现着必是这样的季节、必是这样的收获、必是这样的气候的观点,有一种修身、齐家、治国、平天下至了化境的从容不迫,令人叹为观止,又叫人觉着民间的博大、高超、了不得。再迟些的还青黄参半,在秋阳风景里懒洋洋地成熟着——那青黄也叫人羡慕,是一种饱满而成熟的青黄,无有半丝的浮躁、冲动、不稳妥。车到南门,几个人下了车,倚在城堞处远望。洪部长说:"刘记者,你看这些田块,都井井有条,又都是熟透了的耕地。这里开发早,在战国以前,是第一批实行井田制的地区之一。当然,那是奴隶主为了更好地压榨奴隶而采用的办法,但在客观上也发展了农业。战国时的人,已经知道农作物收成的高下,和土壤有着密切的关系,已经注意从土壤的颜色等方面去分辨土质了。当时土地分为黄、白、赤、棕、黑等几种,黄壤属上上等。我们这里就是黄壤,土地肥沃。"刘康听得点头,说:"洪部长对此很有研究。"小凌说:"洪部长对我们县的情况了如指掌。"洪部长谦虚道:"略知一二罢了。"

几个人上车又走,车往东门驶去。

城墙本身高,因之城墙上的路就高,路上跑的车也高。高高在上,俯瞰城内城外,别有一样心情在里边。到了东门,几个人下来又看。看那东门外,虽仍是一片平原,却平添了一种雄浑在其中——或许是因着那地里都种着高秆作物的缘故吧,风起处,波连无限,都是庄稼的青绿波浪。洪部长说:"这些地方,以往都是古战场,有许多名堂在里边。"刘康讲:"有什么名堂?"洪部长说:"我们等一会儿坐车都要经过的,有管鲍亭,有虞姬墓,有垓下古战场,有古代著名的水利工程芍陂,现在叫安丰塘的,有庄周故里,有老子讲学处,名人荟萃,人杰地灵,很有看头。"刘康说:"洪部长,听了你的介绍,真想马上去看看。"几个人便上了车,车出北门,沿宽阔的柏油公路,直驶而去。

此时才只有上午九点多钟,艳阳高照,牛羊一地。那些牛,都是耕作之牛,多为黄牛,于透熟的沃土里精耕、细耙。时序正在十月里,再过十几天,便要种冬小麦了,因此耕牛都甚忙碌——却又显得不甚忙碌,慢悠悠地,胸有成竹的样子。吆牛的农人也都是磨炼出来的,没有半个急性子的,有那急性子的只在嘴上,骂那牛慢,却又不鞭牛快走。要是快走,走上个三两圈,那牛便耕不动了,反倒更慢,便是欲速不达的道理。这地是古地,那些道理都在人的心里一辈辈往下传;且那悠然又合了季节的节拍,不急不浮不躁,树叶一年一落,日子一天一过,无有什么了不得的事,值不得大惊小怪。那些羊,都是雪白之羊,立在路边、埂上、田头、地角,大些的都拿绳拴着,小些的都散放。那些羊状态也温婉,活泼也可爱,三个一簇,五个一群,悠悠地嚼了地里半鲜不老的野草。那些草在这样的季节,都耐嚼,有味。那些羊嚼了,便嚼出一种模样来,嚼了又嚼,咀嚼不尽,无有终境。也有两三个牧童,画样地存在——这自然是一瞥的结果,要是走近了去看,乡间的娘到底是操劳些,把孩子都弄得脏头灰脸,却又都憨厚可爱:有坐的,有卧的,有跑跳的,有骂二丫头小讨债的,七零八碎。

车走过十来里路,往南一拐,下了县际的大公路,上了县内的主线公路。这公路也甚好,柏油路面,平整,两旁杨树夹道。杨树也都不是一年两年的了,都长得甚高甚直,只路面比县际的大公路略窄些。车走一时,两边田块里,青绿渐厚起来。定睛看时,都是一块一块红麻。红麻也正在收割的时候。麻地里一家人立在麻的绿墙前,由一个有力的,持一根结实竹竿,在绿墙里劈打,劈打一时,那些叶、梢,尽皆去了,余下的便是麻秆;一家人有割的,有运的,也有就地闷在田畔水里沤制的。车愈往前走,青绿愈厚,及至遥远而不着边际。刘康便问道:"这里种了这样多麻。隔一个县,到原田县,就很少见到了。"洪部长说:"这是我们的传统项目。今年洪涝大,涝地,凡种了麻的,都没有大事。麻不怕水,水过去又长起来了。"又讲,"今年麻还值钱,国际市场上仍然供不应求,都出口到国外。"刘康说:"出口到哪个国家?"洪部长说:"日本啦,泰国啦,菲律宾啦,供不应求。"

刘康点头称是。车再往前走,似渐入了水网地区,只那沟沟渠渠,都较笔直,弯曲甚小。洪部长讲:"这便要到芍陂了。"话才讲完,就见前方闪出一个集市来,公路边的标志上,也有个水泥牌道:芍陂。这便是到芍陂集了。洪部长说:"我们下车走几步。"下了车,走入人堆里。芍陂集也不是个小集,人头涌动,车货一地,赶集的都是乡间人士,买卖甚为兴隆。几个人不觉走入背街里,眼前现出一些古色古香的大宅院来。那些宅院都宽敞、大方,有那没关门的,便从门外也能看见里面的三五分样式:那些大院里的地面,都是拿老青方砖铺成的,甚有力度,望去叫人觉出历史的纵深来。背街弯曲,宅院高低,绵绵延延,十分清幽。刘康问道:"这些房子都旧老得很了,是哪个时候成的?"洪部长说:"这地方三国时就有了,以后时大时小,时兴时衰。现在这两边的房子,大都是清朝以后建的,年代都还不太久远,但也不易多见了。"刘康说:"那以前这地方发财的人,一定很多。"洪部长说:"有发财的,都是在外头发了财,拿几个银子,在家乡盖几间宅子的,故土难离嘛;也有在外头做官的,不管大小,能搜罗几个钱,便拿回家来,做一两个宅子,也光宗耀祖了、繁荣乡里了。对芍陂的发展来说,倒也不是坏事。"刘康说:"那现在这些宅子里头,都住着些什么人?"洪部长说:"什么人都有吧。原先那些宅主,有解放时跑了的,有叫我们镇压了的,有劳改劳教的,有戴帽在当地劳动的,也有少数平安无事的:有些是开明乡绅,有些是为我们做过工作的。后来这些房子有些分给贫雇农了,有些做了公家办公室,有些仍由原先的宅主住着。到'文化大革命'以后,这些住户又不一样了,原先的办公室都退出来,退给原先的宅主了,原先的宅主不在世的,或者仍在台湾地区、海外的,就退给他们的后代;也有些房子没有人找的,就仍由贫雇农住。那些贫雇农家里也变化了,哪家两三代不出几个干部,当年都是最苦大仇深的,才能搬进去;有些不出干部的,也出了个把赚钱能手,跑生意、做买卖,手里几万十几万的都有,还有几家除了这宅子外,又在集外盖了楼房的;当然,也有少数几个,平常稀松,一事无成。你讲时代发展得多么快。"

洪部长轻车熟路,一路走过去,一路指点着两边的住家讲:"这家是做兔毛生意的。兔毛值钱,长毛兔都是原先打西德进口的,一对要一二百块钱,要是喂好了,一年一对兔子能挣百十块钱的毛钱;大兔子下小兔子,小兔子又能卖钱,你看可观不可观——这家倒不喂兔子,只做兔毛生意:低价买了,搁家里头放着,又联络中国广东、福建、香港和新加坡的商人从他手里买,他挣的钱你就知道了,算不出个数来!他家原先就是个地主成分,他有个叔叔死在台湾的。"洪部长又指着另一家说,"这一家出了五个干部,上一辈的出了个公社副主任,出了个公社妇女主任。他家两个儿子出去当兵,回来后一个在乡团委干书记,一个在邻乡干乡秘书。又有个女儿上市财校代培,回来做了信用社收款员。这一家是镇上的工商所所长,为人不错,又爽直又大方,外头来人有不少都在他家吃过酒。他家在街里盖了一栋小楼,有一个大院子,他家人口多,倒也够住了;剩下几间拿来开了个旅店,由他儿子管着;门面又办了个烟酒百货商店,日子过得也挺结实。这一家却就是个没主意没支撑的,新中国成立前扛了二十几年长工,新中国成立后把他东家的这几间房分给他了。他一家都是老实头,不知道坑不知道骗。原先干过一阵子大队长,干了一年,自个儿不愿干了,就下来了,老老实实种地。种到后来,地都分了,他更老老实实种地。要讲他的种地技术,那没有比的,就这个把他给耽误了。现在乡下种地,都图懒省事,种子往地里一撮,人上外头跑去了,上外头挣钱去了——光种地还不得把胆水都饿出来——上外头跑两个月,该追肥了,买几袋尿素往地里一撒,又出去了。他有技术,用得不对,整日搁地里薅薅弄弄,时候都耽误了,再收能收多少粮食?现时粮食又不值大钱。他家闺女、儿子都跟他过穷日子,到后来不就分了家,他儿搬西头住去了。这家做小买卖、卤菜生意,一个搁集上摆摊子,卖衣服百货;一个在家里杀鸡宰鹅,煮熟了,傍黑拿到集上卖去,都能挣钱。这一家原先是五保户,年年都得队里给吃给喝,后来改革开放,他把几间房子赁出去,赁给一个外头来做生意的。那个做生意的一年换一个女人,住在这房子里头。乡里知道了,怀疑那个做生意的乱搞,又查不出什么证据,就把五保户批评一顿,叫五保户把那人退了。五保户不干,讲就靠这人脱贫致富哩。你讲笑人不笑人?乡里也没有法子。这一家当家的原先在供销社当主任,干了三十年,快退休了,前两年查出来贪污了十五万块钱。因为他有悔改表现,又能积极退赔,没杀头,判了无期。去年他身体不好,搁监狱里尽生病,不能干活,增加监狱负担,他年龄又大了,六十多岁了,就保外就医,在家里养病。听讲他家花了不少钱,上省里运动,不知是真是假。"

几个人都甚感叹。说说道道,走了不少路。刘康讲:"这些房子保存得倒都挺好。"洪部长说:"县里规定,像这样的文化建筑遗产,只能住,不准毁坏,更不准拆掉建楼房。"刘康说:"要能到哪一家看看就好了。"洪部长说:"想上哪一家都行。"又说,"我有个熟人,以前在原田县干保密委员会副主任,现在挂职到下面乡里干乡长。他家就住在前面,是解放时贫雇农分子的房子。现时他父亲已经去世了,他母亲和他一家在一起过。我们上他家看看。"刘康说:"好。"又问,"他怎么到原田县工作了?又不是原田县人。"洪部长说:"八十年代干部对调,他调过去的。"刘康又问:"现在人都往城里调,他老婆孩子也不跟他到县城里去?"洪部长说:"舍不得这套宅子,现在要卖,能卖到七八万哪。他在县城也有房子,两头住,这边名义上就是他母亲的。小凌也来过好几次的。"说着,几个人便奔方乡长家去。

方乡长家住在背街的中间略靠南一些,正对街面是个门楼子,下方上圆,青砖浑厚,年代像是有点久远了。门楼左右脸上,都各砌入了一块青白条石,条石上各镌着几个字,道:几间东倒西歪屋,一个南腔北调人;门上条石镌道:青藤书屋。青石、青砖、镌字,显然都不是最近的事,少说也得有六七十、七八十年了。那拱形的门楼上压着乌瓦,瓦缝里都长着青草野花——不知是哪个时候,哪些雀子,在哪地方吃了草籽,又拉在这上头的。

几个人进了院子,院子甚大,自然也都是青砖铺地;院角植了一棵桂树,又植了几株硕花美人蕉。美人蕉下有个压水井,一个老些的女人正在井边洗什么东西。洪部长高叫了一声:"来客啦。"那女人忙回头,见是洪部长,立马站起来道:"洪部长哟,稀客稀客。"洪部长说:"青藤书屋的主人可在家?"话才落音,打屋里便冒出一个人来:四十多岁,面色红润,保养得甚好——出来见了洪部长,咧开嘴笑道:"昨天才到家,你真巧。"洪部长忙介绍了:"这位是省里来的刘记者,这是方乡长。"客气几声,几个人都进屋坐去。那屋自然又是老屋,房架甚高,带门廊,门廊里有红木柱子支顶,屋里还镶了木地板,都是老早的样式了。堂屋正北的墙上挂了一张画,黑白分明。刘康走上前去观看,却是明代徐渭的《青藤书屋图》。那画上点着几棵树、几竿竹、几块石、几段栅、几间茅草屋,又题着两行字道:几间东倒西歪屋,一个南腔北调人——与门楼上那字都是同体。刘康看罢,讲:"这画值钱了。"方乡长说:"这是仿的,不是真迹,真迹就不得了。"刘康道:"你这也都是家传的吧?"方乡长道:"哪是什么家传,是解放时俺父亲分到这房子,这画也是原先就有的,起始压在箱子底下。俺父亲没有文化,也想不起拿出来找人看看。过了'文革',至前几年,兴文物热,都讲能值大钱,哪家翻翻也能翻出一件两件。俺家就找出个它来,叫俺们喜欢得不轻,忙拿去找文化局的鉴定了,才知道是仿的,大约是清代的人仿的,也能以假乱真哩。"刘康几个人都听得笑了。刘康又问:"那门楼上的字,也是以前就有的啦?"方乡长说:"那也是以前就有的,俺家搬来时,这都是原样,后来就盖了一间小厨房,打了一口压水井,植了几棵花,余下的都是老样。"

说讲时,几个人都坐定了,只那方乡长递烟倒水,忙得很是兴奋,边忙边讲:"老洪,俺才做完一件大事,俺那个乡叫省、市定成重灾乡了。"洪部长说:"你们乡灾情不太重吧?"方乡长说:"跟重的比,俺们是轻的;跟轻的比,俺们又是重的。原先俺们县定了四个重灾乡,俺乡算一个,排在最后。省地救灾办公室来了一帮人,先在县里听了汇报,俺们都去汇报了;后来决定第二天抽查一个乡,看是真是假。这可是大事,弄不上全乡人都得骂你,骂得你不能混。"刘康问:"弄不上为啥骂?"方乡长说:"弄不上就没有救灾款、救灾物资了。"洪部长问:"抽查哪个乡了?"方乡长说:"开始不知道,严格保密,省里来的人都跟防贼样的,县里头的人谁都不知道。

后来俺们县工业局的一个副局长,跟省里来的一个人先前同过学,俺们县狄书记叫他上宾馆套他同学的话去,套上就套上,套不上就罢了。狄书记作为县里的一把手,能争取几个重灾乡,日子就好过多了。在基层干都难哪!"洪部长说:"套来了没有?"方乡长喝了口水讲:"左叙右叙,还真套出来了,讲他们明天坐车上俺们乡来。一个电话打到乡里,乡里常委、政府一班人紧急开会分工:不惜一切代价做好准备,迎接检查组的到来!"听的人和讲的人,听到此都哈哈大笑。洪部长对刘康说:"在基层干真难哪。那些房倒屋塌、颗粒无收的重灾区,就不这样轻松了,那生活还真困难,眼泪都哭干了。"方乡长说:"一点儿不假!"

喝了一会儿茶,吃了两根烟,洪部长说:"刘记者,你看,咱们走吧。"方乡长说:"走?上哪去?晌午在这吃个便饭。刘记者来一回不容易,平时见你洪部长也不容易。"洪部长说:"实在跟你说吧,刘记者在咱们县只有一天时间,今天还得跑不少地方。反正见过面了,你们下回再专门邀请吧。"方乡长没有办法,只好同意。刘康一行告辞出来,握手再见。慢慢步出背街,上了吉普车,又往前走。

车出芍陂集,公路边两排杨树愈加茂盛、挺拔,给人一种深远凝重的感觉。这里地势也略有起伏,从车里望见公路往一个高处去了,高处浓荫匝地,植被昌茂。吉普车努力上了岗子,就见岗上有一两户人家,都过着家常生活,鸡狗相杂,平安无事。野雀在门前枝上横叫、竖叫,人、鸡、狗都若无闻,随它们叫去。外来的人却听了好听,如听金鸡啄玉盘,冷露凝月夜,有仙境之比。上了岗子,几个人下来伸一个懒腰,随步走近一家门前,闲找一个话题道:"这岗上也没有个卖茶水烟糖的,你家就住在岗上,咋不就手摆个摊子挣钱?"那户人家的女人正扒拉一个箩筛里的粮食拣坷垃,听了问话,也不惊,也不怪,平常稀松的样子,张口道:"哪有闲手?地里都忙不过来,俺儿又上省里念书去了。"小凌说:"念什么书?"那女人说:"念农学书,俺也讲不清白。"洪部长说:"那里还有一家,你家不摆,没有人手,他家咋也不摆?也是没有人手?"那女人说:"他家哪是没有人手,他家男人是个瞎子,整日敲个小锣,替人算命。他家女人是个邋遢的,替他牵着竹竿,领他走路,两口子长年累月走集串乡,哪有工夫摆什么摊子?"刘康说:"那要讲起来,还是摆摊设点来钱,人也享福,旱涝保收。"那女人道:"这就叫各人喜好,他就好那个。"洪部长说:"他家就两口子,也没有个小孩?"那女人说:"咋没有。他家小孩也考上省里学校,念书去了。"几个人听了都甚惊奇。转脸看去,那家的两间小瓦房,也有点破破烂烂的味道了,哪有半点读书的环境,都问:"考上什么学校了?"那女人道:"考上什么学校俺讲不清白。他孩子倒是个不认大、娘的。原先那孩子小时,整日搁地上爬玩,弄得灰头紫脸,他大、娘都是那样子,哪又能顾上他,长大倒考上大学了。他大、娘上学校找他,他不喊大、娘,偏讲是搁路上认得的,替他算过命,算他能富贵。把他大、娘领到旅店住一晚,又家来了,叫他大、娘往后再也别去,讲学校里查得严,不叫外人乱进。他放假也不咋样家来,那两口子倒按月寄了钱去。"

闲讲完了,几个人又步到屋后望了几眼景致,只见满目浓绿,田畴交错,没有半分闲地。望去便知这里乡人的勤快了。望了几眼,上车又走。车才起步,就见前头路上有两个人,五十来岁的样子,一男一女,都邋遢得很。那男的是个瞎子,走一步摇一声手里的小锣;那女的也甚是不齐整,又上了些年岁,身上脸上都有些赘肉,牵着竹竿,领着老头,一步步将上岗子来。车慢慢滑将过去,几个人仔细看了,更觉惊奇,想不出这样的家庭、父母、环境,也能出大学生来。洪部长说:"天下事真无奇不有。"车直往岗下驶去。

路尽皆往下,下得淋漓尽致。愈往下下,愈觉凉气上来、扑来、涌来,气温平降了几摄氏度。路边田地里的水稻大都还青苍苍的,稻穗沉重,四面披坠,难分难解。路两边的树荫更浓,田陌上也有成排的树栽过去。车下到最凹处,只见左边一片水直漾到公路边。那洼处也有两三户人家,一律的红砖乌瓦,在四面的一片苍青里,显得跳眼。洪部长指着左边的水讲:"这便是芍陂了,现在又有叫它安丰塘的,我们下去看看。"停了车,几个人下去走到路边水畔,望见那水漫漫而来,芦苇菖蒲此起彼伏,很有些老水的味道。洪部长说:"我们这地方远古时就是鱼米之乡。春秋时,楚国在这里修建了有名的水利工程,就叫芍陂。这周围的大片农田,都旱涝保收,因之这里的人都讲:走千走万,不如芍陂两岸。再往南走,就到淮河边上了,那里也富实,就是见不得水。"讲了一气,又看了一气,洪部长问刘康:"刘记者,你看咱们咋样走?要是走公路一直往南去,半小时就到骚牯乡了;要是打沿水的土路绕一圈,还能看见些东西。刘记者你说呢?"刘康说:"要是时间够,咱们就沿水绕一圈,往后来看的机会也不见得多。"洪部长说:"那就沿水绕一圈。"

上了车再走,却是下了大公路,往一条土路上去了。土路两边也都是杨树之类,郁郁葱葱。右手是湖面,水时近时远,时小时大;水草繁茂,浩然无涯,环境也更幽然。倒已是秋日了,幽然里又添了不少苍劲和明朗,叫人心里干净,难有半点阴湿。车正行时,前方水边望见一个壁墙和一个亭子。近到跟前,下了车去看,那墙与那亭子,似都是古物,距水也就五七米,都是拿久远以前的青方大砖实砌而成的。刘康说:"这墙跟这亭子,都是老早的朝代的吧?"洪部长说:"都是老早的了,恐怕汉代就有了。我们县修地方志时,查出了唐代的书来,讲这亭叫汉亭,这墙叫汉墙,都是为了纪念修建芍陂水利工程的。"刘康说:"后来也没有重新整修过?"洪部长说:"原来是什么样,现在还是什么样。"刘康讲:"几千年人为的破坏也没有破坏它?'文化大革命'也没有扫除它?"洪部长说:"它都挨过来了。"刘康讲:"它离水这样近,要是上点水,它不就浸了?"洪部长说:"古人就是摸不透,修了这墙、这亭,就跟个标记样的,水还从来没浸漫过,再大的水,在它脚跟下就退了。"

几个都咂舌感叹。转过去正面看了,那汉砖上却就是一些砖刻画,一眼就望出来了:那些画不是有了砖再刻的,是先刻上了再拿去烧的。砖画上尽都是些劳动的场面。煮盐:是一些人,操各样器械——都极简单——在扒、堆那些粗盐;又有一些人,在那些简陋的棚子里,做烧煮状;又有一些人,在更高的一个机械上,做提拉状。人状都极勤勉。弋射:两个射手,半跪于林间空地上,一个引弓向正上方,他那态势就极艺术、极讲究——两膝跪于地上,还能向正上方引弓弋射;另一个弓拉得更开,向斜上方发射,那态势也甚是勇武。他们的身后都各盘了一盘绳子,直扯到箭尾,因此叫弋射,就是拿带绳子的箭射猎,射中了,猎物丢不了,又节省箭,不浪费。在他们俩的上方、前方,都是漂浮、漂泊的凫或雁或别的野鸟,凫都在水里游动,态极逼真,叫人看了,觉出蛮荒渐退,物业繁盛。渔捕:也是两个人,渔人,先民,一个在岸上旋转了身体,把一张极大的网撒开,撒向水里;另一个立在用一段木头做成的船上,手握一柄鱼叉,正高举了,引向颈后,欲投入水里去。那水里都是无数的大鱼,鱼都极大,大如人,黑色,潜水艇样地浮在水里。收获:有六个先民,一个右肩上一根扁担,扁担两头挂着绳索,右手提一个篮子,里头放着饭菜,正往地里去;地里有三个人在收割,身后都是收割后的庄稼茬;收割下来的庄稼,由两个人脱粒。脱粒用的连枷,也就是一根棍子,棍子的一头拴了一根绳,绳不太长,绳的另一头又拴了另一根棍。脱粒的人,把连枷扬起来,再砸下去,那另一头的棍就能把稻麦脱出来——画面上的两个先民,正是用这样的姿势干活的,干得都极卖力,挑不出半点毛病。市井:一些屋形自然围成一个交易的地方,有些人坐在屋里,大约是开店的,另一些人往屋里去,大约是顾客。还有些买卖,在屋外就做了,想必那是晴好的日子,在外头做买卖,也不怕雨淋风吹的。那些房屋都甚为常见,与现时这地方的房形屋构没有什么两样。那些卖吃食的,也都是把屋檐伸到外头,底下摆着锅碗食品,那些想吃的人,还伸了头去细看。冶铁:一个先民坐在地上,抱着一个风箱样的东西推拉;另一个先民掌着一把重锤往砧上砸,砸下去的时候,火星四迸;第三个人站在旁边,用手里的器械稳住砧上的东西。这个画,从右至左是连续的慢镜头,都是那三个先民,右边的第一幅,锤举起来了,风箱拉开了;到左边最后一幅,锤砸下去了,风箱也推进去了。乐舞:上半图——有九位乐师,各执一种乐器,有斜抱的,有轻击的,有弹拨的,有吹奏的,有放在腿上拉的,有两只手分持的,有挂在架上敲的,有鼓类的,有拿脚踩动、踩响的;下半图——有九位舞师,各做一种舞形,有两手张开的,有腰身扭拧的,有耸乳收腹的,有单腿直立的,有倒挂金钟的,有旋而不止的,有张裙遮面的,有海底捞月的,有轻扁小嘴的,诸般状态。采莲:画上一汪清水、一只小船,满目荷花、莲蓬。岸上凸凸凹凹,长着些树木,飞着些鸟类,发着些自然界的声响;水里船上,有三五个渔家女子,一边采莲,一边做些歌唱舞乐的形状,这便是劳动的歌颂。春耕:庄里的人都拿着家具,赶着牛、拉着犁,上野柳夹杂的地里春耕去。播种:也是一庄的人,倾巢而出,扛着、拉着、赶着各种农具、牛、马。野地里白杏花都开得一片一片了,雁也归着,春风浩荡,无遮无碍。春耕时的那些野柳,现今都柳丝拂动,嫩芽初爆了,景象万千,激荡人心。

　　一一看完,刘康赞叹道:"真不得了,几千年前的东西呀!"几个人说讲着上了车走。车在湖畔绕了半圈,上了一条土公路,奔行不久,又上了刚才从芍陂集来的县的主干公路。这地方与芍陂都不一样,因为已经出了低洼的地方,到平原上了。那些稻类都黄熟了,正在割打。割下来的稻子却不在地里的场上打,都铺在公路上,铺了满满一公路,车走起来很是困难,也走不快。那些翻稻的农民,对这样免费的脱粒,好像已经习以为常了。车到跟前时,他们还抢着把一束稻扔在车轮底下。洪部长说:"前头就是骚牯了。"气氛果然就有些不一样了,也许只是感觉,车上的几个人都巴着眼望着公路的前方。

到了骚牯乡,他们跟书记、乡长接上头,就在乡办公室休息下来。

乡党委书记姓钱,乡长也姓钱。洪部长说:"这是骚牯乡的二钱。"二钱的年龄都在四十岁多一点。在乡办公室坐下来的时候,已经十二点多了。洪部长说:"先搞点饭吃,吃饭时再谈。"二钱就到食堂去打了招呼,打过招呼回来说:"食堂没有准备,恐怕得等一会儿。"洪部长说:"那好就等一会儿。"等的时候几个人坐着闲聊,刘康说:"现在到了骚牯乡,也就等于到了灾区了吧?"钱书记说:"就是到了灾区了。不过现在灾区都平静了,不太能看出什么了。六七月份发水那会儿,那真跟打仗差不多,紧张得很。洪部长、凌秘书家都是骚牯人,他俩都知道。"洪部长说:"那段日子整天在灾区跑,痔疮都跑犯了。不过骚牯集这块地方倒不要紧,这附近都是洼地滩地,就骚牯集这一块高,水淹不上来。"刘康说:"对啦,你们俩既是骚牯人,来了正好回家看看。"洪部长说:"不急,先陪你完成任务。"刘康说:"洪部长家在集上呗?"洪部长说:"离集还有三里多路,小凌家也在那左近。"一拨人等饭吃,又讲了几句闲话。钱乡长到食堂去看看,回来说:"还得等一时,还没好。"洪部长说:"简单便饭。"钱书记说:"便饭便饭。"又说,"刘记者没到骚牯来过吧?"刘康说:"没来过,这是第一回。"驾驶员打外头才回来,这时插了一句道:"闲着无事,不如上河埂上看看。"几个人都说好,便一齐闲步到外面。出了乡大院,往南一拐,走一段石板小巷,出了巷子口,就到了淮河堤上,原来骚牯就建在淮北大堤边上的。

这里是淮河上、中游的分界,河滩极宽无边。现时水已经很小了,只三五十米宽,流得也平缓,水都聚在河槽里。河滩上铺上了一条碎石小公路,约有三两里路长,一直通到对岸的堤下,拐弯上堤,没在了树影里。河埂下有一个码头,不甚大,有两个渡轮,既渡人、畜,又渡汽车、拖拉机,交通倒显得繁忙、拥挤。洪部长说:"过了这渡轮,那边的公路就通河南、安徽、湖北,这里也算个交通要冲。"刘康说:"要是有座桥,那骚牯就不得了了。"洪部长说:"这里是得修一座桥。铁路桥,北京到九龙的铁路,就打这走,图纸都画好了。"这时,一直站在旁边的驾驶员,对刘康说:"刘记者,你没见过杀狗宰驴和宰牛的呗?到了骚牯,就得看看。"洪部长、小凌和二钱都笑。钱书记说:"俺们这里,解放前是个四方码头,做什么的都有。人又喜欢吃,大块吃肉,大碗喝酒;又会吃,专吃那不平常的,狗肉、驴肉、牛肉,都有名。俺们这里宰的驴、牛都运到合肥卖。俺们这里的驴肉、牛肉、狗肉,比别的地方就是好吃点,也是怪事。今儿个晌午来不及了,晚上请你吃。"钱乡长说:"往宰场去看看。"几个人跟在驾驶员后头往前走。钱书记又说:"你上老街瞧瞧,望见那些卤狗肉、驴肉、牛肉,口水自然来,止都止不住。"刘康说:"钱书记真把人说馋了。"一行人都笑。

往前走也走不多远,一二百步,也是在淮堤边上。这里的淮堤是拿方石砌成的,有一个石梯子能下去,堤上有几棵人腰粗的大柳树。一行人来在大柳树下。大柳树下已经有了几个闲人了,都是老头之类,还有个蹬人力三轮车的小年轻,面相黝黑,闲来无事,等生意,也坐在三轮上看。原来这屠宰场就设在堤下的河滩上。驾驶员讲:"这是宰牛的,宰驴、宰狗的都在前边。咱们先看这个。"

几个人都点头,都兴致勃勃地往河滩上看。初来到时,那一股牛腥气直扑鼻子;站了一会儿,闻惯了,就好了。

那河滩上已经捆倒了两头大黄牛,都是四蹄朝上捆翻了的。河滩的地上,拿粗木棍打了四个桩子,正好能把一头牛放进去。牛叫捆翻了时,便由四个汉子——那四个汉子都是什么样人?都只穿黑长裤、无袖马甲。马甲也不扣前面的扣子,便见着里面的光身子了,胳膊腿都粗墩墩的,一身的厚粗肉,又都叫日头洗成了紫黑的颜色,望去愈加凶蛮,这都是表面的印象了——各提头拽尾,齐发一声喊,将捆翻了的牛肚皮朝上扔在那四根桩里。牛到底是老实东西,给捆翻了扔进桩里时,怕是知道自己的日子到了,两只大眼哀哀的,压低了声叫几声,跟杀猪时猪的表现完全不一样。猪平时连半斤的活也不干,吃饱喝足睡够,享足了清福,到杀它时,它叫得比谁都尖、都响,像是受尽了委屈;牛呢,牛平时总得干活的,勤劳一辈子,吃点草,还得听人的呵斥,吃尽了亏,现在到了这时候,它也还很安分、很老实,人生态度很宿命,连叫几声都是小声低气的。堤上的刘康几个人看了,多少都有点替牛打抱不平。

牛轻轻叫的时候,一个屠夫,三短五粗,红光油面,穿着一双旅游鞋,上身是无袖马甲,下身也是黑的长裤,手里拎了一柄牛耳尖刀——那尖刀甚似牛耳,轻薄短小,不很大,看上去锋利无比——杀气腾腾地去了牛头的所在地,一脚踏住牛角。那程序看得分明:先一捅,直捅进去了;再一搅,这时牛血只从刀的下沿慢慢渗出来一些;再往上一挑,牛脖子就不太像样了,就破成了一个大口子;这时刀已经出来了,牛血呼地就喷溅出来,喷出十几米远。喷血时,那牛脖子里咕咕噜噜,不知是不是牛想讲什么,牛眼也瞪得滚圆。那牛却还是老实劲,腿脚略动一动,也不太挣扎,也不太难过,就断了气,老老实实地死了。堤上的人都一直看到牛死。这时那屠夫闲下来了,钱乡长便喊他道:"镇山,你上来一下子。"那屠夫应声便上来了,上来后先挨个敬了支烟。钱乡长道:"这两位是省里来的刘记者,这位是县里的洪部长和凌秘书。镇山,你这一天能宰多少牛?"那镇山一脸粗肉,讲话瓮声瓮气的,讲:"一二十头。""多了哪?""多了三十来头,撑死了。""都往合肥销的吧?""都往南路去,南路那牛,牛肉又不好吃。也有往县里去的,少。""你一年能挣多少钱?""不多,一两万文。咱这不挣钱,卖牛肉、卤牛肉的才挣大钱哪。"闲讲一时,下头另一头牛又捆放好了。屠夫镇山两手一抱道:"各位,俺失陪了,晚上这牛的百叶俺送各位下酒。"他手指着刚才宰的那头,又对钱书记、钱乡长说:"开了膛送去。"钱乡长讲:"这牛不小,百叶怕也不小。"讲着话,那屠夫镇山就下去了。

　　他们几个又往前走,去看宰驴的。钱书记说:"驴肉好吃,又细又嫩,滑爽可口。上头来人,没有不吃骚犊驴肉的,都讲好吃。"洪部长说:"做菜用的驴,是没用过的,菜驴是专门喂出来的。"刘康说:"怎样喂?"洪部长讲:"打骚犊往西北,也在骚犊乡内,有一处地方,叫两扇门。那里地势不怎样高,有点洼,水草丰美。两扇门出的驴,肉就细嫩好吃。小驴生下来后,不拴不系,由它去吃去跑;再长大些,拿木栅把草滩围起来,叫驴在里头随意吃喝、随意交配、随意玩耍,不要拿人工喂它,更不能役用它;到长成了,逮了就杀,肉就好吃。"钱乡长说:"实则是叫它长野,变成野味,又不野得太很,半野半家,肉味适中鲜美。"几个人到了宰驴场,原来也是在堤下滩地上,也有一些大柳树。一行人在柳下立住,看底下的宰驴场。

　　宰驴的也是类似的几个屠夫,数量少些,总共就两个人,因为驴小,也轻许多。宰驴的这地方气味略小些,倒有不少青草气,闻着也不是很难闻。宰驴是咋样宰的?那宰驴的刀比宰牛的刀大两倍,又长又锋快。先由一个捏着驴鼻子,把驴头昂起来,把驴脖子大大地暴露了。这边一个屠夫,走在离驴三四步远的地方,两手握着刀柄。那驴也不知这阵势是做什么的,它每日里在野草地上吃草吃惯了,人也不去碰它,不去管它,它对人事就缺少悟性,也反应不过来,有些懵懂。那屠夫站住了,运足了气,猛地爆发,嗨了一声,就如武打片里常见的那种声音,一个弓箭步,两手握刀,直向驴脖子刺去。这时钱书记边看边介绍说:"这宰驴有学问。"刘康说:"有什么学问?"钱书记说:"你看他刺的,刺的时候,刀尖不能太往上,太往上刺到驴骨头上了,刺不死,驴脾气上来也怕人;也不能太往下了,太往下只刺穿一层皮,也刺不死驴。"滩上那一刀看去刺得正好,驴的脖子马上就断了一半,血直射在土里。那驴扑通一声,前头的两条腿就跪在地上。跪下后,它也还没死,又甩了甩头,像是要把什么东西甩掉。而后后面的两条腿也跟着跪下了,像是要向人求饶:前两条腿跪下时,人不饶它,再跪下后两条腿,看人饶不饶它。四条腿跪下约有二三十秒,那驴就支撑不住,扑通一声翻在地上死了。

堤上的人都看得惊心动魄。那屠夫闲下来时,钱乡长又喊道:"赵虎,你上来一下。"那屠夫赵虎拎着刀上来了。他人精瘦些,却也结实有力,个头一米六多,推着短平头。他拎着血刀上来时,嘴里讲:"钱书记、钱乡长,上头来人啦?"钱乡长说:"这是省里的刘记者,县里的洪部长、凌秘书。"屠夫赵虎说:"带半条驴腿去吃,俺请客,剥出来就给食堂送去。"钱乡长说:"你这买卖也赚大钱哪?"屠夫赵虎说:"还不是托书记、乡长的福,混碗饭吃。"钱书记转脸对刘康讲:"赵虎原先也是个不务正业的。"转脸对赵虎讲:"揭揭你的短。"赵虎无所谓,怕也是惯了的,还颇有感光荣:"你揭呗,没事。"钱书记讲:"赵虎原先年轻,在集上打个架、骂个人。后来上涡县武术馆去学了一年拳脚,回来后拾掇个包袱上外头闯天下去了。闯了一年半载,大冷天穿条单裤回来了,彻底失败了。回来后没事干,跟一响手班子做响手,碰上哪家婚丧红白,去吹个唢呐、敲个小锣。你上老街就能见上,有亳州来的响手班,有颍上来的响手班,有临泉、界首、蒙城来的响手班,俺们这里现时兴这个。做了一年响手,也挣下来几个钱。后来碰见俺们,俺们对他说,赵虎,你会几个武功,倒不如去宰驴,那玩意儿又来钱,又合了你的脾性。他就干起来了。现时他盖了一栋小楼在街里住着。"屠夫赵虎愣笑。这时下头的人喊他,他拱拱手道:"各位,明儿个上俺家喝去。"钱乡长说:"你忙去吧,驴腿早些送去。"那屠夫赵虎边走边讲:"放心乡长,没二话。"说着就下去了。

他们几个人又往前走,去看宰狗的。宰狗的那地方也在河滩上,河堤上也有几棵柳树,也都狗腰粗细,是大柳树了。那河滩上的人,也都是一式的打扮:球鞋、半黑的裤子、无袖马甲,显了胳膊的粗实来。要么这地方干这一类营生的,都是这种规矩?都穿这类衣裤?干脆利索,不易碍事?但到了天寒地冻,又该穿什么衣裤了呢?

几个人立住了,往滩地上看。滩地上的屠夫有四五个,各做各的事:有拎棍吃烟的,有拎狗的,有挂狗的。那些狗各样皮毛,大小不等,有黑狗、有白狗、有黄狗、有花狗、有杂毛狗、有棕毛狗。滩地上埋了几根两米来高的木桩子,两根桩子之间绑一根横棍。那些花色品种不一样的狗类,便都被捆扎了嘴和四蹄,倒挂在横棍上,悠来摆去,似甚是闲散。几个人正捆绑时,打右边堤上下来一辆自行车,自行车后架上倒挂着三五条狗,也都是捆嘴扎蹄的——狗这东西跟牛、驴不一样,有攻击性,所以人的防范措施也就严格些。那推车的下到滩地上,滩上的人去后架处把狗拎起来扔在地上。狗都被摔得吭哧一声,眼里都发凶,却又奈何不得。滩地上的人便跟狗贩子算账。钱乡长讲:"狗是按条买的,一条多少钱?"算好账,付了钱,推车那人又推车走了。滩地上的人把他丢下来的狗又都倒挂上去。都挂好了,两个横棍上差不多都挂满了,有十四五条。每条间隔半米多远,各色各样,晃晃荡荡,看上去有些滑稽,也有些反常。都挂好了,拎棍的那个家伙烟也吸过了,便把烟头一扔,拎着棍往狗们那里去了。狗到底有些机灵,不同于牛、驴,望见那人来了,知道没好事,都乱伸乱缩,眼都死盯住拎棍的那人——这便得有些胆量,不相信鬼怪来世地狱。拎棍的那人大约是不怕,视若无睹。拎棍走近了,叉开腿,拉开架势,深吸一口气,把棍抡起来,眨眼极快,只听乒乒乓乓一阵响,那第一根横棍上倒挂着的狗——大约每一只的头上都挨了一闷棍——都松了身子,拉长了头,死过去了。打过了,那拎棍的人往一边退退,点一支烟吃,余下的人紧忙上前,把倒挂着被打死过去的狗都放下来,解了四蹄,只狗嘴还绑着,都扔在滩地上。解完了,地方让出来了,那拎棍的人又拎了棍往第二批狗那里去。

第二批狗已经陪斩了一次,现在见他来了,都极恐惧,都伸头缩脚,乱动。拎棍的那人也不多想,仍是吸足了气,叉开脚,抡起棍,一阵闷响,那些狗又全耷拉了。洪部长说:"猫狗七条命,一棍打不死。"他话才落音,第一批那些狗里,忽地有两只活了、动了,挣扎了爬起来,赶紧逃窜。刘康见状吓了一跳,"哎哟"叫了一声。滩地上那些人也不去管,也不去撵,只管把第二批狗放下来,解开,扔在地上。不多的时候,第一批那些狗都往河滩里跑散了,却又都跑不远,有跑几十米的,有跑一二百米的,有跑二三百米的,在广大的河滩上跑得跌跌爬爬,而后便都栽倒在地上起不来了。这边这些人放开第二批狗后,便都去拿了尖刀上滩地里找到哪些栽倒的狗,就地"咻咻楞楞"地剥起皮来。刘康不懂,问道:"杀狗怎么这样杀?"钱书记说:"狗肉鲜吧?有火,暖气大,要是一刀宰了,血都放了,那鲜火气就走了;要是一棍子打死了,剥了,那狗凉得快,也就冷了,也不好。就一棍子打蒙,叫它跑几步,身上活热了,趁热就剥,味道最好。宰狗这学问很大,左近方圆几百里,宰的狗都不如俺们这里,就是有这些讲究。"这时,那拎棍的也完事了,正蹲着吸烟,钱乡长便喊他:"金宝,金宝,你上来一下。"那金宝忙往堤上来了,见了二钱,点头递烟道:"钱书记、钱乡长,忙来。"钱乡长说:"来看你宰狗。这位是省里来的刘记者,这位是洪部长、凌秘书,弄不好刘记者还把你写到文章里,在省报露脸哩。"金宝咧嘴笑道:"俺哪敢指望那个。"钱书记说:"他这棍打起来就有学问了:不能打深了,打深一棍子打死了;也不能打浅了,打浅了那狗爬起来就跑了。狗还能凫水,有一年冬天这里宰狗,那才下过一场小雪,有一条狗打浅了,爬起来就跑。跑到河边,扑通一声跳下去,凫到那岸,站起来抖抖身上的毛,颠颠地跑了,笑死人。"金宝讲:"那都是生手。俺不是吹的,俺这根棍下去,要是有一个跑的,你剁了俺这爪子;要是有一个不跑的,你剁了俺这两个爪子。"正讲着,下头人又喊金宝。金宝转脸往下头去,嘴上讲:"钱书记、钱乡长,带几根狗鞭去吃,大补壮阳,人家到俺骚牯一趟,不容易。"说着就下去了。堤上的几个人正议论,乡里的汤秘书跑来喊:"饭菜好了,去吃饭呗。"几个人便转向回乡里去了。

  吃过午饭,乡里安排刘康到乡招待室休息。洪部长、凌秘书两个坐了车子回老家去看看。钱书记、钱乡长也回家休息去了。刘康睡了一会儿,醒来一看表,才三点二十分,再也睡不着,便爬起来穿上衣服,洗了脸,上街转转,看这骚牯老街是个什么样子。

  出了乡大院,打听了,就往街里去,才走不几步,就有辆人力三轮,停在面前。那蹬三轮的道:"上街呗?坐三轮去。"刘康笑笑,摇头讲:"不用了。"心里是想:"这乡间小集,能有多大?还用坐这个,再说也就是要逛逛的。"眼里却细看那三轮,三轮是木头做的,人在后头蹬,车身上都漆得红红黄黄的,在大点的地方,这东西早淘汰了的。想着,一步步就到了老街。其实,这地方的老街,在建筑上没有多少特色,就是老旧些罢了,却溢着一街筒子的卤肉香。再细看街两边的那些店铺,都有招牌,招牌大小宽窄不等,高低不齐,上头分别写道:金宝狗肉铺、张家狗肉店、大世界狗肉店、五香狗肉、正宗卤狗肉、许家狗肉大王、镇山卤牛肉、万福驴肉铺、专卖米粉肉、亳州响手班、涡阳响手班、临泉响手班、界首响手班、太和响手班、凤台响手班、蒙城响手班、阜阳响手班、赵虎卤驴大王、淮滨驴肉铺、平原牛肉店、王老二卤牛肉,等等等等,大都是吃喝的。

刘康正走着,又一辆人力三轮停在面前。蹬车的小伙子脸晒得黑红,面相憨重,却是午时在堤上看宰牛的那位——停住车道:"逛街呗?坐上逛。"刘康笑笑,也是没有事的,闲口问道:"多少钱?""到汽车站五毛。"刘康问:"到汽车站多远?""两三里地。"刘康笑道:"我不上汽车站,就在街里头逛逛。"那蹬车的道:"街里有啥逛头,俺带你上四处里望望,你又是公家人,能报账的。"刘康道:"上外头哪里逛去?""随你上哪里。"刘康说:"上行、蓄洪区,你这车又去不成。"那蹬三轮的道:"上蒙洼去不成,路远了些;要是上五里台子、十里井,那就能去。"刘康说:"要是上五里台子、十里井,得多少钱?""那都是沙土路,难骑,又得看你逛多少时间,你给十五块钱。"刘康说:"十五块钱贵了。十块。""十块就十块,俺也经常送干部的,路都熟。"刘康想:反正下午没事,不如就去转一趟,五六点钟回来,便上了车,讲:"你先送我上乡政府一趟。"到了乡政府,刘康上办公室找人打招呼。钱书记、钱乡长都不在,只有汤秘书在家,便对他讲:"汤秘书,我想坐三轮车到行、蓄洪区看看,下午五点左右回来,请你对钱书记、钱乡长讲一声。"汤秘书忙说:"派个人陪你去吧,你自己又不熟悉。"刘康说:"没有关系,我去随便转转就回来,不找什么人。"汤秘书说不服刘康,忙跟出来,见了三轮,张口说:"运祥,这位是省里来的刘记者,你好好服务,车钱回来跟俺算。"运祥说:"汤秘书,你放心。"刘康上了车,三轮车便往街外蹬了去。

出街来在淮河大堤上,一直往东走,渐就出了有房屋的地方。

淮堤两岸在这里也无有多少树,出了集子后,地里便显出了田野的风光,一片一片的庄稼,有黄豆、花生、红芋、红麻什么的;大堤的北面渐次出现一些村庄,有大些的,有小些的,树荫浓浓,姿态安详;堤边的地方,有时出来一排简易房,是砖墙,油毛毡顶的房子,房子的顶头,都立着一块牌子,上头讲:联合国援建。淮堤渐转了个大弯子,因之河滩更加广大,广大到望不见边际。便有一道小堤,与淮北大堤差不多高矮,或者矮也矮得有限,打滩地里直划过去,把淮水跟滩地隔开了,也把淮水跟淮北大堤隔开了,这便是蓄洪区。天地在这里都极开阔,那滩地里更是无有遮碍,广大无边。小堤上渐现了些豁子出来,两堤之间也有几处树荫较浓的地方。刘康问道:"那是什么地方?"蹬车的运祥道:"那是庄台,就是五里台子。"刘康说:"那看起来不太远。"运祥说:"也就五六里路。"刘康说:"小堤上那些豁子是干什么的?"运祥讲:"那是给炮轰的。"刘康说:"怎样给炮轰的?"运祥说:"骚牯上头就是河南地方。水大时,咱们堤高,河南吃不住,咱这小堤要是不破开,上头就都淹没了。来了几千当兵的,守在大堤上,又拿炮轰小堤,小堤破了,水才下去。"刘康说:"这样大的滩地,要是都做了湖,那真能盛不少水。"运祥讲:"那可不是说。"又讲,"你望那小堤上的草垛子,都是上流头漂来,叫庄里人钩住的。"刘康举目望去,果然见远远的小堤上,有许多大小草垛,墩在天地间,便想水有这样大的力气,能叫一整个草垛都漂了走。正想着时,车往滩地里下了,滩地里都是沙土,车就不甚好蹬。刘康说:"我下来走呗。"运祥忙讲:"你不用下,你下来走反倒慢了。再往前走几步,路就硬了。"

车又往前蹬。这时滩地里倒有些热烈的气氛了,青菜萝卜越来越多,都是一块一块的;那更大片的地,由一两部小四轮拖拉机"嘭嘭嘭"地耕着,地势平坦,半点起伏也不见。路边也有喝牛耕地的,刘康见了,便对运祥讲:"运祥,停一下,我下去讲两句话。"

运祥忙刹住车。刘康下车走到地里,先掏了烟出来,一边递给那两个老乡,又递了一支给运祥,一边讲:"耕地种小麦呗?""嗯哪。"四个人蹲在地里吸烟,烟都袅袅地往上升。刘康讲:"午季小麦都淹了呗?""卵壳不剩。""那现在吃什么?""感谢共产党,俺们一家发个小本本,上骚牯领就是了。""一人一天多少?""一人一天一斤。""房子都没事呗?""房子都没事,庄台高,没上水。"那两位老乡神态都安详,不当作有什么事的样子。吃完了烟,刘康上车又走。车走入菜地里,四面都是青菜萝卜,又有一位老乡,蹲在菜地里忙。刘康又下了车,过去坐在地埂上,三个人吸着烟。刘康问:"这开粉红花的叫什么?"那老乡说:"荞麦。""这东西人不怎么吃呗?不好吃。""喂牲口,喂鸡。"刘康说:"这沙土地种菜好,一亩地一年能挣多少?""挣不多少,这左近集子小,不如大城市,菜不值钱,一亩地一年也就挣个三五百块钱。"刘康又问:"你这一人能摊到几亩地?""三四亩呗。"

　　上了车又往前走。刘康讲:"这地方蓄了几次洪了?"运祥道:"蓄了三次洪了。"说讲着到了庄台下头。刘康说:"我想上上头去看看。"运祥道:"你上去呗,俺在下头等你。"刘康便下了车,往庄台上去。

　　那庄台有五六米高,都是拿土堆成的。刘康爬到台上,台上一排一排,垒满了房子。房子都不甚高,有砖瓦的,有泥坯的,一间挨着一间。门前有个两三米宽的走道。刘康一直走到庄台中间,庄台中间却是个空地——也不甚大,只三五十个平方米大小,在庄台这地方,却是难得了。空地上蹲着几个父老乡亲,吃着烟无事;另有一些小孩,趴在地上玩土。那几个大人,见刘康到了,又是生人,又像城里干部模样的,忙打招呼道:"来啦。"刘康讲:"来啦。"便随口问道:"这庄台是哪一年垒的?"其间一人回道:"六八年垒的。六八年骚牯一个公社的人,打北河沿取土,用四十八天,把俺们这庄台垒起来了。"刘康问:"那现时住了多些人?""俺们这是三个小队,四排一个小队,约计三四百口子,俺们这队都小。"讲着时,又来了些人,父老乡亲,有男有女,二三十口子,都来凑热闹,刘康讲:"这台上人挤,夏天怕不好过。"众人七嘴八舌地讲:"夏天凉快,这左近无遮无拦,河里水汽又凉,夜晨得盖被睡。蚊虫也少,有几个都叫风刮走了。"刘康说:"冬天怕得冷点。""冬天倒是冷点,这庄台高,风尽往上刮。等刮到庄里,也就见不上什么风了,这都围得跟个铁桶样。"

一边说话,一边刘康注意了,这庄台上的人众,形体面相相去甚远:有肤显苍色,小头,长面,身材小巧,手足灵活的;有肤色赤色,面瘦,步态稳重,筋肉无赘的;有肤显黄色,大头,肩背发达,肌肉丰满,步伐沉重,形体高大的;有肤显白红,方面,小臀,体形健美瘦长的,等等。刘康见了这诸般形态,心中一震,嘴上讲:"这庄台就这样大,要是再有结婚的、生育的,往哪里盖房子住去?"众人讲:"再垒庄台呗,这倒没有别样法子,中国人多,就想法子熬呗。"刘康说:"今年上过一次水,地肥了些,明年收成恐怕就好了。"众人七嘴八舌地说:"俺们这三年两载就上一次水,地也不见肥什么,再明年也保不准水大小哩。"刘康说:"要是上水时,这四周都淹了,就落个庄台在水里漂着,也怕人吧?"众人齐声说:"怕什么人,惯了。再讲,说怕又有什么用?你怕,它水就下去啦?上水时俺庄台叫淹了一个多月,俺们出来进去都是划盆。等呗,水迟早也有下去的时候。"

刘康打庄台下来,蹬三轮的运祥正蹲在三轮边吃烟等他。刘康讲:"天时不早了,俺们回骚牸呗。"一转脸望见面前不远的小堤,又讲,"小堤上要是能走,咱们就从小堤上回去,也能看看新鲜。"运祥讲:"能走,就是路不甚好。"两人上了小堤。这时才五点多钟不到六点,日头却已经落在西边的河滩上了,稀软通红,有些悲怆的味道。河滩因其过于广阔,又没有多少树木鸟雀,冬庄稼也都还没长出来,因而显得七八分的寒凉,或者讲显得七八分的单调、枯乏,但却又有另一份苍茫、雄浑在里头——这大约是过了淮河,就算是北方的缘故吧?淮水也寂寞得多,寂寂地流淌着,除刘康、运祥两人外,也没有多少人看见它,看见它淌水的样子。它却又收止不住,停留不下来,只能一而再、再而三地往下流,流到另一处地方去。河面也不算宽了,却仍有一样气势在里头,这便是大气势的遗留。它不比那些小河,水再大时也显不出什么气势来,只叫人觉着急躁、冲动、臃肿,只叫人小瞧它,淮水就不这样,这倒有些叫人弄不懂了。

  天隐约黑时,刘康跟运祥两个回到了骚牯,洪部长几个却已在路口候着了。刘康忙下了车,抱歉了几句。钱乡长说:"跑饿了呗?"刘康讲:"饿倒真有些饿了。"相跟着往街里去。霎时间,街里那卤狗肉、卤牛肉、卤驴肉的香味,一下子都扑过来,差点叫刘康栽倒。刘康收了步,吸了吸鼻子,心想:这一天就这么过来了。才想了这一句,忙又跟上大家走,怕别人再来招呼他——一直走入乡政府里去了。

康　　庄

康庄

并不是每一个人都能到康庄去的。我第一次在北京下车,就从火车站的到站及里程、票价表上,看到了康庄这个地名。当时我就想,康庄,这是个很朴素的地名,有一种浓烈的北方气味。也许我能去一次,去看看它的面貌。实际上也就是看看北方的面貌。可是我待在北京的很长一段时间里,都一直未能到康庄去。有一次我在钱粮胡同一个朋友那里闲坐,朋友是经理一类的人物,我们坐在里间说话,外间也有人说话,是女秘书什么的。女秘书突然说,你上康庄去了呀?真去了呀?她的话给了我很大的震动,回到住处后我就下了决心,一定要到康庄去一趟。我现在太不知道它是怎么回事了。旅游点?一个普通车站?与河北省分界的地方?或者还有什么政治的、经济的、民族的、宗教的或地理的意义?但是我们都听别人说过"康西草原"这句话:康,也许就是康庄;西,大约就是指的康庄之西。如果康庄之西就是草原,那就太有意思了,因为这可能是离北京最近,也就是离南方最近的一处草原、一处开始响起牧歌的地方了。在我的印记里,草原与农耕地区,会培育出两种截然不同的文化来。农耕地区发展着智慧,而草原发展着生命。在很久很久以前,这两种文化,就开始在地理的这一特定区域内融合并且互补着了。智慧和生命的混杂,使我们拥有了昨天、今天以及明天,缺一不可。所以我对地域上这一类举足轻重、却又是边缘现象的事物,特别敏感、特别有兴趣。回住处的路上,我特意拐到北京北客站。我在售票处和候车室逗留了很长时间。这次更令我吃惊了。因为有好几班车都是以康庄为终点的。康庄在我的心目中一下子就神圣起来了。它为什么会这样?为什么要以它为终点?我大脑中的铁轨已经铺到了康庄。铁路结束的地方,就是康庄,也就是草原的起点。我是到过草原的。在我做编辑和文学辅导工作的时候,我都去过草原。不过那是青海的草原。康西草原的景观肯定不同了。在我的想象中,除了到处都是牛羊之外,康西草原还是个定居的地方。人们都择地而居,并不经常徙动——因此它是两种文化结合的典范。

我想我一定得去了。我激动了大半夜,天不亮我就爬起来,上北京北站去了。天上的星星还在随风飘动着。但是到了北站一看,又有点出乎我的意料。因为北站已经到处都是人了,许多是两个大人带一个小孩的。售票处窗口外排了好几百人,还有几十位散客站在旁边等机会。这时我想起了这一天是星期天。时候太不巧了。我站在队尾排起队来。许多人在外面喊叫并且呼应着:到康庄去,到康庄去喽,马上就开车喽。听起来,这种声音很熟悉——就是用京腔喊出来的"到康庄去喽"这句话。我像醉了一样地琢磨着这句话,心灵受到了深深的触动,像是感悟到了什么真谛似的。本来我是设想车上人很少,甚至有点冷清,我随便找个座位,保持着良好的心境,一路沉思着到康庄的,但现在出现了这种局面,我只好离开队伍,慢慢地走回家去。

当天下午,我有一位熟人打来电话。她通知我,将有几位女士和两位男士,一道来拜访我。我大吃一惊,感觉受到了极大的抬举。因为在我借居的这间小屋里,除零星散客外,还从未一下子来过这么多人呢。我问,他们都是谁?她说,都是朋友,到时候你就知道了。我又问,他们什么时候来?她说,明天上午,十点半左右。

我说,我当然得准备午饭了。我补充说,食堂里什么都有。她说,不用买白酒了,白酒闹人,喝点啤酒也就凑合了。我说,那就这么定了,本来我就没准备买白酒。她说,你真太狡猾了!说着,她就像个小闹钟一样,在电话那头"咯咯咯咯"地笑起来,一直笑到把电话挂断。

说实话,我期待着这次聚会,我需要朋友,也需要接触。因为我的生活里需要欢声笑语,也需要推心置腹地与人交流,我又激动了大半夜。我坐在床上,连吸了五六支烟(很少有这种事情发生),我吸得头都有点大了。我打了很长时间的腹稿。我把第二天要做的和可能发生的事情的细节都想到了。我还是睡不着。我把我一直积累着的所有过期报刊都找出来,连分类广告都细读了一遍。后来我就睡着了。我感觉报纸从我的指间滑落下去,掉在水泥地上。灯一夜都亮着——到醒来时我才发现它一夜都亮着。

第二天他们几乎都来了。早上我起得并不晚。我拉开窗帘,让太阳照进来。窗户很大,一刹那间,屋里看起来就明亮极了。我站在窗前,我想,在我的一生中,无论发生什么样的变故,我都将感谢阳光,感谢它带给我的生命的梦想和希望。我打来冷水,擦洗了桌子和床头柜。被子整整齐齐地沉思着蹲在床头。地板被我拖得水淋淋的。三十多瓶啤酒像码头上的货物一样,并排垛在墙角,黑压压一片,看上去很是叫人喜爱。我喜欢这样。这样就会给客人一个安定的心情,他会觉得你并不贫困,根本不用担心把你一个月的工资吃掉以后你会怎么办。我把各种书籍都摆放在显眼的位置上。它们中的一些大部头,如《政治论》《生命论》,还有《地理全编》——一本亘古之书,更是占据了有利地形。虽然它们不是主人写的,也不是以主人为题材的,但它们能增加主人的分量和质感。

做完这一切之后,客人来了。

我几乎是张开双臂迎到门外的。我大声说,我等你们都等成渴望了。我清楚地记得当时的情景:一栋生活楼靠北的一个门洞前。车棚里安静地停着各种各样的自行车。大朵大朵的云正在被秋天的天空吞吃掉。杨秀梅是最后一个被介绍给我的。她的人像她的名字一样有吸引力(我差点把这句真实感受用有恭维嫌疑的方式说了出来)。我们坐下来喝起了啤酒。她们四位女士或小姐,外加一位男伴,像生活一样,充满了灵气和光泽。虽然她们的嘴里说出了烦恼、不满,甚至是怨愤的各种字眼,但她们不是认真的。她们只不过是在怀念,是在怀旧。我和冯男士礼貌而且慎重地倾听着她们的发言,并且在她们需要的时候附和她们。

接着,我们说到了康庄。康庄?是不是康庄大道的那个康庄?窗外刮起了一丝小风。一只白猫跳到了窗台上。李春梅(给我打电话的朋友)看着白猫,讲起了一段胡话:那是很多年以前了——她用现代女孩的那种完全是轻描淡写的神情回忆道。她的目光越过白猫,看着窗外。我们每个人都逃脱不了运道的制裁。当你独自一人,面对敌人的枪口(如果没有同伴的话),你很可能马上就会投降。因为无论怎样,你会发现,吃饭、喝水、睡觉,才是你最大的事情,其他都显得无足轻重了。当我们被困在家中时——另一位女士天衣无缝地接着说(我们已经无法分辨哪些话是哪位女士说的了。女士们都特别健谈),我们生厌,并且极力挣扎,但当我们离开时,又会时时产生将要被人欺负,而又孤立无援的感觉。谁会心疼我们呢?某位女士慨叹道。谁来心疼我们呢?女士们发出了让人怜悯的呼喊。听上去,她们像是被世纪抛弃的孤儿。于是,啤酒像白开水一样锐减。女士们似乎绝望了,她们中有人泄气地低下头去,看着自己的酒杯。白猫已经在窗台上睡熟了。茑萝的叶子在夜晚的秋霜的关照下(我们猜想),变得紫红一片。它们从楼的十楼顶层倒垂下来,像墙壁的血晕。孩子们在窗外做着呕吐的游戏。银行的职员正敲着邻家的铁门,推销他们的信用卡。再一次地,女士们微红着脸,发出了世纪性的疑问和呼吁——谁来心疼我们呢?她们全体痛苦地低下了永远不屈的头。这时我和冯男士听到了她们喃喃地自我回答:只有我们自己。那么男人呢?男人都死光了。正是这样,除了冯男士和我以及我们的亲戚之外,男人全都死光了(连可供凭吊的气味都没留下)。

我们又说到了康庄。杨秀梅说,还是到康庄去吧。到了康庄,一切问题就都解决了。康庄?那真是塞外浪迹天涯的人回家的地方吗?那真是草跟水土衔接的地方吗?我们因着康庄而说到了村庄。一位女士说,现在的村庄怎么着跟以往也不一样了。怎么不一样了?不是一些差不多的房子挤在一起了吗?那倒不是,我是说看见的人感觉不一样了。往年的村庄都有水环着,一年四季的果子不断。有红果儿(海棠吗?),有青梨红枣儿,还有鲜甜的高粱秸(能咂的那种)。现在不一样了。怎么不一样了呢?现在庄里的路多,净是蒙蒙的灰,康庄该不也是这样吧。不会的吧?康庄也许真是在草原开始的什么地方,干干净净的呢。冯男士证实说,对了,我记得是有个康庄。是有那么一回事。有一家人(工薪阶层的一家人?),每个星期六的晚上,妈妈都带着女儿,乘一夜(!)的硬座列车到北京来。上午她们赶到钢琴教师家学一个小时的钢琴,下午再乘车赶回去,十年如一日。啤酒杯里响起了女孩子们真诚的啜泣声和唏嘘声。她们使劲摇着头否认道,这是不真实的!不真实的!没有这么回事。女士们任性地反驳说。你们知道什么叫女人?她们尖锐地反问道。什么叫母亲?你们男人都懂什么。那么什么叫母亲,什么叫女人呢?女士们不说话了。她们也许是在谦让(谦让发言的机会?),也许只不过在回忆。她们低着头,喝干了杯里的啤酒。再来一杯。你们男人这眼色都长哪去了!啤酒像漏斗一样地消耗下去。然后她们用决策性的口气互相商议道,还是到康庄去吧。明天,或者后天？没问题的。都去。大家都会去的。但是,现在,是时候了,我们该出去走走了。再坐,(多少)就有点枯了。我和冯男士点头同意。作为她们的附庸,这是我们的必然选择。

那天时候还很早。我们真出去走走了。出门我们就上了一辆面的。面的驾驶员明显地皱着眉头,但冯男士已经看清了他的车号并且念了出来:北京U……如果他拒载的话,我们有可能去投诉他。我和杨秀梅坐在一条凳子上,李春梅她们挤在后面,而冯男士本来是跟杨秀梅坐在一起的,但是他又突然起身去了前面的单座。面的一撅腚起动了。冯男士面容平静地出了两道谜语让我们猜。大炮是什么？大炮？我们面面相觑。难道不是消灭敌人的有力武器吗？不对。要脑筋急转弯。是钢铁的后代？要么,是科学家的品行？是一些物质的符号？是一种用来校正国家边界的仪器？对了。那么道歉又是什么呢？道歉？是文明的标志吗？是和好的愿望？要么是理亏使然？是无聊时的插曲？是为下一次冒犯埋下伏笔的举动？对了。

面的在宽敞的大街上欢快地奔跑着。在这同时,抛在我们身后的房间,杯盘狼藉,不堪入目。空啤酒瓶分成两处静静地堆放着,那是因为啤酒大致上都是两个人,也就是我和冯男士两人,倒给她们的。桌上残留着整块的鸡、鱼、肉和用过了团成一团一团的红颜色的纸巾;几枚发黄的硬币(那肯定是一元或五角的)散放在一堆啃过的骨头边;因为猪油的原因,韭菜黄炒肉丝已经凝固了;鸡翅支棱八叉地竖着;猪蹄爪脸色难看地失望地躺在花平盘里。大白猫隔着窗玻璃盯着桌上的鱼和肉,"喵呜喵呜"地叫了很长时间。一位戴鸭舌帽、看不清面孔的男人来到门前敲了一会儿,然后就悻悻地离开了。但是这一切我们一点都不知道。我们已经来到了更大的街上。

后来我们就不了了之地分手了。

城市

　　城市的颜色是灰黄的,然后就变得迷茫了。灰黄是城市的本色。江淮大地上这座城市的污染,现在是日甚一日了。昨天晚报三版的社会新闻里,还有一篇文章说,位于西城路中段的市农药厂,近日发生了量不算小的泄漏事故。而西城路中段就是在这附近。怪不得这几天鼻子老觉得有一种刺激感,眼睛也跟平常不一样了,时不时就流眼泪,眼角也会很快就积起一层眼屎来,自己还以为自己真是每况愈下了呢。而迷茫呢,那好像是有点起雾了。其实那不应该是雾的。根据老黄的经验,雾,特别是秋冬(初冬)天的雾,大都是夜里起的。有时候你会有这样的体验:半夜或者下半夜,你因为某种原因而晚晚地归家,走着走着(一般是骑自行车),雾不知不觉就起来了;走着走着,你就走在雾里了。空气黏糊糊的——那当然是水汽了。突然间你就不敢骑快了,因为假如这时候对面有车来,你是一点都看不见的,直到"砰"的一声撞到一起了,你才恍然大悟。

　　老黄早早就起来了。他背着手,隔着窗子,看着外面的变化。因为不知道往下该干什么,所以他在窗前站了很长的时间。天色这时确实还早得很,窗外的动静几乎还不怎么有。当然,如果仔细分辨的话,也能听见一个或者两个小女孩从近处越走越远的声音。那可能是两个早起上学校干什么的小女孩。老黄觉得头有点重。其实,像在家的每天晚上一样,他昨晚也睡得很晚。昨天到傍晚时,老黄差不多已经在床上睡了(或看书、看杂志、看电视)一天了。午饭后一直放在炉子上的萝卜烧肉的特别的味道一阵阵地传过来,这是他最爱吃的一种食物了。他会在首次时烧成满满一锅,然后就一直放在炉子上,以便随时可以去吃几口,另外也免去了做三顿饭的无聊。电话铃一天都没响过。天蒙蒙黑的时候,为萝卜烧肉的味道所吸引,他起来开了一瓶白酒,吃了半碗菜(他是个智商不低的人,他很明白,对于不活动的他,这些营养已经够了,用不着再吃了,再多吃只能增加上厕所的次数),然后在房里兜起了圈子。

晚饭后,在摊开的日记本上,老黄无话可说,又像是有千头万绪。择其要点,他只写了一句就上床了:文学是个害人精,害得我家破人亡。这是他的心里话,也是他日记本上的常客了。无话可说的时候,他就拿这句一半是控诉、一半是泄愤的话搪塞过去。写完了,他的心情也好多了。他平静地躺在床上。像每一天一样,他安安静静地看着电视,偶尔也会心地笑笑,评论两句,替人家着着急。市台、省台、中央台,直到所有的台都跟他说再见了,他才依依不舍地关上电视机,洗脸、上厕所、咳嗽、周游各个房间,磨蹭够了半个小时,再关灯睡觉。

即便如此,他每天还是醒得很早。他睁眼看着未加修饰的天墙,心里总是出奇地安静。醒了他就再也睡不着了。由于他自身热量二十四小时的作用,房间里不能说不暖和。他只穿着睡裤就能下床站在窗台边了。就这样,迷茫的(水汽)颜色渐渐把原先的灰黄给遮盖住了。小女孩的声音也走得听不见了(其实是消失了)。在这种气氛里,老黄像是回到了二十多年以前。那段往事因为老黄曾经不断地热情渲染,已经在他自己的头脑里扎根生芽了。即使现在,当女儿回来的时候(假如还有别人在),老黄仍会兴致勃勃地往事重提,复述多遍。讲起来,那是一个美丽的午餐时刻,天空宁静,人世平和,餐桌上有鸡,有虾,还有女儿最喜欢吃的粉丝烧肉。吃兴最浓的时候,不知道为什么说起了女儿的一次考试。

于是两个既成年又有实力的大人,便凶巴巴地联合了起来,盘查一个小不点。老黄的妻子怒气冲冲地去打了一个核实电话。老黄那时也是年轻气盛,他突然锦上添花地勃然大怒起来:他先用五指在小不点女儿的脸上扫了一遍,然后把她提起来扔到沙发上——女儿没有忘记那天中午她酷爱的午餐:她被甩到沙发上的时候嘴角挂着一根沾满了胡椒面的粉丝。摔下去之后她所做的第一件事,就是把那根粉丝吸进肚里,然后才来得及哭出声来。

人对自己的发现,可能经常源于小事。老黄不是一个粗心的人。打过女儿他就后悔了。二十几年来,差不多每次他在窗口闲站的时候,这件事(当然也可能是别的事,但以这件事居多)就会浮上心来。别的许多往事都已经淡去了,但午餐、粉丝、五指扫过嫩肤的一瞬间的感觉和女儿机器猫一样夸张大哭的脸,却永远地留在了他的心底。想起女儿童稚无欺的神态,他就非常非常后悔。从那以后他再没打过女儿,哪怕是在盛怒的时刻。那之后不久的一段时间里,在饭桌上或晚饭后的闲谈中,他们(他、妻子和女儿)总会谈到类似的话题。老黄会笑着,并且用一种最真诚的发自内心的语气对女儿说:这是迄今为止,你给我上的最深刻的人生一课了。当然那也是在他心情好的情况下——那时候他的处境也确实还不错。他经常能有机会坐在比较高的位置上给一脸虔诚的(更年轻的)文学青年讲写作课,并且唾液乱飞地具体指点他们的作品,收入经常也是可观的——后来(那又是一种心情的时候:年岁略大些的时候,心情多少也有点忧郁的时候),他还经常默默地、长时间地坐在房间的一隅看女儿的背影,倾听她的呼吸,跟踪她的动作,感觉她的气息,并且陷入一种似是而非、略带省责的沉冥状态中去。老黄是看过不少书的。他相信人们的相遇有一种非常难得的机缘,特别是自己的心血、自己的骨肉、自己的深情至爱,绝没有理由不万分珍惜它。

老黄晨间的感触和反思,一般到太阳升起的时候,就烟消云散了,因为嘈杂的人世间这时候差不多就运转起来了。各种不规则的声音和污浊的气味都膨胀过来,楼上某位(不点名更好)喝酒说酒话耍酒疯的演出也要开始了(每日两次,每次半小时),停水的可能也增加了(整栋楼的水费已经拖了五个多月,水厂的停水通牒也已经下过三四回了)。这种情景显然不适合凝神思考和发挥联想。老黄的生活规律这时候也在起着作用。他先把家里收拾一遍,虽然一点不乱,没什么可收拾的,但这是他的工作程序。然后他就往兜里装一个或两个塑料袋,上菜市买菜去了。这一天他的心情不是太好,他只买了一把葱、二两姜、一斤五花肉(做萝卜烧肉用,但萝卜家里还有)和半斤芫荽。买肉时他跟卖肉的顶了几句嘴,弄得他心里头很有点怨愤,说了几句对政府不满的话。起因是他正要买精肉时,突然得知精肉已经长到八块钱一斤了。他当时差不多是摔下手里的肉就叫起来了:昨天还……卖肉的冷笑着说,看您年岁也不小了,咋不懂事哪,昨天?五十年代还更便宜呢……老黄换地方挑了一块五花肉买下了。五花肉七块一斤。虽然便宜不了多少,但拿它红烧萝卜,另有一种味道。

第二天和第三天,老黄都还是这么过的,但略有不同的是,第三天的一大早,也许只有七点半钟,他的前二房打来电话,表示想中午到他家来聚聚,既是会餐,也是叙旧。当然,必要时(双方有意时),还可以有一点大家都能理解的举动。不言而喻,老黄盼望她来,就像盼望电话铃声大作一样(当电话铃声响起来的时候,对电话铃声已经陌生了的老黄,差不多惊呆了),但他还是故意拿个架子说,你是稀客啊。前二房说,什么稀不稀的,大礼拜。啊,大礼拜?前二房说,你真过糊涂了。老黄半调不侃地叹口气说,是过糊涂了,没有女人还真不行啊。前二房酸溜溜地说,有本事你找呀。

挂电话之前,前二房没忘了叮嘱他,买一瓶胡椒来,能做火锅了,街上的火锅调料都假,没有一家真的!

放下电话,老黄觉得自己成了二愣子:跟她都离了三四年了,还说来就来,说走就走的。吃他的不说(许多时候她也带菜来,有时候带的菜能够他吃几天,但毕竟得用他的油盐酱醋、锅碗瓢勺,还有液化气、蜂窝煤、水电什么的),她还不能持之以恒。高兴的时候,她一天能来钻两趟;没兴致的时候,她能失踪两个月。饥饱不均,这是最让老黄气恼的事。把老子这当什么了?旅社?面首?你还不是个富婆!老黄有时免不了这样想,但他还是适应了她。当大冬天的某夜,她突然敲门进来并同他一道钻了被窝时,老黄感慨得几乎都说不出话来了。老黄感慨的次数很多,每到这种时候,他总是颤巍巍地说,文学算什么,文学算什么。他想用贬低他操持了一辈子的文学来抬举所遇到的事情,但那次他似乎是动了真感情。他换了一种方式说,唉,咱们这都是……他像年轻时那样猫在女人的怀里,吸收着女人的爱抚,心里得到了短暂的却也是永远的安慰,但第二天早上她走了时,他也没觉着有什么伤筋动骨的。他躺在被窝里想,这就是年轻人常说的"性伙伴关系"吧?他不明白自己稀里糊涂怎么成了别人(另一个人)的伙伴了,而且是"性"的。他有点不习惯,也多少有一点耻辱感。但很快他也适应了。饥饿压倒了理念。

前二房很快就来到了老黄的身边。

她裹着仿貂皮的大衣,看上去多少有了一些华贵气息。这一天天也还是阴乎乎的。在这种季节里,这种天气叫人觉得冷,叫人有一种龟缩的愿望。开门的时候,前二房挟着一股寒风进来了。这引起了老黄的注意,难道室外真的是这样冷了吗。也许正因为这个,当前二房快步走进来,房门"啪"的一声关闭了的时候,老黄偷袭般地转过身,冲动地(从后面)拦腰抱住了她。一刹那间,他的想法是,反正她是上我这来的,不愿意她再走就是了,但她没有反抗,也没提任何要求(比如脱掉衣服啦,洗把脸啦,适应一会儿啦,喝口水润润嗓子啦,先打个电话啦,上卫生间放松放松啦,吃过饭再说啦,等等),只是疑疑惑惑地回过头,看了老黄一眼,然后就彻悟般地发出了一声皮球泄气的声音。两人就一步一挪地进入卧室,倒在老黄散发着人体的各种不良气味的床上。

本来,离他们最近的合适的地方是沙发。沙发已经用了有些年头了,他们的第一次来事也就在沙发上。那也有十年了。那时前二房更小些,年岁不超过二十五,体形饱满,白白的像一颗花生米。这对男人是一种难以自持的诱惑。老黄"扑嗒"一声扣在上面的时候,(他觉得)花生米一点也不觉得有什么意外或大起大落。她纹丝不动,操作有度,成熟老练地对付了他。这使老黄在送走了她后一个人独坐再次品味时,感觉到了一点后怕。她的动作蛮熟练的,老黄想,这意味着什么?但当时(来事时)他来不及想到这些。他的反应一般并不敏捷,特别是碰到他不熟悉或脑袋瓜发热的事物时,更是如此。事成之后,她翻身一骨碌就坐了起来,身上白胖敦厚得像个大蒲团(她也并不是那种肥女人,她只是比较丰满些而已)。老黄磨磨蹭蹭地又凑了过去。眨眼间她就恰如其分地再一次倒在了他的怀里。你会对我负责的吧?就是这句类似官方语言的外交辞令,使老黄晕头转向并且掉进了生活的另一个深坑里(当然这对他也未必是一件坏事)。老黄已经无法用语言来表达当时的心情了。他还从来没有听过一个(能带得出去的)女孩子当面对他说出这种电视里和传闻中的年轻人才说得出来的流行话呢。你放心。他受宠若惊,迫不及待地用自己的人格做出了担保。

后来的一切便都简单多了。虽然关于结婚和离婚的传闻和忠告很多,而且大都耸人听闻(例如在时间上可以把你一拖到老,直到你人老珠黄,浪漫的理想销蚀净尽;在财产上把你一扫而空。当然,一个失去了物质基础的穷光蛋,他的未来的幸福也只能是大打折扣的。在精神上把你弄得非常扫兴,经常有意无意地说一些贬低你未来伴侣的双关语,挑出她的确实不能加以否认的小毛病——谁也不会没有这一类的小毛病的,比如欠腔的时候突然放出了一个未控制好的响屁,回家时偶尔脸上没表现出兴高采烈的样子,接电话时笑声略大了一些,嘲笑她有一个个头矮小的哥哥,暗示对方说话时有盯着异性看的习惯……在社会关系上把你弄得彻底灰头土脸,前途无望,自暴自弃。在结局上甚至安排一个令你的对象无法抗拒的色情陷阱及至第四者插足,最终把你弄得鸡飞蛋打、面目全非等等)。老黄也未雨绸缪,做好了充足的掉一层皮的思想准备,但是运气却没有考虑那么多,随手就给了他一次小小的关照(其实总的来说,哪一次又不是这样?老黄的内心时常充满了知遇之恩和感激之情)。他跟前头房的离异十分顺利,以致事件在进行中他就已经怀疑自己的判断和决定了:值,还是不值?或者自己只是成了一个及时说出了妻子未说出的心里话的大愣瓜?那当然是在晚上(这一类事大都发生在夜晚。因为气氛……这一类事当然对气氛有很高的要求)。吃过妻子煮熟的饭以后,老黄抹抹嘴(肚里的食还未开始消化),一转脸坐在沙发上就谈起了这件事。他声音低沉,但格调高昂,满口的大道理(那也许是他有生以来发挥得最好的一次)。前头房安静地听着,一句嘴都没插。她让老黄尽情地表演,直到老黄突然觉出了自己的虚伪、厚颜无耻、浅薄、呆和失控,并且心虚地一下子打住了话头为止。你长大了。她看着老黄,用一种尽到了职责的、既宽慰又解脱的、真诚的赞许口气说,说完她就回卧室睡觉去了,但老黄却无法再收回他说过的话(当然他也未必会下决心收回)。老黄鼻青脸肿地瘫在沙发里,失去了(过去的)家园。他就这样一直瘫在沙发里,保持着最初瘫进去的姿势,一直失魂落魄地待到天亮。

床上到底是正规一些。虽然不像年轻和二婚初期时那样,再有接连两次的快感了,但老黄的睡眠充足的冲击力还是使前二房受到了震动。她难得地睁开眼仁略为发黄的双眼,仰面打量了老黄一眼,像是在重新认识他一样,眼神里流露出一种难以判断的惊讶,或疑惑。老黄被她审视得(虽然时间很短暂)立刻就拘束粗笨起来(也许他认为年轻得多的前二房是在挑剔他),他赶忙嗫嚅着自我圆场说,生了,都忘……他的离题太远的道歉式的开口说话显然很不得体,前二房立刻就失望地、痛苦地(也许是愤怒地)摇了摇头,然后心不在焉地推开他,手捂着裤裆,踉踉跄跄地进了卫生间,"砰"的一声把门关死了。

不准进来噢!她多余地声明了一句。老黄翻身躺在床上,用犯了错误的心情看着天墙。听着邻家在阳台上拍衣服的噼啪声。过了很久很久,他听见前二房走路的脚步声过来了。根据他的判断,她已经换上了家里的(本来就是她用的)拖鞋。那是果绿色的绒面拖鞋,她喜欢这个。它经常是一尘不染的。出于礼貌,老黄别过头去,突然非常莫名其妙地用非常地道的北京腔说了一句,你干吗哪?他的意思是想问她,你干什么去了,用了这么长时间。虽然这句话也类似于明知故问,但因为他觉得他应该在这时候没话找句话说,他就说了这句没有什么实质性意义的话。前二房听了却猛地一愣。紧跟着她就笑了起来。撇起汤来了,啊。她露齿朝老黄笑了笑。也许这就是事物的转折。没有人能拿捏得住的。她的话才说完,在老黄(这样年岁的人)根本反应不过来的一眨眼间,她突然脸色大变,发了疯样地飞身扑上床榻,抱住老黄啃了起来。你跟以前不一样了。大不一样了。她一边啃,一边抽空肯定他。虽说老黄现在不太容易因别人的称许而动真格的了,但他毕竟是愿意听这样的话的。作为回报,他也感慨万端地抱住了前二房的身腰,并把它拉贴到自己的胸前。这么一来,他很快就觉得形势发生了质的变化。她的热乎乎的大嘴呼地一下子罩住了老黄。然后她又站起来,掀掉了床上、身上和老黄身上的一切。老黄用正派人的口气压低了声呵斥她道,你要干什么！流氓！她一句话也不说,专心地工作着。后来她就倒在老黄的怀里哭了起来。外头有人欺负你吧？老黄关心地问,一个女人在外头真不容易啊。但她没说话。只是哇哇地哭。老黄得寸进尺地说,那么咱们复婚吧。那是不可能的。她泪水涟涟地摇着头说。她替老黄擦掉眼角的猫屎。接着她就忘记了刚才的烦恼和忧愁,孩子般地睡着了。

访问

有一天,我也许(因为记不太清的缘故)正坐在家里的电话机旁沉思,电话铃突然响了。一位好长时间未有谋面的女士在电话里通知我,她最近心情很差,要来跟我谈谈。我当时正好有一些空余时间,另外我也绝不会拒绝女士的要求的,再说又是她,所以就一口答应了下来。接完电话,我略微整理一下衣饰,稳定一下情绪,然后就站在门后等待她的到来。

门后的墙角有不少灰尘。甚至还有一个小小的蜘蛛网(我们家确实该着力清扫一次了)。一刹那间,我因此而想起了不少往事。我想起有一段时间我们跟钢琴有了一点缘分。那是由女儿开始跟秦老师学习钢琴的弹奏引起的。钢琴当然是舶来的品种,但它经过数代华人的演奏,已经证明在中国是有生命力的一种基础乐器。女儿年前跟秦文生老师学习钢琴的弹奏,立刻把我们也带入了那种钢琴的境界。每星期一次的登门求教,进了秦老师家,人便浸入一种心诚而曲目顿生的气氛中去。那当然不完全是理查德·克莱德曼的浓郁的抒情。理查德是通俗的,他有着强烈的现代人追求轻松、时尚的聪明以及才华；他的弹奏对于仅仅是作为欣赏者的欣赏来说，有着大众式的华丽而瑰妍的情调及魅力；但秦老师似乎并不推崇他，也许那是对学生的学习过程有着丰厚洞察力的钢琴教师对学生的一种着力保护：钢琴的学习经常是枯燥的，对结果的过分关注或热情，反而会毁了学生；但秦老师又是慈厚的，当她的训练有素同时对孩子们来说又是温暖的手指流水般从琴键上滑过的时候，有生活经验的人立刻就会在那种催眠术般的乐曲声中想起春天在枝头上歌唱的鸟、夏天的一小阵急雨、秋天枯黄了的韧草，以及冬天雪落在南方山林里时大人们脸蛋红红而孩子们高唱想唱的任何新老歌曲的生命景致——钢琴的确是浪漫的，同时也有激越如瀑的撞击，但它本质上似乎永远陷在庄重大方的浪漫的急如骤雨的眩晕之中。一如二胡可以在幽怨之中结痂，竹笛可以如期贴在俗众的即兴倾诉之中一样，钢琴当然是一种特别的难以复制的浪漫和更加难以复制的浪漫的叠加。我当时已经完全不怀疑我对这种尤物的直觉式的定义了。钢琴正在我们身边扎根，它的文化侵略也还远未见止境。

后来我还发现，钢琴又是奇怪和费解的。它把所有的内容都隐藏起来而只显露基本的黑白两键，供亲近它的人延展自己可能的想象。我们走近钢琴（不管它是哪种颜色），在自己的座位上坐下，这时钢琴就会感觉到你的存在，它的内心就会轻轻唱起小精灵的伴唱的歌曲。许多人都有这种明显的感觉，感觉它是有生命并且是润泽的。但是它又需要两只特别的灵巧的手来启动它，然后它就倾心于你，并且追随了那种内在的韵律而急切地旋个不停。它的朦胧的背景里走出所有的（我们在外国童话里常常看到的）小矮人、花仙子、现代女郎、流浪汉、王子和公主以及那双谁都曾经憧憬和艳羡过的停不住的红舞鞋。它有着神话般的魔力，不仅仅是孩子们，像我这样的正在落发或者秃顶的成年人也需要它的倚靠和陪伴,需要琴键有节制但又是纵情奔放的抒情。"让你的十指在琴键上唱歌并且舞蹈",孩子眨着眼消化了这个童谣里的诗句。对了,这正是钢琴的真谛!它告诉了我们所有的有关钢琴的秘密,但也并非到此为止。在周六的钢琴沙龙的演奏会上,对音乐,当然包括钢琴弹奏出的乐句尚感陌生的父亲,会得到一句更加善意却也更加摸不着头脑的忠告:钢琴演奏会结束前的任何掌声,都绝对是不礼貌和不文明的。但是当代浮躁的父亲们正在急不可耐地改变着这一成规,因为钢琴的冲击力使他失去了应有的自持,而台上的演奏者恰又是他的女儿。谁还有信心去制止这样热衷于女儿和艺术,但却只领取最大众化工薪的父亲呢?!

往往也就是在那种特别的(钢琴和音乐)场合,我会偶尔地想到她,但其实也只是想到而已,不会有更激烈的东西。我站在门后等了约半个小时。外面楼梯口响起了女士的皮鞋声。我做好了准备。她一敲门,我立刻闪电般地把门打开(我希望能因此而给她一个小小的惊奇,同时也说明我对她来访的重视),然后就彬彬有礼地微笑着,把她迎进了家门。

她像二十多年前(和以前所有的时间里)一样高贵和稍感矜持。她没有直接进来,而是站在门口打量了我一眼。如果这是男人的目光,那我是不能接受的。但是对她,那则另当别论。她叹了一小口气,然后用一种给人定性的口气说,你还是老样子。下完评语,她就旁若无人地巡视般地步入了客厅。我不知道她这是表扬呢,还是批评,只好模棱两可地"啊哈"了一声,跟在她的身后进去了。

跟进去的时候,我放肆地注意了一下她的腰身(这是不由自主的。况且我又正跟在她的身后,我无法制止我的目光)。很明显,她的腰身比原来丰厚扎实了许多,但她却并不因此而臃肿,或显得更像半老徐娘。这样的腰身竟然给她增添了一种新的妩媚,令我大为惊奇。我给她泡了一杯清茶,又给她端了一小碟孩子们常吃的小糖(她可能也会喜欢)。我们高谈阔论了一会儿。她说,很久没见到你了。我说,是的,确有些时候了,想见你还真不容易。但显然,她不是为说这一类话而来的。她的忧虑心情掩饰不住地流露出来,并且逐渐感染和支配了她自己。她不停地心不在焉地喝茶(以致喝出了声响),擦手心,摆弄金色糖果纸,心神不定地东张西望。然后她说,我可以参观一下你的卧室吗?我说,当然可以。但是我还没完全站起来,她就笼统地慨叹了一句,女人的命真苦啊。接着她就摸出手帕流下了伤心的眼泪。我有点慌神。像所有正经的男人一样,这种时候我想到的不是女方的沉重心情,而是想到了被别人看到这一场面的后果。我赶忙又坐下了。我支支吾吾地说,你这又是何必呢。说完我就悲愁地低下头去。但是她好像不太能控制得住。我受不了老张。她张着嘴哭了一会儿,然后抹了一把眼泪,站起来在我面前踱起了步。你不了解他,她有点不屑争辩地对我说。况且我还有许多人给我证明。说完,她站住思考了一阵子,好像受到了什么启发。然后她就不辞而别了。

过了几天(也许有一个星期),她带着她家的小阿姨(小保姆)闯了进来。她贯注地计算什么去了。小阿姨衣衫齐整,老老实实地站在客厅当中,像是准备好了在接受审判,但她的眼神却若有所思地望着阳台外面发黄的楼房。我有点为难。因为我不明白为什么要这样,这对小阿姨来说,显然是不公道的。我求援似的看了看她,我摊开双手,我说……她头都没抬,只扬了扬手,你问吧,你随便问吧。我只好站起来给小阿姨泡了一杯茶。我说……你家是哪里的?

像对许多事物一样,以后很久我都还忘不了那位小阿姨。她一直若有所思地看着阳台(或阳台外对面的楼房),以致我认为阳台上(或对面楼房里)发生了(桃色)新闻(或格斗)。趁给小阿姨添水的机会,我蹭到阳台上去察看了一番。阳台以及阳台以外平庸得很,没有任何值得留心的事情发生。我站在阳台上,思忖着下一步的行动。我正在心里埋怨小阿姨的神神道道,屋里突然迸发出一声惊绝的怪叫。我急忙转身一看,小阿姨已经痛苦地捂住腿蹲下去了(我想,肯定是有人下狠心地踢了她一脚)。她咧着嘴搓揉了一会儿腿,然后低着头用方言说,俺张叔想欺负俺,俺当时就跟他拼了。俺跟他没完!我赶紧走过去把她扶起来。我说,你回去吧。我掏出五块钱零花钱塞给她,把她送到了楼梯口。等我回到房里,我的朋友已经站起来,收起了计算器,在房里踱起了步。现在你知道他是个什么东西了吧(她指的显然是老张)!我们俩已经过到头了!我说,真是的,怎么弄成这样。她继续不停地踱着。我感觉要有什么不寻常的事情发生了。我严肃地看着她。最后,她停下来告诉了我她的决定。她说,你给道胜打个电话,就说我们想上他那聚聚。我无法不执行她的决定。我只好说,你等我消息吧。

我多少也算个有点情趣的人。有一阵子,我经常到菜市去买菜。

菜市里的菜真多。有紫色的小茄子,浑身滑爽,一点疤结都没有。在它们生长的日子里,是天天有清凉洁净的水浇淋着它们吗?茭白也大量上市了,茭白是南方的水货,在北方很少能看见它们。剥去了它们的外衣,里面都粉白细嫩,郊区的农民把它们装在大尼龙袋里,用自行车驮着,驮到菜市里。他们拣一个舒适的拐角,用一条空尼龙袋铺在地上,再把茭白倒在上面。他们则往墙上一靠,像看着自己的一堆孩子一样看着一堆茭白。来时他们大概起得很早,赶了很远的路,现在他们安定下来了,不知道他们在想些什么。

草虾也是白白的,略带青淡。草虾是小的堆儿好。大的堆儿是那些大的贩子,挤压碰撞,脾气也不尽如人意。他们自觉着是做大生意的,不能细微地照料那些清早才出水的虾儿。小的堆儿呢,货鲜,还有不少蹦跳着的呢。看那个样子,他们或许是自个儿起早捞的,他们的虾笼现时恐怕还在家里滴着水。杂交的鲶鱼已经全失了野生鲶鱼的柔软和颜色;杂交鲶鱼的颜色是黑的,看起来就不像驯服的样子。有一段时间我总是要尽力对付它们。那段时间我总是把买回来的杂交鲶鱼倒在洗碗的水池里。当我离开厨房时,厨房里响起了重重的摔打声和一些陌生的我从未听到过的声音。我回到厨房,鲶鱼们都已经从水池里翻跃出来了,有几条还失去了踪影。最后我在厨房最隐蔽、最想不到的旮旯才找到它们,还有一两条甚至已经蠕动到客厅的方桌下了。

宰杀这种鲶鱼也极费神费力,用刀用剪都无济于事。它们身上黏糊糊的,又有劲,按都按不住。好不容易宰掉一条,人已经精疲力竭了。单位里的同事介绍了一种办法。中午回来抓住一条先狠狠地摔打,把它摔晕了宰杀就容易多了。摔打也不是一件好办的事,需要技巧:先找干的布包住它的身子,再扬起来猛摔,效果马上就出来了,它的黏液也起不了作用了。鲶鱼的肉很好吃,细腻少刺,营养丰富,特别是清炖时汤汁浓香,绝对是家庭餐桌上的一道美味佳肴。只是品尝前的过程有些烦琐,但对付这种成车出售的家伙,也只能这样了。

我之所以介绍这些,是因为到道胜家的聚会,也是我做的小二:我上的菜市。接着,我又做了厨子。在正式的聚会之前,我先去道胜家打了一次前站——其实我只是应道胜的请求,提前三个小时到他家而已。我歪在道胜的床上,不无嫉妒地冷笑着说,黄道胜,你真有手腕,哪怕都离多少年了,你还能钩住人家。黄道胜莫测高深地"嘿嘿"笑了两声。他说,没办法,谁知道她们都什么时候来,我总得在家等着开门吧。我说,那是那是。我又凑近他说,该娶三房了吧?我把他的胃口吊起来以后,没等他说话,我就提着他家的菜篮,上菜市去了。

毫无疑问,我买的大部分都是我自己喜欢吃的食品。我在菜市磨蹭到差不多快十点,并且把道胜给我的一百块钱差不多快糟蹋完了,才肩扛手提地往回走。走到道胜家楼下时,我听见楼上传来了阵阵欢声笑语。想必她们都到了,但她们的心情这样好,却是出乎我意料的。在很短的时间里,我甚至觉得我是多余的了。我已经帮他们牵好线、搭好桥了,余下的事,几乎都跟我无关了,但我还是硬着头皮走了上去。

进门的时候,我得到了每一位在座的客人(包括主人)的表扬和感谢,这使我得到了很大的安慰。我声明说,你们都坐着,一个都不准起来(其实他们一个也没准备起来),这顿饭,我全包了。他们情绪高涨得几乎欢呼起来。他们的满足感是非常明显的:他们都坐在沙发上,道胜居中,他的前头房杨秀梅靠左贴在他的身上,杨秀梅的左边坐着他们的女儿黄小娟;他的右边坐着他的前二房马青雪。看起来杨秀梅和马青雪已经完全和好了(其实她们之间本来就没什么,现在也更不应该有什么了)。我乐呵呵地笑着,又一次肩扛手提地把菜弄到了厨房里。在这个过程中,客厅里(不知道因为什么)爆发了两次哄堂大笑。也许是我的姿势把她们弄笑了?我也只好跟着大笑,但一进厨房,我就把笑收敛了起来。我恶狠狠地把菜扔在地板上,咬牙切齿地小声骂道,笑你妈拉个巴子笑!我的骂还没骂完,我就发现黄道胜正站在厨房门口。他两手抱在一起,奇怪地问,你在嘟囔什么?我说,你抢走了我的所爱!他说,没关系,过一会儿我就来替你,我不会让你包干到底的。我只好承认现实,打开水龙头,哼着小曲,洗起菜来。

接下去我果然没有吃更大的亏。道胜走了之后,马青雪就进来了。她端着茶杯,站在厨房门口说,我想加一杯水。我说,没问题。但是等了小半分钟,一点动静也没有。我转身一看,马青雪还靠门站着呢。她看着我说,老师怎么教你来着?见到女士应该干什么?让座,我说。她说,这就对了。我拿起开水瓶给她加满水。她一直看着我。这时她冷静地说,其实这时候我才发现,我爱的是你。我小声对她说,今晚你给我留门。她点点头说,你猜猜我最近会有什么举动。我说,你要结婚了。她说,不对,又吹了。我说,大不了上深圳。她说,为什么?我说,一般人都这样。她说,那你是说我心情很不好?她接着又说,你说对了,找时间我慢慢说给你听。

第三个进来的是黄小娟。黄小娟差不多完全是大人了。她一进来就凑得很近地看我的脸。我恐惧地说,现在的孩子都这么开放了吗?黄小娟说,冯叔叔,你脸色不好,我非常同情你。我说,同情我什么?她命令般地说,把手伸出来。我把油乎乎的手伸给她。她用右手的食指在上面拨拉拨拉,像在找什么东西。你的爱情线不怎么管用,她用教训的口气说,婚姻是一个人一辈子最大的事,怎么能凑合呢?我说,你说谁呢?她笑了起来,我听她们说的。说完,她就自鸣得意地走了。

最后一个进来的,不用说就是杨秀梅了。杨秀梅带着一脸满意的神色,端着茶杯靠在厨房的门上(我是后来看到的)。她没说话,我也没回头,但我已经感觉她到了。我说,进来吧。她说,不啦。我说,客气什么。这时我才想起这不是在我自己的家(但也差不多,凭我们——我跟黄道胜,当然,还有他原来这一家人——这关系)。我莫名其妙地转身对她点了点头。她说,给我点水喝。我说,有的是。她说着话已经过来了。这时我看见她眼里噙着泪花。我目瞪口呆地看着她。她走到我跟前,钉在我的脸上亲了一大口。谢谢你。她说,谢谢你。谢谢你又一次为我们做出了牺牲。我也有点激动了。我幸福地闭上眼,谦虚地充满幻想地嗫嚅着说,这是我应该做的,我做得还很不够。厨房的门口传来了噼里啪啦的掌声。我睁开眼,原来他们都正站在门口看着呢。我解释说,我……不是有意的。他们都笑了起来。我又一次被他们利用了。他们利用了朋友的同情心。现在的人都是这样的,但这肯定是最后一次了。

康庄

我想起了我孤独时期的一件往事。那自然也是在秋天。我来到了瓦埠镇。

到瓦埠镇来,我这是第二次了。第一次是来赶一个稿子。冬天,寒寒的,我尽力地做事,吃的却是咸豆腐汤。胃立刻就难受了,火烧火燎的,只好买苹果充饥"灭火",把稿子熬完才离开。而我这次来,没有什么具体的打算,心里却沉甸甸的。是累了,想来这儿轻松轻松的,也看看十年不见的旧地。

我出了镇子。秋天野外的阳光真好。我先顺着水沿走。天已经晴了好些天了,万里无云。我离开湖岸走到高处,高处也就是菜地和庄稼地的所在了。在瓦埠湖畔的这一块地方,每次我来,都强烈地觉得这是一种极妙的绚丽的油画境界,同时又强烈地觉得这是一种中国画的恬淡境地。我也算跑过了不少地方,但唯独对这里有这种矛盾却统一的感觉。我看见田埂上、地头边,有不少敦实硬大呈圆形的黑乎乎的牛屎,有的干了,有的半干,有的还新鲜。我看见一个老头,牵着一头大水牛,在前面的地埂上一步三挪地走。那牛只顾低了头啃草,哪肯走快——自然也无走快的必要——老头没事,就弓腰昂头,居高临下地看湖,看天,看远处什么也不存在的虚缈的天空,那神情半专不注的,状态只是安详。半枯的草里散乱地拴着些羊,都是山羊,白白的,见了人来,就"咩咩"地小鸟依人地叫,叫得人心里疼它。直待走过去了,它们才又低了头啃草。临湖的高地上,一个丰腴的女孩子,拿锹挖红芋。那块地里只她一个人,她先挖,再蹲下用手扒,扒出来一个、两个,都扔在一堆。我便想:乡下的人,富大约不富,秋里打地下收来些吃物,在发凉的傍晚担回庄去,一家人暖暖和和地吃,也就是一种和谐了。只这和谐原始了些,知道外面的世界激烈,就叫人心里不怎样踏实。菜地里都种了些萝卜、白菜、香菜、胡萝卜、芹菜、蒜苗、葱等等,还有个将败的茄子园和一个将败的辣椒园。辣椒都还青呢,叫人想着路边餐馆里的辣椒炒肉丝,都放了猪油炒,炒得热辣辣的,但价钱却不贵。东边菜地里的人就多些,大都是女人,也有少数的男人,都沉默寡言,只把心思用在干活上。

我慢慢地走着、看着、想着,想着世界上一切我能想起来的事情。田里的妙处还在那些树:柳、杨、或椿,都几株几株地长在地里,就是它们形成了独具意味的田原的风光的吧?有这样一处地方,我竟觉得心里就得了一处安慰:在外头的世界里,我若受了什么委屈、欺侮,或是累得撑不住了时,我就能在这样的一个既非祖地,亦非故里的地方,慢慢地喘气,想想往后的行程,再慢慢地投入出去。

深秋的瓦埠湖畔,它像是我心中永远的一块福地。我留恋着总也回不去。其实又何止是瓦埠湖,在许多别的地方,我也会表现出类似的情绪。但是在很多年以后,我已经不太能详细地记起它们了(那些地名)。

我们复婚的酒宴是在市里最好的酒店友谊酒家办的。看起来,它比别人的头婚酒宴办得还隆重。该来的朋友差不多都来了。酒店的大门口摆满了五颜六色的大花篮。个子高大的服务小姐在酒店门口排起了长队,像是在迎接非洲或加勒比地区的国家元首。冯加强通过他老婆的关系,从二商局请来了一支男女锣鼓队。听声音,就像是乡下某地来庆祝生猪收购完成指标的队伍,但是看穿戴呢,那些男男女女又个个都像新郎新娘。酒店的大门口拴着两个红气球。那是小娟的一帮在策划公司上班的哥儿们想出来的点子。每个气球上各挂了两幅企业广告,宴会的菜肉酒水钱就差不多都是他们(企业)付的了。酒店的门口围了数不清的人,看到这种阵势,我一方面非常高兴,我激动得手脚发抖(真的,跟眼前的这种架势相比,文学算个屁!);另一方面我也有点后悔,我是怕我在这么多观众面前演砸了,对不起看上去是那么从容不迫的新娘子。

时候到了。演出开始了。

我们这是新婚新办。按照冯加强、黄小娟他们的策划,演出从酒店外面就开始了。杨秀梅拉着我的胳膊,偎靠在我身上,她满脸通红,摇摇晃晃,欢喜得闭不上嘴。照相机和录像机围着我们照个不停,把眼都闪花了。我们唱起了周华健的《花心》。唱着唱着,二重唱变成了大合唱,来宾、围观的人和街头的行人共同唱了起来。一曲唱完,大家觉得不过瘾,又共同唱起了《包青天》的主题曲,接着又唱起了《新白娘子传奇》的插曲,又唱起了《中华民谣》。唱完之后,我和杨秀梅含着幸福的热泪,一人把一个红气球放上了天空。

所有的人都用方言欢呼起来。我们在欢呼声中步入了宴会大厅。酒店经理和一对漂亮的小姐向我们献上了刚采摘下来的鲜花。天墙上的彩球飞快地转个不停。酒宴就此开始了。

按照惯例,我携着杨秀梅挨着桌子敬酒。这天马青雪也来了。她始终有说有笑的(她说笑话的声音在所有来宾中都算是高的),但我们走到她跟前,刚讲了一句话,她就"妈啦"一声,搂住杨秀梅,两人抱头痛哭起来。她们一哭起来,就有点没完没了了。本来,我是想劝她们两句的,但是大家都说,叫她们哭去,女人嘛,哭哭就好了。我们只好让她们脸红脖子粗地哭下去。她们哭了好一会儿才分开(从此我就再没见到马青雪)。我们快到小娟那桌时(当然不是我们给他们敬酒,而将是他们给我们敬酒),我们听到小娟笑着对她的那些同学说,我妈又找到我爸了,我爸也找到我妈了。说着说着她也哭了起来,惹得她那些女同学都莫明其妙地掉下了眼泪。

锣鼓一直在敲响。冯加强的神色有点忧郁。从他的颜色上看,他喝酒没让自己吃亏。他可能真有点喜欢杨秀梅,但是没办法,他们没缘分(或者说他没能抓住缘分的衣带)。我很同情他,但这能怪谁呢。冯加强站起来说的第一句话(也是唯一的一句话)就是,给你们俩牵线搭桥,是我这辈子最后悔的事了。大家都"噢噢噢噢"地开心地大笑起来,说这是今天酒宴上听到的最真实的一句话(屁!)。李春梅她们几个也大老远从北京赶来了。大家都是酒掺着泪往下灌的。咕咚咕咚几杯下去之后,我们又说起了康庄。李春梅说,哎,你们后来谁去过康庄?讲给咱们听听。谁也没去过,谁也讲不出来。李春梅说,回北京好歹也得上康庄看看。我说,现在还为什么非得上康庄去?李春梅说,破除迷信呗(她说的是康庄对我们这几个人的神秘感)。李春梅下了决心。当天晚上,她们几个就回去了。

喜宴一直持续到午夜时分方才结束。我都喝得人事不知了。早晨我按时醒来。我以为外面又起雾了呢。但是一只胳膊把我钩了回去。我栽倒在一堆软搭搭的物件上。只有我清楚地知道那软搭搭的物件是些什么。当然我不会,也没有必要告诉别人。我们一直睡到快中午了都没起来。我听见公鸡在远处的村边上"喔喔喔"地叫着。大蒜挂在屋檐底下。干红辣椒静静地躺在稻箩里。白马驹在青麦地里跑。人和动物哈出的热气在原野上弥散。这时电话铃响了。我拿起话筒,冯加强在电话里怪声怪气地说,请找杨秀梅听电话。我气愤地叫道,你不要破坏别人的家庭!我们"哈哈哈哈"地狂笑起来。但是当我把电话递给杨秀梅时,他又(垂头丧气地)把电话挂了。过了一会儿,当我们酝酿得差不多了,想亲热一下子的时候,电话铃又响了。这次是杨秀梅接的电话,她用的是免提。冯加强在电话里苦口婆心地说,秀梅呀,你可不能再上姓黄的当了。接着他就像被马蜂蛰了一样痛苦地叫起来,哎哟,我听见黄道胜放屁的声音了,你用的是免提,你背叛了我!他邀请我们当晚一定去参加有他参加编剧的一出戏剧的开幕式,我和杨秀梅立刻就答应了下来。

　　当晚,我们去参加了有冯加强参加编剧的戏剧演出。剧场里坐满了几乎一半观众,并且至少有九十七人是我或杨秀梅认识的。演出非常成功。我和杨秀梅的巴掌都拍红了。冯加强也太兴奋了。演出结束时,他跑下台来,用西方人的方式夸张地和每一位熟人或非熟人热烈拥抱。我十分紧张,快轮到我们的时候,我小声对杨秀梅说,快跑吧,现在还来得及。杨秀梅犹犹豫豫地说,这样不太礼貌吧?我说,这种事,没什么礼貌不礼貌的,再不走,你肯定要吃亏。在我的不停督促下,杨秀梅只好转身溜了。也许冯加强发觉了我们的阴谋,他没有拥抱到我,就愤愤不平地转身回去了(当然,那就是他的不礼貌了)。我故意装作不可理解地望着他的义愤填膺的背影,嘴里轻轻地吁了一声。

　　我和杨秀梅过了很长一段时期的蜜月生活。
　　我们的感情再也没有乏味过。当她说出任何一种想法的时候,我会立刻支持她,因为我每一次都觉得她的想法非常非常实际,无法再挑剔了。而当我说出任何一种想法的时候,她也会马上同意,并且当成她自己的事情去努力争取,从来都没有泄气过,直到办成了或办不成。比如,大到装修房间、买真皮沙发、操办女儿的婚事(小娟后来结婚了),小到买取暖煤球、存一小笔外财(灰色收入)、每天吃晚饭的标准时间、往哪个方向侧身睡等等。我们觉得也没有必要再去得到别的东西了(包括我所喜爱的文学。文学又怎么样呢?比起幸福来,但文学对我来说还是有用的。我们的收入不高,我们过着温饱型的普通人的生活,我没有其他更得心应手的技能了,而文学多少能带来几笔让人有阔佬富婆感的稿费)。我觉得我们已经找到我们心目中的康庄了。我们说着最简短的汉语句子。花口袋里有的钱。过着共产主义般幸福美满的生活。再也没有什么人(包括冯男士)或什么事,能把我们拆开了。

孤独的慢板

建国新村是七十年代初建成的,在环城路外边一点,当时建这样的小区,还没有现在的气派和资金,只是一下子盖起了三四十排平房,在当时是超一流的规划和胆识,曾经引起过大轰动。

那时住进去的人,心中感觉自然极好。刘宽就是其中之一。刘宽是知识分子一类的人物,七十年代名气初红,各类文章在大小报刊露脸,颇为春风得意。他老婆也年轻万分,虽然生过了孩子,仍是葱嫩漂亮,娇娇小小,在他身边时又喜撒娇发嗲,时常把他痛得浑身冒火。所以两人在家总是厮厮磨磨,不离前后。邻人凡是有眼的,都能看出来——这一家子叫人羡慕。

三五年后,刘宽爱妻大病一场,溘然长逝。刘宽几乎经受不住这种打击,半死不活地活下来,把女儿带大。女儿突然又上了大学,大学毕业后突然又结婚去了深圳,留下刘宽一个人住在老屋里。好在刘宽丧妻十几年,家事人事,分分合合,略知天命,风雨雪霜,心里静了不少;一个人过日子过惯了,自由自在,别无他求——至少表面看如此。

这一年年末岁尾,天也冷了,雪也下了,冰也结了,刘宽正在床上看电视,外头有人敲门喊他:"刘叔,刘叔。"刘宽一听声音,就听出是瓦埠湖娘儿俩来建国新村开服装店的小兰。小兰爸早几年在南方做工出事故死了,娘儿俩就出来开服装店了。服装店起名"兰兰",在刘宽家南边 15 号房里,刘宽去做过几件衣裳,上班下班又天天看见,因此大家都熟。

刘宽下床开了门。门外果然是小兰,手里端着一碗饺子,进门放在桌上说:"俺们自己包的,俺妈叫俺送一碗给你尝尝。"刘宽不好回绝,谢过了,问:"过年你娘儿俩回去吧?"小兰说:"回去。"

第二天是元旦,节日放假不上班,刘宽快中午才起床。屋外阳光灿烂,就是天冷点。刘宽正站在门边铁皮棚子下刷牙,小兰又走过来说:"刘叔,刚起来呗?"刘宽一嘴白沫地说:"放假,不上班。"小兰站住了说:"你家外孙过年家来过呗?"刘宽说:"深圳人都忙,不回来了。"小兰:"刘叔你一个人要是在城里过憋了,就上俺们乡下转转去,俺们瓦埠湖的银鱼、瓦虾都好吃。"刘宽随口答应着:"行,行,下乡也能换换脑筋。"

当晚关了门在家中写稿,刘宽思路有点乱,想东想西,想出一个女人来。那女人披绫挂缎的,一个人在水边走。水边到处都长着芦苇,芦絮乱飞;水中,秋草起伏,沙汀渐露。那个人溯流而上,找不到爱人,不禁潸然泪下……

刘宽不知道那人是谁。伸头仔细看去,很像"兰兰服装店"的小兰妈。小兰妈白皮细肉的,皱纹浅淡,不像个乡下人;平时喜欢说笑,咬字清楚,牙也白,跟小兰像姐妹俩,有时刘宽熬不住了,就拿她在眼前,做一些污秽的事……刘宽找不到感觉,索性扔笔上床……身上才觉轻松了不少。

匆匆假日过去,节后又去上班,但临近春节,人都有点坐不住。挨到下午,刘宽正清坐无事,忽然有人打电话找他,接过来一听,是一位叫白建璋的朋友,白建璋说:"能不能出来?我们现在在小林家。"一听这话就明白了;刘宽问:"哪个小林?"白建璋说:"咨询处的小林,来了你就知道了。"电话里交代了地址,刘宽说:"那好。"搁下电话就去了。

到了小林家,只见白建璋、老周和小林已在桌边坐好,都正等他。白建璋虽姓白,人却并不白,反而有些黑,粗皮大脸的。几个人心情似都迫切,白建璋站起来锁了门,说:"闲话少叙,战斗开始。"老周说："一年忙到头,过年前后是该轻松轻松了。"

四个人桌边坐了。刘宽说："小林,你老婆不在家?"小林说："带孩子回娘家了。"白建璋说："他老婆在家就没有他的事了。"小林说："我老婆在家我只能做后勤服务工作,上不了第一线。"刘宽摇摇头说："你有点可怜。"小林也摇头说："没办法,人权状况不好哎。"

这天刘宽心里不静,手里摸着牌,心却渐沉渐远,直沉入芦苇国里去了,望见那个痴心人,还在沙汀上徘徊……耳边一声断喝,老周又和了一把大牌。

打到第二天凌晨四点来钟,各人打扫战场,刘宽输去八十块钱。几个人骑上自行车返家,外边天冷,身上也冷,十字路口三人分了手,刘宽独自一人往建国新村去。回到家里,脸皮都冻木了,忙喝了口开水,脱去外套钻在被窝里睡,睡到天亮都没睡沉实。再睁眼时,已是上午九点半了。

这天刘宽打个电话说有事就没去上班,反正稿发过了就能空闲个三两天。吃一口饭栽头睡到下午三点,醒来时头脑清清醒醒的,靠在床头想,不如把那篇稿子写完。这么想着真就起来了,洗把脸坐到书桌边,捉起笔来,去看摊开的稿纸上的那个痴情人,那人已经走出了老远,走到另一处的小沙洲上。背对着他,看不见脸面,只像秋意更浓了一点。

刘宽心里发烦,扔下纸笔,走到屋外。也不知是要干什么去的,才出门就看见小兰正从路上过去,看见他了,停住脚步说："刘叔,这几天没怎么见你,又忙了呗?"刘宽说："没啥忙的,瞎忙。"刘宽心里想说一个话题,就问："小兰,你讲你们那瓦埠湖到底怎么好?"小兰红唇白齿地说："你问俺妈去,俺讲不清。"刘宽说："你妈在家呗?"小兰想想说："俺妈这会儿上百货大楼买捆蹄去了。"刘宽说："那你就跟我说说。"小兰说："俺说不清,你自个儿看去,俺妈也说过几回了,想叫你上俺们瓦埠湖逛逛去。"刘宽说:"你娘儿俩几号走?"小兰说:"过几天就走。"刘宽说:"走了还来呗?"小兰笑了说:"咋能不来?"

正说着,瞥眼看见小兰妈打较远处村口外进来了,头往后梳得光溜的,凝脂黑眉,西装革履。刘宽凝眼看她,小兰却凝了眼看刘宽看她。刘宽疑惑地问小兰:"那个人是谁?"小兰笑着说:"俺不认得,你自个儿问去呗。"说完浅笑笑,拔腿走了。

刘宽心灰意懒,过年过节的,人家都还有些年事要办,刘宽上班时在办公室无事,便抄起电话乱打,胡按一通号码,对方过来接了,说:"我是白建璋。"刘宽说:"你在做什么?"白建璋说:"老周来了,在这里闲坐。"刘宽说:"现在还能坐住?"白建璋说:"哪能坐住,正要打电话找你。"刘宽说:"什么地点?"白建璋说:"还在小林家。"刘宽说:"十分钟后见。"

搁下电话,刘宽上车直扑小林家。三人同时赶到了,打了四圈,换过一次风,小林爱人小张回来了:瓜子脸,双眼皮,进来打过招呼,大家就都熟了。三分钟后,小张换过一身休闲装进来对小林说:"你该干什么了?"小林忙点头哈腰说:"知道,知道。"说完起身让小张,自己进厨房切煮烹烧去了

老周见状,连说:"佩服,佩服。"小张只是笑笑,也不搭腔。四人起了牌,才出三五圈,小张那边把牌一掼,道:"庄家清一色杠后开花卡七。"老周、刘宽、白建璋都傻了,脸上都红一阵白一阵的。小林应声过来说:"对不起,她不是有意的。"白建璋说:"小张,注意影响,你想扒我们外套呀?"小张说:"你们几位大老远来了,总得掏几个饭钱吧。"三个男人脸不是脸,都只好说:"那是,那是。"

吃过晚饭,小张的威慑感少了一点。因为吃饭的气氛是轻松自由的,吃过饭,小林主动收拾了碗筷,进厨房去洗刷,四个人选边

又在桌旁坐下。白建璋说:"你看,小张一上场,我们就都不行了。"刘宽说:"老白,不要紧张嘛。"小张大约是想听白建璋的好话,开口问:"为什么我上来你们就不行了?"白建璋说:"分心。"老周说:"你分心,我们不分心。我们心如死水。"几个人哈哈一笑,小林这时插进来说:"小张,你借老白这句话,把他们仨都扒光。"小张翻他一眼说:"你看你能成什么样了。"小林被训得鼻青脸肿,白建璋说:"小林,你不要说话,你在我们四人里头是下等人。"小林抱头鼠窜,叫道:"我活着还有什么意思啊!"

又打了几圈,仍是三家输,小张一家赢;老周惊呼道:"这样下去,我们都有赤身裸体的危险!"白建璋也不停地呼吁:"我们应该振作起来,我们不能做亡国奴。"小林老远插了一句:"没用!没用的!"刘宽倒一直想振作精神,但精神却一直不能集中,心间的那一块空地,嘈嘈乱乱的,也不知放了些什么东西。打到傍黑回家,刘宽丢了七十多块钱。三家都被小张一家赢去了。

日子过得十分单调。刘宽总觉得自己在等待什么事情,但那件事情却一直不到。

这天下午,刘宽定下心来要写那篇稿子,写了一段,进入不了境界,就起身去洗脸泡茶,才倒好水,就有人在外头敲门,叫道:"刘叔,刘叔,你回来啦。"刘宽忙去开了门,见小兰手里端了一碗汤圆,站在门口说:"刘叔,你回来啦,俺们今晚包汤圆吃,俺娘叫俺送一碗给你尝尝。俺们明儿个就回家了。"刘宽接过汤圆,说:"老吃你家的东西。不过,汤圆是我顶爱吃的。"进屋把汤圆倒下,说,"咋明天就回去了?"小兰说:"快过年了。"接过空碗往回走,忽然想起来什么,回头又说:"刘叔,俺妈讲了,刘叔你一个人在城里一窝就是一年,要是窝急了,就上俺们瓦埠湖走走去。俺们那有水有田的,好看。"刘宽说:"行。"

刘宽插了门,吃了汤圆,点一支烟进被窝看电视。这时外头风声渐紧,吹得窗户上的档子"噗噗"响,人在屋里,也能觉出寒流袭来的寒凉气。第二天早上天下了雪。雪落在地上把路面冻成一个冰壳。刘宽去办公室转了一圈,办公室连个人影都没有。也是的,这时候谁还有心思坐在办公室里,神经?

刘宽不知道干什么好,顺来路又回了家。他进村时不经意从"兰兰服装店"跟前过,服装店门锁得铁紧,知道她们已经回瓦埠湖了,心里更没情绪,进了屋,倒在床上,打开电视,思考起了人生的意义,后来累了,迷迷糊糊睡着,又迷迷糊糊醒来,像是没有日也没有夜了。

窗外刮着大风,下着大雪。恍然几天过去,某时某刻,刘宽拿定主意,穿戴停当了开门出去。原来门外天气晴好如初,路上、房上的积雪已经化完。刘宽不禁有隔世之感,伸了个懒腰,踏着冬日的阳光,一路不停地往汽车站走去。

时间在腊月二十八九,坐车的人像腊月里的苍蝇,寥寥无几。刘宽拣顶前面一个位子坐下,望着眼面前的路不断被吃进车肚底下去。

车走个把小时,车头猛一拐,拐下一条往西的小公路上去。路上尽是大石头磕头绊脑的。阳光正从南窗照进来,很有点暖意。刘宽觉得快到瓦埠镇了,心里有点异样,赶忙专心去看窗外景色。

车窗外完全是深冬的景象:前两天下的雪已经化了,田野里没有什么绿颜色,目力能碰到的,必定就是一些缓缓的地势起伏,或是河埂树堤,或是冷调子的村庄。刘宽倒是喜欢这样的乡间冬景,心里是有一种踏实和稳定。

车又走了约四五十分钟,到了一个乡镇。刘宽从痴想的状态里醒来,拎着包下了车。

刘宽下了车四面看看,乡镇很小,紧走头,猛抬头看见一家店铺上写着的字是:小甸百货店。他知道下车下错了地方,心里一阵懊悔,忙去路边问一个妇女。妇女说:"瓦埠镇不远,就在北边八九里路,那边三轮车都是去的。"刘宽说:"谢谢。"往三轮车走了几步,停下脚步想,我与她无亲无故,跑到人家家里去,真是太唐突了。这么想着,浑身觉得不自在,磨蹭一会儿,拿不定主意。心想:还是回去吧。

转身又上车回到城里,到家才四点多钟,无目的地跑了一天,好像也有不少收获。到家有些累了,洗了脸,弄点饭吃,早早上床睡觉,一觉睡到大天亮。

年三十在阴风寒雨里过去了。刘宽在家里受不了那份寂寞、冰冷和无奈,初一大早,骑上自行车就往老周家去。

老周家不算远,在两三里以外的一条小街上,也是平房。街上人倒是很多,都一家一户的,孩子手里拿着气球。刘宽到了老周家,一敲门进去,原来里面已经玩起来了,是三缺一,三个人在玩。那三个是,老周、老孔、老马。见刘宽进来,屋里的人一阵欢呼。刘宽顺口说:"新年好,新年好。"屋里的几个人也都回他新年好。拜过年,老孔不耐烦道:"废话少叙,赶快上场。"刘宽一边往桌边坐,一边问:"怎么三个玩起来了?"老马说:"我和老孔来拜年,正好老周一家要出去吃饭,老周说不去了,让她娘儿几个去了,再找人又不好找,你家又没装电话,就三个人玩起来了。"

说话之间,四个人已经摸了起来。打到天黑,随便弄了点过年的酒菜吃,再坐下打到晚上八九点钟,老周一家老小回来,桌上四个人才散。

刘宽输了二三十块钱。一个人在冷清清的路上骑着,心里疙疙瘩瘩地想:老这么下去就不对了,真就糟蹋自己,也糟蹋了大好时光了,但心里太乱,事情总得有个结果才对。

回到屋里,看了两天电视,想了两天心思,风风雨雨的,到初四这天,天放晴了,这也是年假的最后一天,刘宽主意已定,戴上狗皮帽子,拎上小包,又到汽车站,坐上汽车,往瓦埠镇方向去了。

这次没弄错地方。刘宽在瓦镇埠一块"寿县瓦埠镇渔业办公室"的牌子下下了车。下车就近问一个水果摊旁的老年人:"我是从外地来走亲戚的,一时走得急,没穿件把像样的衣服,想在镇上做一件呢料衣服,又怕做坏了,这镇上可有手艺高的?"卖水果的老年人说:"你真问着了。出镇往西走三里路,有几间瓦屋,那里住的娘儿俩,常年在大城市开服装店,手艺不得了。"刘宽说:"我去问问。"老年人追着又说:"好找,出去就看见了。"

刘宽出了瓦埠镇。瓦埠镇原来就在瓦埠湖边。湖比湖岸田地低下去三四米,人走在湖边上,再去看湖,湖光潋滟,一览无余。浩大的湖面上,时不时有一两艘货船,"嘭嘭嘭"地往瓦埠镇这边开。湖岸的地里却都是菜田,零星的几个农民,气氛融洽地在菜田里忙。

走了片刻,刘宽走到一处高地上。从这里往下一看,就看见离湖岸不远的田地里有几棵柳树,树旁是几间红瓦青墙的房子,如诗如画般立在明净的田地里。与那几间房子半箭之遥,另有三五处独立的瓦房,也都干干净净的,不像一般的乡下居处,脏乱不堪。

刘宽站在高处想:这里肯定是了。但心间不由得又犹豫起来,拿不定主意是走过去还是不走过去。犹豫再三,索性坐在地上,点一根烟抽起来。其实这时是想如果小兰子,或者小兰妈正巧走出来看见他,他顺水人情也就过去了,但那瓦房里半晌没有一丁点动静。刘宽坐得心冷起来,逐渐就想:世上哪有我这样办事的,跟人家事先既没有约定,私下也没有谈好,甚至连个默契、连个眼风都没达成过,冒冒失失闯了去,人家要是没那个意思,叫人家……

这样想就想不下去了,赶紧顺来路回到镇上,又坐车返回城时,坐在车上想:年也过去了,该上班了。回到家里,想写那篇文章,却怎么都写不下去,只好收纸罢笔,在家里做闲事。

初五上班。刘宽很积极地去上班,但春节的气氛还没散完,大多数人只来办公室点个到,就跑了。在办公室里多留一时的,就谈正月十五的元宵节,谈得眉飞色舞。

碰上这样的话题,刘宽坐不住,只好盘算开溜。正想着往哪去,电话找他了,是老周打来的。老周在电话里说:"老刘哇,那天没玩好吧?你现在在做什么?"刘宽说:"没事没事。今天第一天上班,哪都能去。"老周说:"那就上我家玩,我老婆不在家,老孔、老马都快到了。"刘宽虽然觉得老玩不是办法,但嘴里还是说:"就到。"

这一天打牌,刘宽手气极佳,打到晚上十点半散场,他一人独赢三家,共赢得一百五十六元,这对他来说是少有的事,得意之态溢于言表。散场时老周说:"今天像是不怎么过瘾,明天星期六,你们还来不来?"老孔说:"老刘说来我们就奉陪。"老马说:"一点不错。"刘宽说;"我是赢家,我必来无疑了。"老周说:"好,好,钱你先带回家保管一夜,明天再交给我。"刘宽说:"放心吧,明天我还来取钱。"几个人哈哈大笑。老马说:"时间宝贵,明天下午两点整,不准迟到。"

晚上刘宽一夜兴奋,感觉极佳,觉得明天自己必胜无疑,又觉得朦胧中一件事情快有结果了。第二天下午两点整,四个人聚齐在老周家。老马说:"我提个合理化建议,咱们这点刺激也是三五年没变了,现在外头人家都是什么形势,都三五十块钱一锅子了,要么就是百八十一锅子了,咱们略涨它一涨,三十块一锅怎么样?"几个人异口同声说:"还是改革开放好。"

说完就摸起来。摸到天微明微暗,刘宽感觉上来了,心里想要哪张牌,哪张牌忙不迭就上来了;心里想碰哪张牌,哪张牌不隔家就打出来了。另三家输得淌汗,只好怀疑刘宽偷牌。老周说:"偷牌也不能偷这样巧。"老孔说:"输尿了,出去方便方便。"四个人出了门,外头却是大雪纷飞,一派银装素裹。老马大叫道:"怪不得我不开牌,原因找到了。"老周说:"什么原因?"老马说:"下雪下得。"刘宽却别有所思。赢了半夜钱,又输了小半夜钱,回家睡了一觉,第二天早晨早早起来,开了门看门外的雪景。雪景白光,从村里一个地方走过来一个打花伞的人。离远了看不见那人是谁,只看出来是个女的,离近了又被那把伞遮住脸,也还是看不见那人是谁。直到走到跟前了,那人把伞一偏,才看见红白的一个脸,是服装店里的小兰。

小兰站住了笑说:"刘叔,新年好。"刘宽赶忙也说:"你也新年好。都回来啦?"小兰说:"没有,先俺一个人来了。俺妈初四那天来过一回,来看看店,她有些放心不下,来了又回去了。她过了正月十五再来。"刘宽心里心闪,心想初四正是自个往瓦埠湖去的日子,咋就这么巧。心里想着,嘴上却说:"你妈也真不容易。"小兰说:"一点都不假,像俺妈这样的,心灵手巧,城里人的脸,乡下人的命,该她摊上了。"

讲了一会儿,小兰回店了。刘宽晚上在家想了半夜,睡了半夜,早上更早些起了床,出门来到服装店外,拍拍门说:"小兰子,小兰子,起来了吧?"那时候哪有人起来。屋里小兰听出是刘宽的声音,赶忙穿衣起床,开了门说:"是刘叔。起这样早。"刘宽说:"我听你说过几回瓦埠湖风光好,正巧今天没事,想跟你去看看,你看行不行?"小兰听了刘宽的话,多少显出点激动的样子,连连说:"那咋不行,那咋不行。赶早,俺们现在就走。"

这天清晨,刘宽由小兰带着,赶早班车往瓦埠镇去了。其实他是去过的,卖水果的老年人肯定还能认出他来,他哪要人带呢?

车走野外。天晴得太好,晴得地气都往上冒出来了。刘宽坐在车上想:事不过三。想完这一句,他就再不想了。

小兰坐在他身边,还有点靠紧着他。这对刘宽来说是新鲜的。

他心里有点激动,但表面上却不表露出来。只是在嘴里说:"你妈也还那样呗?"小兰说了些什么,刘宽一句也没听进去,因为他的思路有点涣散,他的心早飞得邈远了。

游 览 北 京

我住在北京的时候,有一段时间,我非常想把北京各地的文化场所都游览一遍。为此,我做了些前期准备工作。

我坚持每天听北京台、北京交通台、北京经济台、北京音乐台和北京文艺台的节目,希望从中捕捉到有关北京文化场所的信息,而且我也确实有所收获。比如白云观,我以前从未注意过这个地方,但我现在知道它是北京最有名、年代最久远的宗教场所之一了,连附近的白云路、白云宾馆、白云胡同什么的,都还是因它而来的呢。

我还买了三张不同版本的《北京市交通旅游指南》,买了一本最新的《北京生活、旅游地图册》。我反复研读它们,进行比较。任何这一类的旅游消费品都会有许多错误的。我找出其中的各种错误,特别是最不引人注意但又是最明显的错误,并且做出记号,以备将来实证。我甚至都有点陷进去了。因为我独处一室,写的稿子有许多发不出,即使发表了,稿酬也低得可怜;找到的临时挣钱的工作又很不理想,有点像体力活,三天打鱼两天晒网的,所以有许多时候感觉心灵孤独、性格压抑、情绪遭受挫折。找到了这样一件对我口味又吸引人的工作(如果这也算工作的话),我觉得有点亢奋。我很投入,每天晚上我都钻研它们到十二点以后。我的文化感也开始活跃起来,祖先们的创造力和他们创造的精神文明,又回到我身体里来了,以往许多时候我都没有这种感觉。像四大发明什么的,它们都似乎离我很远,对我也很冷淡,缺乏亲情,但现在却完全改变了。

我做了笔记,甚至重新绘了草图。做笔记是想从中总结出一点带规律性的东西,因为我觉得北京这一类图册和指南的大部分,都缺乏想象力,同时也就缺乏逻辑性了。想象力是人类社会的理论动力,而逻辑性则是人类社会的现实动力。在我钻研图册这期间我参加的唯一的一个新闻发布会上,一位叫李云的记者就曾跟我说过这样的话:

男人、女人被注意的第一个身体特征正是眼睛。眼睛有大有小,色彩不一,形状不同(例如:有突出的金鱼眼,有靠在一起的对眼儿,有斜白眼等)。它们能落泪,能挤眉弄眼,能乜斜着调情,还能瞠目而视。古希腊人相信死盯着人的眼会让人患狂犬病,甚至有立即置人于死地的力量。早在几千年以前,妇女们每天就要花几个小时来粘假睫毛、描眉、画眼圈,或用颠茄来放大瞳孔,使眼睛乌黑发亮,以此来增加魅力。有些人戴上太阳镜,就可以肆无忌惮地看别人而不被人觉察。对于戴近视眼镜的近视眼们来说,不戴眼镜更容易保持目光的接触,因为对方的形象不太清楚。

这就是想象力和逻辑性的辩证和统一。这也是我在做笔记时想到的最频繁的问题之一了。而画草图呢,则是因为我的兴致太高了,我把这件事看成了我的一项事业(哪怕是短期的、短暂的事业),我想从中找出最佳的游览路线来。当夜深人静,我一个人埋头工作,然后又抬起头来看窗外的夜色,想象这个社会的前进步伐(在夜间也不停歇)时,我就有些激动,我就觉得我的选择是对的:嘿,哥儿们——小报和小说上常流行这句话——干你的活去吧!我就又回到对指南和图册的钻研中去了。我按照小学课本上就教过的"三个数有六种结合"的方法,把北京市交通部门的有关定论彻底推翻,然后做了我的别具一格的整合。草图一张一张地出现,凌乱地摊在桌子上和床上,上面都是线条,乍一看非常像速写画中北方的山脉、高丘和沼泽。我完全着了迷,在这种时候,我不知不觉地就忘记了我的平庸和无能,我对我的智力和表现充满了信心。时光不知不觉就过去了。

我去参加的那个新闻发布会,是一个叫西科马的庄园向社会隆重推出的招待会。其实它跟我完全无涉,是我的一位在报社工作的朋友,出于好意(也有怜悯的意思,因为他不止一次当面对我说过:你一个人在北京,怪可怜的。虽然他是说着玩的,但也反映了一部分实情。他知道我妻子只是在两个多月以前来过一次),让我出来散散心,同时也白吃白占一点,给肚里增加点油水。在新闻发布会上,我的正式挂靠是某报记者,胸前挂了个来宾证。反正人多,谁也不会查验身份的。朋友带我进去之后,快速地向我介绍了几位别人,他就无影无踪了。我心下很坦然,因为我就是来蹭的,我没熟人,正好不会尴尬。

我来得稍微晚了点。我坐在餐桌边,不知道发布会是不是已经开过,但宴会肯定还没有开始。刚才朋友介绍过的一位女士,来到了我的身边(朋友刚才介绍过她,但当时一下子介绍了好几个人,都是一闪而过,我根本记不住)。她先把小包放在我旁边的座位上。我抬起头看了她一眼,礼貌地对她笑笑。她也回报给我一笑。她长得不丑,头发披在肩膀上,身穿方格风衣,笑起来眼角有几丝不明显的皱纹,嘴唇涂得很红,有点风度。她坐下来就摸出一张名片塞给我。我烫手般地捧着名片,连声说:"噢,噢,李云小姐,李云小姐。"我赶忙也把我的姓名和临时地址给了她。她跟我聊了几句我的现状,我都如实地告诉了她。然后她站起来,用一种婉转

的,但也是不容置疑的口吻说:

"你帮我占一下这个位子,我马上就回来。"

说完她对我笑笑,就走了。

我开始看西科马庄园的介绍文字。这显然是一家中外合资企业,不用看说明,从名字上一眼就看出来了。餐厅很豪华,枝形吊灯光彩夺目,但因为人多,所以显得乱糟糟的。我等着吃饭,无事可做,只好一遍又一遍地看西科马庄园的介绍。阿姆斯特丹歌舞厅:欧式风格,大 KTV 包厢最低消费 2800 元,中 KTV 包厢最低消费 1600 元,小 KTV 包厢最低消费 1000 元。西科马餐厅:主营淮阳风味面食,鲜虾云吞面、品格牛腩面、三丸及第面、仔宝净云吞、沙嗲牛仔肉捞、鸡胗铁力面、粟米肉粒面、喳咋甜品、生啤冻咖铁筋等六十余个品种。台球厅:内设斯诺克(每小时 60 元)和落袋(每小时 40 元)……

看完第五遍时,李云回来了。后来吃过饭我就走了。而我的那位报社朋友,我直到离开,都没再见到他。

将指南和地图反复研究多遍以后,我选了个多云的天气(这样的天气不至于太晒人),骑自行车出门看北京的文化场所去了。我按照事先精心拟定的路线,一路骑过去。一切都很顺利。我发现,你若想在北京做什么事,只要事先有一个周密的,最好是精确的计划就行了,一般不会出现意外或无端被冲断,因为北京的一切都是按照一个铁的规则在运行着的。如果这个规则被破坏,那显然不是一个无足轻重的问题。

我沿着大街放任地骑下去。我游览了航天馆、古钟博物馆、天文馆、文化艺术馆、现代文学馆、美术馆、地质博物馆、建筑技术发展博物馆等等。在这几乎一天的时间里,别的事情都很正常,只有一件事情令我奇怪并且百思不解。那就是我的自行车骑到哪里,武警的警戒线也就撒到哪里。战士们一个个都站得笔直,但我却多少有点心虚,有点担待不起。他们站在路边、公交车站、道路拐弯的地方、十字路口(这样的地方战士更多些)、花坛边和胡同口。甚至当我想要穿越地下的人行过道去道路的另一边时,我发现,他们也会很有经验地已经预先在地下通道里布好了哨位,并且一直目送我消失在他们的视线之外。为了进一步验证这件事,我突然拐动车头扎进了一条小胡同,胡同的进口站着一位武警。当我从另一头出来时,另一头也同样站着一位武警。在赞赏战士们的保卫工作的同时,我也暗暗思忖着我的身份。我想现在我还不至于被这样吧,但我又想,这都是很难说的事情。世界上没有一成不变的东西,大化小、小成大、长变宽、宽缩短,都是自然界的普遍规律。我的确感到有点不一样了。但我努力保持着平静,做我应该做的事情。我这一天的最后一站是军事博物馆。在旅游指南上,它被标在中国剧院的对面,但完全不是那么回事,叫我一顿好找!

文化艺术馆:现代文明兴起了一种古老文化中没有的淫乱,我们因身体而害臊,把身体遮掩起来是我们心灵不洁净的缘故。

航空博物馆:"侧翼"歼击机采用能遥控的自动驾驶仪飞行系统,这证明它的设计很先进。飞机采用能遥控的自动驾驶仪可以进行以往几代战斗机所无法想象的机动飞行,这种飞行的动作包括倾斜、向前、向后面大幅度倾斜、向后跃升再下坠向前。同时,地形不会对直升机构成妨碍,在多山地区的上空、沼泽地上空、林区上空或会妨碍装甲车辆的其他地形的上空,都能很方便地使用直升机。直升机从地面升起后能躲在树林隐蔽处寻找目标,而且能从树后和山后迅速飞离以避开敌方炮火。这样,武装直升机就具备了小型火炮连的火力。

古钟博物馆:敌人的丧钟,朋友的警钟,人民的晨钟,爱情的长鸣钟。

食品博物馆：我们咒骂时总是喜欢把同类比作动物,例如臭猪、狗……其实,动物有什么不好? 猪是迄今为止人类智慧的最大物质基础提供者;狗是人类的忠实朋友,看家护院,盘查生人,甚至还能以"酸菜狗肉煲"一类的佳肴丰富人类的食文化……

科学成果展览馆：票价,每位十元。

天文馆：为了使她平静下来,保罗得用面颊轻轻抚动她的头发,像人们爱抚小猫一样,用一只手抚摸她的大腿和膝盖。她宁静而好奇地屈服于他那探索的手,怀着好奇的敬畏之情感到了他的魔力,对他毫不抗拒。在他施展魔法时,他也费力地安慰拉包莉,在她耳边喃喃地发出熟悉的爱的声音,最后使她抬起头来看着他。他无声地吻着她的嘴唇和眼睛,而他的手则继续迷惑她的姐姐。

从军事博物馆出来,我正想着我该往哪里去,一阵突如其来的警笛吓了我一跳。我抬眼往街上看去,街上已经一个人、一辆车都没有了。与此同时,从西边的某个地方,有一些高级轿车呼啸而来,又呼啸而去,消失在目力所不及的地方。我按原路回去。武警也都撤岗了。街头留下来的,只是以相似的方式生活着的俗众。我一边骑着车子,一边很明显地看见了已经过去的一天。对待别人的时间,我们可能完全不去考虑。比如我们突然碰到一个人,他的一生差不多都快要过完了,但我们一般不会去体会组成他一生的那些小时、分、秒什么的。大部分时候,我们都只在想自己的事。我觉得一天的奔波很叫人劳顿。虽然也有收获,但这样的一天值不值,我一时还说不准。

我回到住处。这时天光微暗,门的把手上斜插着一封信。我有点奇怪。开始我认为这不是给我的,是有人插错了地方,因为在北京有谁会找到我这儿来呢? 就是报社里我的那位朋友,有事他也只是打个请人两三个小时后才能传过来的电话给我,他自己从未亲临过现场的。但我还是拿着信进了屋。我打开日光灯,拆开信来看。原来信真是写给我的。我一阵惊讶,不由得坐在床上,认真读起来。

××:

咱们真是没有缘分,从早上八点我就来到你的门前,你已经走了。你到哪里去了呢?但我愿意等你,我想你不该这么早就出门的,你没看过皇历;你也不该这么晚都没回来,是什么事吸引了你呢?天已经快黑了,我得走了。本来我们可以永恒地度过这美妙无度的一天的,但是我们都没有能够得到。再见。

李云　即日

毫不夸张地说,我一阵眩晕。这封信已经为我的这一天做了明确而肯定的鉴定了。这一天的选择对我来说无疑是一个无法弥补、无法追回的错误。我垂头丧气地坐在床上。床上和桌子上散乱地扔着我前几天工作的成果:线条和文字。我一眼就看出了文字中的一个语法错误。但在前些天对它们的不间断访问中,我一点都没发现,它们轻易地就无数次地过了关。那句话是:

"新闻是历史的草稿。"

秋天的远行

我发现,当我想要改变一下生活状态的时候,我已经在原有的生活中陷得很深了。为了摆脱以往的(除家庭而外的)几乎一切,我来到了北京。列车慢慢滑过丰台车站,车厢里的广播响起来了。播音员说,北京是我们伟大祖国的首都,从金代开始,金、元、明、清,它都是作为都城存在的。听到这里,我都有点激动了。或者说,我的心情更加沉重了。因为跟这样厚重的历史相比,跟这样宏伟的建筑、悠久的文化、举足轻重的地位相比,我所做的、我所产生的作用,实在是太小了,太不相匹配了。刹那间,我陷入原有生活的延展之中去了。我在北京驻留下来。

我什么目的也没有。我住在中办某机关办的需要本机关工作人员介绍的一个招待所里。招待所还算不错,地毯、彩电、电话、冷暖气……该有的都有了。但我住的是招待所的地下室,每晚十元,或二十元(假如包房的话),这在北京算是很便宜的价格了。登记的时候我就对小姐说,我说,我是自费的(不然我就一定会住招待所的正房了:标准间,有充沛的阳光),我又说,但我想住单间(我特别渴望独处。我是想包地下室的那种双人间)。

我自己也不知道我这样花钱是为哪般。是跟我的远在南方的妻子怄气吗?我出来之前她就说过,你确实需要出去走一走了,你整天无所事事,你在堕落!我说,什么叫堕落?这就是我的生活方式!但我一生气我就出去了。我背着小包来到火车站。这时我还没有确定我往哪里走。走在去火车站的路上,我忧虑地、不无夸张地想:我该去哪里呢?哪里才是我最后的(!)归宿呢?紧接着,我的心里似乎涌起了一些来路不明的怨恨。我感觉到了这种怨恨的不平衡和危险。

那时,天才刚热起来,才是六月份。车站附近人山人海的,叫人非常麻烦。我想,我还是去淮北吧,那里是我的故乡,我对它一直充满了感激之情。因为它总是在我需要的时候使我踏实起来,这种感情不是一天两天就能培养起来的。于是,我就打了一张车票到淮北去了。

我心情沉重地坐在车上。车上人不多。但是刚到水家湖,就从站台涌上来一大帮人,立刻就把车厢塞得满满的。上来的几乎都是农民。上不来的时候他们只好翻窗户。车厢里马上就变成了蒸笼,每个人都汗淋淋的了。上来的人大包小包,站得连插针的地方都不剩。挤上来的还有不少女人,她们的力量差多了,能挤上来已经很不容易,上来后就接二连三在车厢里坐倒了几个。车又总是不开。我在肉胸、肚脐、胳肢窝和嘴气的挤压下,连气都喘不过来。我问压在我头上的一个汉子,这么多人上哪去的?立刻有好几个人粗声粗气地对我说:小麦收尽了,黄豆地也耪完了,又回城打工了。

这时候我好像有点回到生活中来了。这确实是活生生的一种生活。但似乎又并不是我所追求(追求?)的生活。它显得挺有活力的,但未免粗糙。这种生活仿佛还不足以使我平静下来。甚至相反,它使我本能地警惕起来,以便防止别人的侵扰。在蚌埠下车以后,我就觉得有点疲倦了。我继续乘汽车到固镇去。汽车在平原上奔驰。我的灵魂仿佛回来了一部分。它们告诉我这是浍河,这是新马桥,这是曹老集,这是黄湾,这是……它们好像是我的导游,又好像是我的情人,或者它们身兼数职,既可以告诉我许多,也可以给我……以身心的温暖。我闭着眼坐在车的后排,我拥抱它们。听着它们叽叽喳喳的私语。我的源远流长的骨血好像就跟地气连接起来了。

但是这种体验太短暂了。天气酷热起来,蚊虫每天都在我身上留下十几个大大小小的红包。我的心情也烦躁起来,我无法工作,只好收拾行装回到城里,并且在那种非常熟悉的气氛中重新坠入了固有的生活之渊。每天我在城市里晃来晃去。我总是想,我想得到的东西,这个社会里也许没有(也许是我还没有找到),而这个社会里有的,我似乎又并不在乎。终于,我妻子第二次对我说,你还得出去走走,出去一趟(!)都不能解决你的问题。看起来,她像是很随便地说这几句话的。她站在阳台上晾衣服。阳台很高。但天空似乎更高,因为时空已经推演到这一年的秋季了。秋天对我总是格外关照的。我生于十月十七号,这是秋天里最好的时日之一。我上大学是在仲秋开始的时候。我的第一部获奖的中篇小说是在秋天写出的。第二部获得了更多奖项的中篇小说,和第三部我认为是迄今为止我最好的小说,也都是在秋天写成的。我还记得好多年以前我们住在四里河老梁庄里的情形。我读书,写作,并且生活,过得充实而且"富足"。那都是一些不相干的书。《事物的起源》征引了大量民族志和考古学的材料,探索各种生产活动、日用器具、社会制度和习俗的起源问题,内容涉及了远古人类物质文化和精神文化的许多方面;《宇宙密码》是关于量子理论、时间和空间以及物理规律的本质和物理学家怎样发现它们的描述和展示;《动物的建筑艺术》无疑会把我们带入各种动物(包括大量的节肢动物:昆虫)的建筑活动中去,这些建筑大师的作品的出现,却基本上是由于其生命力本身无意识的而又从不松懈的活动的结果。从内容上看,这的确是几本互不相干的书,但我在仲秋的四里河老梁庄读它们的时候,我却切实地感觉到它们已经在四里河老梁庄细微秋风的宁静气氛中融汇成一体了。在读书的间隙里我会到门前伸伸腰,也可能会离开住室到田野里走走……这时我就感觉宇宙万物都融合在一起了,包括那些属性相距最远的……

但我现在不怎么有那种感觉了。我好像整天在找什么,但又总是找不到。我站在阳台上看妻子晾衣服,一下子就想到了这么多。那时她的衣服还没晾完。她站在阳台上的一个矮凳子上,胳膊高高地昂起来,头也向上昂起来。有一刹那,我突然异想天开地认为她是同上天的一个神明在对话。她的形体构成了一种语言。她好像在说,帮助我的丈夫吧,使他充实、高尚并且奋斗——这虽然有点像译制片,但又的确很真实。在那一瞬间,我呆头呆脑地看着她,几近痴迷。紧接着我就若有所思起来,她转脸对我说,你到阳台上来站一会。我防御地说,干什么?她坚持说,你来站一会嘛。我走到阳台上,她就回屋去了。

当然,阳台上什么多余的东西也不会有的。只有硕大的天和硕大的阳光。好像整个地球上的天空都集中在阳台上了一样,叫人多少有一点惶悚的感觉。也许,我真感觉到了什么。我回到屋里。妻子说,看你这样子,我都替你着急。其实,这时候我似乎已经决定要出去了。但听了她的话,我也还是不痛快的。我说,好,你是在赶我走,那我到北京去,或者到纽约去(如果你恨一个人,你把他送到纽约;如果你爱一个人,你也把他送到纽约——美国民歌),一去不复返了。我立刻就被自己的话刺痛了。有一种被别人抛弃的感觉。但我打起了精神,说完以后我就回到阳台上,若无其事地吹起了口哨。口哨声在人的缝隙里穿行,但一点品位都没有。第二天一大早,妻子像承认错误似的又说,好了,昨天说着玩的,你别出去了,出去费钱,你在家也能干事的。我的心莫名其妙地凄凉起来。她反对的事我是一定要干的。我现在特别想跟她对着干,扫她的兴,甚至使她彻底伤心,我态度生硬而且语气刻薄地说,我不可能不出去的！说这句话使我有了一种非常实在的满足感，说完我就翻找家里的存折去了。她果然立刻受到了伤害，一天眼睛里都雾蒙蒙的。晚上她说，随你的便，反正你不可救药了。我大叫起来，如果不是你们，我现在过得好得很！她说，彼此彼此，说完她马上就走开了（我猜想，她可能是怕把眼泪掉在我跟前）。当然，后来的好几天我仍然待在家，蹭蹭站站的，想着许多我认为很重要的心情，并且准备（!）做出某种决断。可是我有了一种赖着不走的狼狈感。妻子恢复了正常，我也轻松多了。我又到朋友那里转悠了几趟，说一些功利性很差的话，有时也讨论讨论别人赚钱的事。要么就很焦虑地在公园旁边踱步。但是我心里一直不踏实的事情还是发生了。妻子上下了几次班以后回来对我说，大姐要给你找工作哪。我听了一惊，因为这太意外了，简直不知从何谈起。我警惕地看着她。她说，你改行吧，四十岁以前还不晚，过四十岁就没人要了。我马上就觉得我被人抛到了非常高的空中。不过一下子还没掉下来。我面无表情地听着。她对着切菜板（而不是面对我），轻描淡写地说，我们有个同事去找工作，其实她不老，才三十岁，一见面人家就说，这么老了，还出来找什么工作！她伤心死了。

我重重地从空中摔到水泥地上，摔得晕头转向，筋断骨裂。我默默地听着，心里充满了悲痛、报复和复仇的念头，一刹那间，我恨她（虽然我不是记恨妻子的那种人），但我什么也没说出来。我在妻子和女儿无言的沉默的注视下去买了票，虽然是自己家的钱，但我一定得坐卧铺（如果能买到软卧更好）！我把秋季甚至冬天穿的所有衣服都从衣橱里翻出来，塞进了旅行包。

妻子一句话都不说。她在房间里进进出出，做她自己的事。我知道她在注视我，但我装不知道。我悲壮地想，我将一去不回头了！我将不再拥有这个家、这个城市、这片土地、这里的一切、我三十几年的经历和人生体验、我的根之所系！其实对我还是挺好的。跟大多数人相比，我过得不比他们更差。别人得到而我应该得到，我大多都得到了。我有许多熟人、关系和朋友，大家都过着最普通的市民生活，逢年过节大家都互相来往，平时没事就聚在一起搓搓麻将，你掏我几张，我掏你几张。大部分人反对的都是那么几个人，谁都不跟他来往。有便宜的好货一转眼大家就都知道了。托人走后门也是常有的事，不这样大家就都会过得很困难，也很无味……但我一股脑地想要跟谁怄气。我的妻子？是的，我一定要离开她，她会后悔、自责并产生深深的内疚的（这也许是我惩罚她的一种方式）。我离开家往楼下走去。妻子和女儿站在门里，一声不吭地看着我离开。我能感觉到她们的眼光射在我的后背上。我知道女儿会觉得我肩扛手提的样子很可笑，她也许不会把这些都当真的。但我很快就真的离开了。

我从铁路和城市的连接处走了进去。

我沉默地顺着铁路一直往北走，如果真的这样一直走的话，迟早就能走到北京，或北方的任何城市。在地图上，我都看到它们无数次了，它不会欺骗我的。我想我一定得待在北方了，任何力量也不能阻挡我的决心，除非有人把我的尸体从北方抬出来。铁路上长满了像高原那样的荒草。风呼呼地直吹。阳光照耀着我。在阳光下，我连自己的影子都找不到了。我的影子离开我，消失了。我使劲地顶着风往前一直走去。

但是我想要的单间没有了。脸蛋红红的小姐说，你先住着，以后给你换吧。

她给我开了个每晚十元的铺。我走进地下室，在十元的铺上坐下来。十元的房间里什么也没有，只有两张床。地下室里静悄悄的。服务员是个老太太，她精神抖擞地干这干那的，一刻都不闲着。进来的时候,她就不停地对我说,我们这一般人还准往哪。我说,为什么?她说,为了安全呗。我说,我想包房。老太太说,包啥房,人又不多,白天又都出去了,你想干啥都行,这上头还有淋浴、热水。我点点头,拿出大茶缸吃了一袋"康师傅",然后躺到铺上看头上的日光灯。我觉得我有点熄灭下来了。我试着吹起了口哨,但口哨声太不协调,我的鼻子也干得厉害,可能有点感冒了。我赶紧停下来,穿上衣服,走出地面,走到了府右街上。

从府右街坐14路车,可以到和平门地铁站。但我没在14路车站等车,而是默默地顺着府右街往南走去。街对面红墙高大。现在有四点多钟了。两个武警站在街对面的红墙下边,他们身上透露着浓厚的泥土气息,这使我觉得心里舒服多了。我穿过长安街,沿着北新华街一直走到和平门地铁站。在列车上我还是一句话都不想说。起初,我的失败和创伤感渐渐又浮上来了,但我挤在许多人的中间,我的孤独减少了一些。我看着对面一位戴耳塞的姑娘。她腰际斜挎着一个酱色的装随身听的小包。她穿一双有着又大又方的后跟的绒鞋。她靠在门边的栏杆上。车身一晃,她闭上了眼睛,好像睡过去了。我怜恤地看着她。她一直闭着眼,沉浸在一种看上去极度迷幻的境界中。谁也不去唤醒她,或触碰她。除我而外,甚至没有几个人注意她。当列车驶离站台,驶入较为黑暗的隧道中的时候,她的身影就在另一边车门的玻璃上反映出来。那不是真实的,我看着那影像想,那只是二十世纪末某一个时期中国社会生活的缩影之一。

列车环行一周。她在空气中消失了。我听到了报"阜成门站"的声音。我被报站的声音吸引了。"阜"就是土山、高地和盛多的意思。我看见我站在一座土质高地上。从我站的地方可以遥望万事万物。孔子曾经说过,如果你看不清自己,你可以站在高处去。庄子说,如果你仍然看不清,那说明你站得还不够高。确实如此。我应该尽量往高处走。当我走到有土山的高处时,我就能嗅到椰子成熟的气味来自何方,我也将能看到放牧的羊群在哪一片草场上。我在某一站下了车,然后乘上了另一列刚进站的列车。这次我有了座位。我默默地忧愁地坐着,列车到达终点站苹果园站的时候,我跟着所有的乘客一起下了车,走到了地面上。

苹果园当然是我从未到过的地方,在我的设想里,它是京郊一个长满了苹果树的地方。它到处都开着像黄河故道那些苹果树常开的粉白的花。在大年里苹果花可以一直开上几十里不歇气。但是北京的苹果园没有什么苹果树或其他果木树。苹果园只有一些很普通的道路和房子。我定定神,然后就往西走去。因为往西是往远离北京的地方走的。我一直往西走,很快路边就出现了一些摆摊卖食的人。他们肯定都是外地来的,因为他们说话的声音都跟我差不多。我还是一直往西走,一直走到一大片平房里的一个小烟酒店的外边。

这里全都是平房了。显然这里都是私房户。我撩开挂帘走进小店。柜台边站着一个中年女人,她胖胖的,水汁饱满,眼角一点皱纹都没有。我说,这附近有房租吗?她打量我一眼,一句话也没说。我看看柜台里的商品,自言自语地说,买包红塔山吧。她说,十五块零两毛。我掏出钱来递给她,我说,这里有没有房子出租?

她说,你从哪来的?我说,外地来的。她又问,来干什么的?北京人总是把动词咬得很清楚。我说,我在单位犯错误跑出来的。她说,看你就不像。然后她叫我一直往一排房子的中间走,那里的第二家就有房子租,价钱是,一小间一月一百五,不过房子在厕所旁边,一年十个月都有点味道。

但是这时天空布满乌云,下起了阵雨。我在各种各样的房子之间乱跑了半个多小时,什么都没能得到。每一户人家都关紧了大门。

秋雨时松时紧了,我慢慢地走到地铁车站。我嗅着地铁里特有的那种味道。这时天几乎就黑了。我在细微的小雨中回到了地下室。我刚在床上坐下,值班室的老太太就进来对我说,你房里来人了。我说,谁?她说,大连来的。我对她笑笑,感谢她告诉我这些。但她还想跟我说话,她又说,咱们那上头总台的,都是从外地招来的,也有大连的,我想起了总台里站着的脸蛋红扑扑的姑娘,面前好像有海水泛滥起来了。二十分钟以后,对面铺位的客人回来了。他很年轻,而且根本没有行李。他面色苍白地对我点点头,在铺上坐下,就忧郁地点了根烟吸起来。

烟雾在地下室的小房间里散不出去,因此房间里更闷人了。我说,你刚到的吧?他点点头。然后他就夹着烟出去了。他再现回来的时候,他的身后跟着总台那位红脸蛋的女孩。他们坐在我对面的床铺上互相看着然后又看着我。我说,我在等人。女孩子说,他几点来?我说,大约九点。她说,还有半个多小时哪。我说,那我九点整回来吧。女孩说,谢谢你。

我走出地下室,走到大街上。我一点都不生气,但我失去了目标。我犹豫不决地穿过马路,走到中南海的围墙边。我把手插在裤袋里,顺着大红墙往北走去。地面上干干净净的。对面路边人家正在把一辆小三轮车推回屋里去。我身体僵直地走着,心里却翻腾得更厉害。一个人失去目标,他就可能退回到原处,以前有许多事情都是由父母来告诉我的。后来我从大学毕业以后,他们就把我交给我妻子了,后来所有那些哺育性的工作都是由她来做的。我沿着红墙一直走到一个有武警站岗的地方。我看看表,然后就转身往回走。

但是这时一个穿白衬褂的男人突然出现在我面前,并且好像是堵住了我的去路。我看了他一眼。他有三十多岁,胖,且有点黑,个子和我差不多高,态度看上去很和蔼。我不想跟他发生任何关系,就往旁边拐了一点。但是他轻声对我说,请把你的证件拿出来。

我站住了。听他的口音,像是苏鲁豫皖交界处那一带乡土上的人。那种地方出产什么?革命?我说,你是干什么的?他盯住了我的眼睛看。我也只好看着他。在很短的时间里,他的态度突然改变了。他放松地微微一笑,然后往后退了一步,让我过去。对不起,他说,没事了,没事。我想可能是我的目光告诉了他什么。或者是什么第七感觉之类的东西。这件事情在我还没明白过来的时候,已经结束了。他的口音还留在我的耳边。我转身看着他离去的背影。倾听着似乎是来自大地和岁月的回声。我下了河堤,在河边行走。河水滞缓。水里聚长起一块一块的岛状物,那是水草、少量的泥土和一些杂物聚合成的水中的塔子。

一个城市人蹲在那里钓鱼。几个退休工人坐在河边野草箍围成的小路上晒太阳,他们的外套搁在一块胡萝卜地里。蚂蚱们被脚步惊起时,显得迟钝而且力不从心,季节在它们生命上的刻痕实在是太明显,太深重了一些,几只小白羊躺在妈妈的身边。一只村庄里遗剩下来的狗高高地站在河岸上注视着远方。

"幼连,幼连,到点啦,上学啦。"

"幼连,幼连,有几个同学来找你啦。"母亲喊我小名的声音在耳边回响着。她现在已经老了,头发花白,皮肤失掉了许多弹性。但她仍在操持着一个家。我听见楼下传来父亲习惯性的清理喉咙的声音。而母亲的声音却依然如旧:

"幼连,下楼吃饭啦。"

我在母亲遥远的声音的陪伴下回到了地下室。房间里一个人也没有了,但房间里还有浓浓的烟味。我打起精神坐下来等。等到将近九点半时,介绍我住进来的赵处长进来了。我这还是第一次跟他见面,他很随便,腰里别着 BP 机,一双笑眯眯的眼睛。他一进来就好奇地笑着问我,你得过几次奖了?我说,六七次吧。他看着我说,你的小说挺耐读的;你真是想找一间房子在北京住呀?在北京找房子有点难,主要是想找到合适的比较难,你家里怎么办,小孩,老婆?我说,我很快就会回去。他说,你租房的房钱由谁出?我说,我自己出。我说,我自己出就像是我自己的东西了,再说也没有人会为我自己的事情为我出钱,因为我没帮他们办任何事情。我说,我想出来换换空气。

  我透了一口气。他重复一遍说,北京合适的房子还真不好找。我说,我其实是出来玩玩的,另外我也想出来换换空气。我对房子的事现在几乎没什么信心了。我想,他可能会问我为什么不去南方,那里的空气也许更好。我说,我觉得北方更适合我,因为北方比较宁静,相对来说也比较保守,我需要一段适应过程。我想,我得慢慢走起来才行,这时我突然发现我的三十几岁的年龄横亘在眼前。它们半遮半掩地在我跟前走来走去的。赵处长注意地听着我说,他的BP机突然吹哨子一样地响起来,但他只看了一眼,就不去管它了。他沉思起来。我也沉思起来。他说,北京住房很贵的,我点点头。我现在已经完全不想住房的事了。他腰里的BP机又响起来。我用询问的目光看着他。我们谈起了德国轿车的填充物,北京菜市场的直销,物价涨幅,中关村电子一条街的前景,南方水灾的后果,王府井新华书店的可能搬迁,呼伦贝尔草原和黄海走私,等等。

  当BP机响第三次的时候,他说,我得走了,回电话去。我送他到地面。当地面上的空气出现的时候,他像是突然想起来了。他回身对我说,你看我这记性,他拍拍腰眼里的BP机说,他那就有房子,我帮你问问。我说,他是谁?他说,同学,在海淀路一家单位当科长的。我像找到了救星似地一下握住了他的手。但是我控制住了自己。我说,麻烦你了。他说,不过现在不知道怎么样了。我说,真的麻烦你了。他说,我打电话给你问问。

  这时,我们已经走到招待所大门外面了。我再一次真诚地说,麻烦你了。我无法说出别的感谢的话来,我现在觉得只有说这一句,才最显得得体。

  在十二点以前我没回地下室。我充满信心地想,机会总是属于那些有想法的人的,只要你能坚持。我从府右街一直走到西长安街,再从西长安街一直走到西单。从西单我往北走,最后折向东方。这样的一个正方形,白天人多时走起来可能得一个半小时,夜晚走起来也得一个多小时。我的精神振奋起来了。我设想我在北京有一个住处后可以干多少事情!我会多么投入!

  夜晚,睡我对面铺位上的年轻人始终没有回来。我在黑暗和微闷中,睁着眼看什么也看不见的空间。许多人都说黑暗不好忍受。新中国成立前被打入黑牢里的人大多都结局不好,那实际上是对一个人精神的最后污辱。但我有时候喜欢黑暗。喜欢各种各样的黑暗。夜路的黑暗,卧室里的黑暗,突然走进放映厅时的黑暗,铺黑油路面的小巷里的黑暗,村后玉米地的黑暗,夏日暴雨即将袭击前的黑暗,陌生楼道里的黑暗,春夜平原上飘着刺槐花香时的黑暗,深夜猛然醒来时的黑暗,等等。

  在黑暗里可以干很多事。好的和不好的,包括动和一动不动地遐想。——这好像有点怪,但却是真实可信的。我在黑暗里想了很久,一点都不想睡。我盼着天亮的到来,并且希望这件事能尽快落实。也许在我想这些事的时候,赵处长已经打过电话了,只是我不知道结果罢了。我想寻找一种预测的方法,我想如果我翻开一本书的某一页,书上有"阳光、同情、生命"或任何这一类的字眼或意思,都预示我明天事情的成功。我翻身下床,从包里摸出一本书来。这是我临行前挑出来放在包里的唯一的一本书。但在整个行程中,我都没碰过它。我翻开其中的一页,上面写着这样的话:

世间好比旷野,我在那里行走,遇着一个地方有个坑,我在坑里睡着,做了一个梦,梦见一个人,身上的衣服十分褴褛,站在一处,脸儿背着他的屋子,手里拿着一本书,脊梁上背着重任。又瞧见他打开书来看,看了这书,身上发抖,眼中流泪,自己拦也挡不住,就大放悲声喊道:"我该怎样才好?"……他的老婆孩子听了这话,诧异得很,害怕得很,不把他的话当真,是怕他发疯。

我被这段话噎住了。手捧着书,呆了半天才回过神来。然后我就在许久以后睡着了,可是我很快醒了。我是看了表才知道几点的。我下床开了灯,如果不开灯的话,地下室里不分昼夜,我永远不会有时间概念(其实开了灯我也不可能知道昼夜)。这时候,离我能给赵处长打电话还早得很。

对面铺位上的小伙子一夜未归。我躺在床上设想他们一夜未归的几种可能。第一种可能是他跟那个女孩在某个地方,一夜都在某个地方。第二种可能是他已经退房了,已经脚踏在东北的土地上了(他没有任何痕迹留在房间里)。第三种可能是他既没能走,也没能跟女孩在一起,那他的痛苦就是无边的了。

其实,我知道,我这是在尽量拖延时间。到八点十分,我起床刷牙洗脸,又在卫生间待了一会。待在卫生间里的时候,我想,当我说"喂"时,结果会是怎样的呢?也许会决定我的命运,因为那可能要改变我的生活。我忐忑不定地回到房间吃了一碗"康师傅",然后就穿戴整齐了走上地面。

天晴起来了,但西天也还有一些云在不定地飘动。我走到丁字路口,站在路边看奔驰的车。过一会我就抬起手腕仔细地看看手表。快九点了。我转身回招待所去打电话。总台已经换了一位小姐了。大厅里静悄悄的。龟背竹在生长。仙鹤展翅欲飞。我进去的时候,那位小姐沉着而冷静地坐在服务台里看着我走近。我说,我是住在下面的,我用手指指地下,那里的电话老有人占着。

她轻轻地私语般地说,您请。

　　我拿起了电话。虽然小姐的举止十分得体,但我这时还是真希望我是在家里。没有人注视我,没有人听我说的每一句话,也没有人揣摩我的心态和想法……电话立刻就通了。我已经冷静下来。我说,我找赵处长。他说,我就是。我说,啊,赵处长,我是……他说,我听出来了。我说,啊。他说,房子的事恐怕有点困难,他们单位承包了。这似乎是我预料之中的结果。但是喉头的肌肉还是无法控制地干紧起来。我说,啊。他说,我再问问,叫他给我个明确答复。……

　　也只是刹那间,我就已经陷入了深深的绝望之中。我使劲笑着说,也好,也好。他说,你别着急。我说,不急,不急。我回到房间,带上北京市交通旅游图,一刻都没停留,就起身往西单走去。天又开始阴郁了。小风在刮着,我想,这是生活的明示。如果我还未谙事理,那么我会奢望世界,但遗憾的是我已经成年。这真不好。我感冒了,接连打了三个喷嚏。但我反而把胸脯挺得更高了一点。我在心里告诉了自己应该去的地方。现在我需要一些事务把我心中突如其来的失落挤走。我挤上一辆汽车,站在较高的地方看车外的人众。我又回到了出发的位置。但我别无选择,只能再去碰碰我所有的运气。我在阜成门内下了车。车站近旁有个卖鸡蛋煎饼的小车。我走过去了又走了回来。我等在车旁。手里捏着一张两元的块票。面汤的香气升上来了,它们在鏊子上生成了薄薄的、白白的、薄白如脆纸的煎饼。然后鸡蛋被打破了,蛋清和蛋黄被拌在一起摊了上去。它们生成了另外一种东西。更香,更浓,更有生命的感觉。

　　第三天上午我又来到了小车旁。我拿到了鸡蛋煎饼。我一边走,一边小口小口地吃它。一个煎饼太少了,我真怕一下子就把它吃完。也许就为了慢慢体会煎饼的感觉,我在路上走了很久。我都穿过两个甚至三个街口了,我生命的多余部分还没有走完。我来到了我要找的单位的接待室。我有点累。我的肚子又饿了。我在接待室的沙发上坐了一会,然后就掏出工作证,往大门的里头走。看大门的老头坐在一个高脚椅上,他一眼就看见我了。他对我摆摆手说,上接待室打电话去。我说,我有工作证。他固执地说,打电话叫人来接,快去,快去。

我只好退回接待室,排在打电话的人后面。半小时后轮到我了。这时是十二点差五分。电话刚通,接电话的人就对我叫起来,他刚走,你在门口说不定就能撞见他。我撂下电话冲到大门口。这会儿出门的人有点多了,而我跟他连面都还没见过,我们只是因为业务关系通过几次信罢了。我想也许我可以拦住人问问,但那样我就显得太有点阿乡了,我马上就放弃了这个方案。我呆呆地站在大门旁边,看着一个一个人走出大门。我慨叹运道的严密。如果我能早一分钟来到,如果我能顺利进入他的办公室,如果我能心平气和地(双方)坐在他对面的木椅或沙发里,如果我恰巧碰上他有个好的心情,如果我能在适当时机说出我的想法和要求,如果他天生是个乐于助人的角色,如果……我的命运和境况都会因此而改变。但现在似乎完全不可能了。我看着每一个离去的人都像他又都不像他。我退回到接待室里,心境坦然地坐进沙发,并且注视着门外的人流。他们都是幸福的,无忧无虑的。我羡慕他们。也惊叹他们过人的自我完善能力。他们都圆满地为自己定了位,然后就信心十足地沿着逻辑规定的方向生活下去。而我却不能。

第四天上午,我在另一个接待室里坐了将近两个小时。我一边坐着,一边打着喷嚏,一边掏出记事本和北京市交通旅游图进行选择。记事本上记了不少姓名、单位、电话和地址,但和地图对照着看,大部分不是太远,就是找不到。我想我可以试着打几个电话的。虽然我一点心情都没有,但我告诉自己,我需要坚持。我不断地对自己说,有时候就是这样,一秒钟以后,所有的事物都改变了,都面目全非了。关键就是坚持。可是我仍然找不出马上就可以决定去找(或打电话联络)的人。我本子上的汉字像一个个闪烁的光标在我面前眨眼。如果我给其中某个光标一个干脆的命令,那么屏幕上就会涌现出完全不同的一些方案。可是我不知道该选择谁。

我站起来把本子和地图装进口袋里。然后走出接待室。

大街上的车还是像所有的时候一样多。商店半掩着门。自行车都盲目地行驶着。我的感冒和咳嗽,在我的心情支配下,变得变本加厉起来。我好像从来没有这么狼狈过,我像老人一样弓腰咳嗽着,把痰吐到路边的垃圾桶里去。我的面色一定黄里发黑的很不好,显出了一副潦倒相。我的头上长出了许多根白头发,显示出了岁月的擦痕。我觉得我已经失去了一切,包括做男人的资格,因为失败的男人就不再具备做男人的资格了。我觉得这也是我自我要求的必然结果。我总是给自己设置超过承受能力的重载。如果不成功,我就认为是失败,这种心情会影响我很长时间。我还喜欢多管闲事。我操心缅甸的发展,因为我觉得缅甸人和中国人有一种很深的血缘关系,从某种程度上说是不可分的。我操心中亚国家和伊朗的政局,关心巴西雨林里响尾猴的近况和太平洋某荒岛的政治前途。我甚至关心淮北乡下某农户的秋季收成,以此来预测民众心理和社会变动。但我的操心却得不到应有的精神和物质特别是物质的补偿。我的主食和副食,都只能产生最一般的热量。我得不到大众的精神呵护……这些(我感觉)都可能是我积劳成愁的原因。它们现在暴露出来了——用我无法制止的方式。

我漫无目的地往前方走,空荡荡的肚肠咕噜一声向我做出了提示。走到一个道路突然变窄了的地方时,也许是我的淮北佬的本能在远方召唤的缘故,我突然拐进了一条干净的小胡同。胡同看起来很深,两边种满了粗大的树。一些北京特有的小三轮,静静地停靠在四合院敞开的大门前。我跟着胡同往前走。直到走进一个单位的大院,走到一幢楼的外边。

一楼的窗户都敞开着。窗外是一些月季和小松树。我在窗前站住了。秋天在这里体现得十分出色。地上的草半枯着。给人的印象是苍劲,明亮,而且有力。这显然是北方的秋色。虽然也是城市里的秋色。现在我明白我的本能的含义了。我看见窗户里的桌子边有两个人正坐着吃饭。他们一边吃,一边说着话。而那个说话的正是我笔记本上的熟人之一。

我差点喊出了声。但我马上就走到一株可以遮挡我的小树后面去了。我站在树后看着他。他吃得真香。他一边说话,一边开始啃起了一条炸鸡腿。很明显,这时候我绝对不会,也不应该出现在他的面前。我回到街上,听着一家瓷器店里传出的歌唱:大雁飞过菊花插满头,南北的路你都要走一走。同时买了一盒盒饭吃下去。吃完饭后我匆忙回到栽着月季花的大楼里。但是我的那位熟人已经不在了。桌上干干净净的。办公室的人都瞪着眼否认他上午来过,更别说在办公室里吃饭了。

那不可能,办公室的人说,他前天就出差到合肥去了,他还说这次一定要让许辉大出血在合肥最好的馆子里猛请一餐呢,许辉有钱,他说,花个千把块钱不会太心疼的,他花也是花,咱们吃也是吃,你是谁?

我说,我从内蒙古霍林郭勒来。办公室的人说,霍林郭勒是什么语?我说,就是蒙语。他们说,什么意思?我想了想说,对不起,我忘了。他们就低头干自己的事去了。

在北京的紧接着的第五和第六天,我都是这样勉强挨过去的。我给笔记本上所有的电话打电话。他们大部分不在,或者电话已经换得不知所云了。有少数接了电话的,我也只能肤浅地跟他(或她)闲聊几句,无法深谈。有时候他们让我去玩,但我打电话的时间都不怎么对头,要么就是快下班了,要么就是对方正在开会,要么对方晚上就出差,我只好表示不去,并且说我马上就要离京了,以后再来。他们会问,你什么时候走?我只好一编到底,说我明天不走后天一定走。他们会继续追问,票买过了吗?我只好更痛苦地说,还没拿到手,但不应该有什么问题。

　　这样撒了几次谎以后,我自己都相信我马上就要回家了。想到这一点,我就感到很不自在。但我觉得前景有点渺茫,恐怕也没有其他办法了。打完所有能打的电话之后,我坐在大街边一家烤肉店的台阶上,认真地思考了几分钟。太阳正在往西天偏去,乌云又有点迎上来了。我想,不管怎样,我应该去售票处看看购票的情况了。北京的车票非常难买,这我早有耳闻。关键还不在这里。关键是我现在不再有拖延时间以便等候转机的事情做了。我不能只待在地下室里看日光灯,我总得采取某种行动与外界产生联系才行。

　　我打听了公共汽车的路线后,就乘车来到了西直门的铁路售票处。这里和阜成门等处不一样,这里只售明后两天的硬卧票。

　　我先是来到了西直门的立交桥上。我站在桥上,看着桥下川流不息的车流。我想,上天对人的待遇确实是不平均的。但我又想,它给人的苦恼肯定是一样的,不管你有钱,有权,有闲,或什么都没有,每人都得拿到一份。想到这一点,我心里就得到了一些安慰。我下到桥外的一条小街里。卖水果的对我说,一直往里走,就走到售票处了。

　　我一直往里走。小街很深,也显得很偏僻。路边长着一些高大的梧桐树。梧桐树枝繁叶茂(虽然已经是秋天了)。它们的热心庇护,使小街的气氛更显阴郁。街边站着一些人,有男的也有女的,大都三五成群,也有独自一个的,都在三十岁上下。他们手插在裤兜里,或两手抱着膀子,显得很闲散。但他们眼光机灵,不停地跟行人搭腔,一看就知道他们是干什么的了。

我的脚步停顿了一下。因为我看见街的另一头逐渐暗淡下来。雾慢慢涌上来。原来是一个潮湿而沁凉的夜晚,我正在回父母家的路上,我叫了一辆人力三轮车,他把我送到大院的大门口,就回去了。我一个人在凌晨三时清凉潮湿的空气里往前走。我面前突然升起了一层浓雾。道路两边的松柏和冬青很快就隐去了。花园只有一小部分还留在视线里。整个大院似乎没有一盏灯亮着。我走到花园边,在石凳上坐下来。

"成绩不应该落在别人后面,因为你并不笨。"这是上小学时母亲对我说过的一句平常话。

"现在城里很乱,把幼连送到乡下过几个月吧。"这是"文革"时期武斗开始时,母亲对父亲说的一句话。

"苦一点,累一点,对年轻人没有什么坏处。"这是我在农村插队期间回家,母亲在饭桌上随便说的一句"大道理"。

"对这样的事,我和你爸爸一直都是支持你的。"这是大学放暑假前,母亲对我假期中打算到西北戈壁滩去的想法的复信回答。

雾气渐渐散去。树和树的枝节都显现出来了。但天空还是有些阴晦。也许是我停顿的缘故,路边一个半秃顶的男人,和一个面孔略黑的姑娘已经靠过来了,他们操着好听的京腔,说,先生,要票吧?我说,有没有明天去合肥的硬卧?他们看着街的两头,嘴半动不动地说,有,要几张?我想,我真要走了。我突然想起了老子。《老子》的第一句就是:人都得走。第二句是:所有的人都得走,都得离去。我说,要一张。他们说,二百二。一百五。一百八。我知道票价只有七十四,或者七十八。我的手在裤兜里捏着钱。我只能又回到原地去了?我干脆地点点头。他们也点点头,然后转身向街的尽里头走去。

238

我跟在他们身后。这是一条旧街。越往里走,四合院越多,也越安静。两边都是带门楼子的黑漆门。街上几乎没有行人。他们在一个刻着"老北京"的水泥牌下站住了。我走上前去,把票拿到手,先仔细辨认了一番,然后就把钱给他们了。我把票装进口袋里,沉思着,慢慢转身离开了水泥牌。

我觉得我的归途似乎已经打发好了。反正不怎么妙。我慢慢地往回走去。那两个票贩子怎么离开的,我一点都不知道。因为这时候,我的耳边响起了一首我熟悉的钢琴曲。是一首名叫《水边的阿蒂丽娜》的曲子,她在我心情有点沉重的时刻,来到了我的身边。她偎在我身上,傻呵呵地跳着。幼连啦,幼连啦,她学着我母亲的声音,叫起了我的小名。我无所谓地往前走去。我又像是被她迷住了。在她的导引下,毫不费力地穿过了大街小巷。她在我的身边和身体里,跳着,蹦着。她也许是我妻子。也许是个外人。我想对她说,行啦,行啦,我累啦,该歇歇啦。但是她在我的血液里一刻不停地跳着,蹦着,傻呵呵地大笑着。我迈动脚步,一直走到了天安门广场。

也许这真有一种象征的意义:我是来告别的。我站在人民英雄纪念碑的台阶上,面向城楼,一边咳嗽,一边倾我所能,尽力向远方眺望。非常奇怪,刹那间,我似乎获得了力量。列车播音员的声音也回到了我的身边。她说,这是八百年的古都,因此它具备了超凡的能力。现在我感觉到了这一点。我的眼前一片朦胧。但我还拿不准将要发生什么事。我走下台阶,像所有的人那样,若无其事地在人群中穿行起来。

然后我走上了回招待所的路。这一天我走得太远了。都累得快要支撑不住了。我的腰酸得发软。腿也僵得发直。甚至目光都有些呆滞了。我跌跌爬爬摸回地下室我的房间。我先没开灯。我摸到桌上有一张纸。我在黑暗中把它捧起来,用手触摸上面的字

迹。这就是我要得到的东西。我打开灯:

××:

见字如面。租房事已联系好,月租六百。望回来后速去海淀路——1800号空间研究所找李科长落实。可乘866路直接到。

赵

我想起了我的一位大学同学。大学毕业后,他一直在党政机关工作。结婚时他老婆还是挺漂亮的。后来他突然就下落不明了。现在他老婆带着孩子两个人过。都好几年了,还在等他。这时我似乎有点垮下来了,一点支撑都找不到。我激动得热泪盈眶,一屁股坐在床上。我对自己说,我一定得报答的,一定得报答!但是报答谁,我还没想过。赵处长是首选人。还有那位没见过面的李科长,还有北京,这座古老而又年轻的城市,还有一切,所有的人和事。还有我的妻子。

我想起了我妻子。

现在我突然想起来应该告诉她这一切了。当然只是结果,我不会告诉她过程的。我的失败感已经消失了一半。我站起来在房间里走了十几个来回。我坐不住。一坐下,就有一只轻快而有力的手拍着我的肩膀说,哥们,哥们。我知道他想说什么。沉着点,或者高兴点。但他什么都不明示。他只是一个劲地拍着我的肩膀。我跳起来走出地下室。他说,上张北去吧。他的意思是,你的高兴劲都能驱使你毫无来由地到张北去,或者,只有到张北才能有一个和你的兴奋心情相一致的环境;张北是一个与高原草原类似的地方。他说,上张北去吧。你走上高高的兴安岭,或者去鄂伦春人的家园吧。我立刻开始了又一次长途拉练。我咳嗽着,亢奋地做着扩胸运动。在北京宽展无比的大街上,我引人注目地阔步前行。我从府右街走上了西长安街,然后折身往东走,经过新华门、天安门,走上了东长安街。我一刻不停地往前走,走上了建国门内大街。

建国门内大街上人种驳杂。一些欧美人斜坐在街边花园里的围栏上发呆或者说话。我想说,嗨,朋友！或者,I LOVE YOU,别理我烦着哪,今年宠物流行,T恤前胸领口一开到底,等等什么的。但我什么也没说就出了建国门内大街。再往东我一直走上了东三环。风很大。天似乎是阴的。在这里,我的咳嗽声差不多立刻就被这些高投资的巨型基础设施吸收了。劲风十级。我夸大地想。我沿东三环往北,过三元桥直到亚运村。然后由北转西,经国际展览中心、北太平庄大立交、新街口和西四,回到了西长安街上的电报大楼附近。

天阴得有点浓。夜都很深了。我的情绪稳定下来,我也走累了。我想,我该给她们打电话了。我站在路边的一个垃圾箱旁,弓着腰,猛烈地咳嗽着。然后我走进了电报大楼。

电报大楼的营业厅里有很多直拨间,但都空着。柜台里有两个营业员各自低着头,在全神贯注地看一份材料。我走近柜台。我说,我想打个直拨。她们同时说,预交二十元。我交了二十块钱。其中有一个营业员给了我一个写着直拨间号的小纸片,号数是42。我进了直拨间,把门关上。外面的一切现在都离我而去了。几天来,我第一次拥有了自己的空间。

我拿起话机,按了号码。在等待接通的短暂时间里,我把胳膊肘撑在放电话机的平台上,眼睛看着电话间玻璃上的汽水广告。这时我的心情突然肃穆起来。好像有什么重大的事情要来临了。而且随着振铃的声音,我的心情愈来愈沉重,愈来愈肃穆,也愈来愈挑剔。一想到我将在一个很长的时间里,得离开家,离开我的游刃有余的生活,我又有点胆怯(?)了。我赶忙挂上了电话。

我离开电话间走到柜台边。我需要时间,哪怕一点点。我说,真糟糕,电话不通。我走出电报大楼。但不知该往哪走。我想,下人行通道吧。因为那里现在肯定非常安静。我下了人行通道。这时人行通道里一个人也没有,墙壁上亮着几盏灯。我靠到墙上,想好好想想。可是我马上发现,这种时候一个人靠在人行通道里,很叫人心里不安。不是我自己心里不安,而是怕恰巧这时候走进来的人心里不安。我站直身体,不停顿地走上了地面。我知道我肯定会把那间房子租下来的。但我需要一个人,另一个人,只需要一个人,帮我确认一下,甚至只要她不反对就行。这个人似乎只能是我妻子。

我仍然需要时间。我努力地想到我的一位朋友。还有一位朋友。我父亲、母亲。我姐姐。我的另一个朋友。两个异性朋友。我这才发现我又回到了妻子身边。哪怕我恨过她。对她咬牙切齿,或说出过最没有退路的话。终于,我还得通过她的帮助和确认,才能完成一件事。

我转身回到电报大楼的直拨间里,重新拿起了话机。电话马上就通了。妻子遥远的声音在对面说,喂,哪里?我的眼泪差不多一下子就涌出来了——是在心里一下子就涌出来了,而不是在眼睛里。像一个在外面玩累了的小男孩,最终又回到母亲身边。什么事都不用问了:母亲会安排好一切的。尽管放心地睡吧。或吃喝撒娇吧——我说,是我。她说,刚才肯定是你的电话,我醒了,就靠在床上,一直等着。我咬着嘴唇,控制住情绪。她(好像)哭了,她说,你在北京吧?

她说,你在哪里?你都好吧?

她说,我们一直在等你的电话,电话铃一响我们就赶紧去接,但每一次都不是你的。你都好吧?

她说的"我们",是指她和女儿。我现在突然发现,她们就是我的全部家当。对我来说,她们才是最重要的。我说,我都好。

我的声音平静得出奇。这是我的一个毛病。我总是这样的,越是心里复杂得要命,越是激动了,或愤怒了,声音反倒越冷、越单调。我改了很多次都改不掉,一到关键时刻。它就跑出来了,我妻子也许感到我声音的气氛了,虽然,我想,她是了解我的。但她的声调也多少有点减低。她说,你什么时候回来呀。我们都好想你。我没有直接回她的话。我说,我在这边找了一间房子。说完这句话以后,我就停顿下来。我是想等待她的反应。她果然立刻就沉默了。她说,为什么?我说,我是想改变一下环境,换换空气。她沉默了一会说,随你便吧。

听了她的话以后,我感觉非常失望。我半天都说不出话来。也许我的期望太高了。期望她能立刻说出我想要听到的话。但什么是我想要听的话呢?我说不准。我心里有一种孤独凄凉的感觉。我需要有一种挂靠。但是我没有完全得到。我不说话了。她也不说话。我们就这样沉默着。

话机里静静的。过一会,传来了几声信号声。在我们之间,有一千一百一十多公里的距离,那里正在发生着多少事情。但我们一无所知。我们只占有了这一个细窄的时间和空间,尽管它最终仍会以货币的形式来跟我们结算。

过了很长时间,也许天已经亮了。话机里的气氛和缓了一些。我说,关键的时候我需要你的帮助。她轻声说,都联系好了吗?我说,联系好了。她说,需要什么我们给你寄去,钱够不够?我说,不用,我明天,不,今天回去。她想了想,用一种非常缓和的口气问,为什么要今天回来?我说,因为车票已经买好了。她轻声说,买好再退掉不行吗?需要什么,我们给你送去都行。其实你可以立即开始了。这时我觉得我重新回到了她的身边。我的创伤正在愈合。我已经嗅到她身上我熟悉的气味了。我咳了一声。我说,那也好,去退掉吧,家里都好吗?她说,我们都好,就是女儿想爸爸,你不用担心我们,你感冒了吗?我有一种想哭的感觉。但完全不是软弱。我说,我感冒了,还咳嗽。她说,感冒了就赶快吃药,先到药店里买几瓶,'先锋'治咳嗽很好的,钱的事你先不用想,我说,已经吃了。她说,吃少了没用,要按剂量,连续吃。这时我已经觉得我是在为她吃药了。我想结束这次谈话。我公事公办地答应了她,是的,我继续吃就是了。

现在,我的心情已经完全明朗了。走出电报大楼,我抬头看看天。天阴得很厉害,暗晦晦的,但天已经大亮了。我沿着府右街走回仙境胡同。在胡同里,我吃了一顿丰盛的早餐。有豆沙包子、稀饭、菜包、煎饺、茴香、红果儿和咸萝卜干。我一边吃,一边想,我该抓紧去退票了。退完票,我就可以给李科长打个电话,上午就搬过去吧。

吃完饭,我急急忙忙赶回招待所。我先给赵处长打了个电话,告诉他我上午就去联系,然后直接就搬过去了。打完电话之后,我到总台去退了房。因为在十二点之前退房只算半天。我没有必要多付半天的房费,虽然只有五块钱,但这也是自己的钱,能省就省了。

退房之后我回到地下室收拾好东西。这时服务员老太太来了。我有点发愁,我总不能带着这么多东西去退票,再带着这么多东西,周转半个北京,挤公共汽车去海淀路吧。我用商量的口气,对老太太说,我十二点以前来拿东西行不行?我还得去办一件急事。老太太一挥手说,行,行。

我想,我真是掉到好人窝里了。我没怎么耽搁,就来到了地面上。这次我可以打一次"的"了,用省下来的半天房费,再加上对自己心情愉快的五块钱奖励。我抬了抬手,一辆"面的"在我跟前停下来。我拉开车门坐进去。虽然我的咳嗽还没好,但我已经恢复了常态。到西直门,我用一种不容置疑的自信的口吻说。

"面的"在北京的街头穿街走巷地跑着。我一声没吭,悠然地看着车窗外的景观。是的,我的新生活几乎已经开始了。晚上我一定会饱餐一顿。然后洗个热水澡睡觉。明晨我可能会进入工作状态。我的感觉是这样对我说的。而感觉又是不可能错的。

我在西直门外的小街下了车。街头的景物一如既往。一些人在走路。另一些人站在街边。但昨天的那两个人都不在。我放慢脚步,心里想着怎么办。这时,有一个个头比较矮小的男人,看看我,然后走过来问我,要票吧?我说,我还想退票哪。他看着周围,不慌不忙地说,到哪的?我说,63次到合肥。他说,给我。我说,多少钱?他不动声色地说,你说个价。我说,我这是高价买的。他眼看着街的远方说,你说个价。我说,一百八。他摇摇头,高了,不可能的,你让我喝西北风去。我说,我一分钱不赚。他平静地说,不可能的。

也许真的不可能。我有点相信他的话了。如果卖不掉,我就得到退票处去退掉,那至少得损失七八十块钱。我说,你给多少?他马上就报了个价,八十。我摇摇头。一眨眼我就得丢掉一半,我暂时还不能接受这种现实。我想碰碰运气。我说,我上前头看看再说。说完,我就转身往街里走去。小个子跟在我的后面,像是跟我不认识的路人。他说,一百。我再一次摇摇头。我感觉他停了下来。这样,我们之间的距离就拉开了。我一直往街里走。我还想碰到昨天卖票给我的那两个人。虽然我知道他们不可能再用原价买回车票,但我希望能碰到他们。哪怕只说几句话也好。毕竟是见过一面的,打过交道,心里就有一定的安全感。

我一直走到刻有"老北京"几个字的水泥标牌下,也没见到昨天的那两个人。路上人很少。我在水泥牌下站了一会。我对那两个人已经失去信心了。我左右看着,希望能有别的买票的人。

街面上有一辆小三轮骑过去了。街对面站着两个人,一男一女。男的吸着烟,提着个小黑包,穿一件廉价的夹克。女的抱个孩子,梳着大辫子,一看就知道是京郊或东北的妇女。我等了一会。其实我也不知道是在等谁。时候不早了,我有点焦躁起来。心里想,不如早点出手算了。我迈开脚步往回走。一路上我注意着有没有要票的人。但一直到快出街口了,也没有一个人来跟我搭话。

我在街口站了一会。那个小矮个也不见了。也许这时候他们都收工回家吃饭去了。我觉得,他们几乎没有加班加点的必要,因为他们手里的都是俏货。我在街口转悠了两圈,不知道该干什么才好。我想,再走一趟吧,我折身再往街里走,这次我走得慢多了。一边走,一边东张西望地看所有的人。这时天阴得更浓郁了。梧桐树把街面挡得暗乎乎的。我又走到了水泥牌下。还是一无所获。我在水泥标牌下站住。我想,实在不行,只好直接到北京站卖去。卖多少算多少,也不能顾忌太多了。

这也许是我顺遂之前的最后一个小波折了。正这么想着,对面那两个乡下人,男的在前头,女的在后头,扭扭捏捏的,过街往我这边来了。开头我还不知道他们过来干什么的,但这时他们已经过来了。男的手指头里还夹着烟卷,老实巴交的样子。他一过来,就结结巴巴地说,同志,可有车票卖了?一口的京腔。我说,上哪的?他说,你这有上哪的?我笑了起来,还能上哪的你都要?女的这时已经跟过来了。女的说,俺俩想往南边去。男的说,往西去也行。我说,你们俩这是私奔出来打工的呗?男的说,差不多。我说,上合肥的你俩要不要?男的说,那得多少钱?我说,一百八。女的拍着孩子说,你便宜点卖给俺。我说,便宜卖我就赔了。

其实这时候我一点都不想高价把票卖给他们。但不知怎么的,这句话脱口就出来了。按照当时我的想法,如果他们再能跟我商量一句,哪怕面色上略微有点为难,我肯定就会降价的。但是男的却往外掏钱了。他一边掏,一边说,你这不是假票呗? 我说,哪能是假票。也许是为了使他相信,我突然又莫名其妙地加了一句,这票都(!)是从售票处买出来的,包你不假。

话一出口我就觉得心里不踏实。男的说,你拿出来看看。我想他不可能拿了我的票跑掉的。他还有个女人,跑不过我。我把票拿出来给他。他看了看,又像是拿不准主意似的,转脸递给了他身后的女人。我说,假不了。男人点点头。这时他已经把钱掏出来了。他把钱塞在我手里,嘴上说,拿好喽。

凭直觉,我突然觉得事情不怎么对头。或者说完全不对头。我想我得走了。得赶快走了。我接过钱,才刚接过钱,腿上一软我就跪在地上了。原来我的腿弯子被那个男的踹了一脚。刹那间,我的本能告诉我要反抗。我骂了一句很脏的话,同时"腾棱"一声跳了起来。这我的悲剧开始了。我腿上立刻又挨了那个男人死命的一脚。同时,头上也被那个女人用孩子砸了个满眼金星。我倒在地上。旁边马上就围起了四五个人来看。那一男一女都凶相毕露地站在我的脸前。男的还指着我厉声说,老实点!

说实话,这时候我已经不敢再起来了。因为那样我只能必然地再一次成为他们的活动靶子。我只好说,你们怎么打人! 你们怎么打人! 女的冷笑一声说,打人? 打你是轻的,再不老实,你还是拒捕哪! 我脑袋里一片空白。那个男的跟上说,把钱拿好喽,两手抱头,蹲到墙拐角去!

我蹲在墙根,两手抱在头上,眼睛看着地面。周围看我的人一个都没散去,反而越聚越多。我慢慢冷静下来了。我想,我的新生活,就这样突然地、花样翻新而又别出心裁地开始了吗?

但是无论怎样,我都得感谢生活。感谢生活的赐予。从今以后,我更只能勇往直前,九死不悔了。因为我已经有了一个非同寻常的新的开端了。

至于应付便衣警察的遁词,我当然会说,这是我体验生活的一种方式。

作家什么都得知道。

过 重 岗 山

  我已经有十年没回老家了。老家的意思就是老一辈、上一辈的家,是祖先生活和活动的地方。所以不管它多么偏僻、穷困,都有一种联系人的感情、唤起人的记忆和呼唤人回归的力量。我母亲的老家和父亲的老家都在安徽和江苏交界的地方,在皖北和苏北的省界附近。那地方本来就穷僻,现在相对来说仍然如此。阳历八月下旬,我带着几篇刚开了头的小说,一个人乘车到了泗县黑塔镇。泗县和泗洪都只有汽车通行。黑塔在"文革"中改为红塔,现在早又改过来了。在黑塔住了两个晚上,情绪的流动是不紧不慢的,因为这次出来,主要是想重返乡村,回到记忆中十分熟悉的情境中去。在黑塔住了两个晚上以后,我在第三天拉着刚认识的镇农技站一位朋友带我到小梁乡去。小梁乡粮站有我的一个哥哥在那里工作。从地图上和别人的嘴里知道,小梁乡还不正式通汽车,所以我想那里肯定更安静、更有一种古朴的乡村气息。

  小梁乡果然是这样的。乡政府的所在地是平原上一个稍大点的村子,四面都是无边的田野。

  到小梁乡之后,我就在非常安静、来往人很少的乡政府招待所住下来了。我住在后院最西边的一间屋子里。除去吃饭打水上厨房,我就一个人安安静静地坐在桌前写写东西,躺在床上看看书,站在窗前看看外边的乡景,到田野里散散步,极少有人来打扰我。屋里有一张床,一张小长桌,一把木椅,两个暖瓶,一个脸盆,苇席下压着的一张旧布和很厚的灰尘,其他再没有别的东西了。

  两天以后我干活干得有点乏累了,小梁乡也没有任何可以娱乐和放松的地方。到了夜晚,我因为心情不畅,想到屋里找到一点新东西,无意中掀开苇席,并且把那张旧布翻了过来。

啊哈,原来这是一张看上去技巧并不很高明的油画。我的第一个念头就是:意外。这地方还有油画?肯定是印刷品。我想,农村也许能无缘无故冒出来一个水墨画家,但决不会无缘无故冒出来个油画家!然而画是真的。这使我更加感到意外。我放下画布,走去插了房门。外面是已经有些凉意的秋夜了,院里成排的梧桐树的叶子"哗哗"地轻微地碰响,又旋转着落下。我脱去外衣,点燃一支烟,斜靠在被子上,重新拿起那张画来看。

也许油画是不适合近距离拿着看的,但即使这样,我认真地看了第一眼,心里就吃了一惊:画面上是一望无边的黑土地,黑土地面对观者扑腾而来,看上去气势非同一般。这又是一次意外,我被这幅画奇崛的力量惊醒了,因为这幅画和它所在的环境反差太大,如果在大城市里,它也许不会一下子就对我造成这么大的冲击力的。

我连忙爬起身,用我带来的大头针把它钉在灰暗的石灰墙上,然后退到床尾近两米远的地方,跪在床上仔细观看。一望无际的黑土地确实是滚滚奔腾、扑面而来的,那好像是一种压制不住的生命喧嚣和拱动,另外,还有一种强烈的繁衍与勃起的渴望,在错综复杂地扭结、碰撞,使整个黑土地完全变形成一种曲张、痉挛和苦痛的狂力。

我躺到被子上休息一会,让心情平静下来。我虽然受到了画的冲击,但一下子也还没有看明白。再说电灯的光线也太昏黄了,让人觉得看不真切。

这时外面突然下起了急雨。风声也紧了许多。空气有些发凉。我默默地等着风雨过去。等雨停风收,我爬起身重看油画时,立刻发现了一些第一次浏览没有发现的细节:画面前部偏右一点,有一大片暗红色的沟壑、断崖和缓缓的坡地,断崖下、沟壑里和坡地的边缘,流着一股浓烈黑厚的大水。我突然觉得这个地方我有些熟悉。这是什么地方呢？我怎么想都想不起来。也许只是个无名岗吧,我只好对自己说。

这一晚我对着画观察、琢磨、揣想了很长时间。我睡得很晚。第二天,为了让头脑清醒一些,一大早我就出去散步了。

小梁乡实际上就是农村,所不同的是它有一个粮站、一个信用社、一个党政大院和两三家小商店。出乡政府大门,走不几步就是田野,是那种真正的大田野。这一带是古黄河和淮河冲积成的平原,土地面积大,人口少,走上田野就有一种雄浑苍茫、厚实凝重的感觉。另外,这里还有一种不富裕的地方才有的悲壮气氛。

我逐渐走进了田野腹地。

到处都是庄稼,沟埂,看不见村庄,也看不见人,连一条像样的路都没有。空气也有些潮湿。

我忽然发现我走进了辣椒园。我惊讶地站住了。这么大面积的辣椒园我还从没见过,无边无际,浩浩荡荡。大概是肥力足的原因,辣椒的叶子全都绿得发黑,像一片茫茫的波涛。这简直是个奇迹！因为时间很早,我并不急着离开辣椒园。我在园中迅疾地走起来,或时而停住,时而蹲下。蹲下时,我看见像一个个血滴一样的鲜红辣椒挂满了枝条,站起来时,又看见无边无际浩瀚的浓绿。我这时有一种强烈的感受:难道世界上的各种颜色都沉淀成了红和绿这两种吗？又是什么力量把对立的两种色彩统一在一株植物上？

后来,我终于走出了辣椒园,走上一条大些的土路。

路边有个看花生用的小棚子,我咳嗽两声,走了过去。一个农民用喉音从棚子里向我打招呼:"来啦。"我说:"来了。"棚子里有点昏暗,里面有一个用药瓶做的煤油灯,挂在棚架上。匣子里唱着琴书,看起来身体很好的老头斜躺在几根木棍绑成的凉床上,正把眼睛闭起来品味。我打算离开了再往前走走,这时老头把脸暴露在明亮些的光线里了。我大吃一惊,他的黑土地一样坚实的脸在长年风雨的侵蚀下,被冲刷出无数道深深浅浅的沟壑。这一定就是他的年轮!是一个人的象形文字般的生命记录!

早晨的经历更明确了我昨晚的想法。早上吃过饭我就去找我哥哥,说我想回泗洪老家看看,看看二叔,看看许多亲戚,还有我在那里度过好几个暑假的村庄、洼地、刺槐林和河堆。

哥哥利索地说:"行啊,不过得骑自行车,有五十多里路哪。"我说:"骑车就骑车,五十里路也快。什么时候走?"哥哥说:"吃过午饭吧,我上午有事还走不掉。"

午饭后,我回到房里收拾行李。我小心翼翼地把那幅画拿起来,打算擦擦灰,卷起来放在包里带走。

当我把画拿到窗前,对着亮光看时,新东西出现了,是我原先没看见的新画面:

在明亮的画布深处有一片更加广袤的原野,原野的近处有不少细高茎的山草在明媚、甚至是耀眼的阳光里一根一根随风晃动,较远些的地方有几个赤身露体的男孩在追逐、捕捉蚂蚱,左侧近些的地方土地干裂,焦风把低矮粗硬的茅草烧得光秃秃的,一个骨骼粗大但血肉近似干枯的中年男人坐在一捆发白的秫秸上,黑瘦的手指插在草样的干发里,他身旁站着一个枯瘦如柴的女人,她把一只手叉在胯骨上,瞪着无神的双眼看着远处的孩子……

这真是一幅怪画。

我迷惑不定地收拾好东西,跟着哥哥上路了。出粮站时,我把疑问说出来了,我问哥哥:"俺哥,咱们这平原上有山呗?"哥哥平静地说:"有重岗山嘛。也不算啥山,在书里叫丘陵。"

阳光照在田原上,明晃晃的。出了小梁乡政府所在地,乡土路立刻伸入到无边无际的原野中去,并且与原野的一切混成了一体,无法分辨。

越往前走,越感到是走进了原野的纵深。路上没有行人,土路曲曲弯弯,忽上忽下。但原野基本上还是平坦的,在很远的地方,到处都种着花生、芝麻、棉花、黄豆、高粱、绿豆和荷麻。

"记得那时候,二叔一家十几口人,几个姐姐都长得结实,漂亮,又能干。还有那个老虎叔,体重有二百多斤。现在不知怎么样了。"

"恐怕你认不出来了。现在不少人家都在庄外盖了房子,以前老宅子都种了庄稼。"道路经过一座粗拙的石桥。石桥一侧的河埂上有一男一女两个乡下孩子正走土棋,他们都专心致志、安然自得,好像这整个田原、野地天生就都是他们的家园。过了石桥,地势渐高,感觉车子是在往上攀爬,弓腰缩背,两只脚用满了劲,车速还是快不起来。

土地的颜色也不是那种纯黑了,渐次变为淡灰、暗黄、澄亮。路转来转去。路面和路面以外的土地开始显出了距离,路面好像悬浮在原野上,正脱离原野要凭空飞去。我气喘吁吁地说:

"会讲古的二哥哥,今年怕有八十七了。"

抬起脸,哥哥已经弓下腰,猛地把车蹬到前边的坡上去了。嗬,这是什么样一个坡!一甩眼望过去,铺天盖地耀目的全是赤红岩石、断崖和一个耐心地蔓延着的望不到边的赤红坡!一分钟以前还无限扩展着的翠绿、浓绿,已经线似的消退到重岗山遥远的边缘。

坡陡起来了。下车推了车子走,太阳射在赤红色坡面上,让人心里充满了跋涉的痛苦和焦渴。蓦然里,一声嚎叫冲到嗓子口,那是喷出去就一定能燃起熊熊天地烈焰的胸脯之火。我已经远落在哥哥的后面,我停下来,用手背擦去脸上涔涔的汗流,再走。

"大水!"我失声叫了出来。

一股黑色的大水从天际奔降而来,从我面前几米处呼啸滚过。在隆隆水声里,整个重岗山都震动了。大水从一片火焰般的赤红里卷过,红黑纠结,筋骨扭错,直驰天涯。

我倒吸一口凉气,猝然后退几步。我站稳了定定心,然后推了车子在重岗山上不择路地闯行起来。闯累了时,想刹住车子歇一会,这时我才发现已经爬到了重岗山的最高处。

太阳漫不经心地挂在岗子西边的天际上,秋风拂动,脚下水红色的泥地上长满了野草,踩上去又柔又软,舒服极了。放眼往坡下看去,到处都长着晚秋庄稼,更远的地方,村庄都瘫在树荫里。我长吁一口气,从车后座的包里掏出一支烟,点着猛吸。

这时哥在下头的小路上喊我了:"走吧,下坡路好走了。"我连忙答应他:"就走。就到。"

嗓中发出的声音如此清亮,如此响亮,真有些出乎我的意料。面对宽广大地,我心胸的开朗也是不言自明的。我觉得简直没有更好的语言来形容这秋的天空、秋的傍晚、秋的山岗、秋的草木、秋的气韵、秋的绚烂的色彩了。

我想,我刚才上坡是太累了,无论如何,我得好好歇歇了。

灭　　点

1

当午时来临的时候,大片大片的庄稼好像都在死去。

一群仓皇起飞于平原上琐碎草本植物群中的小雀,在热闷中沿着倾斜的地表艰难地向上爬升……桥面那里的高处有几棵呆立着的白杨树,它们的灭点就选在那里。雀们"扑扑"地投入灭点之中……杨树叶的茂密的一堆竟不因这些投入而起半点涟漪……雀们的功利性的真诚和投入就显出了不少悲壮来。

桥面那附近也显见是整个平原的高点:百十见方的一块平地上,筑着一大间低矮的草房。那草房有些忍气吞声的味道,无精打采地蹲在那里,离得稍远些,连它的呼吸都听不到。

2

有桥就有河。河是东西走向。因为桥附近的地势高,所以桥爪子就有点高耸入云端的意味——从桥爪子底下往上看的感觉。有好些条白花花的路聚到桥头一端的草房子附近来:一条是打桥面上过去的乡间的土公路,两条河堰上的路,还有两条是打庄稼地里来的小路。所以这桥和草房所在的高地,也就成了那些乡间土路的灭点。

3

　　一个肉头,粗墩墩的,光腿,光膀子,头上戴一顶新草帽,身下骑一辆旧自行车,在土公路上,费力地往高地的方向骑。

　　烈焰悬空。这时节正是一日里和一季里最不要脸的时刻之一——人热得都正想把自个的皮扒了——所以这个骑自行车的人叫人同情。他渐由一个小黑点长大来,这才看得更清:他是个矮粗墩,脖子老粗老短,皮厚,毛孔大,脸皮也粗糙,是胡传魁那种造型。

　　有这些先决条件,他骑车就费力。但看起来他也有些蛮力,草帽底下他一头一脸汗珠子。"吭哧吭哧"他骑过去了。

4

　　那些小路和土大路当然是通到平原上各村里去的。站在这高处往那些小路和土大路的尽头看,看不多远,路和视野就叫庄稼地给消化了。庄稼地有苍绿和黄绿两种颜色,这两种颜色劈头盖脸,一地都是,叫人感觉上受不了。

　　又是一个人,是条汉子,通体黑红,只穿一条蓝布裤头,光头赤脚,在大太阳底下,拉着个空板车,哐哐当当,步如流星地顺着堤上的土路往桥头上来。板车上啥也没拉,只有一条发黄的空麻袋。这人好结实,浑身上下都是疙瘩肉,好棒实!

5

　　打桥头高处,顺一条小路一个劲地往前走,走过好多种庄稼地,就能到一个庄子。庄边有一口大塘,塘涯一圈长满了柳树,几个娘们坐在塘边的破凉席上,闲磨牙。

娘们一拉巴腿,就知道要撒什么尿。一个尖嘴的娘们讲:"听讲桥头饭馆的小陈叫那人霸啦,她哥气闷多日啦。她舅也气疯过一回。"

另一个娘们撇撇嘴讲:"可就是功保那个相好的?俺也听讲啦。那娘们叫人日啦倒是没敢多讲。"

第三个娘们讲:"日妈这天不想好啦,真热B死人!"

正讲着,几个娘们瞅见俩精壮汉子,打庄里出来,往那小路上去。几个娘们眯着眼瞅,瞅了一气,瞅到那两条汉子上了小路,年岁大些的娘们张开嘴喊:"功保他哥俩,早些回来哩。"

"晚不了!"回声又粗又闷,是不把这几个娘们当一回事看的声调。等回声传到这几个娘们耳里的时候,那两个汉子已经在庄稼地里头消失了。

6

在另一条通往灭点的小路上,一个中年庄稼人,精瘦,乌黑,骨架子倒显得结实。他背一粪箕儿甜瓜,戴一顶没几圈的破草帽,穿一双露出脚指头的破布鞋,坚实有力地往高点走。他的破草帽盖住了他的眉骨,因而瞅不清他具体是什么模样。

7

于是现在几乎每一条通往道路的灭点的小路或土路上,都有在正午的烈日下赶路的人了。这形成了一种颇为奇怪的景象,如果单独地分裂开来看,这没有什么特别之处,但是把这些人和事整合统一了看,就叫人产生异常的看法。在烈日下的正午,这种现象是罕见的,也是耐人寻味的。

8

这时在那高点附近,我们看见一切都笼罩在酷暑天气正午的闷热之中,这里的"一切"包括:人字形的房顶,带灰颜色浑石栏杆的桥,略为发青的深不可测的河水,几棵痴呆的白杨树以及那些汇总到这里来的大小道路的末端。在不久的刚才以自杀般的姿势投入到叶丛中的那群小雀子,现在都如石沉大海一般杳无讯息。没有什么人还能想起瞬间之前发生的事情。这是一个健忘的季节或健忘的正午,至少在表面上是这样。淮河之北的这一亩三分地看上去正在陷入惊人的麻木和昏聩之中。热闷正堵塞着一切可能的空隙。

9

时间已经喂狗了,没人还能想起时间是个什么东西……现在我们听见一阵拙劣的自行车铃声。看样子有人来了。这是常识性的反应。小陈心中的惊悸和反胃泛了上来。她职业性地抬头往门外看去。她看见了那面斜插在竹竿上的小白旗,旗上歪斜地绣着四个红字:小陈饭馆……

10

也许就在这同时,外面的大路上又响起了一阵热闷杂沓的脚步声。那脚步声显然是农民式的,本分而实在,紧接着就有两个徒手的汉子带着一阵干焦的热风旋入草房之中。

这种情形在那第一个进来的汉子的眼里是异样的,因为在这样热闷的正午,有人徒手在这里出现,不是常有的事情。

"两位打哪来?"

"打小鬼那块来!"

应着人声,打柴屋里出来个十四五岁的丫头。她嫩声嫩气地招呼着,上屋后井里打来两碗井茶,搁在桌上。尔后就倚在门框上发愣去了。

11

天还是热闷。一个中年汉子,精瘦,乌黑,蹲在草屋外头的白杨树凉荫里卖小甜瓜。小甜瓜在他面前的干地上排成一溜。破草帽的帽檐仍然压在他的眉骨上,他嘴里不温不火地吆喝着:"没啥人买俺的瓜哩。没啥人买俺的瓜哩。"

在某个时候,卖瓜的汉子停止了吆喝,因为没有一个闲散的路人打面前的这条土公路上走过去。他沉默了下来。

12

这时从对面的草屋里走出来几条汉子,他们抬着一个鼓鼓囊囊的麻袋,并且把它扔进板车里。板车慵懒地滚到了高高的石桥中间。

现在,那顶新草帽戴在一个年轻汉子的头上。中年农民扔下他的瓜,走到板车前。他们都呆立在板车边,沉默着。小陈和花妮倚在草房的门框上,盯着他们。

像是在寻找他们所需要的什么。也许只有一瞬间,中年汉子喑哑地说:"天不早啦,俺们该家去歇着啦。"

13

　　这像一声号令,四条汉子伸手抓住了麻袋的四角。一只脚蹬了一下,那辆多余的板车滑开去,滑到不远处的桥栏边头朝下地栽住了。

　　热闷的空气开始流动起来。小些的娘们讲:"俺们进屋去吧。"大些的娘们叹了一口气:"俺该嫁上功保家啦,俺们这馆子废啦。"

14

　　那叹息的一声在热闷的空气里传出去老远。于是四条汉子吆喝一声,把麻袋甩离了手。

　　麻袋擦着浑石桥栏直飞过去,尔后就呈斜线摆动着,"咣通"一声砸在河面上。麻袋的灭点位于河的中心,几圈涟漪平息后,就不再能看见它的踪迹了。

　　前一刻投身于灭点的雀群突然在树上炸了窝。它们争先恐后地飞离灭点,一刹那它们就融化于天地之间,灰飞烟灭了。

15

　　又是一日。一伙上城里卖陈芝麻的农民在桥栏外歇息的时候,小陈饭馆来了几条汉子,把锅碗瓢勺拾到板车上。

　　"这店要关啦?"

　　"这店就关啦。"

　　后来过路的人就不大记得这店了。那些日子的河水流走啦,都流到洪泽湖跟大海里去了。

1996年

我 爱 小 芹

俺天生是个流浪者,是个闯荡的汉子,这命俺认啦!

——题引

第一章 学校

操场

有好几次,我都是半夜或半夜以后穿城而过,回到学校的。那种穿城而过的状态和感觉,真是刻骨铭心、难以忘怀。

第一次是在一年级的寒假,那也是我们这一年级的第二个寒假。

假期之前的一个晚上,我一个人,穿着当时我唯一的一件黑毛线衣,穿着红球裤,到滴水成冰的室外操场锻炼身体。

柳树早已叶落枝秃了。操场上也很少有人走过。

那时有点神经。我从操场的东端,跑到西端,又到操场边的柳树下练习摸高。我跳得热气腾腾,浑身是劲。

正在这时,我的脑袋里突然冒出来一个有点气势的念头。

我想,我得把大学这四年的假期都充分利用起来,绝不能荒废了它们。我这四年里的每一天,都一定得算计着过,都得过得有点"意义"。

当时,我对"意义"看得很有些重。

我想,我还是得照着古人说过的话去做:读万卷书,行万里路。

读书,我在学校就能做到;行路,那就得靠几个假期了。

我的眼前蓦然一亮。我感觉我好像被我自己的想法照亮了一样。

紧接着我就激动起来。

我两手握着拳,在冰冷的操场上,一边来回地走,一边嗷嗷直叫。

我把前前后后都想了一遍,然后回到宿舍楼,把已经进了被窝的刘继传硬喊了出来。

刘继传出来时嘟嘟囔囔地直叫:"什么事什么事,大冷的天!"

我说:"跟你商量一件好事。大好事。"

从表面看,刘继传根本不相信。

他对我总是这样的。他还是直叫唤:"什么事什么事,你能有什么好事?"

我问他:"放假你上哪去?"

刘继传显出很惊讶的样子。他说:"放寒假还能上哪去?回家过年呗。"

我说:"别回家了,咱俩一块上外头转转去,回家真没意思,几顿饭一吃就过去了。"

刘继传好像还没完全明白过来,他缩着头,抱着肩膀,站在楼梯口。

他个头不超过一米六六,面孔略有点发黄,长着一只小肉头鼻子,脸上肉还不算少,只是有些浮肿。而我呢,高度将近一米八,身板也挺结实。说实在的,我觉着我们俩的对比有点鲜明。

不过也许就是因为这些我们才亲密起来的。因为我们俩可以互相补充。

我们俩经常结伴行动。上个星期六晚上,我和刘继传一道,去看了一部新电影《庐山恋》。

晚饭后天还大亮着我们就赶到了市中心的电影院。当时买票的人非常多,拥挤不动。这对我们俩倒不是什么大问题,我们俩配合起来,贴着墙,一个保护,一个递钱,马上就买到了两张票。虽然座位很不好,但这已经不错了。

离进场还有一大段时间。

我们就在街上闲逛。我出钱买了两支雪糕,刘继传出钱买了一包瓜子。我们一边吃,一边走,一直走到市政府的大门外边。

市政府的大门上亮着一对红灯。我指着红灯说:"哎,刘继传,毕业后你想不想进党政机关工作?"

刘继传毫不犹豫地说:"当然想。谁说不想那肯定是假的。"

我说:"那也不一定,世界上能干的事情多得很!"

刘继传说:"那咱们等着看吧。"

我说:"等着看。"

争论过以后,我们俩有好长一段时间互不搭理,一直到电影散场。

我和刘继传成为朋友以后,这种情况经常发生,原因也许是我们俩争强好胜,互相看不起对方。

一出现这种情况,我在当时总会愤愤地想:"这家伙虚荣心真强!"我知道,他肯定也会这样想我的!

我想:"这家伙绝不会有什么大出息的!我敢肯定!"

在另一些事情上,也是如此。

比如在文艺上。

说老实话,刘继传在文艺上还真有点才能,班里第一次搞联欢他就像模像样地露了一手,于是以后班里每次搞联欢、演出什么的,就都少不了他了。

但是也很奇怪,他这么小,长相又十分一般,演出的拿手节目却是山东快书。他拿着呱啦板不说话的时候,你总会认为他是替别人拿着,或者拿着玩的,他实在和山东快书,和粗竹做的呱啦板,联系不到一块去。

可是他真玩起来了,慢慢地感觉还就像那么回事。

开始我觉得很惊奇。我说:"刘继传,你们家是不是山东人?"刘继传总会像侮辱他了一般叫起来:"我们家哪是山东人!"

其实,山东人有什么不好?山东人挺好的。北方人,块头又大,重枣脸,卧蚕眉,性格也豪爽。

我说:"我是说你们老家、祖籍,也就是你们家的'根',是不是在山东?"

那时候,美国小说《根》正在大学里四处流行,所以我们有时候就时髦地用上一用。

刘继传听了我的话,更加干脆地回绝道:"不是!我说不是就不是,我还能连这点家族史都不知道!"

看他的神态,好像我碰巧揭露了他的什么不可告人的秘密似的。

但我还不罢休。

我继续说:"我不是说你、你父亲、你爷爷这几代,从这再往上数,你那祖父什么的,有没有可能是从山东逃荒要饭来的?这不是完全没有可能,那时候中国人的流动性多大。"

刘继传很勉强地笑了一下:"这我就不能满足你的好奇心了,我们家又没有家谱。"说完以后,他突然发火了,吓了我一大跳。"你想干什么?查历史来了是怎么着?"他明确地告诉我,"共产党早查过了!"

但是即便如此,我们很快又会和好的。为此我想,朋友这种事一定是谁早就弄好了的,不然怎么会这样?

我和刘继传成为朋友,起因确有点怪。

其实也可以说不怪。正应了人才学上的一条规律（我们都正在疯读报刊上的新兴人才学这一类文章），那就是两个字：信赖。

那是入学不久，大家都刚刚互相认识。有一天刘继传忽然找我，把我叫到宿舍楼后面，压低了嗓门，请我帮他办一件事。他的样子有点神秘，我当时真还有点激动起来了。不过以后见得多了，知道他就是这样一种风格，也就习以为常了。

刘继传先绕了个弯子说："哎，我那天看到你的档案了。"

我说："什么？"

刘继传赶忙解释说："不是正式看的，是办公室的朱老师整理档案，我看了一眼，正好看到了你的，咱们俩的经历差不多。"我说："你也插过队？几年？"

他说："三年。跟你一样。"

我说："档案里很简单，其实，当时还是公社秘书交给我，我自己封了口带来的。"

刘继传惊讶地说："你们那这么松！"

我们俩就聊了起来。

我说："你们队里怎么样？你们是几个人？"

刘继传说："五六个人。后来差不多走完了。"

他停了停又说："到去年上半年，我们就都不怎么去了。现在那里只剩一两个人了。"

刘继传说："我想请你帮个忙。"

我说："什么事？你说就是了。"

刘继传说："咱们在乡下，不都差不多吗？刚去的时候年龄小，不懂事，在农村，生活又枯燥。后来就跟我们一个小组的一个女的……"

他嘴有点干，说话不怎么太利索了。他咳了一声才又接着说下去："我们家一直不同意的，后来……"

我答应帮他办这件事。当时我的信心还蛮足的。

刘继传插队的地方,据刘继传介绍,离学校不是太远,坐汽车,再步行一段,不到五个小时就能到,如果赶紧点,当天夜里能回来。

我是星期天早上离校的。一切都很顺利,我赶到那个叫小张庄的村子的时候,上午才刚过十点。

当时,天晴得算不错了。这一块地里,那一块地里,都没断过人。

我走到庄子附近。地里有一群人在锄地,锄黄豆地里的草。从我走的路到那块有人的地里,中间隔着一条不算太小的沟,但沟里的水并不多,因为这时还没到雨水多的时候。

我隔着沟,敞开嗓门,大声向那群人问道:"哎!请问前头那可是小张庄?"

一地的人都抬起脸来看我。有几个男人粗门大嗓地说:"就是的,你找哪一个哇?"

我喊道:"我找陈红,她在不在庄里?"

那一群人里立刻起了一点小骚动,接着就有一个女青年被推出来。离得远,我也不太能看清楚她的样子。她把锄丢在地里,一边往我这边打量,一边走,一边疑疑惑惑地问:"你是从哪来的?"

后面那一群人都往这边看。

等她走得近一点了,我才说:"我是从刘继传学校来的。"

这时她已经走得比较近了,已经走到大沟边了。她听了我说的话,好像有一点警惕,在沟那边就停住了。"噢,"她说,"你是刘继传的同学吧?"

我说:"就是的。"

她没说话,在沟那边站住,想了一想。这时我已经看清楚了她。她用皮筋扎着两个小辫,五官端正,脸蛋叫太阳晒得黑黑的。她停了一下说:"刘继传在那还好吧?"我说:"刘继传成绩怪好的,他写的一篇文章也快要在杂志上发表了。"

她听了以后,脸上是一种说不出来的表情。

她又顿了一下。这时在她身后老远的地方,就是那一群干活的人。那群人中的大部分现在只顾着干自个的活了。她轻了一点声说:"是刘继传叫你来的吧?"

我说:"就是的。刘继传叫我来看看你。"

她说:"我知道他叫你来干什么的了。你回去告诉刘继传,就说,我跟他的事,还没完。"

她的口气突然这样发硬,把我噎住了,一时说不出话来。

她独自低着头,生了一会闷气,然后抬起头,和缓地慢声说:"你上庄里坐一会吧,晌午在这吃饭。"

说着她就下了沟,从沟那边过来了。

我还是不知说什么好。

这时候她已经过来了。我赶紧说:"不吃了。"

说过这句话,我只好转身往回走,就是往来的方向走。

她好像有点觉得对不起我,就陪着我走了几步,一边走一边说:"我跟刘继传的事你不知道,他也不会真对你说的。"说话的时候,她眼圈突然红了。我赶紧安慰了她几句,就匆忙离开了。

到道路拐弯的时候,我看见她已经转身往回走了,但低着头,走得很慢。

回到学校,我把这一切都告诉了刘继传。刘继传赶紧解释:"我没有什么瞒你的了,都对你说了。你信不信啊?"

我看他来真的了,只好说:"我信我信。"

然后我笑着又说:"刘继传呀,你肯定欺负人家了。你说实话。"

刘继传勉强地笑着,没有回答。过了一会,他谢过我,就开始说别的事了。

……

在操场上站长了,觉得天很冷。刘继传终于开口说话了。

"上哪转去?"

我说:"你说吧。"

刘继传说:"我哪也不想去,我就想回家。"

有好大一会,我觉得我都被刘继传的话惊呆了。在我看来,刘继传说这种话真没有男人气概,男人哪能老提家的?

不过刘继传似乎一直是这个样子,我拿他没办法。虽然我们这些人从全国各地凑到一块才不过八九个月,但对一个人的了解和掌握,我觉得要么一天就够了,要么一辈子都不够。

刘继传当然只能属于前者。

我说:"上巢湖去怎么样?巢湖离这儿不远,正好你也没去过。"

刘继传立刻一连声地坚决反对:"你饶了我。大冷的天,除了回家,我哪里都不去。"

我当时不知是怎么的,非常想动员他。

我说:"没有人不叫你回家,只不过晚几天就是了。"

刘继传向我解释道:"不行,不行,我已经给家里写过信了,我妈、我爸,还有我妹妹,他们都知道了,他们准得等我。"

我放过了刘继传。

说实在的,我一听他说起爸、妈、妹妹什么的,我又有点不以为然了。

我一贯都是想离家出走的,对家采取轻视的态度。虽然这并没有什么特殊的原因,我和父母的关系也非常正常,但我总有一种说不明白的想要摆脱家庭束缚的意识。

随着年岁的增长,我的流浪的想法也愈来愈强烈。

正如有一天我在第一阅览室看书时突然激动起来以后,信笔写出的一句诗那样：

> 俺天生是个流浪者，
> 是个闯荡的汉子，
> 这命俺认啦！

明亮的大眼睛

第一阅览室里有一双明亮的大眼睛。

我偶然从刊物上抬起头来的时候，我看见那一双明亮的大眼睛在我脸上逗留了一下然后就离开了。再仔细看时，只看见隔了好几个桌子的那一片黑发。

我继续埋头工作，查找关于巢湖的一切资料，并且时时被自己的设想弄得头昏眼花。

这时有人在我的腰眼里捣了一下。

我抬起头来，看见刚才那位明亮的大眼睛正拿了一本书站起来离开阅览室。

现在我能比较全面地看她了。她穿一条雪青色的裤子。

她走路的姿势非常独特，像一只猫在走路，无声、有力，而且妖娆。

她的背影高大却又苗条，健美却又显得柔软。她剪着短发，干干净净、利利索索。

她确实走的是猫步。

像猫一样的，轻捷、有力、无声、妖娆的步子。

我们家从我记事起就没养过猫。

但我上中学那年的冬天，我在一个热闹的市场上等一个迟迟不来的同学时，曾经对一只黄花的猫观察过很长时间。

那是一个特别冷的冬日，但那天的太阳却很好。我坐在一个高高的商店的一个高高的台阶上，无所事事地看着四周的一切。

我的周围都是人，都是从附近乡下来进城上集的农民，他们的胳膊弯里挎着大竹篮，竹篮里放着粗盐、纸烟、蓝布和安全火柴。

我旁边的地上有许多杂物。

有撕碎了的烟盒、吸到不能再吸的烟头、火柴梗、草纸片、发硬的破塑料皮和一些吐出来不久的发黄的浓痰。风搅动过来的时候，地上的东西，除了那些无法动弹的浓痰之外，其余的都会与风共舞，改变它们原来的位置。

就在这时，我看见一只猫，在街对面河那边一片低矮的房屋的屋顶上出现了。

它出现在阳光之下。

它出现在房脊上的一刹那，也许是因为对着某个风口的缘故，它浑身的毛，包括尾巴上的毛，都向头脸的方向张开来，使它像一个电影上穿着裘皮服装的欧洲贵妇人。

街对面的房子都在小河的侧面。那里地势较低，房顶上的每一片瓦，在街的这边都可以看得很清楚。

我专心地看着猫的出现。这时我对失约的同学已经不抱什么指望了。

我看见猫在房脊上站稳了身子。

风从后面推动它的屁股，使它不停地一翘一翘的。但它到底站稳了。猫头正对着我的方向。它的姿态有一种临风欲飞的动感。

我紧张地盯着它，紧紧地盯着它。它站了一会，就向侧面转过身，在屋脊上向房屋的另一端走去。

它的前后脚有规律地交替着，看上去轻捷、有力。它走到另一端的尽头就停住了。

它把猫头朝向我。我注视着它。这时周围的人头和嘈杂声都离我而去。

我看见它站到了另一道房脊上。这道房脊和刚才的那一道正好是垂直的,猫头和猫步正对着我走过来。

猫的步子确实非常奇怪,给人一种无声的但是妖娆的强烈印象。

我紧张地注视着它。它走到了屋脊的另一个尽头,然后就掉头向相反的方向走去。这时我只能看见它扭动的小腰、柔软的尾巴和轻盈的后爪。

它的两个后爪交替着有规律地不断地用一个遮挡住另一个。它的小腰特别柔韧而俊美。

它走到房脊的再一个尽头后,又沿着另一道房脊走到它最初出现的地方。风开始掀翻它的毛。它偏过头来注视我几秒钟之后,就从原路退回,并且永远地消失了。

屋脊上只剩下了一片冬日的阳光。

我回过神来。

阅览室的门口已经空无一人。我的旁边站着刘继传。

刘继传俯下身来,用怀疑的目光看看我,又看看我跟前的地理杂志,压低声说:"你真要去啊?"

他说的是到巢湖去的事。

我说:"骗你干吗?"

刘继传只好转移话题说:"我在第二阅览室。出去走走吧。"

我抓起一本书和刘继传一道走出去。

楼外很冷,但读书和走动的人仍然不少。

我们出了楼厅往右手的甬道上拐的时候,我使劲地注意看两旁那些站立或走动的背影。

我真的在甬道的拐弯处看见了那位姑娘的背影。

她的背影寂静无声,像一个静止的猫步。

从后面,我看不出她在干什么,也许在背书,或者在默想,或者只是休息。

我和刘继传相继从她身后走过。刘继传问我:"星期六晚上你干什么?"

我说:"还上阅览室。"

第二天晚上,在第一阅览室里,我又看见了那双大眼睛。

我正在写信,一封是写给家里的,另一封是写给李小芹的。我告诉他们我寒假的打算,和要干的事情。

我写信写得很投入。抬起头来的时候,那对明亮大眼睛的光芒在我眼前一闪。

我的心怦怦怦剧烈地跳动起来。

这是一种全新的感觉。过去我一直认为,我已经经历过了所有的事情。可现在我心中的体验仿佛是第一次。

我赶忙打开一本书看。然后抬起头来。我的目光一下子就跟她的目光碰撞在一起了。

碰撞是在一个埋头读书的男同学的后脑勺处发生的,刹那间,火花闪耀,无比刺眼。我的眼睛被闪耀的火花刺得好疼,因此我一点也看不清她的面孔。

等我重新睁开眼睛时,我发现她已经消失了。毫无疑问,她出去了。我也抓起一本书走出去。

但大厅里空无一人。我四面观望,看见大厅拐角女厕所的小木门在晃动,显然有人刚碰过它,但我判断她不会在女厕所里。

我想她肯定会在老地方,也就是我上一次和刘继传一起时看见她在外面站的那个地方。

于是,我走出大厅,向右手的甬道走去……真的,快走到甬道拐弯的地方时,我看见了她立在路畔的背影。

这时外面晃动的人又像往常一样多了起来。收音机的哇里呱啦(外语)的声音到处回响着。

我想起了昨天刚看过的一本名人传记。

名人年轻的时候在大学的阅览室里碰到一个直视他的目光,于是名人走上前去问道:"请问您叫什么名字?""我叫凯瑟琳。""我们可以交个朋友吗?"当然!后来那位年轻人成为总统,而那个直视他的目光成了他永远的伴侣。

我真奇怪我会在这种时候想起这样的细节……也许这是一种示范。于是我也走向前去,我一直走到她的身边,这时我离她近得都可以闻到她身上衣服的香气了……我鼓起勇气说:"你好,请问你叫什么名字?你是哪个系的?等一下,让我猜猜看……"这种打招呼的话确实太长了点。

我在她身后十几步的地方站住了——从另一个方向晃过来的一位女生正开口和她说话。我慌忙侧过身去装着背书,然后再抬头看她的背影。

她的背影依然轻捷有力。我感觉她的背影在我的面前恍惚起来,并且充满诱惑地抖动着……

我觉着我好像被什么东西迷住了,脱不开身。我觉着莫名其妙的,我真给陷进去了。

第二天,我早早吃了晚饭,然后赶紧拎了书包到第一阅览室去占位子。

我好像有一种预感。

我一走进大厅,果然就看见在等待开门的一小群人里有她的背影。

这真是一件奇怪的事。因为我不知道为什么我注意她的背影才一两次,怎么就对她的背影如此熟悉了。

她的背影看上去圆润、修直又有力度。

她背对着我站着,低着头,可能在看书。

我往里头挤进去一点,现在我已经有点靠近她了,我们之间只隔了一个男生的半个肩膀和一个女生的飘忽不定的脑袋。

她背对着所有的人。

她的个头在女生中算是比较高的了。她的当时很时新的短发使我对我们之间的"前景"有点胆怯。这时我特别特别想离这么近地看一下她的面孔,我对她的面孔还一点印象也没有呢。但是这时我又特别特别怕看见一个令人失望的面孔。

我忐忑不安地站着。等待的时间似乎很长。那一段时间学校里正在进行关于美的讨论,这时我所能想起的,就是关于唐代的仕女的形象。她们脊背浑厚,肩头圆润肥嫩,充满了灵与肉的真切感受。这样我反倒平静了下来。

我心安理得地站着,看着她圆润的背影和健美的脖颈。

而她却始终保持同一种姿势,连动都没有动。

这个星期的星期六晚上,我改变了以前要么去看电影,要么和赵冬燕等老乡聚会,要么和刘继传或者别的同学一道去闹市区玩的习惯,晚饭后我挎上书包就到阅览室去了。

阅览室在星期六也还有不少同学,但比平时少一些,座位也不那么难得。

我借到了有关的杂志,然后就埋头于桌上。

直到各个座位上的人都稳定下来,不再增加,也不再减少时,我才抬起头来,看曾经有一双明亮大眼睛的那个位置。

那里是一个完全不相干的男同学。

我继续埋头读书或者做笔记,但心情却难以平静下来。我一点都不知道这是为什么,只觉着心里乱纷纷的。

于是我抓起一本书往阅览室外面走去。

阅览室外面的人也比平时少。

我走到甬道上。

甬道上慢吞吞晃着的人,手里都捧着收音机,收音机叽里哇啦的,他们都是外语系的学生。他们晃过去之后,甬道上就安静下来。

两边夹道的树也浓暗了。

从阅览室窗户里泄漏出来的灯光,到了甬道上差不多就消失尽了。我望了一会夜空。天晴得像我在乡下时那样好。不过冷了一点,空气冻得人耳朵发疼。

我想:今天是星期六,她不在这儿,也不在第一阅览室,那么她会在哪儿呢?

我没有猜测的方向。但我对这件事却充满了好奇的冲动。

我回到第一阅览室,把本子和笔收拾进书包,还掉杂志,然后走出来。

我站在大厅里想:我该从哪儿开始呢? 就从这栋楼开始吧。

于是,我走到第二阅览室的门口,装成找人的样子,向里面张望。本来我想,至少刘继传是应该在里面的。因为虽然我们俩是好朋友,但上自习课却从来不联合行动,总是各行其是,而他呢,又习惯于在第二阅览室的。

我张望了一会,没有看见我所期望的身影。连刘继传也不在。

我从门口退开,回到大厅里,然后开始往三楼上爬。

三楼的第三和第四阅览室灯火通明,显得比一楼还亮,但人却更少。

我预感到这完全不是我应该来的地方,我匆匆张望了一眼就离开了。

我走到校园里。这时我的冲动已经明显减弱了。我的兴趣重新转移到我的寒假计划上。

赵冬燕

赵冬燕在食堂里叫住我的时候,寒假已经临近了。

赵冬燕说:"你寒假到哪里去?"

我说:"寒假我想去巢湖。"

赵冬燕说:"就你一个人去?"

我说:"就我一个人去。"

我对赵冬燕提出的问题很有些吃惊。为什么不能是我一个人去呢? 在绝大多数情况下,我都是一个人行动的,况且我的这一类毫无目的的行动,也不会有人愿意参加或者合作。

赵冬燕说:"那你什么时候回家?"

我说:"我在外面大概要跑十来天吧,跑完我就回家。你呢?"

赵冬燕说:"我直接就回去了。本来我想留在学校看书的,不过现在又改变了主意。寒假时间太短了。"

我看见赵冬燕的两条腿站得笔直,她大大方方的,很有些亭亭玉立的味道。她留着长头发。她总是在脑袋后面用一块花手帕把长头发束起来,这样就使她显得很幻想,或者是使看到她的人很幻想。她的眼睛也是大大的,鹅蛋形的脸庞,皮肤很细嫩。

我们说话的时候,不断有人端着饭缸从我们的两边走过去,他们绝大多数人都要对我们看上一眼。

我不知道别人会怎么看或怎么想我们,因为在学校里,男女之间的接触,别人总是在乎的。

刘继传走过去时还对我眨了眨眼。我明白他的意思,但我没理他。在这种事情上,他也会自私的——虽然我和赵冬燕之间完全没有什么。

赵冬燕感觉到了我们所处的环境。最后她说:"你吃过饭能不能到西操场去一下,我想告诉你一件事,征求你的意见。"

这一类事不可能推辞。我立刻说:"行。"

晚饭后我用书包在阅览室占了个位子,然后拿起一本书就往西操场走。

刘继传在大厅里拦住我说:"匆匆忙忙上哪去？不跟我一块散步啦？"

我知道他是有意这么说的,但我还是故意用拒他于千里之外的神态,一本正经地说:"我有事。"

他立刻戳穿我:"是去找她吧？"接着他又承认道,"她确实长得很漂亮。"

不管怎么说,我听了他的话,心里很得意,虽然,我刚才说了,我和赵冬燕之间完全没有什么。但我还是竭力装成一本正经的样子,我说:"那有什么,我们俩是老乡,中学又是同学。"

刘继传只好说:"好好好好,放你去吧。不过,找个时间你可得好好给我介绍介绍。"我大度地答应了他,我说:"那没有问题。"

刘继传放开了我。

我不知道我走后他会想些什么。

这时校园里正是人多的时候,每一个人都在读书或者散步。校园里的高音喇叭播放着优美的流行乐曲,蓝天上的白云一动都不动。

我拿着书来到西操场。

西操场在校园的最西边,场地很大,既有很大的操场,又有很多树,还有一些零散的房子、大片的草地和小小的土岗,甚至还有成片的圆木堆积在空地上。

赵冬燕已经来了。她也捧着一本书。

她站在一堆圆木的边上,背后是将落未落的太阳。太阳通红,不过看上去马上就要掉下去了。枯草地上还有大片的没有融化的白雪。

天气够冷的。雪后天晴得越好,天气也就越冷。白白的雪和通红的快要掉下去的太阳在赵冬燕的背后形成了一种情境。

我走过去的时候,雪和夕阳的情境,突然在我的眼中放大了,放大成一个大雪初霁的清晨。无边的雪地里有一两个发黑的,用棉柴和枯树枝垒成的柴垛。清晨的太阳红灿灿地从柴垛的后面爬上来。

一个扎小辫的姑娘,突然推门进来,一把抓住我的手,由衷地高声喊道:"成功了!我们成功了!"

从屋子里往外看去,太阳已经爬上来了。彼此的喜悦是无边的,心轻松得像堤埂上的一片春叶,颤抖得像刚刚解冻的河流。太阳缓慢地爬上来,雪的原野泛着白光,公鸡在暖和的地方打着响鸣。一缕风都没有。

现在,赵冬燕实实在在地站在圆木堆边。地上是被一些鞋印弄得又脏又乱的冬雪。

我走过去,向她打了一声招呼。赵冬燕抬起头,把手里的书卷起来说:"你占过位子了吗?"我说:"占过了。"她往圆木上靠靠说:"你跟我正好相反,你好像喜欢去阅览室,不喜欢去教室。"我说:"习惯了,我就喜欢去第一阅览室;而刘继传呢,他就喜欢去第二阅览室。"

赵冬燕说:"哪个刘继传?是不是常跟你在一块的那个男同学?"我说:"就是他。"赵冬燕说:"他跟你在一起时挺有意思的,你高他矮。"我说:"他人挺不错的,他上中学时作文就得过奖,最近,他的一篇论文又快要发表了。"

我觉得不管怎么样,我对我的朋友总得多吹几句,这样多少也能抬高抬高我自己。

听了我的话,赵冬燕显出了惊奇的神态。"真的?"她说,"想不到。"

我觉得要是仅从长相和风度上看,女孩子们大概不会对刘继传表现出很大的兴趣的。

不过这也难说。我记得以前我随父母下放到一个干部学校劳动的时候,干部学校有一个干部,长相特别丑,个子很矮,头发很稀,脸上还有许多雀斑。但他的老婆却又年轻又漂亮,还能歌善舞。

他们有三个孩子,都比我小。干校开联欢会的时候,他老婆在台上表演许多文艺节目,他就老老实实地坐在台下带孩子。

这是有生以来,我见到过的最不能理解的事情。

赵冬燕转了话题说:"哎,陈军,我告诉你一件事,你帮我出出主意,我不知道该怎么办才好。"

赵冬燕看看我。我一点也不觉着有什么不妥。我说:"什么事?"

赵冬燕说:"余国新给我写了一封信,我不知道是给他回信呢,还是不给他回信,你说呢?"

赵冬燕用等待的眼光看着我。我几乎都没考虑,我说:"当然给他回。"

赵冬燕说:"为什么当然?"

我说:"咱们都是同学,同学之间通通信也没什么。"

赵冬燕好像有点失望,她看看我,又低头看看书,然后轻轻松松地说:"你说得对,那我就给他写一封回信。"

但是紧接着她又改变了主意,她说:"不过马上就放假了,回去说不定同学就聚在一起了,写不写信也无所谓。"

我说:"那也行。"

我们说话的时候,我看见夕阳差不多完全消失了,但还没有全部完蛋。现在它只剩了一些胭红的残余斜挂在赵冬燕的肩膀上。

夕阳的最后衬托使赵冬燕有些不同凡响。使她有了一种仙女下凡的气质。

赵冬燕说话的时候,我不能老看着她。我把目光抬高,让目光越过她的肩膀,去看她肩膀后面夕阳的残余、破旧的围墙、红砖的旧房子、远处走动的人和孤零零站着的双杠、单杠。

我同赵冬燕在一起时,总是感觉非常轻松,甚至有一种到家了的感觉,一点负担、担心或顾忌都没有。

另外,我与她的这种关系,从一开始就是这样,并不是经过什么事件、对话、了解之后才形成的,也可以这么说,我同她在一起时,根本就是一种休息。

她总是那个样子,我是说她总是很平衡。

当我很高兴时,我跟她在一起就更加愉快,她说出来的话虽然平平淡淡,但却能助兴。她自己也许并不知道,或者并不在意,因为她完全不是刻意做出来的。

当我心情不太好的时候,假如这时我碰巧遇见她,和她说了一会话,我说不清楚,她的话就像一架熨斗,立刻就使我安稳下来了。

当我无聊或者无所谓时,我跟她在一起,可以用一种欣赏的心情跟她说话,也就是随便说说,说过了就分手了,也挺好的。

她似乎永远保持着一贯的心情、一贯的语气和一贯的态度。

我可以不在乎她,我忙或者我的注意力转移到他处去时,她就不存在了,就从世界上和人群里消失了。我也许成月见不到她。但是当我突然想要找她的时候,她准会适时出现。这是她很奇怪的地方。在这一点上,我怎么也找不出正确的答案。

但是我似乎有一种预感,就是我们俩不会永远这样相安无事的。迟迟早早,得出现一种什么事,来打破我们之间的这种平衡,并且制造出一种结果或者结局来。

进校的第一个学期里。有一天,我正在阅览室看书,忽然外面响起了很嘈杂的响声,那是饭缸和脸盆的敲击声。

我跑到阅览室外面。

水泥操场上有许多人。

他们拿着脸盆、脚盆或者饭缸,在梆梆地猛敲。一些破布、破草帽以及稻草被堆放在操场上,有人正用火把它们点着。

"怎么回事?"我一边跑过去,一边问身边的人。

"女排打赢了。得了冠军。"有人说。

我觉得很兴奋。我加入了狂欢的人群。

热烈的活动持续了一个多小时。这期间我看见了赵冬燕。

赵冬燕手里拿着一架照相机,身上穿着一条花裙子,头发用大花的手帕束在脑后,脸上一脸焦急的神色。我喊了她一声:"赵冬燕。"她看见了我,像遇到救星一样连忙跑了过来。

我说:"怎么,你照相呀?"

她脸上热扑扑的:"相机是团支部的,我得拍几张照片出墙报,但是胶卷总是转不动。"

我说:"我来帮你修修。"

我接过相机,蹲下来,然后把胶卷装进去。赵冬燕也在我面前蹲下,眼巴巴地看着我的手。

我高兴地说:"行了,修好了。"

我把相机递给赵冬燕。但是就在这一瞬,在我抬起头来的一瞬间,我一眼看见了赵冬燕撑开的裙子中两腿间紧绷绷的鲜黄花内裤。我看得那么清楚,不禁大惊失色。

赵冬燕察觉到了我的惊慌,她满脸通红。我们俩像刚干完什么坏事一样,同时站了起来。

我说:"你拍吧。"

赵冬燕站着没动,看了我一眼。我转身又钻回人堆里去了。

……

夕阳的最后残余在我的注意下,一点点一点点地褪去,然后不复存在了。

我们又谈了一会最近放的电影。

天黑下去之前,我们结束了谈话,各自回到了自己的书包前。在这之后,我和赵冬燕没再碰面。

到考试前大约一个星期左右的一天傍晚,我和刘继传在校园里散步时碰到了赵冬燕,于是我就给他们做了介绍。

——那一阵子刘继传一直是红光满面的。

刘继传的论文在一家省级杂志上发表了。虽然不很长,但也够叫人眼红的了,在系里他一下子就成了顶尖人物。见了面我就得说:"刘继传,请客请客。"刘继传总是说:"还没见到稿费的影子。"

不过他确实已经请过我一次了。我们俩上街喝了两瓶啤酒,吃了一盘炒肉丝。说实话,老吃食堂的饭,这我就觉得挺不错了。

——当时我和刘继传各人拿了一本书,从文科东楼往南走。那里是一些水塘、树木、小草地的沟埂。

像往常一样,楼南的小路上,树底下和沟埂边到处站满了人。

他们每一个人手里都捧着一本书,有三三两两的,有独自一人的,但以三三两两的居多,都是十分悠闲的样子。这也许就是典型的大学校园的生活了。

再往南就是校园的围墙。围墙上破了一个大洞,大家都从这里进进出出的。出去就是农村的菜地了。

我们刚走出大洞,迎面就撞上了赵冬燕。她和一个女孩子一道,正说着话往回走。

那个女孩子浑身都甜。这是我最初看见她的印象。

她留着中学生式的发型,个子中等,头发软软的,她的皮肤很白,很细腻。她穿的衣服也很软,强化了她的柔美。

和赵冬燕在一起,她们俩呈现了不同的风格。赵冬燕显得成熟、大方;她则显得甜静、优美。而她们俩在一起,就让人觉得这个世界上关于有美好风景的传说,都不是虚构的了。

刘继传用胳膊肘捣了我一下。我明白了他的意思。

另外,他还来得及问我:"那也是你们老乡吧?我真要嫉妒你了!"

我打了一声招呼说:"赵冬燕。"

这时我们已经走得很近了。我们都在路边停了下来。我说:"赵冬燕,你们不认识吧,这是我的好朋友,刘继传。"

刘继传赶紧用不正常的热情说:"你好,你们好。"

我觉得刘继传够可以的。

他们互相点头示意。赵冬燕紧接着就介绍她的女伴,不过她的介绍主要是面对我的。

赵冬燕说:"这是乔小兰。你不认识吧?也是咱们老乡。"

我说:"真的?你家住哪条街?"

我们还没来得及多谈,就被另外一些同学打断了。大家都在往回走。天已经有些朦朦发黑。该是回阅览室上自习的时候了。

也都还是来时的伴。

陈红

陈红突然来了。

从刘继传慌慌张张跑来找我的神色看,刘继传事先不知道她要来。我想,刘继传突然看到陈红的时候,模样肯定十分狼狈。

当时我正在第一阅览室里。

我压低了声音:"刘继传,怎么回事?谁在后头追你?"

刘继传神情严肃地说:"陈军,你出来一下。"说完,他跟平时完全不一样,自顾自就出去了。

我觉着他肯定有什么问题了,这绝对不是开玩笑的时候。

我跟着他走到阅览室外面。

我们走到宣传栏后面的夹竹桃旁边,这里有太阳,但风也不小。我说:"什么事?"

刘继传脸色苍白地说:"陈红来了。"

我说:"这有什么,你们俩正好在一块好好玩玩。"

看起来,刘继传这时实在没有愉快的心情了。他显得很紧张,或者说,显得很困难。说起话来嘴唇在发抖。他说:"别开玩笑,我爸、我妈坚决不让我跟她再来往了。"

我说:"那你自己呢?"

他为难地说:"我的态度你知道的。"

我只好说:"那是以前。你现在是什么态度?"

我都被我自己"态度、态度"的给弄得不自在了,我觉着我甚至有点像在做思想政治工作。我不严肃就罢了,一严肃起来就有点过头。

刘继传分辩说:"我总不能不听我父母的吧,我有什么办法。"

这也是事实。我不知道该怎么办了。我说,"那你想怎么办呢?"

刘继传说:"你去跟她见一面。"

我说:"她现在在哪里?"

刘继传说:"在她以前一个中学同学的宿舍里。"

说着,他就把一张写有地址的白纸片拿给我看。他说:"她叫她那个同学来通知我的。"

我觉得挺奇怪。我说:"既然她已经来了,为什么不到学校来看你?"

刘继传耸耸肩说:"我哪知道。"

现在,他的情绪好一点了,他显得轻松些了。我说:"那好吧,我去就是了。不过,我去了能对她说什么呢?"

刘继传迫不及待地说:"你去了就叫她回去。"

我觉着刘继传比我还可爱。我不由自主地笑起来。刘继传说:"你笑什么?"

我说:"好,我去试试。不过行不行我可说不准。"

刘继传说:"你就对她说,说我今天上午回家了。"

我说:"这谎说得也太明显了吧。"

刘继传说:"你编得像一点就是了。"

我有点生气地说:"你把我当成什么人了。"

说是这么说,我还是立刻收拾了东西就去了。

陈红同学的宿舍也就一间,在体委的一栋旧楼里。

我到的时候,她们那个门敞开着,她们俩正坐在床上讲话。一看见我来了,陈红立刻就站了起来,同时她的脸色也"唰"地一下子不好看了。

我说:"陈红。"

她声音不对头地答应了一声。她的同学转脸看看她。

我走进屋里,我说:"刘继传他妈生病,他有急事回家了,叫我来看看你。"

我编得有点像。我觉着这么编让人容易接受。虽然刘继传的妈以后知道了可能会很不高兴,但这时没有其他办法。

陈红什么话也没说。她的同学又转头看看她,然后站起来对我说:"哎,你坐吧。你们俩说一会话,我出去一下。"

我在床沿上坐下。陈红坐到了一张小板凳上。

过了几秒钟,她起来给我倒了一杯开水。她的情绪转过来了。她说:"我知道他不会来的。我们俩的事你根本不知道。"

我说:"我知道一点。刘继传跟我讲过一点。"

陈红听了一愣。她不说话了。她的眼光看着门外。她可能觉得非常伤心。

门外什么也没有。

屋里有两条挂起来晾的喇叭裤,还有一件小背心,还有一架看上去有点旧的台式收音机,还有一小盒"芭蕾"珍珠霜放在桌子上。

过了一会她说:"他是个骗子。他骗走了我的青春,骗走了女孩子最宝贵的东西。"

她几乎就要哭了,眼泪在她的眼眶里直晃。她一直是看着门外跟我说话的。

我一句话也说不出来。

但我不能不承认,陈红还是挺坚强的,她的情绪很快就恢复过来。她说:"他临离开村子时才把我最宝贵的东西骗走。他这人太狠心了。"

我没有办法,我不知道说什么好,但又不好一声不吭,我只好说:"唉。"

陈红突然改变了话题说:"陈军,谢谢你的好意,这件事完不了,我还会找他谈的,我不相信你们学校不管,我也不相信社会不管!道德法庭一定会审判当代的陈世美的!"

我觉着她说的一切都是有可能的。但我又不完全同意她的话。我觉着他们俩还是应该好好谈谈。

我说了我的意思。陈红说:"我会跟他见最后一面的。"

我吓了一跳。不过也只好这样了。

我带着一种被驱逐出来的感觉走到街上。这件事肯定还会有麻烦,我想。

但我并不认为刘继传完全不应该这样。具体有什么理由,我也说不出来。也许是我对他了解得比对陈红了解得多的缘故。

回到学校,我在池塘边对刘继传详细说了陈红的情况。

刘继传默默地听着,什么话都没说。但我能感觉到他心情很沉重。

后来有好几天我都没见到刘继传的人影,有时候即使碰上了,也只是简短地打个招呼。

最后一个晴日过去之后,天气开始阴晦了。

我们的复习迎考进入了一个紧张的阶段。阅览室的人骤然增多,稍微去得晚一些,就别想再有座位了。好几次我去得都不太晚,但座位依然满员。我只好去教学大楼。

教学大楼很大。

教学大楼的走廊既长又曲折,拐来拐去,有时候你简直都不知道到哪儿了。走廊里有些地方灯光暗淡,比阅览室那里安静多了,甚至都叫人有点害怕,得加快脚步走过去。

这时候我们的心思差不多都收回在迎考上了。一学期就这一回,好歹熬过去就算了。

想不到的是,刘继传也被赶到教学大楼来了。

在教学大楼的四楼平台上碰到刘继传的时候,我显得有点惊讶。"怎么你也被赶出来了?你每天不是都去得特别早吗?"

刘继传连声叹气:"唉,没办法没办法。"

我恶作剧地觉着,在教学大楼宽大冷清的平台上,他像一颗被甩到宇宙外面无家可归的尘埃。

刘继传用一种饱经风霜的腔调,望着远处和下面的灯火和黑暗说:"这个学期又过去了,真快。"

这时我特别想打断他,并且破坏他的情绪。

我说:"快什么,我还觉得慢哪。上学真没意思。"

不过这时我突然意识到我有点损了。刘继传这一阵子心情不太好,我实在太不应该这样了。我赶忙闭上了嘴。

刘继传根本不生气。

他继续看四楼下的灯火和黑暗,很沉着的样子。

这一学期差不多真过去了。

第二章　小芹

窗棂与菊花

寒假我回到家里的时候,已经是腊月二十七了。

一到家,我妈就跟我说,谁谁谁来找过我,谁谁谁什么时候来找过我。

我妈特别强调:赵冬燕来过两次。第一次是一个人来的,第二次她是和另外一个人一道来的。

我想,赵冬燕肯定是和余国新一道来的。没错,肯定是这样。

我妈说:"抽时间你也去看看人家,叫人家跑那么多趟。"

我说:"知道了。"

第二天是腊月二十八,天上突然下起了鹅毛大雪。早上起来的时候,地上白茫茫一片。

我爸我妈他们继续去上班,我姐带着我妹妹出去玩了。我在家闲着无聊,这时我想,要是李小芹现在在我身边多好。

确实,我都有四个多月没见到李小芹了,说不定再见面都有点生分了。

不过我们不大可能提前见面,我们俩约好了春节以后见的。

我起身锁了门,冒着大雪上赵冬燕家去了。

我缩着头在行人很少的街上走。雪真大,风却几乎没有。大白雪直往人的脖领子里灌。

人有时候挺奇怪的。我穿街走巷往赵冬燕家赶去的时候,脑袋瓜里却晃动着李小芹的身影。这肯定是我很长时间没能见到她的缘故。

下大雪的日子,赵冬燕只能在家。我到的时候,赵冬燕正围了个花围裙,像模像样地干家务活呢。

她一看见我,就赶忙走出来让我上屋里去。她说:"你回来了。什么时候回来的?那天我还和乔小兰一块去找过你哪。"

这时我才知道,她是跟乔小兰一起去找我的。

我说:"我妈跟我说过了。"

她们家堂屋里的人太多了,有男有女,想坐一会都坐不稳当。我说:"你们家在干什么事?"

"我哥结婚。"赵冬燕说,"要么咱们上厨房里说话去。"

我们来到厨房,厨房里也有不少人,都还喜气洋洋的。

我说:"那我过了春节再来找你吧。"

赵冬燕说:"那也行。"

赵冬燕送我到大院的大门口。外面飘着大雪,有两个小孩在外面玩雪,看见我和赵冬燕,他们就一边抓雪团砸我们,一边"噢噢"直叫。

我绷着脸把他们吓跑了。

赵冬燕说:"正月初六相山有庙会,我跟乔小兰、余国新都说过了,咱们一道去玩玩,你去不去?"

我用脚踢了一下雪说:"当然去了。"

告别赵冬燕,我踩着鹅毛大雪,在城里转了一圈。

我喜欢在大雪里走。下大雪的日子,人显得厚实。

走到十字路口的时候,有一辆车头看起来直扭的汽车开过来了。

我往路边让让。车开过去以后,我发现我站在人家的一个很小的屋檐下边。屋檐下是个窗户,窗户从里面糊着红纸。红纸上还画着几朵大菊花。

我又想起了李小芹。

……我认识李小芹,是在好几年以前了。

高二下学期,快毕业时,我们按照上级的指示,分成了三个班,一个政文班,一个卫生班,一个农机班。

这都是为毕业以后上山下乡做准备的:学政文的去写大批判稿,学卫生的去当赤脚医生,学农机的去当公社的拖拉机手。大家未来的角色,其实在这时候就差不多都被安顿好了。

到十月、十一月,任务来了:命令我们政文班,到一个叫刘郢子的大队,去宣传"农业学大寨"。

刘郢子是当时搞得比较好的一个大队,树成行,田成方,房子一排一排的,挺有规划,在地区和省里都小有名气。

我们到刘郢子之后,集中住在两大间新瓦房里,男同学一间,女同学一间。吃饭男女同学在一块吃,大队有食堂,每天都蒸那种雪白的软馒头还不带粗粮,吃起来过瘾极了。

当时在城里也不可能这样,都得带玉米面、高粱面什么的,吃起来难以下咽。

我们在刘郢子,白天和铁姑娘队的女青年一起挖塘,晚上向贫下中农宣讲农业学大寨材料。我们参与挖的那口塘是队里的当家塘,名叫大寨塘,它硬是从平地上被挖出来的。

第一天上阵,我们排成两排,一排是我们政文班的学生,另一排是铁姑娘队的队员,大家站在平地上,听大队党支部书记和我们的带队老师训话。

训完话以后,两队人相互搭配,一个男的带一个女的,这样便于抬土。要是两个女的搭配到一起了,就拿锹平地。

这样我就搭配上了铁姑娘队的一位姑娘,我们互相交换姓名时,我知道她叫李小芹。

李小芹干活很来劲,她结实又漂亮。

但我刚干活时就差点。第一天下来,肩膀肿了,第二天李小芹就让我扛头,经常把绳往她那边拉。她还喜欢笑,脸上经常笑眯眯的。

她一笑,就更加可爱。我对她简直有点着迷。跟她在一起干活,身上无形中就增添了不少力量。

干了几天天就冷了。有一天李小芹叫我上她家去玩,我去了以后,才知道她是下乡知青,已经下来好几个月了。

她的房间摆设很简单,一张床,一个白皮木箱子,一些碗筷茶缸,一些劳动工具,别的就没有什么了。她的房子是大队里给她住的。

她的房间里,最吸引我注意的,就是一双红皮鞋。

我长到那么大,在我的印象里,还从来没见过有人穿皮鞋,特别是红的。心里好奇得不得了。在城里上学时,偶尔听到有很重的皮鞋声"咔咔"走过,心里就有些害怕,因为有一次听说在铁道涵洞里杀人的坏蛋,就是穿皮鞋的,跑动时发出"咔咔"的声音,后来被逮住了。

李小芹的那双红皮鞋并不是穿在她的脚上,而是放在白皮木箱上的。

我们俩说了一会话,我就走了。

那些日子的余闲时间都在晚饭后和晚学习前。

吃过晚饭时间还比较早,天也还很亮,我们一些要好的同学,就跑到村外的麦秸垛后边躲起来吸烟、谈论女同学。

他们都说李小芹好,长得又漂亮又结实,又能干活。那时能干活是一个非常大的优点。

当然,跟谁配对干活就算谁的了。我心里美滋滋的。暗地里还有更加得意的:我到李小芹家去过,你们怎么样?

那时候我们政文班里有个团支部书记,原来是高二(2)班的,女的,分班后就成了我们班的团支部书记,她就是赵冬燕。

赵冬燕人长得漂亮,在我们那个年级的三个班里也算名列前茅了。

赵冬燕的条子也好。条子这个词不知是怎么在我们中间流行起来的,我们讲女生的体形,就讲条子好、条子不好的,满口黑话。

赵冬燕的条子好,人又落落大方,在我们的眼里,团支部书记大概就应该是这样的。

有一天晚饭后,我们又躲到麦秸垛后边吸烟。这时,赵冬燕和另一个女生过来了。老远她就讲:"好啊,你们都(!)藏在这里吸烟。"

我逞能地说:"这哪叫藏,这叫避风。"

赵冬燕婆婆妈妈地说:"注意别失火了,到时候你们别怪我没警告过你们。"

这就跟警告苏修或者美帝国主义差不多。我们几个都有点不耐烦,七嘴八舌地说:"知道了,知道了,你歇会吧。"

这么说完,赵冬燕该走了吧。但是她们俩磨磨蹭蹭地不想走。弄得我们几个人很不自在。想吸烟又放不开吸,想说话也不好说。

磨蹭了一会,她们俩终于走了。走出去十几步,我们才刚松一口气,没想到赵冬燕又回过头来喊了:"哎,陈军,你过来一下,问你一件事。"

她这么一喊,把我在男生里弄得很不好意思。因为那时候我们跟女同学都不太说话,特别是单独不说话。不过跟赵冬燕就是另外一回事了。她一般总不是代表她自己的,她代表组织。

我离开麦秸垛,走到赵冬燕跟前。

赵冬燕说:"哎,陈军,女同学都说那个李小芹对你怪好的,真的啊?"

没想到她问这个,我满脸通红,连忙否认:"谁说的,哪有那回事。"

赵冬燕说:"那有什么,好就好,不好就不好呗。不过,李小芹比咱们高一届,年龄大一点吧?"其实赵冬燕比我还小一岁,她做起政治思想工作来,倒好像比我成熟的样子。

我说:"我哪知道,我对她一点也不了解。"赵冬燕转了一个话题,不说李小芹了,说别的事。

赵冬燕说:"哎,陈军,你昨天中午真吃了九个馍。我们女生都不相信。"她说着转过头去问她身边的那个女同学,那个女同学也说:"真的?"

我说:"那还能假了?"其实昨天中午的馍比平时小一些,一般男同学都能吃五六个。

赵冬燕走了以后,我回到麦秸垛跟前,他们几个都问:"哎,陈军,赵冬燕跟你讲什么事的?"我说:"讲李小芹的事,问李小芹对我好不好。"

他们都说:"好,没事,好就是了,没事,看她能怎么样。"

被他们这么一轰,我暗地里也想,要是真能跟李小芹好就好了。

想到这些,就有一种出风头的兴奋感。那时候我们男生经常谈女生的事,但说归说,还没有一个真好上的。

这件事其实到这里差不多就完了。但后来在刘郢子还出了另一件小事。

那时大家打地铺睡在一起,白天谈女生谈多了,晚上有一个男同学,把手伸到另一个男同学的被窝里,把那个男同学的生殖器掏出来翻弄。那个男同学迷迷糊糊地就把裤头弄湿了。

第二天湿裤头有点生气,把这件事告诉了他最好的一个同学,征求意见,问要不要报告带队老师和团支部书记赵冬燕,因为这件事的性质是道德败坏。

湿裤头是余国新。余国新以前也是高二(2)班的,和赵冬燕在一个班。

余国新的朋友说:"报告也可以,但是怎么说呢?"

拖来拖去就没报告。后来却在男生里传开了。

大家一致说:"你看人家陈军多好,陈军就不会干这种事。"

言下之意还是说我跟李小芹好的事,好像我真比他们早走,多走了几步似的。

在刘郢子干了将近一个月的活我们才回城。

回城那天,大家都快快活活的,打好背包,坐上大队的手扶拖拉机就离开了。大队的贫下中农和铁姑娘队员都来送别。

拖拉机经过大寨塘,大寨塘已经挖好了,新新的,塘底下涌出了许多水,清蓝清蓝的。

我们离开的时候,气温早已降到了零度以下,但还没有下雪。大寨塘里靠边的地方结着薄薄的一层细冰。

我们坐在拖拉机上,望着越退越远的大寨塘、村庄和我们已经熟悉了的土地,心里竟然有了一些留恋的感情。

田里的庄稼早就干净了,现在只剩下一些棉柴还留在地里没拔。到这时候,最好的中学岁月差不多就过完了。

冬天和李小芹在一起

我在大雪里转了好长时间,才往家里走。

回家的路上我拿定了主意,提前上小芹家去。大年初一就去。

年二十九和年三十我在家过了两天。初一早晨一大早,我就骑上自行车去看李小芹。

我们这两个城市挺近的,只有五六十里路。骑自行车我可以沿途看看,也不过两个多小时就到了。

这一天有点太阳。但太阳给人的热量却很少,而且它老是给人一种随时想要坠落的感觉。

出了城以后,路两边就都是葡萄园和苹果园了。但是现在这种季节什么也看不到,只能看到没有用的葡萄架子和光秃秃的苹果树枝。

果园靠路的一边,都拉着铁丝网,或者种着荆棘一类的植物。

果园连绵了二三十里,其中虽然有些间断,但这也够壮观的了。

我一边蹬着车子走,一边歪着头往果园里看。看果园里不断出现的小屋、果架等等物件。我能感觉到果园的连绵不绝的气势。

我想:什么东西只要有了坚韧不拔的连续性,它的伟大精神就流露出来了。

我这样胡思乱想着,不知不觉就到了李小芹家,一点累的感觉也没有。

李小芹一家都在家,李小芹正在准备午饭。她一看见我来了,脸立刻变得通红通红。当着她一家人的面,我也有点怪不好意思的。

跟她的家里人都打过招呼以后,趁别人不太注意时,李小芹说:"你怎么现在就来了?"我说:"我在家也没事干。"

我在她家堂屋坐了一会,跟她的两个十岁左右的弟弟说了几句话。又跟她爸她妈说了一点学校里的事。老实说,我跟他们好像也没有什么要多说的。正在这时,李小芹在厨房里喊我了:"陈军,你来帮我择择菜。"

我立刻就答应了。

李小芹家的厨房跟正房不在一起,中间隔了一条细细的水泥路,这条路供住在里面的人家行走。而她们家的厨房却是建在一个很大的池塘边上的,这样污水什么的就好处理了。

我进了厨房。厨房里只有李小芹一个人。

在每一次和李小芹重新见面以前,我都有一个愿望,那就是第一眼一定要仔细地看看李小芹,看看她到底是漂亮还是不漂亮。

李小芹还是那么漂亮、健美。

只不过,现在她的脸蛋更红了,就像她刚干过什么坏事,或将要干什么坏事一样,简直就是一种宣言。

她抓了一把芫荽放在板凳旁边,轻声说:"你帮我择择,你在那屋也没有话说。"

李小芹正在给一只煺了毛的鸡开膛破肚。她刚干这件事的时候有点不好意思。

但她很快就平静下来了。

她专心地干着活。她用剪刀剪开鸡的肚子,把鸡屁股咔嚓一声剪掉,扔到垃圾桶里。她打开鸡肚子,把鸡的心肝扒出来,揪断它们和鸡身的牵连。鸡在她的肉乎乎肥嘟嘟的小手里熟练地翻滚着。鸡是土鸡,鸡头很小,脖子细长。鸡闭着眼睛,像是在熟睡。

我一边看李小芹弄鸡,一边偷偷地看李小芹一眼两眼。

李小芹整治好了那只鸡,她把鸡和鸡的心肝都拿到水龙头底下冲。厨房的地上有个凹进去的地方,那是下水道。污水从那里可以直接流到后面的水塘里去。

水哗哗地冲在鸡身上,然后涌到地面的凹处,又旋转着消失了。

李小芹的手非常熟练地在鸡的柔软的身体里和身体外翻弄着。

我一直在看李小芹干这些事。我的肚子憋得难受。

李小芹脸又红了。她小声说:"你怎么老盯着我。你帮我把袖子卷起来。"

我帮她把袖子卷起来。她说:"吃过饭咱们出去吧,在家不自由。"

吃过饭,李小芹换了衣服,我们就出去了。

我们走到大街上。在街上看了看花炮、糕点什么的,其实,我对这些一点兴趣也没有。

后来,我鼓足勇气说:"小芹,咱们上郊外走走吧。"

李小芹的脸一下子又红到了耳朵根。她大约预感到有什么事情要发生了。但她很愿意。她说:"走吧。"

其实城市很小。我们走出了有房子的地方,就看见菜田和鱼塘了。

鱼塘都是一小块一小块的,像一个一个小水池子。

池与池之间是窄窄的堤埂,走一个人还算宽敞,但走两个人就显得挤了。当我和李小芹的身体接触到一起的时候,我觉得浑身一热,毕竟我们有好几个月没见面了。

我们开始热乎起来。

李小芹说:"现在地里什么庄稼都没有。"她看四周的菜地和田野里没有人,就一把抓住我的胳膊,并且靠在我身上。

我也用胳膊搂住了李小芹的肩膀。李小芹软搭搭地靠在我身上。她说:"前几天,土产公司降价卖一批藤椅,我想托熟人买两个。"

我说:"买藤椅给你爸坐呀?"

李小芹用肩膀搡了我一下,噘了噘嘴说:"小傻子,留咱们以后用的!"

我"噢"了一声。

我们走出鱼塘的范围,走到郊区的菜地里了。

现在,李小芹已经彻底地用两只手抱住了我的腰。我们俩的生分感已经全跑完了。

李小芹的上身和头都软软地靠在我身上。她开始说单位和社会上的事,还不时问我在学校的情况。

李小芹是个喜欢说话的姑娘,每次只要一靠到我身上,她就仿佛进入了一种幻境,她会一直靠在我身上,忘记一切地絮絮叨叨地说个不停。

她说的大部分话我都不能记住。但我喜欢她靠在我身上絮絮叨叨地说话。

在这种时候,有时我觉得我正在被李小芹催眠。她的絮絮叨叨的话语在我耳边晃动,使我不知不觉就进入一种混沌痴迷的状态……

我用一只胳膊搂住她的小脑袋。

我的头有时贴在她头上,有时在她脸上蹭。她的脸蛋发烫。

我找到了她的红嘴唇。李小芹哼了一声,停止了絮絮不休的说话,迎着我。

她现在完全瘫在了我身上。我说:"小芹,咱们找个地方坐一会吧。"她半醒半睡地点点头。

田野很凋敝。

现在菜地也很凋敝了。

菜地里什么菜也没有,只有被天气冻酥了的白菜帮子。

李小芹现在更软了,软得都扶不住。

她倚在我身上,脸上烧得烫人。我用手使劲搂住她。

田野里站着几棵树。一些干丝瓜秧攀在树枝上。

我环顾四周,看到菜地的南端有一个小地庵子。那个小地庵子肯定是以往看菜地用的,现在不知有没有人。我说:"咱们到地庵子里去坐一会儿吧。"李小芹满脸通红。但她很愿意。她瘫在我身上。我们半搂半抱着来到地庵门口。

我伸头进去看看。地庵里只有一些厚厚的麦草铺在靠里的地方。

李小芹把头离开我的肩膀,向田野里张望了一眼。田野里什么人都没有,连狗或者鸟都没有。李小芹说:"里头脏不脏?"我弓着腰进去看了一遍,我说:"一点都不脏。"

李小芹这时已经进来了。我迫不及待地把她按倒在麦草上。

李小芹躺在我身下。她现在一点骨头都没有了,到处都软酥酥的。

我的肚子已经憋得受不住了。我贴在她耳边说:"小芹,咱们干那个吧。"

李小芹昏昏迷迷地说:"别有人来了。"我说:"不会有人来的。"

小芹不放心。她说:"你再去看看。"我赶忙爬起来到地庵门口去看。

现在外面绝不会有什么人来的。我转身回到麦草铺边。这时李小芹已经把下身的衣服褪下来了。

我们俩坐起来时,李小芹轻声说:"我去解个小手。"我说:"就在庵子里解吧。"

李小芹在铺草外面的地方蹲下,"哗哗"地解了个小手。然后她系好裤带,又回到我身旁。

我们俩紧紧地搂靠在一起。

从我们坐的地方向外看,能看见外面一道沟一道垄的菜地。再远些就是更大的田野了。

地庵里干干燥燥的,有一种麦秸和泥土的干香气。在地庵的出口那里,还有一小堆一小堆旱烟烟灰,那是拿烟袋锅子磕出来的,痕迹还很清楚。

我们到傍晚才回家。

吃过晚饭以后,我们在家没事,就出去看电影。

电影是译制片《蝴蝶梦》。

这部片子,我在学校时已经看过一遍了,我觉得拍得真好。

我们买好票进去刚坐好,电影就开映了。

虽然我已经看过一遍了,但我仍然很有兴致,像看第一遍时一样。

看到三分之一的时候,李小芹凑在我耳边说:"我真困。过节忙死了。"

我继续兴致勃勃地看电影,李小芹却靠在椅子上睡着了。

到电影快要结束时,李小芹彻底地醒过来,并且看完了结尾。

一出电影院,李小芹可能因为睡得很好,她的精神上来了,她靠在我胳膊上,问我电影的前面是怎么回事。我津津有味地讲给她听。

李小芹一边听,一边哎哟哎哟地直叫唤,嘴里一个劲地问:"真的?真的?"

我说:"咱们上哪走走吧。"

冬夜天气很冷。我们不能往远处走。

李小芹说:"要么咱们就上体育场去。"

体育场黑黝黝的。这时已经有点晚了,附近听不到一点人声。

李小芹靠在我胳膊上说:"下次你来咱们去小西山玩吧。"

我点点头。

我把李小芹扳过来,扳成和我对面。李小芹的嘴唇立刻就温软潮湿了。我们就站在空旷无人冷风飕飕的体育场里亲起嘴来。

她又把手插到我裤子里……

但是天太冷了。

我们在干草地上坐了一会。我们俩的身上都冷下来了。嘴唇也冷下来了。李小芹还总是东张西望的。

我说:"你看什么?"

李小芹说:"我有点害怕。这里一点也不安全。"

我们站起来重新走回街上。

现在街上的人也很少了。商店都关门了。

我们走过电影院。电影院也关门了,连一盏灯都没开。

我们只好回李小芹家。

她家附近路灯很少,一片黑暗。从路边看她家的那一排房子,黑漆漆的,半丝光亮也没有。

李小芹突然搂住了我。

我们使劲亲着嘴。然后李小芹拉着我的手,轻手轻脚地进了厨房。

李小芹插了门。我们憋住气亲了很长一会。

我们俩一点也站不住。我们一会撞在东墙上,一会又靠到菜橱上。

李小芹嘴唇半开半张的,好像就要昏过去了。她身子软得扶不住,从我怀里直往下出溜。

我架着她的腰。她攀在我耳边,喃喃地说:"你坐下吧。"

我用脚摸到一个小板凳,把它钩过来。我坐到小板凳上,李小芹叉开两腿坐在我的腰下边。

李小芹脸蛋热得烫人,像生病了一样哼着。她轻声说:"你憋一会。"

我赶紧把她移开。

李小芹现在清醒多了。

她找了一块布给我,然后她到地面的凹沟那里,蹲下解了个小便。

在李小芹家住了三天我才离开。

我又看见了葡萄园。

也许是激情和渴望已经过去了的缘故吧,现在我的心里空落落的。

我慢慢地从果园旁边骑过去。中间我还到果园里绕了一小段路。我在果园里下了车,看着被漆成白色的树干,心情闪失地站了一会。

天色很阴。我从果园的另一个地方冒了出来。

果树该发芽了,我想。我抬头看看天,但天上还没有一只大雁往南飞。

乔小兰

我到家的当天中午天又下起了大雪。

外头的孩子高兴地直喊:"下大雪喽!下大雪喽!"

我站在门口看了一会。我想,雪要是就这么下下去,那么初六的相山庙会,我们肯定就去不成了。

这天是大年初四。我开始整理我的旅行笔记。

我刚打开笔记本,赵冬燕在外头喊门了。她的嗓门在这种时候总是又脆又亮,连绵不绝的:"陈军,陈军。"

我连忙跑去打开门。

门外站着一个愣头愣脑的男孩和两个裹得暖暖和和的漂亮女孩。

男孩是余国新,女孩一个是赵冬燕,另一个就是我在学校围墙外边见过一次的乔小兰。乔小兰这次穿戴打扮得更干净,头发看上去也更滑更软,她整个人都显得利索而又清爽。

他们来了我真高兴。我连忙说:"进来进来!"

他们一进到屋里,屋里的气氛和气味马上就不一样了。本来我一个人在家,冷冷清清的,但是几个人往房间里一挤,立刻就嘈杂得要命。

我给他们倒了茶,又拿出过年的零食来给他们吃。他们各人都找了地方坐下。他们身上过年的气氛都还很浓。

赵冬燕坐下就说:"要是这么下雪,那相山庙会咱们就去不成了。"

余国新翻着桌上的一本《哲学研究》,那是我爸爸的。乔小兰说:"这雪还会老这么下啊？那就连路都不能走了。"

说了一会,不知怎么的,话题转到了诗上。

赵冬燕说:"讲到诗歌呀,我跟乔小兰正好相反。我是最不喜欢诗歌的了。叫我看小说可以,课余时间我就抱着小说看,有好几次把吃饭都忘了,只好去买冷馒头。有一次还是叫乔小兰带的饭。对吧,小兰。"乔小兰说:"你看迷了。"赵冬燕说:"就是看迷了。"

余国新放下了手中的杂志,问赵冬燕:"看什么小说看迷了？"赵冬燕说:"《约翰·克利斯朵夫》。"我看过这本书的,连忙说:"噢,法国的罗曼·罗兰写的。"乔小兰说:"陈军学中文的,最有发言权。"我说:"进校后我看的第二本书,就是《约翰·克利斯朵夫》。"赵冬燕说:"那你看的第一本书,是什么书？"我说:"是雨果的《巴黎圣母院》。"余国新说:"这本书我也看过的。"他学着电影里的腔调说:"丑,丑。"

我们都哈哈大笑。

我说:"我和刘继传正相反。他是先看的《约翰·克利斯朵夫》,然后才看的《巴黎圣母院》,我们俩是交换着看的。"赵冬燕说:"刘继传就是你最好的那个朋友吧？"我说:"就是他。你跟乔小兰都见过的。"乔小兰转到原来的话题上说:"不过,要是叫我挑选,我还是愿意挑诗歌。"赵冬燕说:"乔小兰看诗也看迷了。"乔小兰说:"其实我一点都不懂,就觉得朦朦胧胧蛮对胃口的。我还到你们系里去参加过一次诗歌讨论会哪。"我说:"哪一次？"乔小兰说:"是去年十月份的那一次。我坐在后排的,听听别人的发言。不过去了一次就不去了,不如自己看有意思。"

说到很晚,他们才起来回去。

我们好像有说不完的话。临走的时候,大家约好,明天晚上都上赵冬燕家里聚会。

赵冬燕说:"陈军,你顺路正好找着乔小兰,她晚上一个人走路害怕。"

乔小兰看着我。我说:"行。"

乔小兰说:"几点?"

我说:"六点吧。"

第二天雪还在下。乔小兰家在一条小黑巷里,巷里都是雪、冰和泥水。

我敲门的时候,乔小兰好像正在等我,她立刻就把门打开了。

他们一家正在热气腾腾地吃饭。她爸、她妈,还有大大小小好几个孩子。乔小兰说:"你进来坐一会吧。我马上就准备好。"

我跟着乔小兰进了里屋。

里屋有一面圆镜子,乔小兰站在镜前整整衣服,拢拢头发。然后说:"好了。咱们走吧。"

我们走进冰雪里。小巷好像更黑了。

乔小兰现在穿一双很醒目的白球鞋,她走在前头,就像童话里的小狐狸那样,一跳一蹦地走。

我跟在她后面,眼盯着一闪一闪的白球鞋往前走。

乔小兰说:"哎,你们那个刘继传有意思吧,他给我写了一封信哎……"

突然她停了下来,并且一把抓住了我的胳膊。

我吓了一跳。乔小兰轻声说:"前面有一大片水。"

我没想到她这么胆小。我说:"不要紧,我来带路。"

我走到她前面去。乔小兰放开我,跟在我后面走。

我奇怪地问:"刘继传给你写的什么信?"

乔小兰说:"其实也没什么,他就想问问我诗歌方面的兴趣。"

我们很快就走出了小巷。

我站在路灯下吁了一口气。乔小兰站在我旁边跺跺脚。她的白球鞋干干净净,一点都没弄脏。

我看了看乔小兰说:"巷子里真难走。"我的鞋倒是弄得泥泥水水的。我对这条小巷一点都不熟悉。

乔小兰平静地说:"现在好走了。"

大雪天和李小芹在一起

开学的前三天,李小芹来了。

李小芹到的时候,天已经朦朦胧胧有点发黑了。一进屋,她就进厨房帮我妈做起了晚饭。

我妈说:"不用你做,说话去吧。"

李小芹帮着烧了一个菜,才到我这边来。我说:"请过假了吧。"

李小芹直摆手说:"不行不行,只请到半天,明天上午就得回去,单位现在太忙了。"

我小声对她说:"你往里头来来。"

李小芹知道是什么事。她红着脸咕噜了一句,然后若无其事地往屋里走。

我把门斜关上一点,外面看不见了,我把小芹揽过来……李小芹说:"我得出去了。"她又去了厨房。

这一晚上我一点机会也没有。

我们家地方不大,她得跟我姐和我妹妹睡在一个房里。而她们又都想跟她多说一会话,说这说那的。

我们也出不去。外面下着很大的雪。地上差不多都有半尺厚了。再说她到得又太晚了。我们吃过晚饭都七点四十多了。

第二天我醒得很迟。我转脸看看桌上的小闹钟,已经快八点了。房间里静悄悄的。

正在这时,房里响起了拖鞋走动的声音。这肯定是李小芹在走路。因为我们家人走路的声音,我差不多都能背出来。

果然是李小芹。

她"哎"了一声,就推门进来钻进了我的被窝。我小声说:"哎哎,不行,不行,家里有人。"

李小芹已经钻到我怀里,并且把身上的两件内衣脱得一件不剩。她贴在我胸脯上说:"你家人都走了,我在被窝里听着的。"

我把被子撩开看她。李小芹的身上又白又饱满,胸脯和大腿上的皮肤都撑得紧绷绷的。

我把被子全部掀掉。李小芹的脸又红了。她有点不好意思我看她。

天气很冷,但我们一点也不觉得冷。我们光着身子在床上很长时间。后来,我不知不觉就趴在李小芹身上睡着了。

醒来时,我仍然睡在李小芹身上。

李小芹和我几乎同时醒来。

李小芹看看窗外说:"我起来烧点饭给你吃吧。"

我压着她不让她起来。

外面雪也不知下到什么程度了。

第三章　穿城而过

英格丽·褒曼

寒假结束一开学,我就向教外语的何老师递交了一封信。

为了写这封信,在几乎两天的时间里,我都隐匿在第三阅览室的一个拐角里,忘乎所以地反复构思、反复修改。

到了第三阅览室,对我来说,就相当于到了一个陌生的地方。所看到的面孔,大都是生疏的,印象里几乎从未见过。

抄完最后一个字,我吁了一口气,觉得轻松多了。有一种说不出来的压抑了我很长时间的东西,在一瞬间被卸去了。

我把信装进信封,夹入书中,然后离开阅览室,走到校园里。

校园沉浸在微弱的夜光之中。夜光是由星光和弥散的灯光构成的,充满了幻意和朦胧。

在甬道的拐弯处,我看见那位姑娘的背影立在那里。但现在刚刚开学,我还滞留在活生生的寒假生活中。

我走到操场上。操场上露天摆放着几架黑白电视机。

我挤在人群里看了一会。电视里是一次歌手大赛。新鲜极了。

歌手都非常漂亮,她们唱的歌,也都是我从没听过的,非常好听。

我心里很激动。我突然感觉我处于一个大时代之中。这种感觉强烈而且真实,就像那时我在乡间的一个地方,突然接到入学通知书一样。

冬日的太阳,红通通地从棉柴垛后面爬上来。一个欣喜的声音高声叫着我。

彼此的喜悦是无边的。雪的原野上是越走越小的人影。树的秃枝闪耀着光泽。

这是一个奇妙的夜晚。

我又回到电视画面前。

电视画面有时很特别:歌手站在舞台上唱歌,她的头像却被一个光圈圈在画面的左上角或者右上角。

我被这种特别的技术吸引住了,并且受到了极大的鼓舞。

我离开电视机走到另外的道路上去,心里不断地下着各种决心。

春夜还有点寒冷,但到处都是走动的人。在这种时候,或者说季节吧,好像谁都不愿意待在屋里,或教室里。

我走过一个弯道。

在有灯光散照的树下,我看见刘继传正和乔小兰站在大树的侧面说话。

我吃了一惊。我的第一个反应,就是跟他们打招呼。

但我又马上把话咽下去。离开了。

第二天,我在上课铃声快响的时候,把信交给了何老师。

当时,大部分同学都已经在座位上坐好,何老师正把她的提花小提包放在讲台上。我背起书包,若无其事地站起来走过去,一句话都没说,把信递给何老师就出去了。

我在给何老师的信里写道:

尊敬的何教师:

您好!

上您的课,已经一年了。就我个人的感觉和印象来说,我觉得您教得非常好。您讲课细致而有文采。听您的课是一种很大的享受,特别是听您朗读课文时,教室里很静,只有您的抑扬顿挫的声音,把我们带到了如诗如画的异国他乡,使我们领略到了语言的美妙和深邃。如果没有更好的打算和设计,我一定会成为您最好的学生的!

但是我已经设计好了自己。世界在向我召唤!我感觉我肩负着伟大的历史使命!时间对我来说非常宝贵,一定不能有哪怕一点点浪费:我要把一切有关的书籍全部读完,我还要做深入的思考并且考察我今后将要走的曲折但肯定是光辉灿烂的路,我还要实地考察祖国的山川大地,以便对我将要投身其中的社会有一个感性的清醒认识。在这种考虑之下,我决定暂时放弃外语的学习和考试。

尊敬的何老师,请您理解我的这一不容更改的决定。您不会愿意世界上失去一个伟人吧?!我知道外语是人生斗争的一种武器,但那只是在必要的情况下。我们现在开设外语必修课,根本没有使用的机会,更没有学习外语的语言环境。每天花费大量的时间背诵它,但一天不记又会忘掉。而这些时间对我来说是多么宝贵!

尊敬的何老师,我放弃外语,并不是针对您的,相反,我对您留有深刻的印象。我希望您能体会我的心情。我今后的表现,肯定不会令您失望的!

此致
敬礼!

您的学生　　陈军

刘继传后来告诉我,当时我往讲台上走时,同学们都盯着我,不知道我要干什么。同学们对我递给何老师的那封信,也都非常感兴趣。

刘继传说,何老师拆开那封信看。她不慌不忙地看完了信。正好这时上课铃响了。她平静地把信叠好,插回信封,夹进课本里,然后就开始上课了。

刘继传说:"当时你十分镇定,想不到你那么从容不迫。"

我说:"这是我想好了的一件事。"

我走出教室,走出教学大楼,走到有太阳的校园里。

上午课多,校园里很少有闲逛的学生。我走到西操场,一边走,一边低着头,看脚下的路。

路在我脚下,一步一步向后退去,我甚至都来不及看清它们。

但我知道我是在往前走。而它们呢,我说的是路,它们也会永远存在下去的。

接下来的两天都很平静,没有什么事情发生。

到了第三天下午,我们班有个班头邹宝运来告诉我,说何老师想跟我谈谈,地点就在图书馆门外、一些大树底下的石凳上。时间是晚饭前五点钟。

我好像有心理准备,我说:"好。我准时到。"

那些大树叫合欢树,我知道它们。

五点以前,我准时离开阅览室,向图书馆门外合欢树下的石凳走去。

我一边走,一边想:何老师还挺浪漫的。她没让我去教室,或者办公室,却让我到这个地方来。

也许她只是想随便而又轻松地跟我说这件事吧。

我走到合欢树下,在石凳上坐下来。

在我面前比较远的地方,是一块中等大的草地。草地上是一些活动着的人群,他们有的在托排球,有的在玩飞碟,有两个人在比画武术动作。

我叉开腿,默默地看着空地上的活动场面。

我的心情很平静。

这时,突然有一个被击飞了的排球,在托排球的大部分女同学和一部分男同学齐心协力的惊叫欢呼声中,越过时空,向我直飞过来。

我看着它旋转着直飞过来。

它的背景是一大片开放的蓝天,和各呈姿态的排球手们。他们的惊叫和呼喊声,被略带寒冷的空气处理过,被压抑在排球的背后。

排球上升到最高点,然后开始滑翔着下降。它上面的纹路我都看得清清楚楚。

我站起来准备接住它,再掷回给空地上的人们。

但是排球之花却在半空中开放了,开放出一片素雅旺盛的茂景。那是我一生中从未看见过的一树梅花。它长在巢湖岸边。

我不知道它叫什么梅。它的枝丫庞大,密密麻麻的素雅小花开了很大一片,如云似雾。我们还离着老远,它的香味就传播过来,强烈地刺激着人的感官。

我和公社秘书走近湖畔。

原来是湖畔的一堵悬崖。悬崖下雾气弥漫,湖水激荡。整个湖面这时都正被大风大雾裹挟着。巨浪击在崖下的巨石上,发出轰隆隆的震响。

而梅,那株我从未见过的巨大的梅树,正长在悬崖上一块巨石的旁边。

我们嗅着梅的愈来愈浓的香气走近它。

树的下面有一个非常老的老人,正拾拾掇掇地搬一些碎石垒在梅的四周。

老人健康而开朗。我欣喜地走过去把鼻子贴近梅,嗅着梅的香气,问老人:"老人家,这是什么梅?"

老人直起腰,健朗地用方言说了一遍梅的名字。我没听懂。公社秘书用方言又说了一遍,我还是没听懂。

但梅的铺天盖地的香气却来得更近……我伸出双手,旋转着的排球正好落在我的两手之间。

空地上的人们都安静下来。他们看着我,等待着。

我放下书包,把排球抛向空中。

在它降落到一定的高度时,我用右掌把它击向草地的方向。

排球脱离我手掌的一刹那,何老师夹着几本书走过来了。我知道现在肯定是五点整。何老师总是非常准时的。

何老师很年轻,白白的,她讲一口流利的普通话,虽然长得不算太漂亮,但让人觉得气质好,很高雅。

她可能也是新婚不久的。

有时候,只是偶然,我能在校园里看到她和一个同样儒雅、穿戴整洁的男士,在一起公开散步。他们给我的印象是两只相依相偎的小鸟,没有丝毫的俗气和野气。他们显然都受过良好的教育,各自的家庭大约也是温文尔雅的。

何老师来到我跟前。

她向我点头示意。然后轻轻把胳膊在胸前抱起来。

如果换了别人,这个举动可能会显得傲慢无礼。但发生在何老师身上,却给人一种优雅的印象。

我立刻想起最近刚解冻上映的一部美国故事片中的英格丽·褒曼。英格丽·褒曼就是文雅而优美的。

何老师微笑着说:"你好,陈军,你给我的信我看了。"她微笑着,"而且看了不止一遍。"

我倾听着她的声音。

她把目光转向空地上运动着的人,然后又转向我。"陈军,你今年多大了?"

我说:"二十一岁。"

她说:"再过十年,到三十一时,你也许会后悔。"

她说得一点也不正式,她一直微笑着。

她说:"人都是这样走过来的,我能理解你,你绝不是一个生性懒惰、畏惧学习的人。但我也不能支持你,那样就违背了我的意愿。我想让你好好地想一想。当你有了改变时,随时欢迎你回到我的课堂上来。落下的课我会帮你补上的。"

她仍然微笑着,用诚恳的目光看着我。

我心里很感动。但我只能说:"谢谢你何老师,我决不是针对你的。其实我非常喜欢听你的课。"

她点点头说:"我相信你的话。不过,也请你理解我,我得把这件事情告诉你们的指导员,这是学校的规定。"

我说:"那当然了。"

在我们说话的时候,空地上的同学正陆续往宿舍的方向走,没走的人也正在收拾衣服。要开饭了。

何老师说:"今天先谈到这儿好吗?有什么想法,请你随时告诉我,我的课是永远欢迎你的。"

我竭力装成平静的样子。我说:"好的。"

何老师对我轻轻一笑,然后转身离去。

短时间里,我站在后面看着她。她的仪态雍容而华贵,特别是她走到了草地上的时候。

我又想起了英格丽·褒曼。

刘继传

开学的第二周,陈红就到学校来了。

那又是很突然的一件事。陈红来之前,看样子跟上次一样,根本没和刘继传打招呼。

当时正是开饭时间,大家都在吃饭,或正在打饭。陈红突然出现在我们那幢男生宿舍楼里。

她上身穿一件带格子的厚外套,说实话,第一眼看到她的时候,我觉得她挺好的,既不土,也不是不好看。当然和学校里那些如花似玉的姑娘们比起来,她也不算太洋气。

陈红一上楼就到处向人打听刘继传,并且对别人说,她就是刘继传在农村插队时的女朋友。我想,这对刘继传来说,可真是一件犯忌讳的事。因为刘继传是绝对不愿意把他以前有女朋友的事宣扬出去的。

但是,在整整一个寒假里,刘继传跟她都发生了些什么事,我就一点都不知道了。

陈红问到了刘继传的寝室,就在刘继传的铺位上坐下来等刘继传。

那天中午我和刘继传一道去打的饭。去的时候和回来的时候,刘继传都有说有笑。他还问了我有关巢湖的事,又问了我暑假去大西北的打算和准备。

我们进楼上了楼梯。

正好这时,刘继传寝室的一个同学从楼上下来,见面就咋咋呼呼地叫道:"刘继传,赶快回去,你乡下的女朋友来了。"

我听了哈哈大笑。但刘继传没笑。他说:"去你的吧。"

那个同学以为说"乡下"说得刘继传不高兴了,连忙改口说:"不是乡下不是乡下,是你女朋友来了,长得蛮俊的,就在你床上坐着,快去快去。"说完就下楼去了。

我马上收住了笑。

我看看刘继传。在极短的时间里,刘继传的脸就白得像一块蜡了!他站在楼梯上,一动不动。我说:"肯定是陈红来了。"

他点点头,但是却说不出话来。

我想他可能是一时没有主意了。我说:"你们俩现在到底怎么样了?"

刘继传的脸色仍然很苍白。他摇摇头说:"我不能见她。"

我说:"那不行,人家来了。"

刘继传说:"你替我去应付应付。她这次来,肯定是想闹事的。"

说实话,我也是这样认为的。但我觉得很难办。

我说:"嗨,我去算什么。再说她看你不见她,面子上过不去,真闹起来怎么办?人一急,什么事都能干出来。"

刘继传不说话。他显然没什么主意。我说:"走吧,先招待了再说。"

刘继传摇摇头,沉思着说:"我不能见她。家里人都不叫我再理她了。"

说着,他就转身慢慢向楼下走去,似乎正在一边走一边想。

这时我有点尴尬,不知是继续上楼呢还是跟他下楼。但我还是跟他下了楼。

我想再劝他一次,如果他坚持,那我只好先上去再说。

但是,刘继传越走越快,一走出大门,他突然撒腿跑了起来。

他的举动完全把我惊住了。

我追到门口,刘继传已经跑到操场里了。这时我既不能喊他,又不能追他,那样的话,事情看起来就有点不可思议了。

我一直看着他跑到操场,消失在女生宿舍楼的后面。

我回到楼上,从壁橱里找了个没人用的饭缸,来到刘继传的寝室。

这时刘继传寝室里已经坐了不少人了,有本来就是他们寝室的,还有想来看看刘继传女朋友模样的。

我一走进去,陈红就站了起来。我笑着说:"你好,陈红。"

陈红说:"刘继传呢?"

不管怎么说,我撒谎也还是蛮快的。我说:"刘继传被他一个老乡喊住了,在外面说话。他叫我替你先打点饭。咱们到食堂吧。"

房里好几个同学都开玩笑说:"这小子,女朋友来了一点都不积极。"

看来,陈红并不想留给别人一个坏印象,她站起来,笑着向大家点了点头,然后就跟在我后面出来了。

我们来到楼外。校园里站着不少同学,他们都站在细微的春风里,吃饭或者说话。

陈红在楼下站住了。她看看校园里的人,又看看我说:"刘继传呢?"

这次我不想再说谎了。我指指女生宿舍后面说:"他跑到那边去了。"

陈红随着我的手指看过去。在女生宿舍那边,许多人在看墙报。学校的女同学看起来都穿得很不错的,也很招人眼。

陈红回过头,对我笑笑,但我觉着她笑得并不自然。

"陈军,"她说,"谢谢你。请你转告刘继传,我这次不想让他难堪,叫他还到体委宿舍找我。"

我还没来得及说话,或者说我还没来得及反应,陈红就已经走了。

我站在原地看着她离去。刘继传用这种方式不见她,她肯定很伤心。

我在西操场找到了刘继传。他正坐在一根圆木上发呆,手里拎着空了的饭缸。

我在他附近坐下来,对他说:"陈红走了,她叫你还到体委宿舍找她。"

刘继传一口回绝了:"我不会去的。死都不去!"

我只好不说话。我们俩就这么干坐着。

坐了一会,校园里安静了。我说:"回去睡一觉吧。"

刘继传说:"你先回去吧。"

我又坐了一会。后来我就站起来走了。

我不知道刘继传是怎么把事情都弄糟的。

陈红的事情我都快忘了,有一天我正在阅览室看书,我们的班头邹宝运再次来找我。那是学校的春季运动会前约一个星期的一天下午。

邹宝运说:"陈军,咱们出去走走。"

我说:"好。"就拿了一本书,和他一起走到校园里。

邹宝运老家是江西南昌附近的人。虽然他家现在在北京,但他说话的江西口音很重。

我们俩走在法国梧桐相夹的道路上,往幼儿园的方向走。幼儿园那里环境很幽静,除了小孩子以及玲玲珑珑的建筑外,就是一块一块的青草地了。

邹宝运跟我闲扯说:"你暑假打算上哪去?"

我说:"大西北。"

他说:"哟,那地方够远的,你得找点资料吧?"

我说:"我一直在查。查《地理月刊》《历史研究》什么的。"

邹宝运说:"查哪些方面呢?"

我说:"都查。地理、历史、地质、植物、动物、昆虫、特产、人物、传说、建筑、宗教、民族、水利、交通、服饰,什么都查。"

邹宝运张着嘴,用一种重新审视的目光看着我。

我一边说,一边想,邹宝运肯定又是为外语的事情找我的。

这时,我们已经走到幼儿园外面的栅栏边了。

我们在栅栏边站住。栅栏里面的草地上,有许多围围兜的小朋友玩耍。我们在那栅栏外一站下,就有两只小朋友跑过来喊:"叔叔好。"

我和邹宝运都说:"小朋友好。"

孩子们跑回去了。邹宝运说:"刘继传的事你知道了吧?"

我不知道他指的是哪一件事。我说:"什么事?"

邹宝运直截了当地说:"有人举报刘继传的那篇文章是抄袭的。"

我大吃一惊,像所有的人一样,我的第一个反应就是问:"谁说的?"

邹宝运憨厚地说:"系里收到一封人民来信。你先不要跟任何人说。"

我说:"我不会说的。不过我觉得,这事不可能。"

邹宝运说:"指导员跟刘继传谈过一次话,刘继传也说这是诬陷。刘继传说,他一直在搜集资料,还说你可以做证。"

我?

我说:"确实是这样。刘继传一直在搜集资料。这一点我能给他证明。"

这是事实。

邹宝运说:"我是随便跟你说说的,指导员可能还要找你谈话。"

我们往回走的时候,邹宝运才跟我说外语学习的事。

邹宝运笑着说:"陈军,你就不能把外语给混过去吗,免得学校找麻烦。"

我也笑了。我说:"我受不了那份折磨。"

邹宝运表示赞同。不过他又说:"指导员也要找你谈这件事的。"

这时已经完全是春天了,暖风到处吹动,人心里都很发毛。

下午开晚饭以前,我找到了刘继传。我们上了教学大楼的楼顶平台,从平台上往下看。

西操场上正进行篮球比赛。纵横交错的路上,到处都有人走。

本来我是想问问他文章的事的,但话到嘴边却改变了。我说:"哎,刘继传,陈红那边怎么样了?"

刘继传说:"她找到系里来了。"

我说:"到底怎么回事?她怎么这么恨你?"

刘继传生气地说:"她太俗气了。我绝对不会跟她在一起的。死都不会!"

我们下了楼,背着书包一起往宿舍走。

傍晚的春风很暖和。校园里的人也比平时多。我觉得,刘继传这时候纠缠在这些令人头痛的事情里,肯定又恼火,又不情愿。

我说:"刘继传,咱俩出去跑跑,天气这么好。"

刘继传说:"你想到哪里去?"

我说:"到……江南吧,这样用的时间不会太长。"

刘继传心事重重地说:"你去吧,我替你请假。"

刘继传不愿意出去。我说:"那我再想想。"

穿城而过

这天晚上,我决定去市里拜访一位散文家。报纸上介绍说,散文家曾在青海、西藏待过近十年。

我想,他对那里肯定很熟。这就是促使我突然去拜访他的原因。

晚饭后,我离开学校,来到一个文化人聚居的大院。

在值班室里,我向一个只有一百厘米高的侏儒,打听到了散文家的住处。侏儒的态度非常好。他笑的时候牙齿白得耀眼。

我按照他的指点,找到一栋旧楼。楼梯里没有灯,漆黑一片。我数着楼梯往上爬。

这时我的某种预感突然上来了。我感觉到了乔小兰在漆黑的小巷里抓住我胳膊的手……

我摸着黑上了五楼。认定门牌之后,我就开始敲门。

门响门开,速度快得惊人,把我弄得很尴尬。因为这时候我的手指还没离开门房。这是一种伸手被捉的姿态。

开门者是个五十多岁、体形较瘦的高个子。他的长相很普通。但他看上去绝对是属于有智慧的那一类人。

他开门看了我一眼。但是很奇怪,他什么也没问,就示意我进屋去。

我随他来到客厅。我们俩分别在两个简单的单人沙发里坐下。茶几上放着两个茶杯。

散文家用手拿开我这边茶杯的盖子。浓热的茶香扑面而来。

他似乎把什么都准备好了。

我们开始交谈。我告诉他我的想法。我说:"我是大学二年级的学生。我是学中文的。"

他非常安静地听着,既不鼓励我,也不打断我。

我说:"我打算暑假到大西北去……"

他认真地听着。然后他起身去桌上拿了笔和纸,又回到沙发里。他太沉默了。

后来他用一种很低沉的声音说:"我在那里有一些很好的朋友,你去找他们,他们肯定会帮助你的。"

他说完就低头疾书起来。

我偷偷地看他。我想从他的面容上、鬓发上、衣着上以及写字的姿势上,寻探出一些不平常的东西来。

报纸上的那篇文章说:他浪费了几十年。都是最好的时光。

我不知道这是真还是假。

一个人,从国外留学回到祖国的心脏,再从心脏被流放到西北戈壁滩,独身单处,在风沙中生活十年后,又来到一个他并不熟悉的地方定居,他还有二十岁时的想法吗?

散文家俯首不停地写着。我喝了一口热茶。茶香真浓。

他的书桌上放着一盆蝴蝶花。

于是,好像有很多花蝴蝶在屋里飞翔了。

告别散文家,我走到了大街上。

蝴蝶还在飞舞。我的心情十分饱满。走路也很有劲。

我想,我又得穿城而过了。

有好几次,我都是在半夜或半夜以后穿城而过的。第一次,是寒假我从巢湖回来。

我从巢湖回来时,已经是夜里两点多钟了,公交车早就没有了。

但我一点都没犹豫。我的脚立刻动起来。那纯粹是一种年轻人的步伐、年轻人的状态。

我们学校离火车站大约有十里路。大街上灯火通明,但一个人都没有。我独自一人,雄赳赳气昂昂地往前走。大冷的天,我却走得浑身发热,淋漓尽致。

我从平常人来人往的商店、公共设施跟前走过去。那时它们都关门闭户了。

整个城市都在沉睡。唯有我一个人豪迈地穿越着整座城市。就像天将降大任给我一样,我的感觉和心态都达到了顶峰。

我穿城而过,海阔天空地想着一切,走回学校。在一个多小时的行程中,我心里时时激荡不已,片刻也没有平静过。

我觉着我身体里那种爆旺的气势,那种生命力,随时都会溢出来。

我一边走,一边想,不管到了什么年月,我都得保持这种状态,我都会对自己说:呆子,你去穿城而过吧!

我一直往前,走上了回校的道路。

街上人很少。我走到前方的第一个三岔路口。完全是不经意的,我突然看见一个我十分熟悉的身影,从前方一飘而过。

刹那间,我的血液好像凝固了。我相信我决不会看错。世界上也绝不会有这种相同的猫步。

我一点都没犹豫,立刻就跟了上去。

转过三岔路口。远远的,果然是她。

她挎着一个很小的小黑包,一个人舒缓有致地走着。

我远远地跟踪着她。我渴望看到她的"秘密"。我想,这种秘密是我在第一阅览室里永远看不到的。

开始的时候,我觉得这样跟踪一个女孩子不好。但很快我就坦然了。我只是好奇罢了。

我靠在路边较为隐蔽的地方走,和她保持一定的距离。

有时我一阵冲动,我就迅速向她靠近。但大部分时间我都在退缩。

我感觉我正在进入一个虚幻的、不真实的境界。寒假的那种实在感,已经完全消失了。

我不由自主想起了品格。我想,我的品格是什么呢?

是一个磨损了的橡胶篮球吗?

上小学时,我曾经很调皮。我们特别希望得到一个橡胶的红篮球。于是我们设计好到学校的体育室去偷。

我们在体育老师离开的时候,很容易地拿了一个回家,并且藏在一个同学的床底下。

我们跟红篮球结下了深厚的情谊。每天放学以后,或者星期天,我们都泡在篮球场上。早上我们起得非常早,天还很黑我们就在球场上摸打起来了。那时候,我们的身体也因此而十分健康。

后来,过了大约有一年,那个同学的姐姐看到了这个红色的橡胶篮球。

当时正好我们几个都在和她吵架,她就威胁说要把这件事报告老师。

我们惶惶不可终日,商量了好几天,最后终于向根本就不知道丢失篮球的体育老师,坦白了罪行,并且受到了批评式的表扬。

这就是我的品格吗?

我停住脚步,仰脸望望天。

空气潮湿起来,看不清天是什么样子,但也许阴天了。

我看着她拐进一条较小的街里。

我想,今天是星期几?星期六。

远处路灯昏黄。车辆很少。一幢大楼上的一扇窗户亮起了灯光。

回到学校,正好响起了晚自习结束的铃声。我还有些激动。我没回寝室。我把两手插在裤兜里,往长着很多树的校园南部走去。

我在校园的小路上无目的地不停地走着。大部分时间我都在胡思乱想,内容一会跳到这里,一会跳到那里,连固定的范围都没有。

道路两旁的树叶,在三月底就长出来了。现在它们看上去几乎有点浓郁。

十一点以后,校园里的人更少了。

这时,我在关了门的小卖部附近,碰到了刘继传。刘继传也是一个人在走。

刘继传问我:"几点了?"

我说:"肯定有十一点半了。"

我们说完这一句话就分开了。

我在校园里又逛了一圈。这时我的脑子已经木了,什么都想不出个名堂来,思想根本不集中。

我的腿和腰也很沉、很酸。我只是凭借某种惯性在走。

一圈快要结束时,我顶头又碰到了刘继传。

这次,我们俩连招呼也没打,只是互相看一眼,就一块上楼回寝室了。

明亮的大眼睛

接下来的一个星期,我像前些天一样,一堂外语课也没去上。

碰到上外语课的时候,别的同学都往教学大楼走,而我却避开他们去阅览室。

说老实话,和别人不一样,心里总是不踏实的,总有些偷偷摸摸的滋味,不论这是好事还是坏事。

这对我是一种激励。在这种时候,我只能加倍认真努力地读我自己的书。我在外语上损失了和别人平等的地位,就必定要争取在别的方面补回来。

当别的同学坐在阶梯教室里,跟着何老师读 I LOVE YOU 的时候,我则在阅览室里拼命地读毕加索传,读西哈努克回忆录,读约瑟夫·海勒的《第二十二条军规》,读艾巴·辛格和托马斯·哈代,读《历史的地理枢纽》。

整整一个星期都平安无事。

我在等待星期六的到来。

我很少见到刘继传。在短短的时间里,我们似乎都有点疏远了。

也没有远方的同学来访。外语课的事,邹宝运或者葛老师都没来找我。

我现在差不多完全回到学校的环境里来了。

我又回到了第一阅览室。我几乎每天晚上都在那里。

走猫步的大眼睛姑娘也几乎每晚都在第一阅览室。

现在,我对她的容貌已经熟知了:她的脸形非常漂亮,椭圆如卵石,小巧精致,白皙润泽。

我们各自的座位并不固定,但彼此相距总不很远。

我们各人做各人的事,互不相扰,也可以说互不相干,但两人的目光却常常不期而遇地碰到一起,并且生发出一种无法言传的火花。

我觉着这是一种心领神会的目光。

有时候,一个眼风就可以达成默契。

也几乎是每晚,她都会在看到我的目光之后,拿起一本书站起来走出去。

我觉着这是一种再明白不过的暗示了。

每次,我都会不事声张地跟随而出,并且一定会在大厅外面甬道向右拐的地方看到她的背影。

我注视她的背影。我想,我一定得鼓足勇气去跟她说话。

她的背影含蓄而且丰润。

我注意一下四周。像往常的每一个夜晚一样,校园里现在到处都晃动着人影。外语系同学的收音机一如既往地像敌台一样呱里呱啦地响着。大家都在干自己的事情,都沉浸在自己的境界中。

我迈步向她的背影走去,一步步走近她。

现在,她的背影在我的视界里逐渐放大,很快,一切都变得简洁明快起来。

当我走近她时,她仿佛有所察觉,并且在一个恰当的时候转过了身。她的明亮而漂亮的大眼睛一点也不拘束地看着我。我马上对她说:"你好。"

她注视着我,同时轻声回答说:"你好。"

有一些晃动的人影从我们身边走过。

我说:"咱们往那边走走,这里人多。"我用手指了一下甬道拐弯的地方。那里的光线更暗淡一些,树影也更浓厚。

她轻轻地说:"好的。"

我们几乎是肩并肩地走向我指的那个地方。

我们安定下来。这里人确实少多了,光线也暗多了。我看看她的鹅蛋形的脸。但我又感觉一轮太阳正在我背后升起来……

我恍然醒来,发现自己仍然靠在大厅外的石柱上。

到星期六,刘继传来找我了。刘继传说:"晚上你干什么?"我说:"我去市里看一个老乡。"

刘继传只好走了。

吃过晚饭,天还很早。我按照原来想好的方案,独自一人离开了学校。

我先去看了一部很长的故事片《流浪者》,这也是我一直想好好看看的片子。

电影结束,已经十点了。正是我需要的时间。我很快赶到了散文家住所附近的那个街口。

我站在一个关了门的商店的门廊里。

这条街上路灯很少。门廊里黑暗浓郁,在街上走着的人很难看到门廊里的人和事。

不知道为什么,我有些发冷。我把手插在裤兜里,向街口的方向张望。

我想,她会来的,会来的,上次她就是星期六来的。

但她是往哪儿去的呢?回家?不可能。因为如果她是走读生,她每天就不会在学校上晚自习直至结束。但是除此以外,我不能,也不愿想象别的。

我靠在门廊上。也许等了很长时间,也许并不长。后来我突然看见她过来了。

我看见她在淡淡的黑暗里无声地从街面上飘过来。

她挎着一个看不出颜色的小包。她无声无息地飘过去。刹那间,我真担心她是不存在的。

街上完全没有人。

我屏住呼吸,使劲把身体贴在墙上。她走过去之后,我就沿着路边,悄悄地跟着她。

我在黑暗中紧紧盯着她的猫步。

她走得绝对轻盈、敏捷。她的两腿交替着走在一条直线上。她离开街道,拐进一个很深的大院。

大院里有很多大楼和大楼的暗影。

我觉得,我必须在楼后的暗影里赶上她,并且和她说话,不然的话,她随时可能走进大楼里消失掉。

我在楼后加快了脚步。

这时,她已经走得离一个门洞很近了。我说:"哎,你好。"

这时有两个人从门洞里走出来。她回过头,一眼就认出了我。她脱口而出道:

"是你。你好。"

我们相对而立,什么话也没说,等那两个人走过去。

那两个人走过去了。我说:"对不起,没吓着你吧?"

她轻声说:"吓着我了。"

我觉得她并不难接近。于是我就放肆地看着她。

她被我看得有点不大自然。突然她走过来挽住了我的胳膊。

我随她拐进黢黑的门洞。她身上飘散着一股我从未闻过的香气。在这种香气的侵袭下,我觉得我愈来愈失去自持的能力。

门洞里暗无天日。她挽着我的胳膊。但我不知道楼梯在哪里,也不知道楼梯什么时候会出现,总共有几级。

我停了下来。

我一点也看不见她。这时只有我们的触觉是相通的。

她明白了我的担心。她更紧地挽住我。她说:"你跟着我走。"

但是她没动。

在很短的时间里,突然有许多事物从我面前飘过。

豆大的雨点像蝗虫一样飞扑。夜蛾在油灯上烧焦了自己。麦子成熟的香气在乡河两岸弥散。朗朗读书声在枸杞子后面滚动。建筑机械的打夯声厚实而震动。1路车离开了起点站。夜色中飘着僵硬的雪花。鸽群在遥远的天际飞翔。电线在风中铮铮作响。书页静止在奇数和偶数之间。电话里的女孩哭诉一件不寻常的事。韭菜花的清气在蜂虫的脚爪上飘散。拦车的妇女竖起她粗糙的大手。梅花的香气告诉我们应去的方向。棉柴地里留下了清晰的脚印。喃喃私语乘夜色飘来。池塘里的鱼被结着冰的网成群地捞起。玉米叶上爬满了腻歪人的蚜虫。孩子从菜摊下拾取硬币……

这时,我感觉到她的喘息咻咻有声。

她的气息正在逼近过来。而黑暗的楼道又正在把她的气息和喘息放大,整个大楼都充满了她激烈的喘息声。

她倒在我怀里。

我感觉我被咻咻的喘息声撕裂了。我的一部分逃逸而去,我的另一部分则被强烈的诱惑挽留下来。

"我们到房间里去吧。"

她从我怀里站起来。但她依然挽着我。

突然她在一扇门前——我感觉到的一扇门前——停住了。

"到了。"她在我耳边轻轻说。

我在她旁边站住。

我感觉门被打开了:打开的门里,有一种家和物件的气味。但门里和门外一样黑。

我被她的胳膊带动了一下。我相信我已经在屋里了。身后的门咔嗒一声关上了。她在我耳边说:"进来了。"

我四面张望。其实这完全是形式。我什么都看不见,只觉得"屋"里更静。

她仍然挽着我。

但我感觉到她的另一只手并没闲着。她正在把身上的东西——也许是小挎包——甩开。果然,室内的某处传来了"咔嗒"一响。她吁出一口气说:"到家了。"

"家?"

我问了自己一声。

"是家。"她在我耳边轻轻说。

她仍然挽着我,并且带着我在黑暗中慢慢向前走。

我们走了可数的几步。然后我们停住,转身,再往前走。

我认为我们这是从一间屋进到另一间屋了。

但是,我对家的概念模糊起来。

有时别人问我,我就说:"我家在沱河边上,离汴河也不远。"那是说的我父母的家,不是我的家。

有时我说:"李小芹,我十五号到你家去。"

或者我说:"我明天到你家去。"

那是说的李小芹的家,或李小芹父母的家,也不是我的家。

还有,家里都有些什么东西呢?

有藤椅。托熟人买回来的藤椅。藤椅是实实在在的。

家也许只是一只较大的白皮木箱。木箱上放着一双红皮鞋。

没有人来动白木箱和红皮鞋。原来它们是一幅静物画,挂在一进门就看得见的地方。

但它们都正从我眼前慢慢消失。

藤椅的寿命只有四五年,还不能来体重过量的客人,再说又是降价销售的。白皮木箱和红皮鞋放久了就会落上一层厚灰,它们的光泽都会失去,难以恢复。

这时,她在我耳边欣喜地又说了一遍:"我们到家了。"

但是就在这时,灯突然被人打开了。

灯的强光照得我睁不开眼。旁边还有人的笑声。

我本能地用手遮挡射过来的光线。光线被挡住了。我发现我仍然靠墙站在一家商店的门廊里。门廊里风平浪静,有一种港湾的感觉。

我挪动脚步避开光线。这时我看见街上有三个小青年,他们穿着宽大的喇叭裤,正向前走动。他们边走边说笑。其中一个人把强光手电在我身上晃来晃去。

我恼火极了。

我觉得这绝对是侮辱性的。我什么也没想,脱口就骂了一句:"妈的!"

那几个人站住了。

电筒光不再直接扫在我身上和脸上,而是在我的左右晃动。

我骂骂咧咧地向那几个人走去,嘴里一点都不干净。

对街头的小青年我一向鄙视。我觉得他们不过是表面上浪荡一点而已,并没有什么真本事。但假如你怕他们,那你就会觉着他们不可战胜。

另外,我在中学里跟一位体育老师学过一年的拳击。我们那位老师曾经在四十年代末打败过英、法、俄等数国的拳师。

我扎着膀子,骂骂咧咧地向街上的那三个人走去。

那三个人站在街上没动。

这会儿,他们的手电已经关上了。我向拿手电的那个人走去。说老实话,我这时特别想跟他们打一架。

我走到街面上。

这时他们软蛋了。

他们中的一个——不是拿手电筒的那个——往前迎了一步说:"哎哎,老兄,别发火,咱们不是有意的,对不起,对不起。"

我没理他。

我拨开他的手,直接到了拿手电筒的那个人跟前。

我用一只手封住他的脖领,另一只手快速给他来了个右摆拳。

他的脸往旁边猛一歪,"咣"一声跌到马路边上去了。

剩下的两个人拼命拉住我,向我说好话。奇怪得很,就这么一下子,我心里就像水一样平静了。

但我嘴里还是骂骂咧咧的。骂完,我就转身离开了。

走了几步,我抹抹拳头,把它插到裤兜里。

在马路上慢慢走着。我正在又一次穿城而过。

已经是夜里十一点半多了。但城市之夜并不显得太深。较大的街道上还有不少行人,公交车也没有停运。可我不想坐车。

我又开始了从城市的东部到城市的西部的步行。

我踏踏实实地走着。

我脑海里上上下下地翻滚着数不清的东西。我开始觉得世界上除了李小芹、赵冬燕、刘继传、乔小兰、余国新和我以外,还有许多新东西存在。哪怕我以前并不知道,它们仍然存在。

很小的时候,我听大人说,世界上有很多很多人,是一个人认识不完的。

那时候我对这样的话并不明白,因为那时候我太小了。但大人老这么说,就给人留下了印象。

我横穿了整个城市。

我走过的地方有些什么样的人?有什么声音、色彩、形状?有什么事情发生?我一点都不知道。

怎么过的十字路口?我也不知道。

我好像只有大脑还活着。

说老实话,我有点迷恋这个大城市的生活了。

我觉得以往很多很多年的生活,都变得遥远而模糊了。

似乎只有这个大都市,才是最真实可信的。

第四章 和李小芹一起在初夏的山里

萤

五月下旬的一天,我和刘继传又站在了教学大楼的楼顶平台上。

刘继传仍然用他这一段时间惯用的若有所思的神态俯瞰楼下

的一切。

楼下的行人都走得匆匆忙忙。有一辆货车慢慢开过去。

还有一个男生用脚踢着足球往大楼的方向来。

两个星期以前的一天下午,赵冬燕让她的一个同学来告诉我,说我的一个同学来了,在西操场等我。

我赶忙跑到西操场,原来是湿裤头余国新来了。

余国新、赵冬燕、乔小兰和刘继传都正在操场边等我。我很惊奇他们都在,特别是刘继传也在。

我跟余国新拍了拍手。我说:"你怎么来了?"

余国新说:"春天了,出来转转。"

余国新学校就在我们附近的一个城市里,离得不远,通火车。

这时,赵冬燕在旁边已经不耐烦了。她说:"你们俩别讲那些了。咱们晚上去干什么呀?"

刘继传出主意说去看一场电影,他说:"晚上放《远山的呼唤》。"

我觉得也想不出更好的办法来招待余国新了。赵冬燕很厉害地问余国新:"你看不看呀?"

余国新说:"行!"

晚饭以后,我们直接就往电影院去了。

学校离电影院还有不短的一段路,是沿着围墙走很长一段毛毛道。这是近路。

萤火虫都出来了,在路边的草丛里一闪一闪地发光。

在道路拐弯的地方,我跟赵冬燕走到了一起。

赵冬燕的情绪好像不太高。她上来就问我:"陈军,你相信不相信命?"

我说:"我从来不相信命。"

赵冬燕说:"我相信。"

我觉得很惊奇。因为在我的印象里,赵冬燕是能主宰自己命运的那一类人,她怎么还会信命?

赵冬燕接着说:"我的命一点都不好。"

跟乔小兰走在一起时,乔小兰说:"哎,陈军,听他们说,你游泳很好。"

我说:"我小时候就是在水里泡大的,那时候天天逃学去游泳。"

乔小兰看着我,点点头。她又说:"陈军,你跟赵冬燕是同学吧?赵冬燕对你看法挺好的。她说,你挺有事业心的。"

我还没来得及回答乔小兰,刘继传在前头叫唤起来了。他捉住了一只萤火虫,咋咋呼呼的,叫大家都去看。

我们过去的时候,刘继传把萤火虫送给了乔小兰。乔小兰不敢要,刘继传就把它放了。

被刘继传这么一咋呼,大家都对萤火虫注意起来。余国新一小会就捉了五个,都捂在手心里。

萤火虫很多,它们在夜空中和草丛里闪闪发亮,有时还落在人的衣服上。

乔小兰不敢捉,看见飞来飞去的光亮,她就用嘴吹,或者叫别人去捉。刘继传总是第一个响应她,跟在她身边跑来跑去的。

那天晚上,刘继传玩得好像最愉快。他很长时间都没有那样了。

我们往楼下看了一大会。踢足球的男同学也已经跑到楼后面不见了。

我对刘继传说:"刘继传,你再帮我骗他们一次。"

刘继传眼睛看着校园,不动声色地说:"你又要到哪里去?"

我说:"你别问这么详细了。"

刘继传说:"你走吧,我会替你请假的。"

在这之前,我给李小芹写过一封莫名其妙的信。信是这么写的:

亲爱的小芹:
　你好!
　十五号你寄来的信我收到了。这几个月里,我学到了很多很多的东西。同时,我也感受到了社会的博大、复杂,要是没有知识,没有过硬的能力……就根本不可能战胜社会,就不可能去完成伟大的事业!
　我到处流浪、四海为家的决心是不可动摇的!我最近可能要到你那里去一趟,到时候我们再详细谈。

$\qquad\qquad\qquad\qquad\qquad\qquad$ 军
$\qquad\qquad\qquad\qquad\qquad\qquad$ 5 月 20 日

几乎在这同时,我还在第一阅览室里给那位明亮的大眼睛写了一封短信。趁她出去的空当,我把信放到了她的笔记本里。
我的信很简单,上面只有两句话:

　如果你不想和历史擦肩而过的话,请联系。联系地址:转 CJ。
　……
$\qquad\qquad\qquad\qquad$ 用眼风和你说话的男孩

我想,到暑假时,一切就都会有眉目了。
有时候我极想非常任性地做自己想要做的一切事情。
比如,从入校的第一天起,我就没离开过篮球场和运动场。我对锻炼身体非常注意。我认为这对一个人来说,是根本性的。

春天、秋天和冬天,在篮球场上除了我都还比较舒服。但是夏天我也每天坚持。

盛夏的下午,四五点钟,篮球场上一个人也不会有的,而且太阳十分厉害。这时候我总是一个人在球场上打篮球。我尽量让身体多出汗,并且尽量把身体晒得更黑些、更结实些。

篮球在骄阳下"嘭嘭"地响。校园里空无一人。知了在高树上嘶鸣。月季花的花瓣正在阳光里枯干。

我想,在那些较为凉爽的大楼的窗户后面,可能正有人站着看我。我为此骄傲并且自豪。

和李小芹一起在初夏的山里

和刘继传谈过话的第二天,我离开了这座城市。

夏天的阳光从车的屁股后面照射进来,但是离我很远。

公路看上去特别曲折,两旁都是枝叶稠密的大树。许多更为弯曲的乡间小道,不断地和公路连接到一起。

我觉得,生活的气味开始浓起来了。

快到傍晚的时候,汽车到站了。

我先试着给李小芹打个电话,看她在还是不在。但电话一通就找到了她。

李小芹惊讶地说:"哎,你怎么来了?"

我说:"怎么,我给你写的信,你没收到?"

李小芹说:"没有啊。"她解释说,"我们单位最近挺乱的,经常丢信。"

她又说:"我现在去接你。你在哪里?"

李小芹几乎马上就到了。

冬季臃肿的衣服脱去,李小芹的体形完全显露出来了。她好像胖了,她的大腿鼓鼓的。虽然她穿着长裤,这一点也能看出来。

像以往的每一次一样,李小芹一见到我,脸就红了。

车站附近有很多人。我走过去抓住车把。

这时天色看起来还不晚。李小芹说:"咱们是回家还是在街上走走?要么咱们上环城路转一圈吧。"

我说:"好。"

我带着李小芹上了环城路。

李小芹坐在车后。街上人多的时候,她坐得老老实实的。但一到环城路,她就伸出两只胳膊,从后往前箍住了我。

我的感觉好像跟寒假时不太一样。我慢慢骑着自行车在路上晃。

李小芹小声说:"你能住几天?"

我说:"两三天吧。"

我低头看看她的手和胳膊,她的手和胳膊又细又白,非常现实和具体。

李小芹贴在我身上。

这时,夕阳快要坠下去了。下班的人从环城路上骑着车子飞快地过去。

李小芹说:"咱们明天去西山玩吧。西山的树叶都长满了。"

我想起了西山。

我心里有点乱。

李小芹说:"你累了吧?那咱们回家吧。晚上再出来。"

晚饭后,我和李小芹一道出了她家。

略微一走远,李小芹就靠到我身上,把手臂插在我的胳膊和身体之间。

我们慢慢往郊外逛。夏夜的风吹动着我们的衣裳。

我说:"李小芹,你买的藤椅呢?我怎么没看到!"

李小芹靠在我身上说:"没买。后来我想,要买就买好的吧。"

我点点头,不再说话,李小芹也很少说话。

我们一直往前走,也没有什么目的地。灯光淡淡的。街里散发着一股米花糖的气味。

走到一个出城的巷口里时,李小芹开始问我学校里的事。

我说了一点。李小芹好像满足了,她不问了。她只是更紧地靠着我。

我们不再说话。我觉得李小芹在夏夜的气氛里沉迷了。我们盲目地走着。我们走到了城外水库的围墙边。

时间已经晚了。水库边十分安静。

我现在几乎一点都不知道我为什么要来李小芹这儿一趟了。好像学校的生活只是一个梦,很不真实。和李小芹在一起时才是真实的。

李小芹两个胳膊箍着我的腰。我们伏在围墙上,看水库里的水。

水库里的水并不很多。对岸一个地方发黄的电灯光,映射在水面上。水面风平浪静。

我们就靠在围墙上亲热起来。但这时我的心里多少有些内疚的感觉。

我离开李小芹,拉着她的手往前走了几步。

围墙砌在堤上,离下面的公路很高,看上去也有点远。公路边有一个黑乎乎的小房子。

很快我又回到李小芹身边。我用下身使劲把她顶在围墙上,又用手拉开了她的衬衣。李小芹啊了一声。

内疚的感觉又上来了。身体里好像有什么东西沉坠坠地压着。我在李小芹的胸脯上亲了一下,然后放开了她。

我说:"咱们往前走走吧。"我们离开围墙,重新顺着环城公路走起来。

我们走了很远,一直走到一座没完工的大桥上。

天已经很晚很晚了。公路上一个人也没有。但没竣工的大桥上,依然灯火通明。

我们站在散发着很浓的水泥味的大桥上,看了一会河水。

我们又往前走。

再往前就是很荒的野外了。野外看上去特别黑,有点叫人担心。

我搂住李小芹,李小芹也搂住了我。我们搂抱着往前走了一段,完全走到荒野里了。四面黑黑的。

我的内疚的情绪过去了,心里一阵轻松。我把李小芹带到路边,把她压在路边的草地上。李小芹轻声说:"别把我的头发弄乱了。"

荒野的黑寂叫人心里不踏实。

我们搓揉了一会,就起身往回走。

走到堤坝下那间土坯房附近时,我们在空无一人的公路上使劲搂抱起来。

我们一边亲嘴,一边在公路的中央往前走。

快走到水库围墙的时候,我有点控制不住了。李小芹也开始迅速地热软下去。

我们使劲搂抱着、亲着嘴,下了公路,往堤坝上的水库围墙那里赶。

我一边走,一边把李小芹的衬衣从裤子里拉出来。她的上身一下全露出来了,在微弱的光线里显得明晃晃的。

她轻轻尖叫一声,瘫倒在堤坝的草地上。

我扑倒在她身上。但这里离公路太近了。

我们挣扎着爬起来。我半拖着她。李小芹半昏半迷不停地喃喃着说:"哦,陈军,陈军。"

我们来到了水库围墙边。

一靠上围墙,李小芹就出溜下去了。我使劲把她抵在围墙上,她才能半立着。

在很短的时间里,我们什么都不知道了。

第二天上午,吃过早饭我们就去了西山。

到西山有七八里路,但是没有公共汽车。

我和李小芹合骑了一辆自行车。大部分时间都是我带她,偶尔她也带我一会。

我们抄近路走一个工厂的宿舍区。宿舍区有许多老头,他们在平房的门廊里下棋,或者闲坐。老太太们则带着小孩,坐在白杨树底下。

我们逐渐接近了西山。

山口人很多。现在可能是一天里人最多的时候了。

我们随着汹涌的人流进了山。

我们在石板小路上慢慢往前走。经过一夜的睡眠,我现在清醒多了,精神很饱满。我的思绪也明朗起来了。

西山里有许多树,泉,溪流,大石头,老旧的房子和一座小庙。

那是秋天,我和李小芹到山里去。山里的树叶都红了,满山都斑斑斓斓的,很好看。脚踩在厚厚的落叶上,落叶软得像新棉絮。

我们到最少人走的后山去乱闯,又到林子里去乱钻。最后,我们钻到后山僻静处的林子里。

后山也不冷。满山燃烧着的红叶使空气温暖起来。色彩看上去也是暖洋洋的。

李小芹把一片红叶采下来,放在我的手掌心里。

……

到山路转弯的时候,我对李小芹说:"小芹,咱们到树林里吧。"

我指指路边山坡上的树林。

树林看上去很密,有点幽深。

游人都在路上走,很少有往树林里钻的。李小芹爽快地说:"好。"

我们离开山路,往山坡的树林里爬去。

路上的人很快就离得远了。地上到处都是小草和碎石块。树林时疏时密,里面很阴凉,但也有点暗淡。

我们在一块大石头后面坐下来。在这里,我们完全看不见山路上的人了,山路上的人更看不见我们。

李小芹说:"我靠在你腿上吧。"

她拿出花手帕擦了擦汗。因为爬山,她脸上通红,嘴唇潮乎乎的。

我把李小芹揽在怀里,俯下身亲着她。

周围一下子沉静下来。

有一刹那,我很想跟李小芹说说学校和大都市的事,甚至说说那个走猫步的大眼睛女孩子的事。

但我很快就忘记了前一刻的想法。我使劲亲着她,全神贯注地感受她的温热和潮湿。

李小芹两手吊在我脖子上。她在我怀里不停地往上拱,她好像忘了可能会有人走上来,她不停地在我嘴里说:"你进来吧,快进来吧。"

四周现在一个人都没有。树林里一片寂静。

李小芹腾出一只手褪下了衣服。

后来我们在树下的草地上休息了一会。李小芹坐在我前面,把小辫解下来重新扎好。

树林里一直只有我们两个人。

我从后面抱住她,把脸贴在她身上。

李小芹停止了扎小辫。她转过脸,很近地看着我,然后闭上了眼睛。

她脸上热扑扑的。我轻轻靠在她嘴上。

我想:真的,我爱小芹。

我们轻轻贴着。山里和树林里非常安静,好像连鸟叫都没有。

我听见李小芹对我说:"你们经常来玩噢。"

我们离开刘郢子之前,大家都互相道别。

我说:"一定来。"

我想:我一定要来的,要来看她的!

毕业之前的一个星期天,我约了几个男同学,我们每人借到一辆自行车,带了几小包卤菜和一瓶白酒,就骑车奔刘郢子去了。

酒和菜都是我们几个人凑份子买的,为此,我们还准备了好几天。

那天天气比较阴。天气也许就要转坏了。我们去的时候,一路顶着风。但大家的兴致极高,热情冲天。

我们骑了好几十里,但是一点也不觉着累。我们一边骑,一边大唱革命歌曲。

我们还讲成年人的故事。那些故事有点荤,都不知是从哪里听来的。

到了刘郢子,我们直接就去了李小芹的住处。

她家靠村子边上。我们几个人轰轰烈烈地一到,可把李小芹惊住了。

不过她也非常高兴,因为她想不到我们真会来。

我们的轰轰烈烈的到来,也引起了庄里人的注意和兴趣。住在附近的人家,以及平时和李小芹关系好的姑娘,还有老太太、小伙子,都来看我们。其实我们和他们中间的大部分人都熟了。

我们到的时候,已经快中午了。

李小芹家的碗筷不够,她赶紧到邻近的社员家去借。

她借来碗筷碟子之后,就张罗着做饭,弄吃的给我们。还有几家人送来了粉条、大白菜、腊肉和干椒。

李小芹又激动,又高兴快活。她借了一个大黄盆来和面。

大黄盆很大,里面可以放很多面。这个大黄盆,是一个有十一口人的大家庭用的。李小芹估计我们很能吃,所以倒了小半袋面粉在里面,足有十三四斤。

在李小芹屋里闲聊了一会之后,我说:"咱们看大寨塘去。"

大家都说好。说去就去,大伙站起来就走。

李小芹说:"你们都去吧。"她喊住了村里的一个小女孩帮她烧锅。

我们一窝蜂地都去了,张张扬扬地穿过一整个村子。

我们的后面、前面、左面和右面,围着好几十个村里的孩子或者小青年。

狗在各家的门口汪汪直叫。叫了几声之后,又不叫了。它们有的挨了村里小孩的坷垃,坷垃砸在头上,砸得直叫唤,夹着尾巴溜了;有的改邪归正,跟在浩浩荡荡的队伍之后,一同向村外走去。

到了村外的大寨塘边,大家又一次看到了亲手挖成的大寨塘,心里十分激动,情不自禁地喊起了"毛主席万岁"的口号。口号声在空旷无边的田野上回荡。

看了一会,村里的孩子首先失去了兴趣。他们开始追逐打闹,越跑越远。

狗也都悄悄地溜回村里暖和的地方去了。

我们又到田野里的麦秸垛附近看看,抽了一支烟,这才回李小芹家。

李小芹在家已经把饭做得差不多了。其实也很简单:萝卜烧肉,烧了一大盆;白菜粉条,也是一大盆;贴死面饼,面汤,咸萝卜干,再加上我们带来的卤菜,够吃的了!

大家关了门,咋咋呼呼地抬桌子,弄板凳,一人一个酒盅,吆三喝六地就喝起来了。

划拳我们是刚学会的,大家水平差不多,划得带劲,喝得也带劲。

李小芹说:"你们以后经常来玩噢。"

我说:"我们马上就毕业了。"

李小芹说:"毕业以后,你们下放不下放?听说你们这一届有点松。"

余国新说:"也不算松呀,绝大部分还是要下放的。"

我说:"下放就下放呗。像李小芹这样,还能得到不少锻炼呢!"

我们一边说话,一边喝酒。喝酒的时候,我们又学着玩了许多新花样。

首先,我们每个人讲一个最有意思的笑话。那时候,这一类故事在我们中间到处流传。

我讲的是一个傻女婿过年上老丈人家去,闹了许多笑话的故事。李小芹讲的是几个小姐配对联的故事。李小芹喝了两盅酒,脸就红白分明了,非常好看。余国新讲的是老虎吃人的故事。故事本身不太怎么样,但他讲得绘声绘色,把我们都吸引住了。

讲完故事,大家又轮流唱歌。一人一首,一首唱不完,唱半首也行,但不准不唱的。

我唱的一首是《石油工人之歌》。李小芹唱的是《我家的表叔数不清》。李小芹唱歌声音不大,但很甜美。另外他们有唱《打靶归来》的,有唱"学习大寨,赶大寨"的。反正都算革命歌曲。

大家轮流唱完,唱歌的兴头都上来了。趁着酒兴,再唱。

这一次是随便唱了。

李小芹唱了一首"微山湖上"。这首歌当时我们谁都还没听过,只听说是以前的一首电影插曲。我们一声不吭,一点响动都没有,只是静静地听李小芹唱,但大家都很激动。

李小芹唱完之后,我站起来唱了一首"二郎山"。

《歌唱二郎山》这首歌,是我才学会没多久的。那是几个月前的一天,我到一个亲戚家去,他家偷偷地收藏着一个手摇唱机和几张唱片,唱片上就有这首歌。我马上就被迷住了。我把自己关在屋里,听了整整半天。

我的这首《歌唱二郎山》也把他们给镇住了。他们异口同声都说好。

天阴得更厉害了。我们一直闹到下午三点多钟,才告别李小芹回城。

临别的时候,李小芹说:"你们再来玩噢。"

说着说着,李小芹的眼圈就红了,眼泪都快掉下来了。我们每一个人都感受到了这种友谊和人情。

我在心里暗暗发誓:我以后一定要来看李小芹!一定要来!

李小芹一直把我们送出村,送到村外很远的地方,送到棉柴拔了一半的那块地的地头。

我们告别了好几次。

李小芹又送我们走了两里多路。到了一座小桥边,李小芹才停下来。

我们骑上车子往城里走。

我们骑了一小段路,又回过头向李小芹挥手。李小芹一直站在小桥上,在空旷灰黑的隆冬原野上,目送着我们。

我们骑得很远时,又回头向李小芹挥手,要她回去。

李小芹这时已经很小了。她转身向村庄走去。

她出来时,裹着一块当时很时兴的红围巾。这时我们只能看见这块红围巾了。

红围巾在快要落雪的很大很暗的原野上,慢慢晃动着,渐渐就看不见了。

我们回过许多次头,一直到骑过了另外一个村庄。

回城后下了一场大雪。大雪过后,我再一次到刘郢子去找李小芹。

这次我是一个人单独去的。为什么一个人单独去?连我自己都不知道这里面的原因。

但是,我没想到乡下的路在大雪之后,会这么难走。

阴云还没有散尽。但天气是往晴好的方向转化的。偶尔阳光也会出来。

我骑完柏油路之后,在通往刘郢子的土路开始的地方站住了。土路被履带式拖拉机轧得泥浆翻出,路面完全不成样子了。

我把自行车扎在路边,然后像模像样地摸出一根香烟来吸。我那时候刚学吸烟,家里人都不知道。

我想,我要是去的话,李小芹肯定会大吃一惊的。那样多有意思。

于是,我扔掉烟头,推着自行车上了土路。

我慢慢走进了田野的深处。

汽车声、喇叭声都没有了,只有偶尔的牛叫声、狗咬声和农村小孩子的喊声。

天气很冷,但我却走得满头大汗。车瓦里塞满了黄泥。我从路边的小树上折下树枝,走几步,就得停下来,用棍把黄泥捣掉。

我在路上总共只碰到三个人,他们都是往柏油路的方向去的。

到谯集的时候,我饿坏了,就在一家饭馆里吃了一碗羊肉汤、两个蒸卷子。我的鞋上、裤管上,都沾满了黄泥。

饭馆里没有钟表。但肯定已经是下午什么时候了。我有点担心。从这里到刘郢子还有十几里路,我这么晚到李小芹那里怎么办呢?

但是现在我也没有退路了,即使现在回去,到城里也该是半夜了。况且那样的话,我也就不可能让李小芹大吃一惊了。

我站起来就走。

路上没有半个人影。车瓦里都是黄泥,我只好把自行车扛在肩头。

天气开始转寒,这说明天快要黑了。

我的肩膀又酸又疼。

我想起挖塘工地上打的号子。于是我自个就哼哼哈哈地打起号子来。这一招还真管用,我觉得轻快多了。

走着走着,天就黑下来了。我心里紧抓抓的,浑身都清醒了。

我一直走,一直走。有时鞋粘在泥里,拔出来时鞋掉了,但穿着袜子的脚,却又往泥里一踩。

我不知道结果会怎样,但我只能这样走下去。

在黑夜里,我不知道走了多长时间。有一两次我走得都跪在泥里了。我顾不了那么多,挣扎着站起来又走。我的肩上还扛着一辆自行车!

终于到了。

也许这时已经是夜里八九点钟了。我站在李小芹的屋门口。村子里一点声音都没有,连狗都不叫。李小芹的屋里黑洞洞的。

我有点兴奋,心怦怦直跳。我终于做成这件事了。

我什么也没想,抬起手就敲门,并且喊了一声:"李小芹。"

不知道我怎么那么自信。我认定李小芹会在,并且会给我开门。

"谁?"李小芹的声音似乎从很遥远的地方传过来。她的声音有点惊慌。

我贴在门板上说:"是我。"

李小芹颤抖着声说:"是……"她说出了我的姓名。但她肯定不敢相信。

我说:"我是陈军。"

我听见屋里"嚓"的一声把灯点亮了。

我吁了一口气。

屋里响起了穿衣服的声音。过了一会,灯光向门的方向移动过来。李小芹隔着门板说:"是陈军吗?"

我说:"是我。"

李小芹"刺啦"一声拉开了门。

李小芹看见我那个样子,肯定吓了一大跳。她赶忙拉我进去。我说:"自行车……"李小芹:"自行车推进来,放在屋里。"

我把泥糊糊的自行车连推带架地弄到屋里。李小芹在我身后把门关上了。

屋里暖和极了。真是暖和极了。

……这时,那种新鲜的感觉又来了。我贴着小芹的嘴说:"我又想了。"

李小芹轻轻说:"我也想。"

我从后面搂着她。后来,我们都站起来了。

我们到了一棵树旁。李小芹用两只手撑着树。接着,她又卧倒在草地上。

我们俩在山上几乎呆了一天。

我们在山上吃了午饭,把一切值得去的地方,都玩了一遍。

下山时我们觉得好累,但回到家以后,我们又一点也不觉着累了。晚上吃过饭我们又出去了。

我们逛到体育场,在体育场边缘的草地上坐下来。

体育场现在不像冬天那样寒冷、空无一人。在空大的场地里,有不少暗影在动着。

我们坐下以后,李小芹就靠在了我身上。

我们默默地靠了一会。

李小芹把嘴贴在我耳朵上,像叹气似的说:"你明天真要回校啦?"

我点点头。然后我就开始看远处的暗影、浅光和楼房的轮廓。

黑暗里有一些蛙声传来,"呱呱"的,又脆又响。李小芹说:"现在天气一点也不冷了。"她肯定也想起了冬天。

我们坐了很长时间,然后我们站起来走。

我们走到体育场外面的大树底下。一个小孩提着灯笼过来。他后面很远的地方跟着个大人。

我们又回到体育场,在刚才坐过的地方坐下。

现在,体育场里的人走掉了一些,但还是有许多人影。星星出来了很多。

李小芹半躺在我的大腿上,她好像已经很疲倦了。

我们又坐了很长时间。

李小芹也许已经睡着了。她一点声音也没有,静悄悄的,似乎不存在。

我昂着头看着天,什么也没想。我也没动。

青蛙还在叫。星星还是那样淡淡的。

李小芹已经睡熟了。

体育场上的人也有点少了。

我们又坐了很长时间。我把李小芹的头抱在怀里。我说:"小芹,小芹,咱们回家吧。"

我的声音很小。

李小芹可能真的睡熟了。她没动,也没回答我。

第五章　刘继传

雨

我忘了在哪儿听人说过,说一个人,他的成熟和变化,也就是一个早晨的事。当时我觉得很精彩,就记住了。

但一点都没理解。

我离开李小芹回学校去。

李小芹像以前一样,送我到车站,等车开动了,她才离开。

我们的距离慢慢拉开。越拉越远。

这一天是阴天。车开出去不久,雨就落了下来。

雨不太大,一阵一阵的。道路两旁的村庄像梦一样,一个接着一个出现,又一个接着一个消失。

雨下得大时,雨柱的后面,估计是在路畔的村庄里,传来了狗的吠叫。

村庄有时候从表面看,都是一样的。你分辨不出它们之间的区别。

狗也是这样。

我说的是土狗。也就是当地狗。狗的形状都差不多,特别是毛色相同的狗。它们之间的差别,已经减小到了最低的程度。

但是雨很快又停住了。夏天的雨总是这样变化不定的。

车转过一个陡弯时,前面地里出现了割麦的农人。一种只有麦子成熟时才出现的时令鸟,在农人的头顶上盘旋飞翔。

原来地是干的。这里并没有下雨。

麦穗在农人的怀抱里嘎嘣脆响。麦香和尘土气,在车厢里回荡。

我的思绪像原野一样,只是一个劲地伸向远方。

我没注意风景是什么时候开始起伏起来的。一些比较大的树,阻断了原野的尽情的延伸和铺展。

鸟

下午三点我回到了学校。

我们寝室里的人都走光了。我洗洗脸,换了一身衣服,然后就背着书包往阅览室去。

天这时还是阴晦晦的。

我走到合欢树的东边的时候,从较为稀疏的枝隙间,我看见远处教学大楼的方向,一些代表着鸟类的黑点,正向天的尽高处冲去。而其中一个较大的黑点,则向地面的方向坠去。

我站住了,略微定了定神。我想不出来我看见的景象是什么。

于是,我离开合欢树,继续向教学大楼的方向走去。

现在校园里人不多。我的左手不远处,就是图书馆和阅览大楼。

我一边走,一边犹豫了一下。我想,是不是到阅览室去呢？不知为什么,这时我的心情有点腻烦。

我想还是到教学大楼去吧。

于是,我的脚步没停下来,我坚定地往教学大楼的方向走去了。

我走上通往教学大楼的东西路的时候,教学大楼附近,有几个人正咋咋呼呼地向楼下刚才我看见鸟落的地方跑去。

我继续向前走。但眼睛却看着那几个人。

这时我已经感觉不对头了。这件事有点反常,我用手捂住书包跑起来,并且尽量跑快。

我很快追上了那几个人中的一个。这时已经快到目的地了。

我看见在花园的围栏旁边,有一个奇怪的东西倒置着。

它好像是一堆衣服,又好像是农民经常扛着的那种长布袋。

农民用的长布袋,一般用白布缝制而成。但也有用两到三种布拼制而成的。布袋约有大半人高,里面灌满了粮食:小麦、玉米或者大豆。

农民扛着它到集上去。走在半道上累了时,就把布袋从肩膀上卸下来休息。布袋弯靠在树干上或者低矮的青石做成的栏杆上。

——那个东西就是休息着的布袋的姿势和形状。

在我继续追赶的过程中,我前面的那几个人已经猛然顿住了。他们一个接一个蹲到地上吐起来。但我还在继续努力地奔跑。

好像我已经知道了事情的结局似的。一种无形的力量在督促我。我奔跑的冲力很大。我的爆发力在很短的时间里就达到了高峰。

那个人是被我一下子看清的。其实,这时我已经处于最靠前的位置了。

刘继传头朝下,双腿挂在花园的带铁尖的围栏上。

我想,他一定是头先着地,然后两腿才摔挂上去的。

刘继传的头是直接摔在花园旁边的水泥路面上的。他的整个头顶都撞碎了。头发、血、脑浆和皮肉组织,都黏糊糊地搅和在一起。

我赶到的时候,他出血的高峰期可能已经过去了。但从他摔碎的脑袋那里,还是有一些看不见来源的血呼呼地往外直涌。就像城市地下的上水管破裂了一样,一些"泉水"从地下冒出来。

整个校园这时候还是像往常那样。但在我上学的教学大楼里,已经起了一些嘈杂。

这时候我什么也顾不上了。

我在刘继传身边刹住猛力奔跑的双脚的同时,我的右手已经从肩膀上把书包摘下来,扬手扔到一个我不知道的地方去了。

我伏下身去抱住了刘继传。

挨近他时,我看见他的整个脸都摔得变形了。

我听见刘继传身体内骨骼连续断裂、破碎的声音。我闻到了一股血腥味。

和刘继传相处了这么长时间,我还从未碰过他的身体。

我抱住他的腰时,我觉得他的身体软得不得了。软得不像人的身体。我想,刘继传也许从今以后就要失去他身体内的骨头了。那样他要上课的话,就只能坐在一辆轮椅车里,由我,或由别的同学,推到教室里去了。

我抱起刘继传就走。我的第一个念头就是带他到校医院去。我们都有学生医疗卡,在校医院看病是免费的。

但我却抱不动他。

他的腿不愿意离开花园的围栏。他的双腿已经被花园围栏上带刺的铁尖给钉住了。

我焦急地抬起头来看在我后面停住的那几个人。

这时我已经面向他们了。他们中的一个人跑过来,跳进花园,抱住刘继传的两只脚,拼命往上抬。

红色的血液顺着围栏的铁柱子流到地面的植物上。但血量很少。我知道,刘继传已经不再能提供更多的血液,他已经尽了最大的努力了。

我抱着他的身体直想哭。但我看不见他的头。刘继传的头已经垂直地耷拉到身体下面去了。

我想他的脖子肯定断了。以后见到他用手扶着往旁边歪倒的头走路的模样,不知道我能不能习惯。但刘继传自己可能会受不了的,因为他太要面子了,特别在女同学跟前。

也许那个抱住刘继传双脚的人太笨,也许太慌,他往上抬了几次,都没能把刘继传的双腿从铁尖上弄下来。

我的两只胳膊变得非常乏力。照理说,刘继传不是很重的。再说他的双腿又有铁围栏支撑着。

同时我的反胃的感觉也上来了。我使劲往下压制它们,往肚里吞咽空气。

但是适得其反。我抱着刘继传的身体,张着嘴,哇哇地干呕起来。

干呕过后,我的身体反而变得舒服了。

这时我听见两声脆响。刘继传的身体动起来了。

我抱起他就向医院的方向跑。

我离开原地的时候,才发现附近已经围了许多人。还有一些人正从道路上跑过来。

有许多人跟在我后面。他们叽叽喳喳地说着话,出着主意。

我抱着刘继传跑到了校园里最宽的一条路上。路边的人都停住了看我。

我低头看着刘继传。

刘继传的头和脸在奇怪地晃荡着。我一会能看见它们,一会又看不见它们了。我心里特别紧张,担心它们会从身体上掉下去。但假如真的掉下去,我想我当时也会拾起来,继续往医院跑的。

到校医院并不太远。

我在一群热心人的簇拥下,进了医院的大门,就像一次运动会运动员到达了主会场一样。

进了大门我直接跑进了急诊室。

急诊室里有一张铁床,一张白桌子。一个穿白褂子的男人,正坐在桌边看书。

我冲进去的时候,穿白大褂的男人吓了一跳,他站起来往后退了两步,靠在墙拐角,让我过去。

353

我冲进去就把刘继传放在了床上。刘继传身上仅剩的一点鲜血,立刻就把白被单洇红了。

急诊室里立刻挤满了随我而来的人。

我浑身透湿。现在我才清醒地注意到刘继传头部的可怕。

他的半个头都碎得不像样子了。

他的脸歪向一边,像刷墙的石灰水一样白。他的脸上沾满了血浆和脑浆。

这时我有点清醒了。我马上就明白了事情的结果。

我最后看了刘继传一眼,然后就果断地转身走出了急诊室。

宿舍楼里静悄悄的。

我回到寝室,把自己脱得只剩下一只裤头。

我拿了脸盆、毛巾和肥皂,到洗脸间把水量开到最大,"哗哗"地从头到脚冲洗了很长时间。

这时候我彻底清醒了。我觉得我又回到现实的世界中来了。

我知道我刚才是在梦游。

但今天这个玩笑开得太大了。如果刘继传知道我把他设计成那个样子,他一定会立刻跟我绝交的。

我一边洗一边想,我得马上找到刘继传并且跟他说说话,随便说什么都行。我现在特别想立刻见到他,听到他的声音。

我洗好澡,拿着脸盆和毛巾,直接就去了刘继传的寝室。

但是他的寝室锁着门,一个人都没有。

我想他一定在第二阅览室……

我在西操场一直逛到开晚饭才回来。

班头邹宝运正站在寝室楼门口等我。见了我他就说:"陈军,你没事吧?"

我说:"我什么事也没有,挺好的。"

邹宝运说:"葛老师叫你到医院去一趟。"

我一边往楼里走,一边说:"我不会去的。"

邹宝运看了看我。他重复一遍说:"陈军,你真没事吧?"

我说:"我真没事。"

邹宝运说:"你暑假去大西北怎么走?"

我说:"坐火车去。"

邹宝运说:"我是说路线怎么走。"

我说:"我先上西北,然后走宁夏、内蒙古、北京,再回家。"

邹宝运说:"到北京你到我家去。"

我说:"行。我肯定去。"

邹宝运说:"该吃饭了。"

我们俩一起往楼上走去。

邹宝运跟在我身后说:"昨天上午上课的时候,刘继传替你请了假,他说你去医院看病人了。"

我打了饭回到寝室,我们寝室的人都在。大家有的坐在床上,有的坐在方凳上,都默默地一声不吭地吃。

陆续又来了一些外寝室的同学。他们也都安安静静的。吃完了就出去了,什么话都不说。

我吃完饭,准备去洗饭缸时,邹宝运匆匆忙忙来了。看样子,他还没吃饭。

他手里拎着一个书包。那是我扔下的书包。

邹宝运进来把书包递给我,然后说:"陈军,你能出来一下吗?"

我们俩走到室外的走道上。

邹宝运说:"陈军,葛老师还是希望你去一下,刘继传家里人今天夜里要到,校保卫科还得问你当时的情况。另外,刘继传明天上午就要离校了。"

我点点头说:"好。"

我觉着我已经平静了。

洗好餐具后,我什么也没带,空着两手,把两手插在裤兜里,慢慢往校医院走去。

校园里三三两两的人在说话。

走了不到二百米,我突然觉得控制不住自己了。我连忙走向一堵围墙。

我把脸对着围墙,两手仍然插在裤兜里,就像在看墙上的什么东西似的。我的眼泪"哗哗哗哗"地流了下来。心里悲凉得发痛。

我对着围墙哭了大约十分钟。我想,今后我再也见不到刘继传了。

比起下午那时候,校医院现在冷清多了。

我进去时,正巧碰到指导员葛老师从院长办公室出来。

葛老师脸色铁青,没有一点血色,他看见我,只对我招招手,然后掉头又回了院长办公室。

我跟了进去。

院长办公室里有沙发,有藤椅。葛老师指指沙发。我就在沙发上坐了下来。

葛老师像往常一样。他先是非常严肃地坐着,低着头,痛苦地思考着。然后他又猛地站起来,铁青着脸,两手拢在身后,严正地在屋里走起来。

到七点钟的时候,校保卫科来了两个人。他们什么特殊的服装也没穿,看起来跟一般群众没有两样。

他们坐在办公桌旁边,面前摊着纸和笔。葛老师也在座。

胖一点的说:"你从头讲就是了。"

我就从我从合欢树下走过开始讲,一直讲到我离开校医院。

他们又要我告诉他们刘继传以前的事。

我想,他们这是想找动机了。其实。葛老师他们应该知道得更多。

我说:"听说他有个女朋友,现在不知道谈不谈了。"

后来他们就走了。

但我还没有被允许离开。我仍然坐在沙发上。我的心现在有点发木。

这时有人在院子里说:"下小雨了。"

我想起今天的天气一直不太好。当刘继传在空中做最后的翱翔时,他也没能得到一个明媚的天空。

后来我在沙发上睡着了。

班头邹宝运把我喊醒时,已经是凌晨四点了。院长办公室里依然灯火通明。

邹宝运说:"刘继传家里人都来了。"

我站起来,跟着邹宝运走到院子里。

空气很潮湿。

从急诊室里出来一大批人。有女人的号哭,还有男人的异常亢奋有力的声音:"不要紧,不要紧,没有事的。"

听到这种异常的声音,使人有些毛骨悚然。

我觉得,这已经不是我和刘继传私人之间的事了。一切都变得陌生了。

我和邹宝运在院子里站住。看着那一群人簇拥着出了校医院。

我们又回到院长办公室。

其实现在谁也不需要我们。我觉着我只是在替补。

邹宝运说:"你先坐一会,我去问问情况。"

我完全睡醒了。我觉着精神很好。我呆呆地看着墙上的一张奖状。

邹宝运回来了。他从办公桌上找到一个茶杯,把里面的残茶倒进嘴里。

然后他倒在沙发上,疲倦地说:"他们到招待所去了,可能还要和校领导谈条件。"

我很吃惊。我说:"什么条件?"

邹宝运说:"我是听葛老师说的。不过刘继传的父母都是国家干部,也许不会太过分的。"

我点点头。

邹宝运说:"葛老师紧张死了。这件事对他的影响太大了。"

我想肯定是这样的。

院子里,树枝上的鸟开始叫了。

天亮时,葛老师派人通知我,叫我回班里上课去。同时,他又交代叫我不要离开学校,以免需要时找不到我。

我离开的时候,一辆白色的救护车开到校医院门口,我知道这肯定是为刘继传准备的。

如果换了别人,我想我一定会待在这里送送朋友的。但现在我一点都不愿意这样做。我把两手插在裤兜里就离开了。

我相信,矮矮的、脸色有些浮肿的、我的朋友刘继传,他仍在走着自己的路。他还一定会遇到愉快的和不愉快的事。那是免不掉的。

另外,我还相信,假如朋友离开了,到别的地方去,不再容易见面时,那么他作为朋友带给我们的东西,除了记忆之外,差不多又都由他带走了。我们剩下的并不多。

乔小兰

早饭后。我既没到教室去上课,也没到阅览室去看书,而是背着书包,在校园僻静的地方逛荡起来。

我一直逛到院墙外面的田野里。

这天天气还是阴阴的。欲雨未雨的样子。

九点多钟,我从院墙外返回时,迎面碰到了赵冬燕。

赵冬燕还是那种脸色红润、遇事不慌的样子。她一见我就说:"哎,陈军,刚才还看到你在学校里走,一眨眼就见不到你了。叫我找了好半天。"

我说:"我在外面走走。"

赵冬燕说:"乔小兰找你。她在西操场。"

我想,肯定是和刘继传有关的事。

我们一起往西操场走去。

教学大楼下的花园里,有一些工人正手操电锯,把花园围栏的铁尖锯掉。

我平静地看着他们。

我们来到西操场。但直到拐过圆木垛,才看见乔小兰。

乔小兰低着头站着。看见我们来了,她就抬起了头。

这时的校园很安静,大多数班级都在上课。我说:"乔小兰。"

乔小兰对我点点头。我觉得她现在特别柔弱。

赵冬燕说:"我们往前走走。"

我们慢慢往前走。赵冬燕挽着乔小兰走在一边,我走在另一边。谁都没说话。

太阳出来了。

赵冬燕说:"陈军,刘继传那边,有没有什么事?"

我说:"他父母都来了。"

赵冬燕说:"学校没找你谈话吧?"

这时,乔小兰突然哭出声来了。赵冬燕连忙搂住她。赵冬燕说:"其实小兰一直没同意和他谈。"

乔小兰哭了一会,才平静下来。

我说:"这不关你的事。"

赵冬燕说:"听说校保卫科正在调查这件事。他们会不会找小兰谈话?"

我猜测说:"他们不一定知道。"

乔小兰声音很轻地说:"刘继传有没有日记?"

我说:"这个还没听说过。"

我连忙又补充说:"我回去打听打听,打听到了,我就告诉你。"

乔小兰看着我,点点头。

晚自习结束后,我冲了澡正打算上床,乔小兰来找我了。

我赶忙穿好衣服走出去。

乔小兰站在楼梯口旁边。她好像打扮过了,比上午精神多了,又小巧又秀丽。

乔小兰说:"我想跟你说几句话,你没有事吧?"

我说:"没有事。"

乔小兰说:"我们到外面说吧。"

我说:"好。"

我们俩一起下了楼,走到楼外边。

现在外面还有不少人。天晴得好好的。一些星星挂在天上。

我和乔小兰一直走到商店的前面,然后就向右手拐去。这里的人少多了。

我说:"刘继传可能没有日记。我问了我们一个班头。"

出乎我意料,乔小兰对此似乎并不在意。

她有点勉强地笑了笑:"我不是为这个。其实他有没有日记,我都不在乎。我只是跟他说过几次话,还是他约我的。"

乔小兰说:"他在阅览室给我写信、递纸条,要跟我交朋友,我拒绝了。我对他说:我有男朋友了。"

她又低着头轻轻补充说:"其实,只是心目中的。"

我点点头。

乔小兰接着说:"后来他还是约我,我就对他说,咱们做个一般的朋友吧,然后我们就谈起了你。你的很多情况,我都是从他那里知道的。"

我们似乎已经开始散起步来了。

乔小兰突然说:"陈军,有件事,我想征求你的意见。"

我说:"什么事?"

乔小兰看了看我说:"我们班有个男同学,家庭条件挺好的。他父亲是高干。他写信给我,要和我交朋友。你看我该怎么办?"

我说:"如果觉得合适,交个朋友也没什么。"

乔小兰说:"但是我觉得他没有事业心。"

我说:"也许你还没有了解他。"

戴帽子的刘继传

刘继传的追悼会开得很肃穆。

他现在全身都穿着衣服,头上戴着一顶黄军帽。

从我认识刘继传以来,我还从没见过他戴帽子。当然,他现在也不是自愿的。

但是我发现,刘继传戴上帽子后,效果比平时好多了。帽子使他年轻了许多。

我站在他的面前想:刘继传以前没有找到自己。

如果那时候他就戴一顶帽子,他的一切也许都会改变的。

但是如果没有这次事故,他也许永远都找不到自己。或者说,他永远都找不到自己戴帽子的形象。

在殡仪馆院里的花坛旁,邹宝运悄悄把我拉到一边。

邹宝运说:"陈军,外语课的事,你跟葛老师谈过没有?"

我说:"葛老师没找我。"

邹宝运说:"你也没改变?"

我说:"没有。"

邹宝运摇了摇头。这时同学们都在别处。

邹宝运说:"学校可能要通报你了。不过你要真拿定了主意,我就不劝你了。我没有你这样的勇气。"

邹宝运说话很真诚。他一点都没有糊弄我的意思。

追悼会结束已经快到中午了。

我忽然觉得我的生活很琐碎。我心情也很烦躁。

吃过午饭,大家都上床准备午睡。我一个人出了寝室,出了宿舍楼。

现在晴空万里了。太阳很晒人。但我觉得这种天气对我正好。

我走出学校,走到城市的街道上。一直往西郊走去。

城市的街道在中午很热。我沿着越来越脏的街道一直走出了城市。

我走到城外工厂和田野交叉的地方。

我的心情在慢慢地敞开。我一言不发,一直往西走。

太阳酷晒。现在我彻底走完了城市。走出了有工厂的地方。

我走在公路上了。很有劲地一直往前走。

其实我不知道自己是在往哪儿走。

但这也许就是对我来说最合适的一种方式。我一个人徒步行走的时候,浑身充满了活力。

当我们用双脚走路的时候,人类几十万年积累的经验、智慧和感觉,就都回来了。就重新回到我们身上。

但当我们停止的时候,它们就会逐渐消失,并且难以找回。

我走出去很远。也许有一二十里了。太阳晒得我浑身发干。

公路上有时有些货车通过,扬起的尘灰立刻就把我遮盖了。

我走到一个叫十五里小庙的小镇上,在一个茶摊旁坐下来喝一杯水。

镇上人很少。天很热。三个农民身边放着扁担,蹲在墙根下。

喝完茶,我继续往前走。

郊外的太阳更加晒人。

但我已经彻底地回到了自己的身体里。

我安坐其中,能清楚地看清自己。

散文家与花

放暑假以前,我又到散文家的家里去了一趟。这是考试前,我最后一次走出校门。

我是下午去的。我还打算同时把我旅行期间所需的最简单的用品买齐。

散文家的书桌上换了一盆花。花枝散漫,形同野草。枝梢上开着深蓝色的花。

散文家大病初愈。他坐在藤椅里,目光有些虚弱。

我先看到了那盆花。我就问花。

我说:"这盆花是刚买的吧?"

散文家用倦怠的口气说:"是从深山里挖来的。"

我又问了一句:"是从哪个深山里?"

散文家说:"是从大别山里。"

散文家说着,用手撑着藤椅站起来,走到墙角的书报堆旁,翻出一张报纸递给我。

他回到藤椅里坐下,说:"我还特意写了一篇文章纪念它。"

我打开报纸,看了一下标题。

我很想好好读读这篇文章。于是我说:"我可以带回去看吗?看完我会送回来的。"

散文家虚弱地说:"那就送给你吧。"

我觉得散文家离我很远。

他说:"病好以后,我打算到海南岛去一趟。下个学期你开学,我们又能见面了。"

我觉得散文家跟我约得也很远。

我收起报纸,辞别了散文家。

在街上吃了两碗面条之后,我步行着走回学校。

我甩开大步走着。街上的路灯都亮了。我的心这时早已不在校园里,不在这座城市里了。

我的心在天空上飞起来。在山川河流上飞。

我从高空望着大地。

回到学校,我拿了几本书就到第一阅览室去。我有一段时间没去第一阅览室了。

第一阅览室里人满满的。灯火通明。大家都在埋头看书。

我看见明亮的大眼睛还是坐在原来的那个座位上。

她的背影依然圆润迷人。我不知道我给了她那个纸条以后,她是怎么想、怎么做的。

我又离开了第一阅览室。

我在阅览室门口碰到了赵冬燕。

赵冬燕背着书包,手里捧着一大堆书。她的饱满的胸脯往前挺着。

我说:"赵冬燕,暑假你在哪过?"

赵冬燕说:"我暑假打算在学校看书,不回去了。"

我说:"余国新呢?"

赵冬燕顿了一下。

她看了看别处,然后说:"我也不知道。我跟他不联系了。"

我重新走到校园里。校园里的人又开始多起来了。

外语系同学的收音机还在叽里呱啦地响。

我在校园里慢慢晃着。想很多事。

但我的心还在飞。

第六章　小芹

信

在大西北跑了四十多天,现在我又回到了家。

回到家的那天晚上,我过得非常愉快。父母亲很高兴不用说了,我妹妹一直缠着我,问这问那的。这时,我觉得对一个人来说,家是必需的。

但二十四小时之前,或四十八小时之前,我还在离家很远的地方。

我收到了四封信。

晚上我一个人在屋里时,我一边慢慢看信封,一边拆信。

看了信封上的字,我就大致上知道是谁写的了。但是有两封我认不出来的信。

我先看李小芹的信。

李小芹在信里先告诉我她的近况,她说她这一段时间,和单位里的同事,到游泳池去游了几次泳,她身体很好,就是晒得有点黑了。

然后她就叮嘱我许多事。最后她说,她想我,非常想我,她等着和我相见的时候!

我心里有一种温暖的感觉。

第二封是赵冬燕来的,寄信人的地址是学校,笔迹一看就是她的。

赵冬燕在信里说,她一直在学校复习,看了不少书,有很大的收获。

她又问我在大西北跑得怎么样,一切都很顺利吧?最后她说,她打算八月下旬回家,到时候再见。

赵冬燕的信写得还是那样平稳、沉静。在这一点上,我又一次觉得我很佩服她。

第三封信的笔迹我就认不出来了。寄信人的地址也是我们学校。我有点心跳。

我拆开信封。然后抽出信纸。

抽出信纸后,我先看信末的署名。

署名是:SF。

信的内容十分简单。只有一句话。

CJ:

你好!我们应该有机会在学校交谈的。祝你暑假愉快!

SF

我知道这是谁来的信了。我脑袋里闪过了 SF 的含义。

沈芳?苏菲?孙芬?

像 CJ 一样,既可以是陈军,也可以是曹江,还可以是崔健。SF 也有无数个解。

我又拆开第四封信。

第四封信的寄信人地址也是学校。但信封上的笔迹我认不出来。

我抽出了信纸。

我吓了一跳。

信纸上什么也没有,空白一片。

新汴河

我给李小芹写了一封信,告诉她我回来了,叫她抽时间到这里来一趟。当然是越快越好。

第二天的大部分时间,我都在睡觉。

下午睁开眼时,已经是五点多钟了。

我就想:对了,到沱河游泳去吧。今年夏天我还没沾过水呢。时间也很充裕,七点多钟回家吃饭正好。

我从床上爬起来,找到一顶白色的太阳帽,又找到了一条红色游泳裤头。

我在桌上留了张"我去游泳了"的字条,就骑车出门了。

秋天下午的太阳,还很晒人。

我一点也不怕太阳把我晒黑。我上身穿着背心,下身穿着短裤。一直来到沱河边。

沱河弯弯曲曲的,水色青碧,水草也很茂盛。但水面却很瘦。

河边游泳的人很少,只有一些黑乎乎的小孩子。

我站在桥上想,干脆跑远点去新汴河吧。新汴河是六七十年代人工挖成的,那里水深水阔,游起来更带劲。

从沱河到新汴河,有五六里路。我只用了五六分钟就骑到了。

新汴河河面果然非常宽阔,水色青蓝。像往年一样,有不少人在水里游泳。还有一些人在桥墩的突出部位跳水。河滩的柳树下停着许多自行车。

我掉转自行车下了河滩。

我挑了一个地方,在柳树下锁上自行车,然后换上游泳裤头,活动一下手脚,就下水了。

水略微有些凉,但非常舒适。水面上有一些小浪。

我先是用自由泳。

当我游动起来的时候,我能感觉到我的身体是流线型的,很有力,也很灵活,就像一枚梭子在水面上滑行。

我很快就超过了前面几个奋力向前的人。

我游到了河中心。

当我超过最后一个人时,我离他很近。他脸很黑,像个黑炭水手。我激起的水浪把他呛得一闭眼。

我像一头鲨鱼一样继续往前冲去。

我一气不歇地游到了河对岸。

河对岸显得很荒。到处都是野草。

我上了岸,在傍晚的阳光下,手叉着腰站着。

桥面上,有几个观水的人看着我。他们居高临下、远远地看着我,我觉着很来劲。

我晒了一会。

根据我的经验,从水里出来,又直接被太阳晒,是最容易晒黑的。而这正是我要达到的效果。

我站了一会,又在草地上坐了一会。太阳已经偏西了。

我回到水里,"哗哗"地游向河中心。我在河中心躺了一会,仰面看着蓝天和蓝天上的白云。

大桥上的车笛,现在听起来也温柔多了。

我在水里待了很长时间。

直到太阳快要落下去,我才上岸换了裤头,骑上自行车回家。

到第三天,我觉着李小芹可能要来了。但我一直等到了下午四点,她也没来。

于是,我又准备了三角裤头什么的,上新汴河游泳去了。

今天河里的人比前天多,柳树林里黑压压的,都是自行车。

我换了裤头,下到水里。我不想再往对岸游了。我想往河的下游游,游得尽量远些。

我先在浅水里适应了一下。然后我游到河中间,再一直往下游游去。

我在水里直滑,好像都停不住。

我游出去很远,都快看不见我的白色短裤了。我停下在水面上躺了一会,看着天。然后就往回游去。

这时,从桥的方向有四五个人向我这边游来,他们可能也像我一样,劲多了没地方使。

我没怎么在意他们。

我停了一下。又慢慢往桥墩的方向游。现在,那四五个人已经离我很近了。

游在最前面的那个人,突然对我直冲过来。他游得很丑,胳膊砸起来的水花溅了我一脸。

我踩着水,在水里直立起来。我还没想到他是故意的。

这时,他已经游到我跟前了。

原来是昨天我见过的黑炭水手。看他的长相,真像炭一样黑。他脸上也非常粗糙。

他在我跟前停住,用手擦了一股水喷在我脸上。然后,他装出一种凶恶的样子对我叫道:"你逞能逞得很!"

说着,他就用手掐住我的肩膀,使劲把我往水底下按。

他后面跟着的几个人,现在也都赶到了。他们都往我跟前围。

说实在的,我这时一点也没想到害怕。我也没把他们几个人放在心上。当他把我使劲往水底下揿的时候,我刺溜一声就滑下去了。

下层的水有点凉。但也还是挺叫人舒服的。

我在水里睁开了双眼。我看见在我的上面,有两条腿乱蹬。那家伙肯定正在水面上盲目地找我。

我对这种情形太熟悉了。我伸手抓住他的脚脖子,腰一弓,手一使劲,就把他拉到了水底下。

在水底下,我的反应又快又灵敏。我看得很清楚,他紧闭双眼,手乱抓乱挠。

我把他拉下来之后,我就往上浮了一点。同时我的腿已经收缩起来了。

我的腿猛一伸直,我的脚直蹬在他头上,可想而知,他只能像一颗子弹一样,直往河底射去。

他往下去的时候,我正好反弹到水面上。我突然从水里蹦了出来。

附近有两个家伙正在东张西望。我对准离我最近的一张脸,猛地一拳打去。

体育老师对我说过:直拳出去时,应该拳心向上,但是到达目标时,却应该拳心向下,这中间增加了一种旋转的力量。

我的这一拳正是这样打出去的。

当我的拳头高速旋转着,打在那张皮肉结构的脸上时,不用看,我就知道会有什么样的结果。我只听到一声闷响。

我想,这一拳打重了,虽然很痛快。

我看见我面前的人脸在急速地消失。我伸手抓住了水下的头发,把他的头和脸拽到水面上来。然后用右臂夹住他,带着他向岸边游去。

他在水里不住地把嘴里的血和唾沫吐出来。

我把他带到岸上。然后我又下到了水里。

仍在水里的那几个人吓坏了。他们什么也顾不上了,四散乱逃。

我又回到岸上。我就在岸上站着,或者来回走走。

这时在柳树附近和桥面上,已经聚集了一些观众。

我开始穿衣服。但我并不走。那几个人只能在水里挣扎。他们不敢上岸。

我穿好了衣服。

我又磨蹭了一会,才慢腾腾地离开。

初秋和李小芹在一起

第二天晚上,我们刚吃过饭,李小芹到了。

李小芹突然出现在门口时,我真有点欣喜得忍不住了。她穿着白色的短袖衫,胸脯鼓鼓的,脸上略微有点黑红。

她又健美,又迷人。我第一眼看见她的印象好极了。

我打来水让她洗脸。李小芹低声说:"今天怎么变得这么好?"

说着,她的脸就红了。

我说:"你怎么到现在才来?"

李小芹的脸更红了。她轻声说:"才收到信。我请了假就跑来了。"

她又说:"不过,我一下子收到了两封信。"

我说:"怎么是两封呢?"

李小芹对我眨眨眼说:"还有一封是你五月份写的,要去流浪的,忘了吧?"

我只好对她笑笑。

李小芹吃了点饭,我们就到外面去了。我们一个劲地往郊外走。一直走到郊外。到了郊外我就搂住了李小芹。

李小芹扑在我的胸脯上说:"我觉得你这次有点不对劲。"

我说:"怎么不对劲?"

李小芹说:"你这次好像很油条,见了面就这样。"

我没回答她。只是搂着她。

李小芹说:"这里有人。"

但我还是搂着她。

我们走出了有房子的地方。夜风吹着。虫也一个劲地直叫唤。

我们在路边站住了。我说:"……"说着,我就把李小芹上身的衣服都掀到胸脯上面去了。

李小芹"哼"的一声就滑下去了。

她的嘴像水果一样,又甜又软。

李小芹说:"咱们再往前走走吧。"

我们往前走到一条水渠边。水渠边有很大的草地。草地上的草很柔和,还有点温温的。

我把李小芹按倒在草地上。我说:"……"

李小芹从草地上爬起来。她先往四下里看看,然后她就把裤头从裙子里脱掉,在手里拿着。

她说:"我坐在你身上吧。"

我说:"你睡在草地上。"

李小芹说:"会不会有虫子钻进去。"

我说:"不会。"

但她还是坐在了我身上。

她像生了病一样,"哼哼叽叽"的。她的头软软地奔在我肩膀上。她的身体里滚烫。

她的花裙子像一朵大莲花一样铺在草地上。并且把我们的隐秘都遮挡住了。

我说:"咱们明天上刘郢子玩玩吧,很长时间都没去了。"

李小芹说:"你想去看大寨塘啦?"

……李小芹赶紧从我身上蹲起来。

她蹲在地上解了个小手。我们又坐了一会。夜有点深了。

但是我们不想回家。

坐了一会,我们又站起来。慢慢晃着。

我们走得稍微靠东了一些,在两棵大白杨树之间。

我们在白杨树干旁又玩了一次。然后我们就在草地上坐下了。

老远的地方是个村子。村里的狗半天汪汪一声。

前面的村庄和后面的城市,差不多都没有灯光了。

李小芹说:"我身上一点劲都没有。"她身上又软得扶不住了。说着她就仰面朝天躺在草地上。

我坐在她的身边。

有时候,我枕在她的胸脯上;有时候,我躺在她的两条大腿之间;有时候,我半压在她身上。

天很不早了。

我们开始往回走。

城市现在已经完全睡熟了。一点动静都没有。

我们搂抱着,东摇西晃地走到街里。

快到家的时候,我和李小芹身上忽然都热了起来。

我们赶忙到了街旁一个门廊的下边。

李小芹说:"我把裙子撩起来吧。"

她把她的大花裙子撩到上身去。我贴在她身后,搂着她。

街上一个人也没有。

秋水

李小芹在我们家总共只过了三天,我们根本没时间去刘郢子玩。她离开时,已经是八月下旬了。

离开学的日期越来越近了。

每天下午,只要不下雨的话,我仍然一个人去新汴河游泳。

前两天下过一场中雨,水有点凉。游泳的人明显减少了。

我在柳树林里换上三角裤头,运动一下四肢,然后慢慢走进水里。

我一边入水,一边不断地往膝盖和胸脯上撩水,以便它们能尽快适应。水确实有些凉了。秋天已经过去二十天了。

我扑到水里畅游起来。一鼓作气游到对岸。

我微微喘息着上了岸。

上岸的时候,风一吹到身上,身上就起了一层鸡皮疙瘩。过一大会,太阳才能把身体晒干。

人到底还是有惰性的。我觉得秋天正在改变我身上的某种东西。

我待在岸上不想下水。

我隔着河,比较遥远地看着对岸柳树下我的自行车,和自行车车把上挂着的短裤。

我想,这时如果有人从容地去撬走我的自行车,我是毫无办法的。

哭都不行。

但显然不会有人这样干。

下午的大部分时间,我都待在河岸边晒太阳。

有时,我会想起学校、外语考试、明亮的大眼睛、字条、刘继传、赵冬燕、乔小兰、第一阅览室,等等。

我还会想起李小芹。

我想,我爱小芹。

这难道说明我对付不了外面的世界了?我胆怯、畏缩了?我在骨子里是个守旧的、保守的人?

我站起来跃入水中。凉的水叫我打了个激灵。

我猛烈地游起来。

水抚摸着我。

我一直游到非常疲倦,才上岸。

这个下午过去了。

我在柳树后换上了干短裤。

雷声响彻平原

远雷

远雷响了。当然是在夏天。

我在城市的底层听到远雷的召唤,这召唤是穿越一百万年历史的厚幕积淀而成的。我应召而出。我看见田野上被称为人的那种生命体都仓皇而遁,遁入它们小小的三维空间中去。

"轰轰轰轰轰轰!"

在远雷的召唤声中,一个人,只一个人,用孤寂而震动苍穹的充满灵性的脚步,在大原野上迎接未来世界的诞生。在那么大的原野上,以一个人的肩膀,就挑起了滚滚响雷正在带来的广袤远景。

那时,就看见一阵阵嘈嚷着的生命景观,从极尽头的冷峻起伏处,推撞揉踏,蜂拥挤入。

嘈嚣淡去。村庄都静蹲着。

我挪步向村庄走去。

我看见一个着薄衫的成熟的姑娘,头顶一笆斗刺槐树叶,走出村庄,向田野里一间孤立着的土房走去。

我截断她的去路,问她话。"多大啦?可是十六啦?"

"前几个月过年,俺就十六啦。"

生命在第十六个年头,就已经酝酿了成熟的日子,酝酿了繁衍的时刻。我看见她走进那间孤立着的土房。我兀立在原野上谛听孤房里传出的女孩子狂热的生命喜悦、疼痛、欢愉和呻吟。狂热的呻吟声在原野上滚滚涌动,超越时空,超越远雷所带来的震撼和更替感觉,使远雷融入。这是原野上唯一滚动着的声音。生命的肉体所触发的欢愉尖啸声。经久不息。

于是我离去,回到我在城市的底层去,蛰伏着。

远雷震荡。并且逼近着。

我的目光洞穿女孩子的帷幕。我用我的胴体说,我们就是这样延续着远雷所赋予的。

她轻声说,进来吧。于是我们享有温热。

远雷滚动着,永无止境。

晨曦在望

在城市我就不会起这么早。

但这是乡村。

父老乡亲都在地里忙活着了。我从院门后面背起一个粪箕,粪箕里放着一册外语课本。清晨的淡淡薄雾缠住一个城里人的肉体和感觉。薄雾携带来的野花味喷喷香。我出了村子。

我顺着村头的路走到田野上去啦!

——村头的路是田野的结束。

我的外语课本在粪箕里晃荡着。我想起异地一个不贞的妇人乘马车从原野上晃荡而过的情境。我大声说:

"早啊!"

"早啊!"田野里的农人都抬起头来,七上八下地回应着我。

乡间的土路载着我远去了。直到看不见我,他们才带着莫名的惆怅,埋头于自己的工作。

天还早得很。太阳还远没有出来。风也还没有出来打劫。

田野里女性般的睡意和土肉香气还没有消散。香瓜地里拳拳花蛇皮般的香瓜还沉湎在思索的记忆里。薄荷的叶子还软耷着。一只黄牛横立在路边,伸缩粉红色的舌头。一只花狗倒退着后去……在薄雾的黎明和清晨没有坚挺的东西,包括刺槐被夜的分泌物浸酥了的紫刺。刺槐坚挺的紫刺,是大平原上最坚硬而锐不可当的物件吗?

我一直走到月亮河堤上去了。

淡雾还淡着,没有更浓也没有更淡。勤劳的鸟早已在河堤上的林子里叫着了,它们立在花椒树梗上。

这是一个永恒的瞬间。

我瞅见一个农民的侧影,他略弓着腰,站在老旧的石桥上,嘴里衔着冒烟的烟袋。我不知他为何这样。

为何鸟这样?为何林子这样?为何石桥这样?为何晨雾这样?为何刺槐这样?为何薄荷这样?为何花皮香瓜这样?为何黄牛这样?为何土肉气这样?为何花狗这样?为何河堤这样?……在几百几千几万几十万年以前,也就都这样了吗?我迷惘而疑惑地环顾四周。我站住了。不再动弹。

也许好几世纪前,晨雾就是这样淡了——淡淡的一圈乳晕:一个老年农民,立在石桥上;石桥老而旧,但仍然顶用;只能瞅见他的侧影,于是我猜测他的身份,是小芹她爸?兰香她二叔?桂芳她大舅,还是谁?那些鸟一直这样叫着,胡萝卜花依然开成序状,是一种象征的图形。

但,小芹已经被远村的一个男人破了瓜;兰香,也已经被远村的另一个男人破了瓜;桂芳,被远村的再一个男人破了瓜;桂芳家丫头的丫头巧芝也已经被远村的一个后生破了瓜……但这老者却还在旧石桥上站着,衔着冒烟的烟袋,泥塑般往桥下的河水里,呆视着……

是什么东西在吸引他?

河水里是有一种非常了得的东西或物体,在吸引他的视线和注意力,在勾他的魂,在召唤着他么?

我挪动我的木然的脚步,若无其事地走过去。

黎明的淡淡的晨雾把它缠绵、温柔的技巧都给了我,给了一个城里人的陌生的肉体。陌生的也是神秘的。我走到桥上,轻轻,从老者身后走过去。

他右肩上背着粪箕,全神贯注凝视桥下。他没有动。我也不认得他。但这并不妨碍我们的交流。

"雾就要散啦。"我说。

但河面上的雾气却更浓了一些。真好!

河面上的雾气流动着,也像一道河,一道空中的雾河。那些清脆的鸟叫声开始穿越这空中的雾河,它们的啼叫声在穿越雾河时是湿润、软绵、敏感的。

城市和人在河雾的轻柔按摩下完全消失了,消失在一个永恒、凝止的瞬间里,仿佛根本就不存在,永远都不存在。林子、鸟、老者、石桥、空中的雾河、穿越雾河的鸟鸣、穿越河桥的雄性河水以及整个田野黎明的大背景……都告诉我说:一切尽在不言中。无一幸免!

我噤然无声,凝固在老者身畔。

晨曦在望。

河畔的荒洼地里

晨曦在望。

但雾气却又像卤汁一样地浓稠起来。

在通往河边的一大片洼荒地里,无形的细风悄没声息地捎着大平原深处的沉厚质感,往荒草坎子和荒草坎子后头的月亮河边滑过去。

一群看不见的白颈野雁,"嘎嘎"地哑叫着,缓慢而滞重地从大平原高高矮矮静静悄悄的植物的混合里,向更远处的荒滩飞去。

水面上,一些看不见的鱼的水泡,"叭叭"地破碎了。

一个中年稍上的粗实农民,突然从别人看不见的荒草萋萋的荒坎后头他坐的地方站立起来。

他有力地咳了一声,"咔",然后迈开双腿,蹚着荒坡上雄劲的野草,往水边的方向走去。

这时,才看见他的右腿略有点跛。

但他的跛并不十分明显和碍事。看得出来,他的粗实、浑重和简单,同他脚下的土地、周围的粗犷景象,完全是一致的。

他已经走到河滩与水相切的某个地方了——也许他打算从这里过河?

他站在一个长满野草的硬土疙瘩上,拿眼往四下里了了一了。

河洼宽广,水雾气弥漫不止。一些充满不安的野水鸟的叫声,在远处的水边和草丛里,不自信地响着。

跛脚的略显老相的但却粗实的中年汉子,不自禁地打了个寒噤。于是,他猛烈地咳了起来。

"咔!咔!咔!咔!"

咳声停止的时候,他看见有两颗人头,从不远处地平面的一个洼处显露出来,接着又被长满荒草的土坡挡住。

他没有动,等待那两颗人头再冒出来。

——这是我看见的河畔的情况。

双清爷的视界

晨曦在望。雾淡去了许多。

一个老年人,六七十岁,蹲靠在村头的土墙根,望着视界的尽远处。那是族谱上留名的双清爷吗?

双清爷吃着清晨的第一袋烟。眯缝着眼,瞅着野地。

一个娘们入了他的视界。那是巧芝。

巧芝头上着一顶粗紫布头巾,上身着一件蓝布对襟大褂,脚上穿一双蓝布鞋。她迈着小碎步走,愈走愈远,渐渐走入远些的雾气里,看不见了。

双清爷无意义地干咳一声。

又一个人形跳入他的视野。那是个男形。男形腰间系一根黑粗布腰带,裤脚拿苘绳系着。

他风风火火打外头一脚跌进双清爷的视界。跌入来之后,猛地就立住,从肩膀上摘下粪箕,扔在黑土地上。待腾出两只空手,他即手忙脚乱解脱裤带,半蹲于地上,憋头憋脸屙出一泡屎来。

他还一边屙,一边探手从身畔挑拣出两块圆些的土坷垃,以备擦腚之用。

他被自己的屎臭气熏得连打了两个"阿嚏"。

"阿嚏!阿嚏!"

屙过了,也擦过腚了,也提系上裤子了,他把屎连尿带土勾进粪箕,然后一扬手,回头张嘴喊叫一声,就有个女孩子,一脚迈入视野来。

那像是巧芝家的丫头小希。

小希一脚迈入来,也是风风火火的样子。两人立住在双清爷视野的正中间,指手画脚,说些听不见的激烈话,又都笑得人仰马翻。说笑一气,两人一先一后,撒丫子奔庄里来了。

人形越来越大,面相也越看越清……但才跑了十几步,视界里的那两人,脚腕子一拐,打双清爷的眼界里跳将出去。

跳将得干净利落,不拖一星泥水。

晨雾正在淡去。

打烟袋锅里淌出来的烟气,跟渐显的天上的颜色融成一体了。从地线上过去的人形,也有七八个了。

我眼皮都看酸了,隐约里觉得,东边河上的雾腥气,也快该要散尽啦。

娘们,也都该家来煮饭啦!

阿翠的月亮

阿翠,你的月亮从庄稼地里头,升起来啦!

阿翠,你的大圆脸盘月亮,从庄稼地里头,升起来了呀!

阿翠,她们都出门子啦。你是我的。阿翠,咱们的大圆脸盘月亮,从大太阳照干了的大庄稼地里头,慢慢腾腾地,往上边升起来啰,那是咱们两个的大圆脸盘月亮哟,阿翠!

阿翠,在月亮升起那会,我到地里头找你。

咱们搂着大圆脸盘月亮,一边说着话儿,一边闻着草气,在咱们自个的大庄稼地里头,做着咱们自个的好梦。

谁也瞧不见咱们。咱们就在望不到边子的大庄稼地里头,搂着咱们的大圆脸盘月亮,讲着土坷垃一样的庄稼活儿,谁也不叫他听见。阿翠。

虫儿都哼叽起来了,露水往四下里边洇着,庄稼户儿也睡得没影子了,河边上的树都打着瞌睡,一磕头一磕头的。

阿翠,那时候,你的月亮就升起来啦。咱们的月亮就升起来啦!

阿翠,咱们的大圆脸盘月亮,从大庄稼地里头,升起来了哟,阿翠!

麦子地里的月亮

我看见麦子都焦着梢啦。

在大平原上,在大平原的夜晚,我的像有着夜视能力的目光,在无尽的麦原上巡视,但望不到根底。我的目光在任一处驻停下来——

这一晚仍是明晃晃的月姥娘地。西南风呼呼地吹,吹在人身上暖烘烘的。

我看见小芹倒在麦捆子上,迷迷糊糊想要睡去。

我看见小芹的身边放着个铁皮桶,桶里盛着小半桶喝剩下的榴叶水。

月姥娘打麦子地里爬上来。麦子地里那些沙沙的声音,怕就是月姥娘爬上来时的脚步声。

有些雀子和别的东西还在入夜的野地里游逛;在夜空里荡来荡去的。打老远处传来几声粗壮的狗咬声。小芹听见老远不近的地方,有个男人的腔音喊道:

"那谁哩?"

她愣怔怔地打迷糊里惊醒过来,忙揉揉眼,知道问的是自个,忙回应道:"是俺哩。"

那人已经走近了。脚踩在干的麦茬上,"咕兹咕兹"地响。

"有水哩?""有哩。"

"啥水?""榴叶水。"

那人已经走进地里来了。打麦秸上拿起土瓷碗,舀满一碗,

"咕咚咕咚",仰脖灌下去。然后,两人低声说着话儿了。

我的心思在麦香滚动的大平原上流浪。

我想凝神细听麦原一隅那一男一女说话的声音,但我什么也听不见,因为他们说话的声音是那么小,压根就不是想让别人听去的。

而我的心思,又是那么散漫。我的心思在夜的香原上漫游,无法在一处停留下来,无法长久谛听那些最细微的声响。

许多时间过去了。

"咕兹咕兹"的脚步声吸引了我的目光:是那个男人走了。我的目光随之回到小芹身边。

现在,小芹独自歪在麦子上,眼盯着"咕兹咕兹"的声音走去。

月姥娘大而白。

野地里的麦香气和土香气,一股股地扑小芹,定叫她觉得舒心。

月姥娘爬上了大树杈,把望不见边的野地、麦子地、苇子滩、不安分的雀子、歪在麦子上的小芹……一股脑都搂在她的怀里了,叫人觉得她的光是不得了的无边无沿。

我的目光对着大圆脸盘的月亮地吼喊起来。

"噢噢噢噢!"

月的大平原的夜,起了一阵轻风。

虫鸣声响彻平原

大平原上的虫都轰轰地高唱起来啦!

惊蛰过去一个月了。在傍晚的时候,太阳将落未落,一个裸露着少女肌肤的幻影在天边淡淡地出现,于是大平原上的大庄稼地里的一切,都笼罩在天边少女香酥的肉感的幻影里了。

我深切地感受到了这一点,感受到了女性肉体的温香的存在。于是我走到村子里去了。

晚上,在煤油灯下,我们喝着温热的酒。

我们听见猫在房脊上叫春的长腔。有另一只猫回应它。它们的热切的呼应声就相连着。它们就隐退到屋后的大庄稼地里去了。生命的欲望在那里蠕动着了。

门前的狗,也从家门口消失了。

我走出院门。我瞅见淡青色的月亮地里在那里交欢的狗的影子。它们都不安分地动作着,在大庄稼地里杂处,留下沉重的喘息声和伸缩的影像。

我说:"这酒上头,闹人哩!"

他,蹲在桌边的黑影里,吧嗒着烟袋。

"俺也多了些哩。"六十来岁的老农民,嘟哝着,用醉声说。他不动了。只是拿嘴吃烟。

烟,一阵一阵喷出来,扩散去,把煤油灯的灯芯罩盖住。

女孩子和小伙子,也都从村里消失了。我不知道他们上哪里去了。

不过,现在是虫鸣声滚过大庄稼地的时节,上哪,都能呆住,都能呆上半夜一晚的。但我,确是不知道他们上哪去了。

我坐下,又喝了一杯。

温酒冲进我的喉管,把血滴燃烧起来。

燥哩。我再一次站起来,走出院门,走进大庄稼地里头。

虫叫的声音轰轰的,这里,那里,四面八方,一刻也不止歇。

夜风过来了。于是"轰轰"的虫鸣声从远处隆隆滚至脚边,再隆隆滚向更远的那里,无穷无尽,在大平原的大庄稼地里。

我怅怅地站在大庄稼地头。

乡村的女孩子和男孩子都消失了。从村庄里约定似的消失了。

到哪儿能找到他们呢？也许在更深些的虫鸣滚过的大庄稼地里头能找到他们，能发现他们的燃烧的身影。

天晴着，有一点点月亮。于是，虫鸣声隆隆滚过大庄稼地的偌大的平原上，就淡淡地能瞧见些轮廓了。

我听见四面都有着骚动，有着"喊喊喳喳"的耳语和磨牙声，但我找不到具体的东西。

声音也许是女孩子和男孩子发出的，也许是狗、猫、田鼠或者是作为生命的一个大的组成部分的植物发出的，甚至就是向阳的河滩、背阳的土坡、天空和土地、风和云……发出的。

这完全是一个骚动的季节哪！在这样的骚动着的大背景里，更年期以后的那些东西，都默然地待在暗影里，打着瞌睡。

有人在大庄稼地里，弓着腰，寻找着，压低声呼喊着："小芹，小芹哟！"那种焦渴，燃烧着我的心。

我急忙走回村里，走回院里，从桌上端起一杯尚温的酒，一饮而尽。

这酒能浇灭我的心头之火吗？

我看见摇曳的灯影里，六十来岁的老农民还坐着不动，打着瞌睡。

片刻之后，他"吧嗒"了一声烟袋。

"俺喝多了些哩。"他嘟哝着。

虫鸣声隆隆滚过大平原的声音，压灭了他的喉音。

碑

罗永才被第一声鸡叫叫醒。他知道时间还早,春天的鸡都叫得早。翻身靠起来,他看见了手腕上的表——春夜总是半昏半明的,窗外总有些微光——才凌晨两点半钟。他感觉自己醒得那么彻底,几乎一点睡意都没有了,索性穿了上衣,在半昏半暗里点了根烟吸着。就在这时,外面的世界里像是有了点扰动。好在春夜总是这样的,春夜里总是有一些惊动,惊乍乍的,有一些梦呓的声音,其实完全不成一回事的,但罗永才还是下了床,开门出去看看听听。

也就在去年,季候比现在略早一些,自然界也已走在春气里了,张立光跟林秀芳夫妻来看他。张立光讲:"永才,快到清明了,你不是想洗一块碑吗?要洗就上山王洗去。俺听讲那里的石头好,又有个叫王麻子的匠人,手艺好,就是价钱贵一些。"罗永才讲:"贵不贵是那么回事了。"临走,林秀芳掏出二百元钱给他,罗永才不要。林秀芳讲:"这又不是你一个人的事。"讲着,眼泪就要下来了,罗永才才接了钱。他第二天就请了假,去了山王。

山王在青谷镇东北的山脚下边,再往右手走,走不到三十里地,就是高滩。罗永才早上出门,先坐车到青谷镇——这也就二十来华里——再搭小三轮,走四五里地就到山王了。但真正的山王那个村,是在山脚下边,离了公路,还得步行一两里地才得到。

那会儿春气已盛,艳阳高照。人在这时候,满眼望出去,都觉得舒坦。罗永才在公路边下了三轮,往山王村步行而去。这一带是平原上突兀耸立起来的一片小山头,但毕竟是山,因此下了公路,脚下的碎石山土便多了起来,愈走愈多,山的气氛也渐浓了,地势也有点往高里去了。路两边的一些大树,都叫不出名字来。但那些树恐怕是适合在山土里生,山地里长的,都拔地而起,枝干粗壮,有一种强悍奔放的气势,个个据守一方。

罗永才左右看着,一路往山村那里去。

山村也有些稀零,左三间右五室的,前后散乱,都趴在山脚下边。那些房子大都是些砖瓦房,墙基一律是拿石头垒的。山上有的是石头,院墙埂界也都由片石蜿蜒而上,甚有特色。

快入庄的时候,罗永才望见路畔有个中年人,四十来岁,正蜷了腿,坐在路边打石头,便近前去问:"这位师傅,你可知道王麻子家住在哪里?"那个中年人停了手里的家伙,开口道:"王麻子今儿个不在家。""上哪里去了?""上青谷他表姨家送喜碑去了。""什么时候才能回来?""既是送喜碑,那还不得小傍晚回来?"罗永才一愣,一时没有话讲。那中年汉子望望他,起手打了两锤,又止了锤,道:"这位同志是买碑来的呗?"罗永才讲:"想洗一块碑,不知他这里价钱咋样。"那汉子道:"王麻子他是挣个名气钱。他那石头倒也真好,手艺倒也真好,他也是挣个名气钱。"罗永才讲:"他名气钱值多少?""值多少?你觉得他值多少,他就值多少。上这块来洗碑的,都是讲个心情,不讲究钱多钱少的。多了,是个心情;少了,也是个心情,这个就讲不准了。"罗永才听他讲得在理,又不知回他什么话好,半响才讲:"那是的。"又讲,"那也得有个价钱。""有,两米的,八九百块;半米的,两三百块。"罗永才点点头,问明了王麻子的住处,就往庄里去了。

王麻子的家靠在庄头边上,房子也不是什么很好的房子,倒显得有点破破烂烂的。一个破院框子,里头乱放着各种大小石料。那时庄里没有什么人影,想再找个人打听打听也找不到。罗永才兀自进了那个破院框子,见那正房的两扇门紧锁着。锁也是老式铜锁了,将军牌的,铜面叫手磨得光滑。打门缝往里头瞅瞅,那房大概是个没开窗户的,里头半星光亮都没有。罗永才退到一块石料上,点了根烟吸,心想:今儿个白跑一趟了。却也不觉着损失什么。他吸着烟,呆眼望那破院框子外头的野坡杂树,心间真是各样感觉都没有,只觉着春阳渐暖,寒气消散,万物都在顶撞、爬升。坐了一气,便起身回蒿沟县城了。

第二日罗永才又来,到山王时已经是上午十点多钟了。春阳更暖,鸟雀啾啾,身上的呢子衣都得解开扣子了。快进庄时,罗永才又遇见那个中年汉子。望见罗永才,他一眼就认出来,搭腔道:"王麻子今儿个在家,你去呗。"罗永才莫名其妙地谢了他一声,想讲一句闲话,一时却找不出合适的话题来,便摸出一根烟给他,辞了他往庄里进。

进了庄,往庄头走,老远就听见"当当"的,是不急不慢的打石头声。脚下也就到了,见王麻子家破院框子里,盘腿坐了一个人,五十来岁,浑身精瘦,半脸麻子坑,两个烂桃眼;头上戴一顶又破又脏的蓝布帽,帽檐都折了;上身只穿了件蓝布的单小褂,下身却捆着个灰黑的大棉裤,裤腰间绑了一盘黑布带子,相貌打扮都很是不起眼。那人坐在院里洗碑,碑形已经看出来了,下方上圆。他洗的时候,左手是錾子,右手是锤,也不急,也不躁;也不热,也不冷;也不快,也不慢,一锤一锤,如泣如诉。罗永才看得呆了,立在墙外进不去,心里只是有一种感觉:春阳日暖,万象更新,雀鸟苏醒、飞翔、游戏、鸣叫、盘绕,像是一刻都止不住。人在此时此刻能想些什么,该想些什么,各人都是不一样的,各人也都是只按着自个儿的路子走的。唯这破院里的这一个麻脸匠人,像是不知,也像是不觉,木呆呆地坐在亘古的石头旁边,一锤一錾。洗了几十年,也还是不急不躁,不去赶那些过场,凑那些热闹,真叫人觉得不容易!

罗永才呆望了一时,才醒过来,抬腿进了院子,口里道:"请问王师傅是住这里呗?"

那个麻脸的匠人,听见了人语,怕也是习惯了,手并不停,脸却抬起来了,口里道:"你找俺呗?"罗永才递了一根烟过去,半蹲下,低着腔说:"想麻烦王师傅,给洗块碑。"麻脸的匠人道:"洗块什么样的?""洗块大点的,好料的。""洗多大的? 好到什么样的?""王师傅这儿有什么样的?"

讲着时,罗永才已经把火摁着了,送到那个匠人跟前。那麻脸匠人住了手,点上火吸了一口,说:"有两米的、一米半的、一米的、半米的,不知你要什么样的。"罗永才说:"要两米的。是什么样的料子?""是青白石的,第一好的。""是哪里的青白石?""是北山的青白石。西汉那个淮南王刘安,也是选的这样料子。""两米的,青白石的料子,那得多少钱?""得九百块钱。""什么时候能成?""打今儿个算起,十日以后你来拉。""咋样拉?""你自个儿带车拉也行,你从青谷包个三轮来拉也行,随你。""可有个什么手续?""俺留个字条给你,你给俺二百块钱押钱。"罗永才说:"行。"打口袋里掏了二百块钱给那个匠人。麻脸匠人接了,也不装起来,也不掖起来,只往地上一放,随手拾块碎石压住,又打单褂的兜里,掏出个纸片递给罗永才。那纸片上什么也没有,只有一个红指头印子。

罗永才收住了。麻脸匠人低了头,吸着烟,头也不抬地问:"那你要写什么字?"罗永才略一沉吟,其实早是想好的,只是再在心里重想一遍,说:"我写给你。"随即从口袋里掏出纸和笔,一笔一画写道:

爱妻　林雅芳　　之墓　　夫　罗永才　敬奠
爱女　罗文文　　　　　　父

写完了,他又仔细看一遍,才抬手递给麻脸匠人。匠人接了,也一字一顿看了一遍,然后折叠成一个小块,装进兜里,讲:"十日后你来拉呗。"讲完,就不再理罗永才,低下头,又一锤一锤,洗手下的那块石碑去了。

第三回罗永才去山王。还不够十天,才五六天,他不放心,就又去了一回。

那又是个好天,响响晴。快进庄子时,又见了那个中年人,坐在路边打石头。他望见罗永才,又认出来了,点头招呼道:"来啦?""来啦。"罗永才敬了他一根烟,两人抽着。那中年汉子讲:"前两回你来,都匆匆地,咋不上山望望哩?"罗永才讲:"望什么?""望奶奶庙。虽讲现时庙都散了,倒也能去望望,烧一根两根香,点一片两片纸,心里头多少就好受些。"罗永才望望他,点点头,辞了他,又进了庄。

进了庄往庄头去,老远就听见了打石的声音,知道那是王麻子打的石头响,便一直往他家里去。进了院子,果然又见那王麻子坐在石料边,一手握錾子,一手握锤,木了样的,一锤一锤洗那碑石。

罗永才望见他那个态度,心里霎时平静了,半丝涟漪都没有。呆望着,渐也就望得木了,望见一个人,也望不清是什么人,望不清脸面是个什么样的一个人,但心里明白,知道那是个什么人。那个人跟他一块上高滩左近他老家去,去给他娘烧几片纸、几个钱、几个金元宝。纸钱、金元宝都是在蒿沟县城汽车站附近买的,他等在车站里,那个人跑上外头买的。买回来了,装在包里,把包拉开了给他看。那纸钱都穿成了串的,一律的银白色;那些纸元宝,也都是穿成了串的,都一律的金黄色。他望见了,略点了点头。两人便上了车,两人坐在一排里,车就开了,直开出了蒿沟县城,往乡里开去。开到了高滩镇,两人下了车,也不往集里去,径自去了野地里,在河边找到娘的坟。那坟上草芽都望见芽头了,春气盛时保管又是青青茏茏的了。那个人从包里拿了纸钱、元宝出来,又取了几张草纸出来,两人点了火便把那一年里用的钱财都烧给坟里的人了。火烧着时,他跪下磕了几个头。头碰在去年干枯的草叶上时,硬硬的,扎人。那人却不磕头,只去拾掇那火,叫那火不要灭,又不要烧得太旺、太快。诸事都完了,那火慢慢便糊了,慢慢地冒着烟。两人便呆坐着望着那烟,望野地里的野景。一地的野景,都叫坟头下的那缕烟,弄得活泛了,弄成心间的一些活气,年年日日也不灭、不干、不尽……

一眨眼罗永才又回来了,仍望见那王麻子坐成一团修行,左手握錾,右手掌锤。那锤是方锤,一锤一锤,打成一种节奏。罗永才进了院,麻脸匠人望见罗永才进来,也不惊,也不乍,手里也不停,只是口里讲:"时候还没到哩。"罗永才笑笑,笑得很浅,嘴里讲:"心里头放不下,顺道就来看看。"麻脸匠人说:"误不了。"又讲,"来找俺的,都是那样个心绪。不如你就上山上转转,上庙框子里烧几片纸,点两根烟,心绪就好受了。"罗永才讲:"那是。"低头看碑,已洗出了个大概,青白厚实,幽深远澈。便敬了麻脸匠人一根烟,闲坐半刻,起身往山上的奶奶庙去了。

那山也正在春时里,半山的松树,半山的草坡,半山的闲石。近村处多长了些桃、杏、杨、柳之类,愈往上松便愈多了。坡却不很陡,是缓坡,一坡的春阳,暖融融,温意无尽。村里人家的院子,有长有短,都是拿碎石、片石垒成的,随意延展。到了坡上,便你断我断他断,都先后断尽了。罗永才起始跟着石墙走,走一时那些石墙都到头了。却隐约见一条上山的道,在枯草坡上、石水沟里蛇来鼠去,一直往上头山头上去了。山坡上也没有什么人,像是连半个人都没有,只剩下春阳、暖意、松树、枯草散落各处,叫人心定。

渐上了面前的山包,举目一看,那山包后头还是一个山包,也不很远,也不很大。罗永才望见了,这会儿有些微喘——到底是上着山的——便一屁股坐在枯草地上,点一根烟抽。屁股底下的山包顶,倒也不大,两间正房般大小,却陷着两个小坑。小坑里挤着碎石,叫人疑是老早的火山坑,是火山喷发时形成的。后来火山死了,年长日久,火山坑又被碎石尘屑给填住了,现今只剩下两个陷处,叫人去想。罗永才坐了一根烟的工夫,爬起来,往上又走。一下一上,慢慢又上了第二个山包。举目望时,前头却又有个山包,更高一些。那山包的坡上坡下,松树愈加浓厚稠密,松影里隐约能见一段半截发白的墙壁。想必那就是奶奶庙了,说远不远,说近也不很近,罗永才就又坐下来,点了一根烟,再歇息一时。

歇息处也是枯草坡,罗永才这时才留意了,身下身左的枯草里,都已冒着绿青青的芽子了。那些芽子望去甚有张力,生命的趣味浓厚,又鲜活不尽。罗永才望得痴了,心间暗想:这都叫咋讲哩!坐了一时,一身的感念,起身再往前走。再往前走时,路眼大了点,却走在松林里了。山也有些陡,树影也浓郁得多了,人走在近树的地方,多少就感觉到一些凉气。罗永才忽而觉得有些小怯,便立住了向四面看看、听听。这里的山似乎深多了,早望不见山王村有人的地方了,更听不见半点人声。罗永才想:一个人上去做什么? 正想时,看见上边树影里一晃。定神细看,是一个挑担的,也看不见什么模样,从山上的陡路上下来了。罗永才便解开呢子裉的扣子,站在路边,候那人下来。

那个挑担的真就下来了。

来得较近了才看清是个五十来岁的山民,也是瘦精精的,挑着两大捆紫红色的短针山草。山草捆上还搭了两件破旧衣物,一把竹柄的竹耙子。离得更近了,两方都望见了,便都打招呼道:"上来啦?""耙草来?"

打过招呼,那个挑草的人,也是个想讲话的,就立住了脚,跟罗永才讲话。那两捆草担在他的肩膀上,两肩换换,却不肯放在地上。罗永才讲:"请问你,这上头就是奶奶庙呗?""正是。""庙还有呗?""庙早都毁啦,原先修理过一回,后首又毁啦,只剩下些破庙框子。""庙毁了,人也就不来了呗?""赶三月十五,逢庙会,也是一山的人,平时就没有什么人来了。""你这山草都是打这山上搂的呗?""这山净啦。都是打后山搂的。""那可得跑不近的路,看你身体倒好。""不如往年啦,要是叫你看。你看俺有多少岁数?"罗永才仔细看了看他,看他年岁不像太大,便猜测道:"五十多岁,六十不到。""俺今年七十七啦。俺们现时也就老两口一块过,地种不动啦。你看俺这一担草有多少斤?""有五十斤吧?""有七八十斤!""七八十斤,又得走几架山头,叫我连半里路也走不动!""那你是没干惯。俺现时就靠这个换几个油盐钱。俺家里的瞎啦,任啥都望不见啦,任啥都不能做啦,明年俺那地便得撂荒啦。"

讲着话,那老年人也不放下担子,只把担子在两肩上换来换去,来回掉换。他果然是个肯讲话的,愈是讲,愈是不肯离开,问罗永才:"你单身一个人上山,也不怕哟?"罗永才讲:"怕什么?""前两天这林子里,还吊死过一个人来。""是男的还是女的?""是个男的,二十二岁。""咋吊死的?""他老婆犯了肺病,治不好了,他说俺不如死在你头里,便上这山上来吊死了。""你老一个人上山,咋也不怕?""那有啥怕的?他死了还能再活啦?"闲讲一气,两人分了手,一个往山上去,一个往山下去了。罗永才这时的心情反倒平静了,没有半丝怕意,一口气上了山顶。

原来山顶的庙真是早毁了,只剩下一片墙框子,罗永才一一踏看了,见那些碎石下有压着纸条的,就走过去看。那些纸条都是临时写的,上头写道:

  失意人   张志忠
  我最喜欢陶娟,我恨不能把她搂在怀里十天十夜!
  奶奶显灵,叫我娶到她吧!!!

却还有一处冒着烟的,是几根香正燃着,四面却看不见人。想必是来烧香求神的,已经下山了。罗永才对着那几根香,默然站了一会儿,又点火烧了几片纸,候那些纸烧尽,才起步往山下去。到了山下,罗永才又感觉到春阳的暖意了,身上也轻松多了,心里想:人到底是人,怎么也离不开有人的地方。他没有再从麻脸匠人的家里过,直接就下山去了公路边。

几天以后,罗永才带了款子,从青谷叫了一辆三轮,进山把石碑驮走了。原先他想从县城找个熟人带辆车来的,想想还是罢了。找人还得招待,又怕乱传出去影响不好,不如打青谷包个三轮,又省事,又方便。

叫三轮的时候那年轻人讲:"老板,包车来回一趟,得五十块钱。这都是老价钱,不哄你!"罗永才讲:"五十就五十。我再加给你十块,你带把锹,帮我把碑栽了。"那年轻人讲:"没二话!"于是,就在清明前两天,罗永才把青白石碑在妻女的坟前栽了。

春夜里的一点扰动很快就消失了。春夜里倒真也没有什么大惊小怪的事情。只邻近的人家还有明着灯光的。那只是一盏半盏,是偶尔亮起的。很远的地方传来汽车的发动声和人声,不知道那是干什么的。也许是早起的,但时间确又太早了点。附近哪里的鸡叫过一阵子,又都不叫了,只是还睡不安稳,不时有拍翅、挪动的声音传开。

春夜就是春夜,春夜总会起一些小骚动、小摩擦、小动乱的。罗永才在院里站了一会儿,看着天上的星星。天气真好,很晴朗,空气却很有凉意。罗永才在院里站了一会儿,看见星星变成一些裙子飞走了,他才转过身,慢慢回到屋里去。

被遗弃的暗红色坤车

李方玉这段时间被无穷无尽的应酬拖得精疲力竭,但又一直没有机会松弛一下,每天睡眠不足,也得不到补偿。晚上,他参加了一个业务宴会,跟每一位刚认识或不认识的人交换名片,碰杯喝酒。宴后娱乐了两个小时,他又把所有的客人都送到楼上房间休息,然后才疲乏地下楼回家:明天一早还得来侍候他们。他想骂所有的人是混蛋。

已经是夜里十一点多钟了。李方玉从宾馆院里走过去。他的双手插在裤子口袋里,走过自行车棚的时候,他忽然被棚下一辆很小的坤车吸引了。那是一辆暗红色的坤车,用链条锁锁在车挡里,但它已经很旧了,式样也已经很过时了,车座和车瓦上蒙着厚厚一层尘灰,它显然是被主人遗弃的,放在这里好长时间了。

李方玉舒了口气,但他一时走不动了:这车有点面熟。是在哪里见过,或接触过的呢?他索性不走了,从口袋里摸出一支烟来,点着,站在车棚底下,心想:这车是在哪里见过的呢?

是在七十年代吧?那时李方玉正上中学,班里有一位女同学,很漂亮,是南方广东人,李方玉有点单相思她,他制造了一次"巧遇事件":中午上学时,他埋伏在一条小巷的岔路口,远远看见她过来时,他计算好时间,准确地和她在岔路口相遇了。当时两人差点撞着,离得非常近,李方玉还从来没有这么近地看过一个女孩子,她穿一条淡青色的百褶裙,脸庞红红润润,皮肤非常细嫩,李方玉惊慌失措,赶紧逃走。从那以后,为了吸引她的注意,也是为了弥补上次的不佳表现,李方玉总想在她面前表现表现自己。机会来了,一天中午放学时正碰上一场暴雨,别的同学都找地方避雨,李方玉却兴奋地跑进雨里,叫着,跳着,非常勇敢,在她和女同学面前,出尽了风头。

可是他在雨里冻着了,第二天上午跟同学一道排队去参加一个集会,走在大街上,恶心难受,"哇啦"一声吐出来,吐出来的秽物溅了周围同学(包括那位女同学)一身一腿,他惭愧得几乎死去,再也没好意思去追那位女同学……

想到这里,李方玉难为情地摇摇头。不过,这车不可能是她的,因为那时候还没有这种小巧的坤车,那时中学生也还没有骑自行车的。

后来李方玉下放到农村插队了。邻村有个上海姑娘,个子高高的,讲一口当地方言。李方玉和她是在县知青大会上认识的,两人都想在一起说话,在县委食堂吃饭时,不知不觉就凑到一个桌上了。会议结束时,两个人一起回村,一路走,一路说话,一直说到岔路口;在岔路口两个人又站着说了一大会话,才分手。第二天李方玉控制不住自己,不请自到,上她村里找她去。到了她住的地方,那里还有三四个知青,有男的,也有女的。中午做饭时,李方玉看见她跟一个男的头挨得很近地围在一个箩子旁捡豆子里的土粒,心里立刻像挨了一刀,暗暗发誓今后再也不理她了。说到做到,从那以后,李方玉再也没理过她。她到李方玉村里来过一次,李方玉对她平平淡淡,她就不来了。不过那时候不要说骑坤车,就是普通自行车也没有呀。

两年后李方玉招工进城,家里介绍他谈了桐木加工厂的一个女孩子,是正儿八经谈的。他们可以合理合法地上公园,看电影,骑自行车上野外闲逛。可以想象,他们也像那个年龄段的所有年轻人一样,很难控制自己的感情和好奇心,于是在郊外的小树林里……又在苗圃的深处……

已经快要结婚了。李方玉由车间调宣传科,雄心勃勃地要在工作上干出一番成绩来。有一次李方玉上她家找她,她说托熟人买了几把便宜的椅子,留结婚以后用,李方玉心里咯噔一下,觉得她有点庸俗,跟自己设想中的女人不太能对上号,又有一天两人去看电影,李方玉已经看过一次了,非常喜欢,就拉着她再看一次。他在电影院里看得聚精会神,她却把头靠在他肩膀上睡着了。李方玉推醒她,说演到紧张的地方了,真好看。她应付地抬起头来,看了几分钟,又睡着了。李方玉觉得非常扫兴,对她好像完全失去了兴趣。从那以后他努力自学,第二年考上了财贸中专,两人感情越走越远,终于和平分手,各觅新路去了。

但是李方玉清楚地知道,她从没骑过红色的坤车,不是不喜欢,而是因为她个头有点大,骑坤车显得太不对称。

一根烟吸完,李方玉还没想出个所以然来,但他的心情已经比刚到这里时轻松多了。

李方玉张开双臂伸了个懒腰,仰头看看灯火通明的宾馆主楼。确实,卡拉OK叫人迷恋,适当而又舞伴善良的舞会叫人顺心,餐桌边的对谈,也是别有吸引力的,手机在烦恼时告诉一个好消息叫人觉得社会真不能再倒退了……李方玉猛然觉得刚才的情绪有点荒唐,忆苦思甜真是没劲透了,没劲透了。李方玉离不开目前的这种生活了,他觉得既不愿离开这座城市,也不愿离开手头的这份工作,眼前身负的所有这一切,都是他熟悉而倾情的生活的一部分。现在最要紧的,倒是立刻回家睡上一觉,根据以往经验,一觉睡醒,明早就会换个新人。不过,时光确实有点紧迫催人了,转而四十、再五十、再六十,就洒脱不起来了,就该去养花钓鱼做老年操了。

但是不管怎么说,李方玉觉得这辆车眼熟,他肯定在什么地方,在什么场合,看到过,或接触过这辆暗红色的坤车,而且留下了比较深的印象。但他怎么也想不起来了。

李方玉故作姿态地叹了一口气,扔掉烟头,走出了宾馆。

　　他才站到门口,一辆"富康"过来了。李方玉腰板笔挺地抬了抬手。"富康"殷勤地停下并打开了车门。李方玉钻进车里。尾灯一暗,"富康"消失在灯花街绿的另一端,无影无踪了。

　　但那辆蒙满了灰尘的暗红色坤车还在。还在车棚一个绝不起眼的角落里,歪斜着。谁会来推它呢?谁还会来推它呢?不知道。李方玉不知道。那就谁也不知道了。很可能,它只是一辆无主的弃车。谁也不再会来推它。

一 位 女 士

吃早饭的时候,省局宣传处的小覃到饭厅来讲:"各位记者注意,今天上午参观药用植物园,这个药用植物园在东南亚同类植物园中是最大的一个,请各位勿失良机!"吃饭的各位记者都被小覃的广告弄笑了。小覃又交代一句:"九点整在招待所前厅上车,请大家准时下楼。"说完,他对不起一声,又匆匆离开,忙别的事去了。

八点四十分,刘康在房间里没事,就提前下楼到了前厅。

前厅不大,右边是总服务台,左边是小卖部,靠墙放着几个长沙发,沙发的一头有一个报架,上头挂着几份报纸。到这时候,招待所里已经比较安静了:住宿的客人要么走人了,要么办事去了,留在前厅里的,也就两三个吧。

因为刘康是坐在沙发上的,位置比较低,所以总是先看清站立的和坐着的人的下部。

一位男士,坐在刘康不远处,长相约在五十岁上下,皮肤很有些松弛了,他的皮鞋倒是擦得很干净,也很亮,锃亮,黑西服,料子不错,熨得平整。

一位女士,穿一双紫红的半高跟皮鞋,皮鞋是好料子,油擦得也好,看上去水鲜饱满,鞋上还有一条襻带,襻带打脚背上一拦,便是很新潮的装扮。她上身穿一件做工很讲究的青色西服,领口处露出来绸料的白衬衫,下身是与上身同面料的青薄呢长裙。她约有四十岁年纪,也许更多点,也许略小些,但大概不会小于三十五岁,女人的年岁就是难猜些;她肤色白,也细腻,脸上化了妆,妆化得好,了无痕迹,从她的整个形态看,她年轻时,肯定漂亮迷人。她十分给人一种柔软的感觉。

另一位男士不相干：在客厅里傻站一会儿，就无影无踪了。

那位女士，显然是有事的样子，可能在等人，她站也站不稳，坐也坐不安，过一会儿就对面相松弛的男人说："昨天下午跟他办公室里的人讲好的，叫他上午八点半来电话……"男人很沉着，总是不紧不慢地回答她："只要不出差，他就会来电话的，只要不出差。"

转眼到了九点。楼上住着的几个记者，陆续都下来了，大家在前厅里等小覃和车来，因为无事，就说些有用或没用的话，要不就去小卖部闲看，要不就看架上的过期报纸，或者瞎蹭。

车来了。是一辆十五六座的面包车。小覃也来了，他进厅就喊："让各位久等了，都请上车吧，上车吧！"

厅里的人你不慌他不忙地出门往车上去。

小覃又快步走到那位女士跟前，问她："电话来了吗？人来了没有？"正面露急色的那位女士有了关心这件事的话友，立刻说："电话没来，人也没来，会不会他办公室的人没跟他说？要不他就出差了不在家，咱们今天在外边吃午饭吧？"小覃说："恐怕要在外边吃。""那就糟了，"女士沮丧地说，"我们是下午的车，吃过饭回来就上车站，这次又见不到他了。"

上车时说笑逗玩，一般人都不再注意她和他了。

记者们都坐得靠前，刘康坐得略靠后些。车还没开，大家就在听小覃讲故事。

小覃讲："那是八四年夏天，一分队在金鸡岭找锑矿。当时天气非常热，到了夜里，忽然阴云密布，下起了大暴雨。到天亮，人都起来了，站在屋外往上看，只见一个巨大的东西从石灰岩山体上翻滚下来。"

刘康觉得视界里那位女士从身后走过来，下了车。小覃继续讲:"原来是一块巨石,有七八吨重,断枝夹石的,翻砸下来。在外头洗脸刷牙的人看见了,开始不知道是怎么一回事,等明白过来,大叫一声,四散逃开了。"那位女士又上来了,后边还跟着一个男的。大家都在听故事,谁也没注意他们。车开了,小覃还在讲故事:"巨石冲下来,见物毁物,见人伤人。巨石从车工老黎的房间穿墙而过,冲倒油毛毡房的木柱,木柱倒下压在老黎小孩的床上,小孩受了重伤,巨石又一路滚翻下去,直砸到山间的一个小水塘里,才停住。"

车已经开到市区繁华的街道上了。

街道两旁是扁桃树,一棵接一棵。从早晨开始就阴蒙蒙的天气,现在飘浮着微小的薄雨,车窗玻璃上了一层水雾气。

车厢成了一个封闭的小天地。小覃停止了讲故事,专心看着车外;前排的老张和老周,大概找到了共同话题,他俩研讨得很热烈;老石和小马低声说话;小赵闭眼睡觉,他今早就没精神;刘康看车外的风光。车一转弯,车后排那位女士的声音忽然切换到刘康的耳朵里来了。

"你昨天就知道我打电话吧?你们办公室的人告诉你了吧?你是不是昨天知道的?"

这是一种慈爱、急切、大姐姐般的问话,问话飘在人的耳朵里,叫人能感觉到她感情的真挚和迫切。正巧这时驾驶员又塞了一盘盒带在音响里,南国的曲子细如游丝地飘过来。恰到好处。

刘康觉得身后的那位女士只管一个劲地往下说。

"我上次来过一次,去年,来出差的,来了就找你,我听咱们同学说,你调到这里来了,好不容易打听到你的单位,一打电话,你不在,叫你办公室的人转告你,也不知道转告了没有,一直等到上车你也没来。"

路笔直,因此车也就笔直地开,快要出市区了,街上的人少多了。

"你调了好几个地方了吧！有讲你还在四川的,有讲你又回了云南的,有讲你到广西来了,有讲你在贵州的,还有讲你改行上海南了,就是不知道你的具体地址,毕业之后怎么都找不到你,按照学校分配时的地址给你写过五封信,写到第五封的时候,已经毕业分配快一年了,我对自己说,这是最后一封了,再没有回音,我就上云南找你去。信才刚寄出去,就听咱们那个同学,在湖南的那个……你想起来了吧,她听说你调到四川去了。"

小赵打了个喷嚏,歪头又睡过去。

刘康身后的那位女士停顿了一小会儿。

她又说:"哎,你记得吧,刚进校时你是最不一样的,全校只有你一个穿草鞋,你妈替你打的草鞋,虽说那时同学经济都不好,但穿草鞋的只有你一个。你现在小孩大了吧？工作了吧？你爱人在哪里工作？也在你一个队上吧？你还记得那次你去我家吧？我妈还住在那里,不过现在周围大变样了,都拆迁了,你现在去一定不认得了。哎,咱们毕业都有多少年了,三十二年了吧？今年是九六年,八六、七六、六四,毕业以后咱们还没见过一次面呢。你在家里过得怎么样？你爱人对你好吧？你老爸也好吧？你身体也好吧？"

在前排"旁听"的刘康心里一动:毕业三十二年了,那她,差不多有五十多岁了,看不出来,也许是没看仔细。刘康真想回头仔细看一眼,但那样又太不礼貌了。刘康心里还有不少疑问:她同学是什么样一个人？他怎么一句话都不说？

车到郊外了,刘康身后的那位女士还在说话。

"我那五封信你一封都没收到？真是一封都没收到？毕业后我跑过不少地方,大多数同学都见到了,就是没见过你。我见到咱们一个同学,就打听你的下落,见到一个同学,就打听你的下落,前年开工会会议,在安徽黄山,见到你们工会的老孙,才知道你在广西。你后来知不知道我在哪里工作？你打听过没有？你真不知道？你现在比在学校瘦了,你家里负担重不重？哎,你还记得咱们那个叫韦炸的同学吧？他家是壮族,咱们还一块去家吃过饭,八五年在重庆开会,他听说你正在桂西深山里找金矿,掉到一口老深井里,井底下有一条吹风蛇,差点咬住你了,我还一直替你担心呢,有这回事吧？你在学校跳高时脚扭过一次,后来犯过没有？你现在还跑野外吧？有没有影响？现在还经常疼不疼？不疼了吧？《大众医学》上有个偏方,用半边红叶子熬成糊,三两天贴一次,三两天贴一次,听说效果很不错,你回去试一试,要不我回去把那期杂志找出来寄给你,你试一次,真有用,效果很不错的。"

嘎吱一声,车猛地刹住,车上的人都往前一栽。大家回头看去,一辆货车,歪歪斜斜开了过去。乘这个机会,刘康看清了后排跟那位女士坐在一起的男人,他肯定有五十多岁了,面相黑红,一脸的憨实与平静,而那位心情急切的女士呢,则侧身向着他,像是怕他跑掉了。

车又启动。车外出现一片相思树林,树林里有两辆自行车并排支着,只见车,不见人。路边有一个酒家,招牌上写着:月亮弯弯de酒家。刘康眼望窗外,耳朵却不由自主地听身后的女士讲话。她不断地问问题,但是那些问题好像又不需要她的男同学来回答。

车进了植物园。

车上的人都下了车,进会议厅,看图片,喝茶,听情况介绍。

那位女士每分每秒都和她的同学在一起,她一直急切地看着他,急切地一刻不停地对他说话,或者问他什么。早晨跟她在一起的男人独自地看这看那。

开始进园参观了。

刘康这才找到机会,向局宣传处的小覃打听点情况。

"小覃,那位女同志是不是你们局的?"不用问,女同志只有她一个。小覃说:"不是的,是湖北局的。昨天他们散会,今天跟咱们来看看植物园,是局里安排的,她还是个部劳模呢。"

在管理人员的带领下,他们进了植物园,一路看去。

他们进了草本药物区,一大片花叶冷水花铺在地上。崖姜吊挂在水泥架上。

那位女士一直和她的同学在一起,跟她同来的西装革履的男士大部分时间都是一个人,他偶尔为她,或他们拍照。

刘康总是看到她的身影,于是他的脑子里也无法制止地会有不少问号冒出来:他们三十二年前是朋友吗?或者只是一方有感情或好感?他那时候真穿草鞋上学吗?她当时穿什么衣服呢?她现在希望什么?

管理员带领大家走进了植物园的深处。

园里的植物,据管理员介绍,有两千多种,管理员一一介绍,这是胶股蓝;这是制三九胃泰的主要原料九里香;这是被称为蛇的情人的过江龙藤;这是女性之树紫薇。

有意无意地,那位女士的身影总是被摄于刘康眼中。她好像有某种吸引人的东西,但肯定不是长相风度。

上午十一时,他们结束了在药用植物园的参观。

上午的安排还没有完,他们还要去局里的地质博物馆,那里陈列的某种岩石,据说,是经过数十亿年的积压沉淀,才逐步形成的,叫沉积岩。